THE DEVIL'S SONS

CHLOÉ WALLERAND

THE DEVIL'S SONS

Traducción de
Lorena Rozas Martínez

SIREN BOOKS

Primera edición: marzo 2024

info@sirenbooks.es
https://sirenbooks.es

ISBN: 978-84-127840-3-9
Depósito legal: M-4115-2024
IBIC: FRD
Impreso en España

First published in France in 2022 by Plumes du Web éditions.
Translation rights arranged with Asterisc Agents through Leor Literary Agency.

Aviso de contenido:

Violencia explícita, agresión sexual, consumo de droga, armas, sangre, intervenciones médicas, agujas.

A todos aquellos que desean vivir…

GLOSARIO

Ásatrú: reconstrucción moderna de las antiguas creencias escandinavas ligadas a la mitología nórdica. Este término puede ser traducido por «fe en los Aesir». Los Aesir eran los dioses principales que vivían en el panteón nórdico en Asgard, asociados o emparentados con Odín.

Asgard: uno de los nueve mundos de la mitología nórdica. Es la residencia de los dioses Ases de los que forma parte Odín.

Bifröst: en la mitología nórdica, el Bifröst es el puente del arcoíris que une Asgard al mundo de los hombres. Está custodiado por el dios Heimdall.

Draupnir: anillo de Odín elaborado por dos hermanos enanos. Es una fuente infinita de riqueza: todas las novenas noches, se multiplica en otros ocho anillos.

Eira: diosa menor. Es la sirviente de Frigga y es conocida por sus habilidades de combate.

Freya: habitante de Asgard, pero originaria de Vanaheim, el mundo de los dioses Vanes. Es la diosa de la fertilidad, de la belleza y de la sexualidad.

Frigga: esposa de Odín y diosa del cielo. Es una diosa asociada a la fertilidad, el amor, el hogar, el matrimonio, la maternidad y la sabiduría doméstica. En la mitología nórdica, su papel era principalmente familiar, rodeando a su marido y a sus hijos.

Galdrabók: la voz de las 24 runas está compuesto por tres libros explicativos sobre el uso de las runas y su poder energético, escrito por Galdar Sechador.

Gungnir: uno de los tesoros de los dioses, forjado por tres enanos por petición de Loki, quien quería redimirse ante los dioses por haber cortado la melena de la diosa Sif, esposa de Thor.

Hela: en la mitología nórdica, Hela es la diosa de la muerte que gobierna en Helheim, el mundo de los muertos. Los Devil's Sons esperan que la traición de Ange le cierre las puertas al Valhalla, lugar al que van los guerreros audaces que mueren en combate.

Helheim: mundo de los muertos en el que reina la diosa Hela.

Jötunn: en la mitología nórdica, un gigante de Jötunheim. Son los enemigos acérrimos de los dioses.

Loki: a pesar de su naturaleza de gigante, especie enemiga de los dioses, Loki es acogido en Asgard por Odín, con quien hace un pacto de sangre convirtiéndose en su hermano de sangre. Dios de la malicia y de la discordia, Loki pone a los dioses en situaciones desagradables en numerosas ocasiones. Es tanto su enemigo como su aliado.

Megingjord: cinturón de poder de Thor. Le confiere la fuerza necesaria para levantar su martillo Mjöllnir.

Mimir: en la mitología nórdica es el dios de la sabiduría. Decapitado por los dioses Vanes tras la guerra que enfrentaba a estos últimos contra los dioses Ases, Odín resucitó su cabeza para tener acceso a sus conocimientos.

Mjöllnir: la última arma de los dioses, la más temible, ofrecida a Thor por dos hermanos enanos ante la petición de Loki para expiar sus culpas. El martillo puede romper montañas sin dañarse, nunca falla un objetivo y vuelve a la mano de su lanzador. Es la mejor protección contra los enemigos de los dioses.

Niflheim: uno de los nueve mundos de la mitología nórdica. Es un reino caótico de hielo y escarcha.

Nornas: en la mitología nórdica, las Nornas tienen el cometido de establecer el destino de cada persona, hombre o dios. Las tres Nornas más importantes son Urd, Verdandi y Skuld. Sus nombres pueden ser traducidos respectivamente como pasado, presente y futuro.

Nueve mundos: en la mitología nórdica hay nueve mundos sostenidos por Yggdrasil, el Árbol Mundo. Está Asgard, el mundo de los dioses Aesir; Álfheim, el mundo de los elfos de la luz; Vanahein, el mundo de los dioses Vanes; Muspellheim, el mundo del fuego y del magma; Midgard, el mundo de los hombres; Jötunheim, el mundo de los gigantes; Svartalfheim, el mundo de los elfos de sombra; Niflheim, el mundo de niebla y hielo, y Helheim, el mundo de los muertos.

Odín: en la mitología nórdica, Odín es el dios principal. Es el padre de todos, uno de los tres dioses creadores del Universo —los otros dos son sus hermanos—. La expresión «por el ojo de Odín» hace referencia al ojo que sacrificó y arrojó en la fuente de conocimiento de Mímir para obtener sabiduría.

Ragnarök: en la mitología nórdica el Ragnarök es el fin profetizado de los mundos. Comenzará con un invierno de tres años sin luz, después vendrá una gran batalla en la llanura de Vígríd, donde se enfrentarán los dioses y los gigantes liderados por Loki. La tierra de los hombres será engullida por el agua, la mayor parte de las divinidades y gigantes perecerán y los nueve mundos arderán en llamas. Los dioses supervivientes, entre los que está Baldur, hijo de Odín, se convertirán en soberanos, y de las parejas de humanos que escapen de las llamas; renacerá la humanidad.

Runas: símbolos mágicos que se pueden utilizar con fines de adivinación, curación o incluso espirituales. También sirven como alfabeto de los pueblos germánicos.

Sleipnir: engendrado por Loki cuando este se transformó en yegua. Es considerado el mejor caballo, y puede cruzar los mundos.

Thor: hijo de Odín, es el dios del trueno. Es conocido por su fuerza legendaria y su martillo Mjöllnir. Es enemigo de los gigantes y el protector de los hombres y los dioses.

Tyr: en la mitología nórdica, Tyr es un dios guerrero, el dios del cielo, pero también de la justicia.

Valhalla: lugar que recibe a los valientes guerreros fallecidos en combate que han sido elegidos por las Valkirias de Odín en el campo de batalla. Los Einherjar —habitantes del Valhalla— beben y festejan por la noche en la mesa de Odín y se enfrentan durante el día como preparación para el Ragnarök. Durante ese fatídico día, se unirán a las filas de los dioses para luchar contra sus enemigos. Para cada simpatizante masculino de esta religión es una búsqueda y un honor alcanzar el Valhalla después de morir.

Valkirias: en la mitología nórdica, las guerreras de Odín que tienen como papel sobrevolar los campos de batalla con la finalidad de elegir a los guerreros caídos en combate que llevarán al Valhalla.

Vegvísir: símbolo de una brújula mágica que sirve de guía a aquel que la porte para evitar que se extravíe y pierda de vista su destino.

Yggdrasil: gran fresno de tres raíces sobre el que descansan los nueve mundos de la mitología nórdica.

Yule: fiesta pagana que se celebra durante el período del solsticio de invierno. Está acompañada de un intercambio de regalos.

PRÓLOGO

La gente que tiene una vida difícil aspira a una sola cosa: tener una vida tranquila.

Pero ese no es mi caso.

Me gustan las complicaciones que me han convertido en quien soy hoy. No soy el tipo de persona que se enfrenta al mundo, o que se pregunta «¿por qué yo?». Algunas cosas ocurren sin que podamos hacer nada para remediarlas. No elegimos nuestra familia ni podemos cambiar las cosas que sucedieron antes de que naciésemos. Entonces, ¿por qué enfadarse? ¿Por qué compadecernos de nosotros mismos en vez de aprender a vivir con aquello sobre lo que no tenemos ningún poder?

Darle vueltas al pasado, preguntarse cómo podría haber sido, es una gran pérdida de tiempo. Aceptarlo y adaptarse es la clave; la clave de una vida feliz, a pesar de los problemas. Es el camino que he decidido seguir.

No juzgo a aquellos que no piensan igual que yo, al final, no sé todo por ciencia infusa. No puedo asegurar que mi razonamiento sea el correcto. Pero estoy convencida de que la gente sería más feliz si dejara de mirar hacia el pasado y dejara de querer una vida tranquila a toda costa. Si lo hago soy una masoquista, puede ser...

Sin embargo, no cambiaría mi vida por nada del mundo, porque simplemente no estoy hecha para vivir una existencia sin complicaciones. Y este nuevo año en la universidad va a demostrármelo una vez más...

1

—¡Es hora de irse! —grita mi madre desde la cocina.

Esas palabras me entusiasman tanto como me preocupan, y ninguno de esos sentimientos consigue superar al otro.

Inspiro y espiro profundamente hasta que mis pulmones están vacíos. Con mi mochila en la mano recorro con la mirada mi habitación para confirmar que no me he olvidado nada. Siento una punzada en el pecho. Voy a echar de menos esta desvencijada pero acogedora casa. Voy a echar de menos a mi madre, tan rota como cariñosa. Y también a mis amigos. Todos vamos a emprender caminos diferentes y sé que nuestra amistad ya pertenece al pasado.

Salgo de la habitación, cerrando la puerta con nostalgia detrás de mí, y salgo de la casa. El aire fresco me roza la cara llevándose parte de mi preocupación con él. Comienza un bonito día de septiembre. Todo parece estar de mi lado para mi viaje, incluso los dioses.

Me subo al coche con mi madre y pongo la mochila a mis pies. Me mira con sus grandes ojos azules llenos de preocupación, justo antes de arrancar.

No vamos hacia Columbia como deseaba mi padre cuando no era más que un bebé en el vientre de mamá. Voy a la universidad de Michigan. No por mis notas, más bien por la falta de recursos. Mi madre es una exdrogadicta que tiene demasiadas deudas para poder pagar los estudios de mis sueños, pero no la culpo por ello. Sé hasta qué punto puede ser dura la vida. Así que poco importa el número de veces que calentó pipas para inhalar sus vapores. Lo que cuenta es que hoy esté aquí, rehabilitada y sana.

Tras varias horas de viaje en coche durante las que no ha parado de hablar mientras yo observaba el paisaje pasar ante mis ojos, termina aparcando en el *parking* de la facultad.

—¡Mira qué bonito! —exclama.

Tiene razón. El campus es precioso. El césped fresco y verde debería recibir un premio del ayuntamiento. Está perfectamente cortado, no hay ni un agujero. Los árboles son altos y unas enredaderas preciosas recubren tanto los enormes edificios como los pórticos de piedra, dándole a todo un encanto antiguo. Las torres y los grandes ventanales se parecen a los de las residencias vacacionales que tenían los nobles del Renacimiento.

Me quito el cinturón y abro la puerta, aunque mi madre ya está fuera. Muchos estudiantes andan de aquí para allá con mochilas o cajas de cartón en las manos, probablemente buscando su nueva habitación para este año. Estoy impaciente por encontrar la mía y verla, con la esperanza de que mi compañera sea maja.

—¡El *stand* está ahí! —Mi madre señala con el dedo una mesa con cinco personas sentadas detrás de ella bajo una carpa.

Parece que está mucho más emocionada que yo. Si entrar a la universidad no fuera sinónimo de dejarla sola, probablemente saltaría de felicidad. Después de todo, es lo que siempre he soñado. Pero ella empezó en la droga por culpa de la soledad tras el fallecimiento de mi padre antes de que naciera. Desde ese día solo me tiene a mí. Hace mucho que fallecieron sus padres y no tiene ningún hermano, hermana o familia política. Aunque ella siempre ha asumido su papel, mi deber es apoyarla. Desde siempre hemos sido ella y yo contra el mundo. Ahora, no sé cómo se van a desarrollar las cosas y se me hace un nudo en el estómago.

«Es fuerte», me repito. «Mucho más fuerte que cualquiera».

Una pequeña sonrisa aparece en la comisura de mis labios cuando recuerdo la forma en la que luchó como una leona rabiosa por mi felicidad y la suya. En esa época, no era más que un cachorrito que se dejaba cuidar, pero rápidamente aprendí a mostrar los dientes para ayudar y proteger a los míos, siguiendo el ejemplo de mi madre.

Estoy algo más tranquila mientras nos acercamos al *stand*, donde una mujer pelirroja, de unos treinta años, me sonríe amablemente.

—¿Curso, nombre y apellidos?

—Humanidades. Avalone Lopez.

Busca en una caja de metal llena de expedientes y, tras haber encontrado el mío, me entrega un mapa del campus y un juego de llaves. Mi nueva realidad se precipita sobre mí al sentir su peso en la mano.

—Habitación 307. Bienvenida a la universidad.

Una grata sensación me recorre la espalda y sonrío educadamente a mi interlocutora antes de girarme hacia mi madre, que me mira orgullosa.

Tras recoger mis cosas del coche, vamos a buscar mi habitación. Entramos en un gran edificio de piedra blanca y subimos a la tercera planta. Bordeamos el pasillo poniendo atención para no tropezar con ningún estudiante —todos van cargados como mulas— y llegamos a la habitación 307.

«Siempre seremos ella y yo contra el mundo», me repito, mientras el corazón se me acelera en el pecho.

Inspiro profundamente, meto la llave en la cerradura y abro la puerta. Solo tengo tiempo de dar dos pasos al interior de la habitación antes de que una chica me salte al cuello, lo que provoca que mis bolsas y cajas caigan al suelo. Me quedo congelada ante un contacto tan repentino —no soy especialmente cercana con los desconocidos— y cuento los segundos antes de que me suelte.

Al final, la chica se aleja unos pasos y me encuentro con su sonrisa, que se parece a la del gato de Cheshire de *Alicia en el país de las maravillas*.

—Lo siento —me dice mientras recoge mis cosas para ponerlas sobre una cama—. Hace dos años que estoy con compañeras totalmente desequilibradas o de moral cuestionable, y tú pareces tan normal... Estoy muy contenta y *aliviada*.

Al verla incómoda, me río para evitar que se siga sintiendo así mucho más tiempo.

Después miro fugazmente a mi madre, que asiente al comprenderme sin necesidad de palabras. No lo demostraba, pero ella también estaba preocupada por mi compañera de habitación. Podría haber sido un absoluto desastre. Sin embargo, la sonrisa que me lanza hace desaparecer mis temores. Esta chica parece un poco loca, pero no de una forma desagradable.

—Me llamo Lola —se presenta tendiéndome una mano.

La estrecho con entusiasmo.

—Avalone. Y esta de aquí es mi madre, Claire.

Lola la saluda con una sonrisa radiante propia de un anuncio de pasta de dientes, y mamá le devuelve el saludo antes de dejar sobre mi cama las últimas bolsas. Cuando me abraza vuelvo a sentir una punzada en el pecho, y comprendo que quiere hacer esto rápido para evitar que lo piense y me preocupe.

—Llámame si tienes cualquier problema...

—Hasta que se demuestre lo contrario, ¡la madre soy yo!

Me río sin alegría. Me acuna las mejillas en sus manos y me besa en la frente antes de pasar los pulgares por debajo de mis ojos como acostumbra a hacer siempre.

—Te voy a echar de menos. Voy a echar de menos tu preciosa mirada...

—Yo a ti también, mamá.

Retrocede un paso para mirarme asegurándose de que estoy bien, y yo aprovecho para hacer lo mismo. Memorizo una última vez los rasgos de su cariñoso rostro.

Recoge su bolso, se despide de Lola y se escabulle con una gran sonrisa.

—Adiós, mi niña. ¡Te llamo luego, te quiero!

Abro la boca para contestar, pero las palabras mueren antes de tocar mis labios al mismo tiempo que la puerta se cierra tras ella.

Cuando me despierte mañana habrá más de trescientos mil kilómetros entre nosotras, cinco horas de viaje en coche..., pero no tengo coche.

Despacio, me giro hacia Lola que observa con curiosidad todos mis gestos.

—¿Tienes coche? —le pregunto.

Asiente con la cabeza sin dejar de sonreír.

—Hipotéticamente hablando, si mi madre tuviera un problema y tuviera que ir corriendo a Indiana, ¿me lo dejarías?

—Y en el hipotético caso de que deje que un idiota me rompa el corazón, ¿comerás helado conmigo mientras vemos *El diario de Noa*?

Nos evaluamos en silencio como si pudiéramos ver a través de la otra lo que podría ser una buena amistad. Una sonrisa surge en mis labios, pero la escondo. En lugar de eso, inclino la cabeza hacia un lado.

—Solo si me dejas darle una patada en el culo al día siguiente.

—Solo si dejas que te acompañe a ayudar a tu madre.

Entrecierro los ojos para mantener la cara de póker, aunque su respuesta me gusta mucho. Lola pone todas las cartas sobre la mesa y me hace ver que, si las acepto, podría surgir una bonita amistad entre nosotras. En ese momento, dejo que me contagie su sonrisa y asiento con la cabeza cerrando nuestro acuerdo.

El silencio de después me permite observar la habitación. No es muy grande, pero es bonita. Las dos camas están colocadas contra las paredes y los escritorios están enfrente de la puerta. Los armarios están en las esquinas y tienen bastante sitio para colocar la ropa. Las duchas comunes no me encantan, pero, por suerte, la habitación tiene sus propios aseos.

Me giro hacia Lola que se ha sentado en su cama y me examina con sus grandes ojos almendrados mientras se mueve, como si hiciera un gran esfuerzo por no abrumarme con preguntas. Algo me dice que va a explotar de un momento a otro, así que me dejo caer sobre mi colchón y le sonrío comprensiva.

Salta de repente de su cama para ponerse a mi lado.

—¿De dónde eres?

Intento no bromear ante su entusiasmo.

—Soy de Madison, ¿y tú?

—¡De Washington!

Se suele decir que la gente de Washington siempre tiene la palabra «trabajo» en la boca. Si es así, no tengo ningún problema, ya que estoy aquí para estudiar y conseguir mi título, evitando todos los problemas.

Lola y yo charlamos mientras deshago las maletas. Está en el tercer año de Sociología y cuando acabe le gustaría ser profesora. Sus padres llevan casados veinticinco años y tiene un hermano mayor. Es una chica chispeante que me hace reír mucho. También tiene mucho encanto. Le queda genial el corte cuadrado con su melena castaña. Las pecas que tiene debajo los ojos y sobre la nariz son como estrellas. Su figura menuda y sus pequeñas manos la hacen adorable.

Tras haber charlado durante una hora sobre su vida y las anécdotas más originales, Lola me sugiere visitar el campus.

—Lo mejor del campus es el café —me dice, así que entramos en la cafetería—. Estoy segura de que nunca has bebido algo tan rico. Además, ¡no me has contado casi nada sobre ti! ¿En qué trabajan tus padres?

—Mi madre es secretaria y cajera.

Lola pide dos cafés, y se gira hacia mí.

—¿Y tu padre?

—Falleció.

Deja de moverse de repente y me mira con tristeza, como era de esperar.

—Por el ojo de Odín, Ava... Soy demasiado curiosa, lo siento.

Estaba preparada para decirle que no había ningún problema, pero, en su lugar, frunzo el ceño y la miro. Cuando asimilo realmente lo que acaba de decir, abro los ojos como platos y mi corazón se me desboca en el pecho. Podría echarme a reír de la sorpresa y la felicidad si no me contuviera.

—¿Por el ojo de Odín?

Sin ver la esperanza que nace en mí, Lola desvía la mirada y se ríe nerviosamente, incómoda.

—He sido educada por unos padres que creen en los dioses nórdicos.

Sacude la mano para que lo deje pasar, pero una sonrisa se extiende por mis labios. Este descubrimiento me gusta mucho y me tranquiliza.

Cogemos los cafés y salimos para sentarnos en el césped.

—No creo que Odín tenga nada que ver con todo eso. ¿No serían más bien las Nornas?

—No te equivocas. A menos que los dioses le guardaran rencor a tu padre, seguramente…

La última palabra muere en sus labios. Su boca se abre tanto cuando me mira que tengo miedo de que se le desencaje la mandíbula.

Aprieto los labios para evitar reírme.

—¿Tú… Tú también eres…?

Sonrío dulcemente antes de tomar un sorbo de café.

—He crecido escuchando las hazañas de Thor y las artimañas de Loki.

Esta vez, me veo obligada a pasar mi dedo por debajo de su mentón para que cierre la boca. Pero entiendo su sorpresa. En Estados Unidos, el porcentaje de paganos no alcanza el 0,1 %, y mira por dónde, mi compañera comparte la misma religión que yo.

Necesita unos segundos, pero Lola acaba aceptando la noticia.

—¡Estábamos destinadas a encontrarnos! —concluye, emocionada.

No sé si los dioses o las Nornas tienen algo que ver con nuestro encuentro, pero estoy realmente contenta de conocerla. Mi sexto sentido me dice que nos vamos a llevar bien. Y, además, el hecho de que comparta mi fe es como si tuviera un pedazo de mi casa aquí, en esta nueva ciudad.

El tiempo es increíble y la agradable brisa levanta las hojas de los árboles.

Lola y yo estamos disfrutando de los últimos rayos del sol en el mismo lugar que hace una hora. Me siento bien, realmente bien, y Lola ya llena la soledad que tenía miedo de sentir tras la partida de mi madre. Si esta chica no existiera, habría que inventarla.

—¡Te lo juro! —me dice bromeando—. Estaban pálidos, ¡yo misma pensé que el corazón de mi abuela estaba a punto de fallar y que el rayo de Thor me iba a matar! Pensaban que limpiaría el honor de la familia tras lo que mi hermano hizo, ¡pero no!

De todas las personas de las que me ha hablado, al que menos ha nombrado ha sido a su hermano, como si fuera un tema tabú.

—¿Qué hizo tu hermano?

Lola se ahoga con el café, lo que aviva mi curiosidad, pero desvío la mirada para que no se sienta observada y obligada a responder.

—Digamos que no hizo lo que mis padres esperaban de él.

—¿Habláis de mí? —pregunta una voz ronca detrás de nosotras.

Las dos nos giramos sobresaltadas. Un chico que parece el gemelo de Lola camina hasta estar de pie delante de nosotras. Tiene el cabello castaño, pecas y rasgos afilados pero amables, y un cuerpo musculoso.

¡Su hermano es increíblemente guapo! Si no tuviera un poco de control sobre mí misma, estaría babeando como el resto de las chicas de la universidad.

Mi mirada se desliza por su chaqueta de cuero negro hasta sus dedos tatuados con runas, una señal de que él también comparte mis creencias, como su hermana.

—¡Encantado! Soy Set, ¿y tú eres…?

—Avalone.

Alzo los ojos hacia él encontrando una mirada llena de picardía, pero de repente palidece, sin apartar la vista. Su mirada pierde intensidad y un miedo primitivo lo invade.

Me gustaría decir que estoy sorprendida por su reacción, pero no es así. Los pocos paganos con los que me he podido cruzar interpretan mi mirada como un mal presagio. Excepto mi madre. Y por lo que se ve, mi compañera de habitación.

Lola chasquea los dedos y su hermano vuelve a la realidad. Mira fijamente a su hermana, sacude la cabeza, y después se concentra en mí. Me observa, pero desvío la mirada maldiciendo mentalmente a los dioses que me han dado estos reflejos ámbar en los ojos.

—Perdóname —se excusa—. No me cruzo a menudo con bellezas tan… *desconcertantes.*

Me contengo por los pelos de poner los ojos en blanco mientras Lola no puede quedarse quieta, no para de moverse en su sitio, claramente molesta.

—Encantado de conocerte, Avalone. ¡Que tengáis un buen día!

Pasa delante de nosotras y después se aleja hacia la carretera con pasos seguros y decididos, aunque un poco apresurados. Todas las miradas se fijan en él, sin duda por su físico, pero a mí lo único que me interesa es la serigrafía blanca en la espalda de su chaqueta de cuero. No consigo leerla, pero puedo discernir la calavera representada debajo, con un Vegvísir grabado en su frente, un símbolo de nuestra religión.

—Devil's Sons.

Aparto la mirada de la espalda de Set para mirar a mi nueva amiga.

—Es lo que hay escrito en su chaqueta —continúa ella.

Mira fijamente la hierba que presiona entre sus dedos, pareciendo realmente incómoda.

—Es parte de una banda. Te habrías enterado rápidamente de todos modos, así que es mejor que te lo diga yo.

Abro los ojos de par en par y me atraganto ruidosamente antes de caer en la cuenta de que aumento la incomodidad de Lola. Me obligo a calmarme. Mi expresión es la única que se mantiene tensa.

«Una banda en la universidad, ¿en serio?».

Aunque Set tiene muchos tatuajes y un buen físico, no parece capaz de hacer atrocidades.

Sacudo la cabeza antes de sonreírle a Lola para hacerle ver que no tiene por qué sentirse avergonzada. Sin embargo, a pesar de la sonrisa, se me hace un nudo en la garganta cuando pienso en la posibilidad de que sean criminales peligrosos.

—¿Tienes novio? —me pregunta Lola cambiando de tema rápidamente.

Respondo negativamente.

—¿Cómo es eso posible?

Me encojo de hombros y miro hacia otro lado.

—No estoy buscando novio. ¡Además, debo admitir que no tengo montones de pretendientes! —Me río sarcásticamente.

Lola se muere de risa mientras se lleva una mano a la frente, como si tuviera la pieza que le falta al rompecabezas.

—¡Te tienen miedo!

Levanto las cejas, sin entender nada, y mi nueva compañera parece sorprendida.

—¿Pero tú te has visto, Avalone? ¡Eres la belleza pagana en persona! Y por todos los dioses, ¡tienes un cuerpazo!

Mentiría si dijera que no soy consciente de mi belleza, incluso si no soy el tipo de todo el mundo. Sé que tengo buena genética. Mi cabello es rubio platino, largo y ondulado, mis ojos son verdes y tienen un toque marrón claro en las pupilas que crea la ilusión de reflejos ámbar. Dos hoyuelos surcan mis mejillas cuando sonrío, y a pesar de mi dieta, tengo algunas curvas, seguramente gracias al poco deporte que no debería practicar.

Entrecierra los ojos para observar los míos, y lucho por no girarme, esperando a que saque las mismas conclusiones que los demás.

—Son preciosos, pero con un resplandor que les da una dureza poco común… ¡Una mirada de asesina!

Y cuando me sonríe, no parece asustada, como si no hubiera reconocido el mal presagio que los paganos ven en los reflejos ámbar de mis ojos: las llamas del Ragnarök.

—La prueba para las animadoras empieza mañana, por si te interesa.

El alivio que había sentido unos segundos antes casi se ha desvanecido dejando paso a la resignación. Lola, dándose cuenta, se recuesta boca abajo y me observa fijamente.

—Avalone Lopez, ábrete a mí. Por si aún no confías en mí, voy a confesarte algo: me comí los mocos a escondidas hasta los diecisiete años.

La ruidosa carcajada que se me escapa provoca la suya. No es hasta que nos damos cuenta de que la gente nos está mirando que mi compi se altera, aterrorizada ante la idea de que alguien haya podido escuchar su confesión.

Parece aliviada cuando vuelven a sus actividades sin hacer ningún comentario.

—Entonces, ¿qué me dices? ¿Un secreto por otro?

—El mío no es tan divertido —le advierto.

Ignora mi comentario con un gesto de la mano y me dice que no hay que discriminar los sentimientos. Y es precisamente ese comentario el que me convence para fiarme de ella, porque sus respuestas cómicas cortan cualquier tipo de tensión.

—Tengo un problema cardíaco que me impide hacer deporte. —Normalmente, me hubiera parado ahí, pero a Lola quiero contárselo. Después de todo, le debo al menos eso, tras la confesión sobre sus muy cuestionables gustos culinarios—. Mi madre consumía metanfetamina cuando era joven. Después conoció a mi padre. Dejó de consumir y se quedó embarazada, pero él falleció antes de que naciera y tuvo una recaída. La consumió mientras estaba en su vientre. Solo una vez. Sin embargo, fue suficiente para que naciera con una malformación que generó una insuficiencia cardíaca. Mi madre está rehabilitada desde hace mucho tiempo, y nunca la he culpado. Se desvive por mí, y siempre le estaré agradecida por ello.

Los ojos de Lola brillan llenos de lágrimas, y por primera vez, no desvío la mirada. Porque no veo compasión ni juicios en ellos, más bien comprensión.

—Lo siento mucho, Avalone. No debe de ser fácil para ti.

Con esta chica es fácil sincerarse. Nunca me había abierto tan rápidamente con nadie y, a decir verdad, me siento bien. Me siento más ligera y no temo el momento en el que tenga que confesarle todo sobre mi enfermedad, esa que siempre está sobre mi cabeza, como la espada de Damocles.

Disfrutamos del sol unos treinta minutos más, después volvimos a la habitación con un ambiente agradable, y con los pómulos ligeramente enrojecidos.

—¿Qué vas a hacer estos tres días antes de que empiecen las clases?

—No lo sé, seguramente ir a la biblioteca a adelantar cosas de clase —le respondo sentándome en mi cama.

—¿Eres una empollona? —me pregunta sorprendida.

—Digamos que prefiero ir adelantada que retrasada.

Ante el destello pícaro que brilla en sus ojos, le muestro mi dedo corazón.

—¡Ni se te ocurra pensarlo, no voy a hacerte los deberes!

Levanta las manos de manera inocente, pero su mirada la traiciona y me saca una sonrisa. Sé que lo intentará más tarde, pero ahora, se le ocurre otra idea.

—¿Y si salimos esta noche? ¿Puedes beber a pesar de tus problemas cardíacos?

—Tengo que evitar los chupitos, ¡pero puedo beber! —miento descaradamente.

Lola comienza a bailar de felicidad mientras enumera los nombres de los bares de Ann Arbor. Como yo aún no conozco la ciudad, ella tiene total libertad para pensar en nuestro destino, que termina manteniendo en secreto para crear un poco de misterio.

Cambia completamente de actitud cuando mira el reloj. Solo tenemos dos horas para prepararnos y cenar, lo que para ella parece inconcebible.

Entonces, se trasforma en un torbellino. Sin preámbulos, coge su neceser de baño y me arrastra hasta las duchas comunes evitando por poco a las estudiantes a nuestro paso.

Bajo el chorro de la ducha, mi vecina de cabina y nueva compañera de habitación me sorprende cantando a pleno pulmón. ¿Quién hubiera pensado que un cuerpo tan pequeño podía desplegar tanta potencia en las cuerdas vocales?

«¡Encima canta superbién!».

De nuevo en el cuarto, es como un campo de batalla. La ropa vuela a través de la habitación, acompañada por los gruñidos de frustración de Lola. Al final, encuentra un sencillo vestido rojo y me interroga con la mirada. Hago un gesto de aprobación y recibo a cambio una enorme sonrisa.

Registro mi armario —no obstante, sin asaltarlo— y le echo un vistazo a mi falda corta de satén negro y a un top beis de mangas anchas. Mi compi lo aprueba, con los pulgares en alto, y como dos adolescentes entusiasmadas, nos ponemos nuestros conjuntos.

Después de maquillarnos, con los tacones puestos y nuestros bolsos en la mano, nos reunimos en la cafetería para recoger nuestra cena. Solo tenemos tiempo de sentarnos en medio de los estudiantes antes de que se nos acerque un chico con los rasgos tensos. Su rostro duro, junto con los puños que coloca en nuestra mesa y la cazadora de cuero negro que lleva, hace que me eche hacia atrás.

«Un Devil's Sons enfadado».

—¿Has visto a tu hermano? —le suelta a Lola.

Se da cuenta de mi presencia y, tras un rápido vistazo, su mirada vuelve finalmente a la mía. Su reacción es inmediata: palidece visiblemente y traga a duras penas, inmóvil.

«Por todos los dioses, ¿él también es pagano?».

—No —responde molesta—. No desde este mediodía, Sean.

Las palabras de Lola devuelven al Devil's Sons a la realidad y gira el rostro tan rápido como si le hubiera abofeteado. Su enfado vuelve de golpe y su puño cae sobre la mesa con violencia, sobresaltándome.

Ahora que ha llamado la atención de todos sobre nosotras, se va tan rápido como ha venido. ¡Y qué sorpresa descubrir un Vegvísir decorando la frente de la calavera en su cazadora de cuero!

—¿Todos los miembros de la banda son paganos? —le pregunto.

—Sí. Después de todo, ¿qué persona estaría tan loca como para meterse en una banda si no tuviera la ética del Ásatrú?

Fuerza. Coraje. Honor. Alegría. Pragmatismo.

—¿Qué hacen exactamente?

La pregunta sale de mis labios sin que haya podido pensar en ello antes. ¿Tengo ganas de conocer las actividades de una banda cuyos miembros estudian en mi universidad?

Lola juega con su comida, pensativa.

—No lo sé, nunca he preguntado. Pero la gente dice que están metidos en la droga y en las armas. En el tráfico de armas, perdón.

—Pero si todo el mundo está al corriente, ¿cómo pueden continuar con sus negocios?

—Todo el mundo los conoce en esta ciudad. Tienen mucha influencia, la pasma cierra los ojos, y aquellos que no están corrompidos no tienen ninguna prueba para arrestarlos.

No digo nada, demasiado pensativa como para decir algo coherente.

«Una banda que hace actividades ilegales en mi universidad… ¿Y si matan gente?».

Ese simple pensamiento me da ganas de vomitar y me hace estremecerme. Pero me aferro a la idea de que Set parecía muy simpático antes de examinarme detenidamente.

Deben de tener un jefe con muchas conexiones. De lo contrario, ¿cómo podrían los estudiantes salir impunes de todos sus crímenes y delitos?

La atmósfera no se aligera hasta que llegamos al cuatro por cuatro de Lola en el *parking* de la universidad y encontramos de nuevo nuestro entusiasmo. Y ahí estamos, abalanzándonos a las calles de Ann Arbor, con *I Write Sins Not Tragedies* de Panic! at the Disco a todo volumen en el coche.

Tras diez minutos de karaoke a pleno pulmón, Lola acaba aparcando el coche delante de un edificio que no da ninguna pista sobre su interior. Cerramos con fuerza las puertas detrás de nosotras y mi compañera de habitación extiende el brazo hacia el edificio en un gesto teatral.

—¡Este es el Degenerate Bar!

2

Cogidas del brazo, Lola y yo empujamos las puertas insonorizadas del bar. Y entonces, caos.

La música y los gritos me hacen frenar de repente por la sorpresa. Los juegos de luces iluminan cada rincón del lugar bañando a la gente solo para zambullirla en la oscuridad un segundo después. Los *flashes* siguen el ritmo desenfrenado de la música pop, enviando de inmediato a cualquier epiléptico al hospital.

Necesito varios segundos para que mis sentidos se acostumbren al ambiente antes de entrar en el interior, bajo las gélidas miradas de dos porteros. Entre la ya compacta multitud, un gigantesco mostrador de unos veinte metros se extiende en medio de la sala, rodeado de mesas dispuestas aquí y allá.

Sin soltarme ni un segundo, Lola se abre paso a codazos hasta el bar donde llama a un camarero. Una gran sonrisa se extiende por los labios de este cuando la ve y, coctelera en mano, se acerca.

—¡Lola! ¡Cuánto tiempo!

Se dan un acalorado abrazo por detrás del mostrador, después mi compi me acerca a ella para presentarme a su amigo.

—Liam, te presento a Avalone, mi nueva compañera de habitación.

Me da una sonrisa deslumbrante y un apretón de manos mientras prepara los cócteles, e intercambiamos algunas palabras de cortesía. Es difícil hacer más con la música tan alta.

Sentadas sobre altos taburetes delante del bar, Liam deja delante nuestra dos bebidas diciendo «invita la casa». Tras agradecérselo, brindamos y bebemos ese delicioso néctar. Soy incapaz de decir con qué base está hecho, dado que tengo poca experiencia con el alcohol, pero una cosa está clara: está delicioso. Nunca había bebido algo así de rico.

El ambiente es todo lo que me gusta. Solo hay risas, baile y canciones cantadas a coro. Una energía festiva circula por todo el bar, sin evitar a nadie. Las emociones negativas se han quedado ante las puertas insonorizadas para disfrutar una noche atemporal. Todo son brindis, gritos y flirteos. Lola y yo somos arrastradas por el frenesí. Nos quedamos sin aliento, cantando y riendo, en parte gracias a Liam y sus bromas tan malas como graciosas. Intento ignorar algunas de sus miraditas como si no hubieran pasado, hasta que mi nueva amiga pone el tema sobre la mesa e intenta empujarme a sus brazos cuando nos da la espalda.

—No estoy aquí para buscar novio. Quiero concentrarme en mis estudios, no tengo tiempo para relaciones.

Lola me mira, sorprendida, mientras pongo los ojos en blanco, divertida.

—¡Pero es la universidad! ¡Tienes que divertirte, son nuestros últimos años antes del trabajo y las responsabilidades! ¡Es nuestra última oportunidad de disfrutar antes de la vida adulta!

No tengo tiempo de responder porque se oye un alboroto inexplicable en la pista de baile. Se escuchan gritos estridentes en el bar, la gente se junta y presencia lo que parece ser una pelea.

—¡Es un Devil's Sons! —grita un hombre levantando su cerveza.

Otros se unen a él en su brindis y esos idiotas animan a los camorristas.

Desesperada, me giro hacia Lola, pero ella pasa en un visto y no visto delante de mí y desaparece precipitadamente entre la multitud, preocupada por su hermano.

«¡Mierda!».

Salto de la silla y empujo a varias personas para abrirme paso entre la marea humana. De puntillas, busco una cabeza castaña que me cuesta localizar. Los juegos de luces no ayudan, la multitud se encuentra sumida en la oscuridad de forma intermitente. Se me escapa un chillido cuando me aplastan los dedos de los pies, pero aprieto los dientes y sigo avanzando. Casi pierdo el equilibrio en dos ocasiones y, por fin, aparece Lola delante de mí. Me abro paso a codazos una última vez para unirme a ella y agarrarme a su brazo, aliviada. Sin embargo, no me hace el menor caso.

Está inmóvil ante la escena que se desarrolla delante nuestra.

No es Set quien está a punto de pelearse, pero, por la chaqueta de cuero, sí es un Devil's Sons.

Inclinado sobre un hombre que lucha por continuar consciente, levanta el puño y lo derriba con tanta violencia que me sobresalto con los ojos desorbitados por el horror. El sonido del impacto resuena en mi cabeza y me da ganas de vomitar, pero está lejos de haber acabado. A pesar de la sangre que gotea en el suelo, el Devil's Sons prepara el brazo de nuevo. No le veo el rostro y, aun así, siento su odio. Es sofocante, devastador. Lo demuestra golpeándolo de nuevo. Se oye un crujido siniestro y, esta vez, su rival pierde el conocimiento. Pero el miembro de la banda lo golpea una y otra vez. Se ensaña contra su adversario o, más bien, contra su víctima, como si quisiera rematarlo. Y se arriesga a conseguirlo si nadie lo detiene.

—¡Lo va a matar! —grita Lola angustiada.

Mira a su alrededor y busca a alguien que pueda intervenir. Los ánimos han desaparecido, solo quedan gritos de pánico, miradas frenéticas y aterrorizadas.

Algunos se dan a la fuga, pero nadie parece preparado para intervenir y salvar a ese pobre hombre en manos de ese demente. Incluso los porteros se quedan en su rincón, observando la carnicería.

—¡Hay que encontrar a los Devil's Sons para pararlo o lo va a matar! —me grita Lola, con lágrimas en los ojos.

Los dientes que veo volar por los aires antes de rebotar en el suelo acaban de convencerme. Sin pensarlo, me precipito hacia delante, cuando el brazo del Devil's Sons se eleva por enésima vez.

—¡Para, joder! —grito, completamente desbordada por la situación.

Agarro su mano a mitad de camino y la hago retroceder con todas mis fuerzas para evitar que cause más daño.

Escucho a Lola gritar de miedo cuando el motero se libera violentamente de mi control y se endereza rápidamente, siendo ahora una cabeza más alto que yo. Antes de entender que se ha girado hacia mí, observo con miedo cómo eleva el puño por encima de mi rostro.

Por todos los dioses.

Me va a golpear.

Me va a doler.

Y seguramente me va a dejar fuera de combate.

Estoy paralizada por su estatura imponente e intimidante, por no hablar de su mirada tan oscura como la nada. Toda la ira de los nueve mundos se ha refugiado en sus ojos, y es tan aterradora que seguramente me hubiera hecho pis encima si hubiera bebido una copa de más. Pero no recibo ningún golpe.

El Devil's para de golpe su movimiento al descubrir que no soy más que una chica frágil que sufriría mucho si su puño se precipitara sobre mi cara; puño que está suspendido en el aire mientras su mirada sombría de lunático deja paso, poco a poco, a un intenso verde.

No suspiro de alivio. Simplemente no encuentro el aire ante semejante belleza. Una nariz recta por encima de unos labios carnosos y sensuales, casi enfurruñados. Una masculinidad acentuada por una mandíbula cuadrada. Lleva el pelo negro despeinado con algunos mechones cayéndole sobre la frente. Los tatuajes cubren casi cada centímetro de su bronceada piel. Es alto, fuerte, poderoso y emana un aura violenta, de antipatía. *Peligrosa.*

Su hostilidad disminuye cuando, con la cabeza ligeramente inclinada hacia un lado, se pierde en mi mirada. Mientras que a sus amigos le aterroriza lo que ven cuando me miran, él parece fascinado.

Me observa, me examina, como si quisiera conocer el secreto de los dioses y la respuesta se encontrara en mis ojos.

El contacto se rompe cuando un chico salta encima de él y le pega un puñetazo en el costado. Pero el Devil's Sons no pestañea. Se podría decir que no ha sentido nada. Mientras sus ojos verdes siguen fijos en mí, puedo ver cómo se vuelven negros y se llenan de una ira indómita de nuevo. Antes de girarse ante su nuevo adversario, con los músculos tensos, distingo su escalofriante sonrisa sádica. Y no soy la única que palidece. El otro chico traga a duras penas y retrocede un paso, lamentando el golpe que acaba de darle al Devil's Sons. Pero es demasiado tarde. Este último hunde su puño en el vientre de su nueva víctima, dejándolo sin respiración.

Una mano fuerte tira de mí hacia atrás para evitar que reciba un golpe y me encuentro aplastada contra el pecho de Set, el hermano de Lola. Examina minuciosamente mi rostro para confirmar que no tengo nada con una calma inquietante. El miedo que le hice sentir esta tarde parece haber desaparecido ante el alivio de verme sana y salva. Sin embargo, es por poco tiempo. Ahora está furioso.

—¿Pero qué coño te has tomado? ¿Has perdido la cabeza?

Y yo que pensaba que Set no tenía el aspecto de un pandillero, me equivocaba. Sus rasgos cansados le cambian por completo el rostro y lo hacen parecer aterrador, peligroso.

No me gusta el tono que emplea conmigo. Me libero de su control, y me doy cuenta de la presencia de otro Devil's Sons a su lado. Tiene la cabeza rapada y sus tatuajes le suben por el cuello y la nuca hasta extenderse sobre lo alto de su cráneo. También tiene en la sien y en la esquina de su ojo derecho. No necesita estar enfadado para parecer aterrador. Detrás de su calma aparente se esconde seguramente una tempestad mortal.

Cuando un ruido inquietante nos alcanza, los dos Devil's Sons se giran hacia su compañero que golpea continuamente a su segunda víctima, también inconsciente. Se les escapa una ristra de palabrotas e intervienen rápidamente, pero con cierto cansancio por parte del que tiene la cabeza rapada. Empujan sin miramientos a las personas que están en su camino hasta llegar al centro de la pelea, sujetan a su compañero por los brazos y lo obligan a retroceder utilizando todas sus fuerzas para conseguirlo.

El demente se libera violentamente de sus dos amigos, y la extraña sensación de que es capaz de golpearlos a ellos también me da ganas de vomitar. A estas alturas no es cuestión de si voy a vomitar, sino de cuándo voy a hacerlo, porque si hay un golpe más, mi estómago no lo aguantará.

Set toma el rostro de su amigo en sus manos para captar su atención y calmarlo, pero el camorrista se libera, cerrando y abriendo los puños, fuera de sí. A pesar de todo, Set no se rinde, repite la operación y acaba consiguiendo lo que quiere. Entonces, le dice algo que solo él escucha. Este último tensa la mandíbula, pero parece resignarse a dejar el asunto. Lanza una última mirada antipática a sus víctimas, y después fija su mirada en mí. El verde de sus ojos se esconde detrás de la oscuridad de su alma y, por eso, su mirada me atormenta. Frunce el ceño despectivamente, y estoy segura de que quiere decir: «¡No te acerques más, basura!». Después, da media vuelta y sale del bar por la puerta de atrás, que abre de una patada.

Set y el otro miembro de los Devil's Sons levantan sin miramientos a los dos heridos que se tambalean peligrosamente al recuperar el conocimiento. Incluso tienen la amabilidad de dejar que se apoyen en ellos mientras recobran el equilibrio.

—¡Largaos y no volváis a poner un pie aquí! —dice Set, con un tono glacial.

Los dos hombres se van del bar sin decir nada, con el rostro desfigurado.

La gente vuelve poco a poco a lo suyo como si no hubiera pasado nada, pero Lola y yo no nos movemos. Nuestras miradas están fijas en los dientes esparcidos por el suelo y las numerosas salpicaduras de sangre. Su temblorosa mano estrecha la mía y jadea, en *shock*.

—Te presento a Clarke Taylor, el mejor amigo de mi hermano.

Hablando de su hermano, se dirige peligrosamente hacia nosotras. Nos agarra fuerte por el brazo y nos empuja hacia la salida como si fuéramos dos niñas a las que hay que regañar por su irresponsabilidad.

—¿Pero qué haces? —protesta Lola.

Set no responde y nos arrastra fuera del bar por la puerta que Clarke ha usado hace un par de minutos.

—Volved al campus. Esta noche es peligroso estar fuera.

—¡Ah, no! —dice Lola sacudiendo la cabeza—. ¡Si quieres que volvamos, necesitamos más explicaciones!

Set suspira, pero los brazos cruzados de su hermana son inapelables.

—El jefe de una banda ha perdido el control de sus hombres y están provocándonos en nuestro territorio.

Mi compañera de habitación abre los ojos como platos y sus brazos caen, signo evidente de su rendición. En cuanto a mí, me doy cuenta de que Ann Arbor es un patio de recreo para las bandas.

—Eso quiere decir que esos dos hombres…

Set asiente.

—No tenían derecho a estar aquí. Clarke les dio ganas de venir a hacerse los duros. ¡Volved, ahora mismo! Hay otros de los que no nos hemos ocupado todavía. —Tras estas explicaciones, Set da media vuelta y se aleja.

Lola y yo nos miramos preocupadas antes de dirigirnos hacia el coche sin protestar. No tenemos ganas de encontrarnos en mitad de un arreglo de cuentas entre dos bandas.

Abro la puerta del copiloto cuando un ruido sordo nos sobresalta. Set acaba de empujar a Clarke contra la puerta metálica de un garaje mientras que el Devil's de la cabeza rapada se limpia las uñas, totalmente indiferente a la situación.

—¡Carter no debe enterarse de lo que ha ocurrido, sino estamos todos muertos! —grita Set.

Clarke coge a su mejor amigo por el cuello de su cazadora de cuero e invierte posiciones. Hago una mueca al escuchar el golpe de la espalda de Set contra la pared, pero no es nada comparado con el puño de Clarke sobre su rostro.

Lola se estremece y aparta la mirada antes de lanzarse al coche. Enseguida la imito, lista para consolarla. Contra todo pronóstico, no parece triste. Más bien parece cansada, agotada de preocuparse por su hermano.

Guardo silencio, pero estalla en una risa nerviosa.

—¡De verdad tengo que enseñarte las reglas de esta ciudad! Primero, si ves a Clarke peleándose, huye. Cuando está en ese estado podría golpear a un cachorrito, ya ni hablemos de los golpes perdidos que te podrías llevar. Segundo, no intervengas *nunca.* Si hubiese una palabra más fuerte que *nunca,* la utilizaría porque te aseguro que esta tarde, has tenido una suerte increíble. —Suspira con alivio tras haber tenido claramente mucho miedo por mí—. En resumen, si ves a Clarke, vete lo más lejos posible. Porque si mi hermano y los Devil's Sons no están cerca, no habrá nadie para pararlo, y entonces...

Su frase muere en un pequeño y agudo grito de angustia cuando se imagina lo que podría haber pasado. Yo no tengo nada que decirle, aún impactada por tanto odio. No creía que un cuerpo pudiera soportar tanto.

Escucho sus palabras y la creo. Clarke Taylor, con su mirada sombría, es innegablemente alguien peligroso. Es incontrolable y claramente lo bastante fuerte como para haber sometido él solo a dos hombres casi tan grandes como él.

No tardamos mucho en llegar al campus y a nuestra habitación. Tras habernos duchado, nos acostamos en nuestras camas y Lola comienza a reírse, más tranquila esta vez. Giro la cabeza sin entenderlo.

—¡Estás superloca, no me lo puedo creer! ¡Has contenido a Clarke Taylor en plena pelea! Nadie, nunca, aparte de los miembros de la banda, se ha atrevido a intervenir.

Hago una mueca mirando al techo y vuelvo a pensar en su fuerte puño justo delante de mi rostro. Pensé que iba a morir de verdad.

—¿Qué hacen aparte de estar en la banda?

—Todos van a la universidad, pero es raro verlos en clase. Sus actividades ocupan todo su tiempo.

Vuelvo a pensar en Clarke, en ese odio que lo come por dentro. Debe de ser un agujero sin fondo, una fuente infinita.

—¿Qué le habrá pasado para estar así de enfadado?

Por cómo se le ensombrecen los ojos, adivino que Lola sabe de lo que hablo. Y conoce la respuesta a mi pregunta.

—Sus padres fueron asesinados delante de sus ojos. Tenía catorce años.

El corazón se me comprime en el pecho antes de caer al fondo de mi estómago, duro como una piedra. Abro la boca, pero no digo nada. ¿Quién puede asesinar a unos padres delante de su hijo? No entiendo cómo se puede ser así de inhumano. Pero, ahora, la oscuridad en los ojos de Clarke es legítima. Yo no me volvería a levantar si presenciara la muerte de mi madre. El simple pensamiento me pone los pelos de punta.

—Hay tanta ira en él que es el miembro más violento de los Devil's Sons —continúa Lola—. Es incontrolable. Si crees que la pelea de esta tarde ha sido violenta, es porque no lo has visto hace un par de días cuando envió a tres chicos al hospital. Todos los Devil's Sons estaban ahí para contenerlo y, aun así, pensé que no serían capaces de pararlo.

Trago con dificultad y mi voz no es más que un susurro cuando vuelvo a hablar.

—Y todavía está libre…

—Gracias a Carter Brown, su jefe. Si todos temen lo que pueden hacerles físicamente los Devil's Sons, es porque Carter es el cerebro. Se le ve muy pocas veces, prefiere quedarse detrás de su escritorio para preparar todo tipo de golpes. Él da las órdenes, y sus hombres las ejecutan. Cincuentón y millonario, no mucha gente puede sostenerle la mirada. Aparte, claro, de los Devil's Sons. Al parecer el jefe tiene en cuenta particularmente la opinión de Jesse, el de la cabeza rapada, aunque Clarke sea su segundo.

Me enderezo en la cama y me giro hacia Lola en una incomprensión que me molesta.

—¿Por qué hacen eso? No entiendo qué les aporta.

Se encoge de hombros, dividida.

—Darían sus vidas por salvarse los unos a los otros. Son una familia. Cuando a Clarke casi lo echan de la banda por sus excesos de violencia incontrolable, los Devil's lucharon contra Carter para hacerle cambiar de opinión, pero, para mí, el jefe no tenía realmente la intención de echarlo. No puede prescindir de Clarke, aunque solo sea por su reputación. Al parecer, está muy solicitado por otras bandas.

Le pregunto a Lola si es cercana a su hermano. Cuando me confiesa que se lleva bien con él, pero que no pasan tiempo juntos, me tranquilizo. No quiero juntarme con los Devil's Sons, porque está claro que acercarme a ellos no me aportará nada bueno. Puede que no sean los peores desechos del planeta, no obstante, siguen siendo violentos y sus actividades son ilegales. Son delincuentes, criminales, y no debería juntarme nunca con ellos, de una forma u otra.

3

Los tres días antes de comenzar las clases han pasado a una velocidad increíble. No he tenido tiempo para aburrirme. He ido a estudiar a la biblioteca y he estado el resto del tiempo con Lola. La quiero mucho. Nunca hubiera pensado que podría crear lazos tan rápidamente con alguien, y su presencia en esta nueva etapa de mi vida es reconfortante. Habla sin parar. Está un poco loca, dentro del límite razonable. Aunque eso aún está por ver. No es la alumna más aplicada que existe, pero es muy inteligente, a pesar de su apariencia de «me paso todo el día riendo, las cosas serias no son para mí». Y por encima de todo, lo que más me gusta de ella es su sinceridad y su espontaneidad.

Esta mañana, tras haberle tirado mi almohada a mi compi para que apagara su despertador del demonio y saliera de su cama, me he levantado de buen humor, lista para comenzar las clases.

Salimos de nuestra habitación charlando y atravesamos el campus en dirección a los anfiteatros. Lola, como buena amiga, me acompaña hasta mi clase para evitar que dé vueltas y me pierda. Una vez delante de la puerta, me da un beso en la mejilla y se va a su primera clase bostezando sin la más mínima discreción. Como todavía tengo quince minutos, decido ir a la cafetería para tomar una buena dosis de cafeína. Entro en la gran sala y voy hacia el mostrador donde pido un café XXL. Cojo el vaso, le doy las gracias a la camarera y voy a la salida bebiendo un sorbo que, claramente, me quema la lengua, las mejillas, el paladar y la garganta.

«No aprenderé nunca…».

Cuando pensaba que nada podría ser peor que esa sensación, alguien se choca conmigo y casi me caigo. Una mano me agarra por los pelos, pero el mal ya está hecho. Un dolor punzante nace en mi hombro, tan fuerte que tengo la impresión de haberme chocado con un muro.

—¡Si tengo el hombro dislocado, voy a presentar una denuncia contra tu gimnasio, imbécil!

Con los labios apretados, levanto la vista hacia el dueño de la mano y me encuentro con Set, con el ceño fruncido y una mirada amenazante. A este combo aterrador se le añade un ojo morado causado por su mejor amigo hace unos cuantos días. Sin embargo, su expresión cambia drásticamente cuando me reconoce, como si ser la amiga de su hermana me diera privilegios.

—Avalone.

—Set.

A su lado se encuentra el enésimo Devil's Sons, y…

—El imbécil en cuestión es Clarke —me dice Set con una sonrisa traviesa.

Mierda.

Acabo de insultar al chico que ha enviado a varios hombres al hospital a base de puñetazos y no parece muy contento de verme. La mirada que me lanza está lejos de ser cálida, es todo lo contrario.

«¿Es incapaz de relajarse dos segundos? ¡Que no he asesinado a su madre, por los dioses!».

Trago a duras penas y me enfrento al velo de oscuridad en su mirada que parece que nunca desaparece. ¿Cómo consigue vivir teniendo en su mente el recuerdo del asesinato de sus padres? ¿Los escucha gritando en sus sueños, justo antes de que perdieran la vida? ¿Vuelve a ver sus rostros asustados, suplicantes? ¿Qué tipo de pensamientos sombríos lo mantienen despierto por la noche?

Esta curiosidad dañina me lleva hasta mi propia madre. ¿Sobrevivirá a mi fallecimiento o su alma acabará tan dañada como la de Clarke?

El carraspeo de Set me devuelve a la realidad. Desvío inmediatamente la mirada del chico torturado para concentrarme en el hermano de Lola.

—Te presento a Clarke —me dice señalándolo con el dedo—. Y él es Tucker.

En mi mente aparece la lista de todos los Devil's Sons.

«Set, el hermano de Lola. Sean, el que por poco rompe nuestra mesa en dos. Clarke, el violento incontrolable. Jesse, el indiferente con cabeza rapada. Y ahora Tucker. ¿Pero cuántos son exactamente?».

Sonrío educadamente a Tucker, que es un poco más bajo que sus dos amigos. Rubio de ojos marrones, su largo cabello casi le daría la apariencia de surfero si su piel no estuviera cubierta de tatuajes. Como todos los Devil's Sons que he conocido, es increíblemente guapo, como sacado directamente de una revista. La testosterona que liberan estos tres llena la cafetería.

—Chicos, os presento a Avalone, la amiga más guapa de mi hermanita.

Tucker me sonríe torpemente antes de abrir los ojos de par en par.

—¡Espera! ¿Eres tú la que contuvo a Clarke la otra noche?

Con la sensación de ser un animal salvaje atrapado ante los faros de un coche, asiento lentamente. Tucker empieza a reírse con una risa sincera, contagiosa, y le da una palmada a Clarke en la espalda.

—¡Ah, bueno, joder, esta chica es valiente y no tiene miedo!

Set parece más controlado que el otro día tras el incidente y se ríe a su vez, pero la voz de Clarke hace callar a los dos.

—Fue un acto suicida y completamente estúpido. Aunque un buen golpe le hubiera puesto las ideas en su sitio. Que se ocupe de sus asuntos, en lugar de jugar a los héroes de tres al cuarto.

—No sé si eres gilipollas por Mercurio retrógrado, pero de nada, Clarke, ha sido un placer haber evitado que acabaras en la cárcel por asesinato…

Set y Tucker me miran sorprendidos antes de empezar a partirse de risa. Clarke es un caso aparte. Con mirada asesina y los puños cerrados, pasa entre sus amigos, lentamente, para plantarme cara.

Sobrepasándome una cabeza a pesar de estar subida sobre unos tacones altos, acerca su boca a mi oreja.

—¿Te gusta llamar la atención? —dice con voz fría—. No lo voy a repetir una tercera vez, preciosa. No te metas en nuestros asuntos o te vas a arrepentir…

Un desagradable escalofrío me recorre el cuerpo y decido no responder, aunque tenga que morderme la lengua para contenerme. Pero eso no significa que baje la mirada y salga corriendo cuando se vuelve a encarar conmigo. En lugar de eso, me muestro despreocupada para ocultar el enfado que bulle en mi interior.

Como si no fuera más que un vulgar insecto en medio de su camino, Clarke pone una mano en mi hombro y me aparta a un lado sin miramientos antes de continuar su camino.

La sorpresa me deja boquiabierta durante unos largos segundos antes de que la rabia se apodere de mí.

¡Menudo cabrón!

Nunca nadie me había faltado al respeto de esta forma.

Con los puños cerrados, me giro hacia los Devil's Sons que quedan, que no han perdido nada de su diversión, y los fusilo con la mirada antes de irme.

—¡Que tengas un buen día! —me suelta Tucker, con una sonrisa en la voz.

Levanto el dedo corazón por encima de la cabeza y giro en el pasillo, gritando un montón de palabrotas que harían palidecer al mejor estudiante.

Entro en el anfiteatro muy enfadada y por segunda vez en media hora me choco con alguien. Hago un gruñido pasivo-agresivo, lo que hace reír a la persona que está frente a mí.

—Alguien se ha levantado con el pie izquierdo.

Alzo los ojos hacia el chico que me sonríe amablemente y al instante mi rabia se evapora gracias a su buen humor. Pero no dice nada durante varios segundos, hipnotizado por mi mirada.

«Odín todo poderoso, no me digas que…».

—Soy Jackson —se presenta tendiéndome la mano.

—Avalone. Lo siento, no te había visto.

Le quita importancia con la mano y con una sonrisa.

—Sin problema. ¿Un mal despertar?

Nos apresuramos a entrar para encontrar sitio.

—No realmente, más bien estaba de buen humor.

—Entonces, ¿qué pasó?

—Un imbécil que no sabe ser agradecido y respetuoso.

Nos sentamos juntos en la quinta fila. Ni muy cerca del profesor, ni muy lejos por riesgo de no escuchar nada, según los prudentes consejos de Lola.

—Oh, en ese caso, acostúmbrate, hay bastantes en esta universidad.

Doy un largo suspiro mientras Jackson se ríe y el profesor entra. Todas las conversaciones se detienen y los Devil's Sons desaparecen de mi mente por la emoción de mi primera clase.

Es mediodía cuando acaba. Salgo de la clase con Jackson y encuentro enseguida a Lola, a unos veinte metros, que parece estar en mi busca. Agito los brazos sin éxito, entonces saco mi móvil para llamar a mi compañera de habitación.

—¡Te estaba buscando! —dice al descolgar.

—¡Y yo estaba haciéndote gestos!

La veo entrecerrar los ojos y girarse, para mirar al final el lado opuesto de mi ubicación.

—¡Vale! Solo tienes que gritar «ardilla» y me guiaré por el sonido de tu voz.

—¡Ni hablar!

—Oh, venga, ¡siempre he soñado con hacer eso!

En el momento en el que acaba de decirlo, su mirada se cruza con la mía. Cuelga y viene trotando hasta mí, con la cara enfurruñada. La consuelo prometiéndole pagar una consulta para el oftalmólogo, y después le presento a Jackson. Sin pensarlo dos veces, lo toma del brazo y lo empuja en dirección a la cafetería, abrumándolo con un montón de preguntas demasiado privadas para un primer encuentro.

Por mi parte, camino detrás de ellos y pillo la información al vuelo.

Jackson ha repetido su primer año de universidad. Viene de Chelsea, la ciudad de al lado, donde vivía con sus padres. Es hijo único, pero le hubiera encantado tener un hermano o una hermana. Tiene novia desde hace tres años, Aurora, con la que hizo el amor al final de la tercera semana de relación —sí, Lola quería saberlo—. Aurora está en el segundo año en la universidad de Missouri, así que se ven solo durante las vacaciones. Pero ellos confían en su amor y les deseo lo mejor.

Sentados alrededor de una mesa, con nuestra comida delante, Jackson se burla de mi mal humor de esta mañana y mi compi me pregunta con la mirada.

—Clarke —gruño.

—¡Ouch! ¿Te lo has vuelto a cruzar?

Asiento y señalo que estaba en compañía de su hermano y de Tucker.

—¿Conocéis a los Devil's? —pregunta Jackson, sorprendido.

—Set es mi hermano mayor —responde Lola, con la boca llena—. ¿Y tú?

La observa varios segundos, encontrando fácilmente el parecido. Después, una extraña emoción cruza su mirada.

—Clarke era mi mejor amigo de la infancia.

Abro la boca y miro fijamente a Jackson, perpleja, durante varios segundos.

«¿Cómo alguien tan amable como él ha podido ser amigo de alguien tan exasperante y violento como Clarke?».

Acabo echándole un vistazo a Lola que, con la boca abierta, nos ofrece una vista fantástica de su comida a medio masticar. Se recompone y se la traga.

—¿Qué ocurrió?

—Sus padres murieron y él cambió.

Me sorprendo preguntándome cómo era Clarke *antes* del incidente. ¿Cuáles eran los sueños de ese pequeño e inocente niño?

—¿Crees en Odín? —le pregunta mi amiga, con los ojos resplandecientes.

Miro a Jackson sabiendo ya su respuesta, y él la mira haciendo rápidamente la conexión. Todos los Devil's Sons creen en Odín, y como Set es su hermano, hay muchas posibilidades de que ella comparta su religión.

—¿Tú también? —le pregunta.

Lola le responde con una sonrisa. Después, Jackson se gira hacia mí y me mira fijamente una vez más.

—Tú también —confirma él.

Le guiño un ojo y mi compi suspira de alivio.

—Parece que nos han reunido las Nornas.

A su entender, nosotros somos los únicos paganos de esta universidad o, al menos, los únicos *verdaderos* paganos, sin olvidarnos de los Devil's Sons. Con la famosa banda, algunos se proclamaron paganos para acercarse a ellos, y otros se han inclinado hacia Ásatrú con el mismo objetivo.

—¡Impostores! —protesta Jackson.

Enseguida nos cuenta que su madre se encontró con la de Clarke en una recreación histórica vikinga. Se convirtieron rápidamente en amigas y sus hijos siguieron su ejemplo, sin importar los cinco años que los separaban.

Tras debatir sobre los estereotipos peyorativos que les ponen a los creyentes nórdicos, Jackson nos propone ir a una fiesta en la fraternidad Delta Beta Phi, de la que forma parte un amigo suyo que está en segundo. Lola y yo aceptamos sin dudarlo, esperando que esta termine mejor que la anterior. Después nos separamos para volver a clase.

Son las diez de la noche cuando mi compañera y yo salimos del campus de camino a la fiesta. Tras contarme todo tipo de historias inventadas sobre el posible amor de su vida que podría conocer en esa fiesta, Lola pone los altavoces de su cuatro por cuatro al máximo. Llegamos rápidamente a la gran residencia de la fraternidad con su nombre orgullosamente inscrito en la fachada.

Aparcamos sobre un paso de peatones en una calle contigua y vamos hacia la casa cantando a pleno pulmón *Old Town Road* de Lil Nas X. Rápidamente, la música de la fiesta nos alcanza. Dejamos atrás a una veintena de estudiantes en el porche, todos con un vaso en la mano, y entramos en el gran vestíbulo donde hay una maravillosa escalera de madera que llega hasta la entrada.

La fraternidad está repleta de jóvenes achispados a pesar de ser pronto, y yo me dejo embriagar por el ambiente despreocupado. Comienzo a mover el cuerpo al ritmo de la música con el bajo de mi vestido *boho chic* revoloteando alrededor de mis piernas.

Nos abrimos paso hasta el salón donde hay unas mesas enormes con muchas botellas de alcohol.

—Los vasos rojos significan que no te importa tener un rollo de una noche y los azules que buscas una relación estable —me explica Lola.

—¿Y los blancos?

Me hace una pequeña mueca de enfado, pero acaba contestando.

—Los blancos significan que no quieres ni lo uno ni lo otro.

—¡Genial!

Me apodero de uno de color blanco bajo la severa mirada de Lola, que ya tiene un vaso azul en las manos. Mientras ella opta por vodka con Red Bull, yo le echo el ojo al vodka con zumo de manzana, una mezcla mucho menos peligrosa para mi corazón.

Nos preparamos para brindar cuando Jackson viene a nuestro encuentro y nos da un efusivo abrazo.

—¡Me alegro de veros aquí! Os presento a Daniel, el amigo que vive en esta increíble residencia.

Siento cómo Lola se tensa ligeramente a mi lado y se pone roja. Estoy segura de que ya ve en Daniel el amor de su vida. Me llevo el vaso a los labios para evitar reírme, dejando que Jackson nos presente. Al final, se sirven una bebida —un vaso blanco para Jackson, y uno azul para Daniel— y brindamos los cuatro, marcando el inicio de esta fiesta.

Bailamos con las diferentes canciones y los vasos van uno detrás de otro en un ambiente de risa y alegría. Una cosa es segura: mis compañeros saben hacer fiestas.

El nuevo es muy cariñoso y sonriente, sobre todo con mi amiga. Parece estar bajo el encanto de sus ojos de cierva, *nada* exagerados. *Desafortunadamente*, empujo a Lola contra los brazos de Daniel y este la agarra teatralmente por el cuello antes de guiñarme un ojo discretamente.

Me río abiertamente, acompañada por Jackson, y los observamos bailar juntos, comentando las posibilidades de éxito entre esos dos. A simple vista, todo parece muy sencillo para Lola. Socializa fácilmente, es increíble. La envidio por eso. Yo no tengo tanta soltura, de hecho, no tengo ninguna. Cada vez que intento dejarme llevar, me choco de lleno contra la realidad. Y es lo que me ocurre ahora mismo. Mi corazón se acelera por todo el alcohol que he tomado y por haber bailado. Lleva un ritmo que no tiene la capacidad de soportar.

—Voy a tomar el aire, ahora vuelvo.

—Voy contigo —me dice Lola cogiéndome del brazo.

Nos deslizamos entre los estudiantes y llegamos rápidamente a la escalinata de la casa, para mi gran alivio.

—¿Está todo bien?

Le guiño un ojo a mi compi sentándome en los escalones.

Una arruga de preocupación aparece en su frente.

—Solo necesito recuperar el aliento.

Cierro los ojos, echo la cabeza hacia atrás y respiro tranquilamente, pero de forma profunda. Tengo que volver a bajar mi ritmo cardíaco.

—Voy a por agua.

Lola aparece algunos segundos después. Se sienta a mi lado y me tiende un vaso de agua que vacío de un trago. Cuando me doy cuenta de que es azul, le lanzo una mirada molesta a mi amiga, que mueve inocentemente las pestañas, haciendo que me muera de risa.

Seis Harley-Davidsons resplandecientes que aparcan delante de la fraternidad llaman nuestra atención. Reconozco a los moteros gracias a sus cazadoras de cuero y me tenso de inmediato, dispuesta a encontrarme con ese imbécil de Clarke Taylor.

Se escuchan algunos susurros alrededor. Después, la mitad de los estudiantes se convierten en admiradores que se hacen los simpáticos delante de la banda.

Los Devil's Sons bajan de sus motos y avanzan hacia nosotras, ignorando a la gente que los rodea para bromear entre ellos o pelearse. Me niego a adorarlos, y eso que su belleza y masculinidad me dejan sin aliento. El único que no comparte su estado de ánimo es el demente. Sus músculos tensos y su mandíbula crispada parecen talladas en mármol, como si fuera incapaz de relajarse. Clarke mantiene esa postura agresiva como una segunda piel.

Cuando los moteros suben el primer escalón, parecen recordar que supuestamente son pandilleros, ya que sus sonrisas se crispan y emanan algo de crueldad, pero falsa. Al menos, eso espero.

Sus miradas caen finalmente sobre nosotras mientras paran a nuestra altura, algunos curiosos, otros agradables, y el último sin expresión.

De los seis Devil's Sons que están aquí, solo hay uno que no conozco.

—¿Cómo estáis, señoritas? —nos pregunta Tucker.

—Solo hay que ver la cara de mi hermanito —responde Lola, irónica.

Set se acerca a ella, pícaro, y la despeina bajo los insultos de su hermana. Ella forcejea, pero él solo para cuando quiere.

—¡Devil's de mierda! —dice, molesta, volviendo a peinarse.

—No vamos a hacer de niñeras toda la noche… —escupe Clarke—. ¡Vamos!

La ira que sentí durante la mañana vuelve de golpe.

—¡Joder, pues no era Mercurio! —no puedo evitar decirle a Lola—. ¡El desplazamiento de un planeta no puede volverte así de gilipollas!

Mi amiga, a la que le he contado mi altercado de esta mañana con Clarke, me mira horrorizada. El aludido se para de golpe en un arrebato y, tras varios segundos de angustia, se gira despacio hacia mí, con los puños tan cerrados que sus falanges están blancas. Antes de que Clarke pueda hacer un movimiento más, los Devil's Sons hacen de barrera entre nuestros cuerpos, alertados por la ira de su compañero, salvo aquel el que aún no conozco. Me mira divertido, claramente al corriente de los insultos que le he podido lanzar a su amigo.

—Tranquilo, Clarke —le dice Set.

El motero deja de mirarme para mirar a su amigo con el mayor de los desprecios.

—¡No la voy a tocar! —se molesta.

Obviamente, lo creen capaz de hacerlo, lo que no es tranquilizador. Jesse le pone una mano sobre el hombro y le hace un gesto para entrar en la casa. Clarke se libera de su agarre y me fulmina con una mirada llena de oscuridad.

—Ten cuidado.

Esas dos palabras, llenas de amenazas, me revuelven el estómago.

Gira sobre los talones y entra en la residencia, seguido de algunos Devil's Sons. La mirada que me lanza Set tiene un aviso implícito.

—Si quieres evitar problemas, tendrías que callarte delante de él.

La sonrisa que se extiende en mis labios es mi única respuesta, y Set la entiende perfectamente. Suspira derrotado y, tras un último guiño, entra en la residencia con los otros.

Me encuentro sola frente a la cara desaprobadora de Lola.

—¡No me voy a arrastrar delante de ese imbécil! —le informo.

Me levanto y le tiendo la mano para ayudarla a hacer lo mismo. Como su hermano, suspira, y después se levanta.

En un abrir y cerrar de ojos, pasa a otra cosa y se echa a mi cuello para contarme hasta qué punto está enamorada de Daniel.

4

Volvemos al salón y nos reencontramos con Jackson y Daniel, con los ojos un poco más inyectados en sangre que hace algunos minutos. Lola decide recuperar el tiempo sirviéndose otra copa mientras que, para mí, se ha terminado. Cambio mi vaso azul por uno blanco y voy en dirección a la cocina. Paro un segundo al encontrarme a los Devil's Sons, pero me recupero rápidamente y los rodeo para llegar al grifo y llenar mi vaso de agua.

—¿Sabes que el alcohol es gratis?

Me giro hacia mi interlocutor, Sean, que parece mucho más simpático ahora que cuando casi parte nuestra mesa de la cafetería en dos. Detrás de él, unas chicas rondan alrededor de la banda y algunos de los miembros ya han elegido su presa. A menos que sea a la inversa.

—¡Mierda! He metido un billete de cinco dólares en el cajón por cada vaso.

Set y varios Devil's se mueren de risa.

—Me gusta esta chica —suelta el que no conozco.

Una pequeña sonrisa se extiende por mis labios y observo a Sean hacer una mezcla de alcohol en un vaso que acaba dándome.

—¡Prueba esto!

Cojo el vaso, empapo mis labios y hago como que tomo un trago.

—¡No está mal, gracias!

Asiente y dejo la cocina para encontrarme con mis amigos, deshaciéndome del cóctel de Sean por el camino. Nos sentamos los cuatro en el sofá con otros desconocidos que nos proponen jugar a un juego de beber. Yo dejo pasar mi turno, pero presencio la aplastante derrota del trío. Algo tengo por seguro: Lola no conducirá de vuelta.

Tras media hora de juego, siento que mi corazón vuelve a sacudirse intensamente. Había conseguido calmarme, pero el humo constante de los cigarrillos no ayuda nada. Un sudor frío me recorre la columna y el pánico se une a la ecuación.

Me levanto con mi bolso de mano, aviso a mi compi de que vuelvo enseguida, y atravieso la sala para llegar a la escalera que lleva a la planta de arriba. Mi cabeza se vuelve pesada y mi respiración entrecortada. Me esfuerzo por abrirme camino entre la multitud, y es un alivio cuando mi mano agarra la barandilla. Con esfuerzo, subo un escalón detrás de otro tambaleándome. Vuelvo a tener sudores fríos, pero alcanzo la planta superior y entro en el baño sin problemas. Echo el pestillo, con las manos temblando, y saco los medicamentos de mi bolso. Pongo las pastillas sobre la punta de mi lengua y abro el grifo para tragármelas con agua.

Con las manos sobre el lavabo con el fin de sostenerme, me miro al espejo. Mi rostro está muy pálido. Retrocedo varios pasos y me giro hacia la ventana para abrirla de par en par y que entre aire. Finalmente, me deslizo por la pared hasta sentarme en el suelo. Entonces empiezo mis ejercicios de respiración con el fin de imponer a mi corazón el ritmo correcto.

No sé cuántos minutos pasan, pero si no quiero preocupar a Lola, no puedo tardar demasiado en volver. Mis manos aún tiemblan, me siento horriblemente débil, pero por lo menos me mantengo sobre las piernas. Bebo unos cuantos sorbos de agua y después salgo del baño, pero en ese preciso instante me choco con alguien.

—¡Lo siento!

Elevo la vista y me encuentro cara a cara con Clarke, pero no tengo fuerzas para quejarme. Su expresión es indescifrable y la chica que se aferra a su brazo me fulmina con la mirada.

—Mírate —se burla ella con maldad—. Parece que no estás lejos de un coma *itílico.* Sería mejor que volvieras a casa con tu mami, es muy tarde para ti.

Sin siquiera preguntarme de dónde viene ese ataque gratuito, me muestro indiferente como respuesta al desafío que brilla en su mirada.

—Se dice etílico, no *itílico* —le digo—. Y eres tú la que debería volver a primaria. Pero, bueno, por suerte eres guapa.

Acaricio su mejilla para provocarla y después los rodeo para dejar libre el acceso del baño para sus cosillas.

Bajo los escalones, intranquila, y encuentro a Lola meneándose en la pista de baile. Cuando me ve llegar, sus ojos se abren de par en par y se lanza a mis brazos, completamente borracha. No le voy a quitar los ojos de encima ni un segundo.

—¡Ava, no sabes lo contenta que estoy de haberte conocido, no podría soñar con una compi mejor! —Me pone las manos en las mejillas—. ¡Eres un sol!

Me río mientras la abrazo, su alegría es contagiosa, y entonces la canción *23* de Miley Cyrus suena en los altavoces y Lola grita antes de arrastrarme a la pista de baile. Ante su emoción, me olvido hasta de mi malestar y de mi debilitado corazón.

—*I'm in the club, high on purp with some shades on, tatted up, mini skirt, with my J's on!* —gritamos a coro con todos los estudiantes.

Dos desconocidos se acercan a nosotras y nos sacan a bailar. Ver a Lola pisarle los pies a su pareja de baile y presenciar su torpeza hace que me muera de risa. Mi pareja de baile me hace girar sobre mí misma y mi malestar vuelve. Pierdo el equilibrio, mi vaso de agua se derrama y apenas me mantengo en pie. Escucho el latido de mi corazón en mis oídos y me alejo de mi pareja de baile, inestable. Empujo a algunas personas para llegar a las mesas de bebida y me apoyo allí. Pero, aunque no he pedido nada, un estudiante me pone un vaso de alcohol en la mano.

Miro el contenido sin vacilar. No soy una suicida, al contrario, quiero vivir antes de que mi enfermedad acabe conmigo. Porque lo hará, con o sin alcohol. Pero no soy tan tonta. Ya he bebido mucho esta noche y no quiero ir más allá de mis límites, eso solo me conduciría a una muerte segura. Voy a devolver el vaso cuando mi mirada se cruza con la de Clarke, que se abre paso entre la multitud y se dirige directo hacia mí, con andar peligroso. Me pregunto en ese momento qué es lo que le he podido hacer para molestarlo esta vez, no recuerdo nada, aparte de haber llamado tonta a su *amiguita*.

—Como puedes ver, no me encuentro bien, así que vuelve mañana para la batalla de insultos.

Intento zafarme, pero Clarke me quita el vaso de alcohol de las manos y se lo bebe de un trago. Aplasta el vaso vacío en su puño antes de tirarlo al suelo enfadado.

—¡Es posible que te encontraras mejor si no bebieras, pedazo de idiota! —me escupe con desprecio.

Antes de que pueda responder lo que sea, coge mi mano para darme algo alargado y circular. Bajo la mirada hacia el frasco naranja con mi nombre que es tan vital para mí como mi propio corazón.

Mis medicamentos…

Claramente los he olvidado en el baño.

—¡Encuentra a Lola y marchaos! Set os va a llevar. Este lugar no está hecho para un cardíaco.

No tengo tiempo de fusilarlo con la mirada antes de que se vaya. Pero no se equivoca. Esto es demasiado para mí. Nunca me había arriesgado tanto. La culpabilidad me asalta cuando me imagino a mi madre, con los ojos hinchados de llorar, delante de mi ataúd. Aunque es inevitable. Es algo que tendrá que afrontar tarde o temprano.

¿Soy egoísta por querer disfrutar de mi corta vida? Si soy prudente, estaré con mamá algunos meses, incluso algunos años más a su lado, pero ¿qué habré vivido o realizado? ¿Qué experiencias habré tenido?

—¡Viene la poli! —grita un chico.

El corazón me da un salto en el pecho. En un segundo la casa se convierte en un verdadero campo de batalla. Los estudiantes comienzan a correr en todas direcciones, asustados. Se rompen objetos, hay gente que cae al suelo y es pisoteada. Yo permanezco en mitad de la sala, con un nudo en el estómago, buscando a Lola, suplicando a los dioses no encontrar su cuerpo aplastado por la revuelta.

Si mi corazón no había tenido ya su cupo de emociones fuertes, ahora está completo. Me empujan violentamente y pierdo el equilibrio. Veo el suelo acercarse peligrosamente a mí, cuando de repente unos fuertes brazos me rodean y me atraen contra un pecho duro.

Alzo la mirada hacia Clarke.

—Hay que irse —me dice, con una intensa mirada y la voz seria.

—No sin Lola...

—Set se ocupará de ella.

Me sostiene por los hombros para asegurar mi equilibrio y después me coge de la mano. El contacto con la piel caliente me provoca un escalofrío agradable y solo ahora me doy cuenta de hasta qué punto tengo frío a causa de mi debilidad. Me mira, sorprendido por el frescor de mi piel, y me encojo de hombros. Pero su mirada reprobatoria me demuestra que no se deja engañar. Me aprieta firmemente la mano con la suya y camina hacia la salida.

En el caos, tengo problemas para orientarme. Pongo toda mi confianza en este misterioso chico, lo que no es tarea fácil. De repente, me empuja contra su pecho y gira sus piernas, recibiendo un golpe que era para mí. Alzo la cabeza y lo miro sorprendida.

—Mercurio tiene que estar en retrógrado de verdad para que estés tan voluble...

—¡Cállate o te dejo aquí!

Vuelve a cogerme de la mano y abre un camino entre la revuelta.

Llegamos a la escalinata sin nuevos empujones, pero la policía ya está aquí y detiene a todo el que puede. El exceso de emociones puede que me dé un telele, pero Clarke no me deja tiempo. Hay que llegar a su Harley-Davidson.

Bajamos rápidamente los escalones y nos disponemos a cruzar la carretera cuando la mano de un poli se cierne sobre el hombro del Devil's.

—¿A dónde vas, *Taylor*?

Parece que el tiempo se para y la atmósfera se carga de electricidad. Clarke no parece apreciar mucho que se le toque sin permiso. Lo escucho rechinar tan fuerte los dientes que un escalofrío desagradable recorre mi columna vertebral. Retrocedo un paso, presintiendo el peligro, pero su mano me retiene con firmeza.

El Devil's gira lentamente la cara hacia el policía, con una ceja levantada. Su mirada se fija en la mano que le agarra el hombro, y después sobre aquella que roza el arma de servicio aún guardada en el cinturón de su uniforme. Finalmente, mira al hombre a los ojos.

—No es asunto tuyo, *Bill.*

Mi mirada oscila entre los dos, parece que son viejos conocidos, y rezo a los dioses en silencio para que esto no empeore. Mi corazón no puede soportar nada más esta noche.

—Espero que no hayas sido tú quien ha suministrado la droga en la fiesta.

—Por favor… —se burla Clarke—. No me degrades al nivel de un vulgar camello.

Con un golpe seco en el brazo extendido del policía, el motero se libera de su control.

—Es solo cuestión de tiempo antes de que os atrape, Taylor. Ten cuidado.

Provocador, Clarke da un paso en su dirección, arrastrándome con él.

—Se suele decir que de la esperanza también se vive, pero los años pasan. Te jubilarás y no habrás conseguido nada. Habrás perdido el tiempo persiguiéndonos sin pillarnos nunca.

El odio del policía no hace más que avivarse y Clarke le guiña un ojo, burlón. Con esto, vuelve a caminar tirando de mí, pero no contaba con el empeño rabioso de Bill. Sus dedos se enroscan dolorosamente alrededor de mi muñeca y tira de mí hacia atrás sin miramientos.

—Ten cuidado de con quién te juntas, jovencita. Sería una pena que cayeras con ellos.

Su tono amenazador y el dolor que me causa me hacen ver las cosas de una forma diferente. Hasta ahora, entendía su comportamiento con Clarke. Después de todo, es un criminal y él pertenece a las fuerzas del orden. Pero creo que su objetivo de atrapar a la banda se le ha subido a la cabeza y le hace perder toda la objetividad y racionalidad.

—Suéltala.

La voz del Devil's es fría. Se coloca entre Bill y yo, más imponente que nunca y, mudo por la rabia, extiende el brazo. El puño entra en contacto violentamente contra el pecho del policía, forzándolo a retroceder un paso.

«¡Por Odín todo poderoso, va a acabar en prisión por haber pegado a un agente de policía!».

Los dos hombres se miran con cara de pocos amigos.

—Carter te manda saludos —acaba diciendo Clarke—. Desea desbaratar todos tus planes este nuevo año.

Tranquilamente, le recoloca el cuello de la chaqueta. Su gesto está lleno de amenazas. Todo en él emana peligro: su expresión, su voz, su postura. Clarke es peligroso y Bill lo sabe. Pero, por encima de todo, está protegido al ser un Devil's Sons. Por eso parece tan seguro.

Trago con dificultad cuando se gira hacia mí y me coge del brazo con fuerza. Recorre la carretera con grandes zancadas, obligándome a seguirle el ritmo.

Se sienta en su Harley, ordenándome que haga lo mismo con gruñidos impacientes. Lo hago y Clarke no me deja vacilar, me agarra las muñecas y rodea su cuerpo con mis brazos. Sin esperar más, arranca, dobla el caballete con una patada y se precipita por las calles de Ann Arbor. La velocidad me toma por sorpresa, es la primera vez que monto en una máquina de estas. Me agarro con fuerza a él y escondo mi cara en su espalda para protegerme del viento.

La cercanía con el Devil's Sons es incómoda. Sus abdominales duros como el acero reflejan su fuerza y la violencia que puede llegar a mostrar.

Cuando mis brazos comienzan a temblar por la debilidad, reduce la velocidad. Regresamos despacio al campus, y una vez hemos aparcado, nos bajamos de la moto. Sin una palabra, Clarke se dirige hacia el edificio de habitaciones.

—Puedo volver sola.

—Lo creas o no, el campus es peligroso a estas horas. Además, no hace falta que la palmes en las escaleras como un hámster en su rueda.

Fusilo su espalda con la mirada, pero es evidente que una sonrisa hace que me tiemblen los labios. Adoro el humor negro, incluso aunque no tuviera el menor rastro de broma en su voz.

Al llegar al inicio de las escaleras, Clarke se aparta para dejarme pasar delante de él y me sigue. A pesar de mis piernas temblorosas, no reduzco el paso, negándome a darle una visión general de mi estado al Devil's Sons. Subimos los pisos en silencio y una vez delante de la puerta 307, se apoya en la pared mientras busco las llaves en el bolso.

—Por eso estás tan pálida, ¿verdad?

Detengo todos mis movimientos y lo miro a la cara. Su voz es sorprendentemente tranquila y sus ojos me examinan.

—No estás borracha. Estás enferma.

Le quito importancia a sus palabras moviendo la mano.

—No es grave.

—¡No me tomes por tonto! —se molesta—. He buscado en Internet antes de devolverte los medicamentos. Tienes una insuficiencia cardíaca y, al contrario, es *muy* grave.

Esa intromisión en mi vida privada me molesta, y no solo un poco. Él, que me había dicho que me ocupara de mis asuntos, ha tenido el descaro de husmear en los míos.

—¿Lo has hecho para atacarme? ¿Cuál es tu puto problema conmigo?

Me doy cuenta de que he alzado la voz solo cuando la sorpresa aparece en su rostro. Inclina la cabeza hacia un lado y me mira como si fuera un extraño animalillo.

—¿Cómo?

—Me insultas, me faltas al respeto y me humillas. ¿Hay alguna razón para eso? ¿Que no me desmaye ante tu atractivo, que mi perfume no te guste, o tal vez es que te estorbo? ¿Acaso te quité tu juguete favorito cuando tenías tres años?

Clarke pestañea sin decir nada, con una expresión casi divertida en la cara.

—¡Joder, es mi mirada! ¡A tus amigos les da miedo, pero a ti, a ti te cabrea!

Sorprendido, el Devil's se prepara para responder justo cuando la puerta de mi habitación se abre con una Lola frenética que me salta al cuello.

Con ella, no voy a morir de un ataque cardíaco, sino más bien por un traumatismo cervical. No bromeo, tengo dolor de espalda desde que la conocí. Menos mal que la adoro.

—¡Ava! ¡Estaba tan asustada!

La estrecho entre mis brazos asegurándole que todo está bien. Cuando se separa de mí, mira a Clarke con desconfianza. Se prepara para regañarlo por algo, pero él se adelanta.

—¡Vigílala! Tu amiga no puede beber alcohol.

—¿Pero qué me estás contando? Puede hacerlo, en el límite de lo razonable.

El miedo se apodera de mí. Me deslizo detrás de Lola para hacerle a Clarke una señal para que cierre el pico, para que no hable del tema, pero me ignora completamente.

—No. No puede probar ni una gota el alcohol —dice fríamente.

¡Qué cabrón!

Mis brazos caen a mis costados, y una ira sorda crece dentro de mí.

Por primera vez en mi vida, de verdad deseo que los reflejos ámbar de mi mirada sean las llamas del Ragnarök para que esa basura arda.

—¿Tú nunca aprendiste el espíritu de equipo en los *scouts*? —escupo entre dientes, claramente enfadada.

Me lanza una mirada indescifrable antes de irse sin decir palabra. Atónita, lo sigo con la mirada y veo el rostro perdido, y puede que un poco herido de Lola.

Me asalta la culpabilidad.

Odio a Clarke. Acaba de ponerme en una situación que hubiera preferido evitar. Una situación que podría haber evitado si no le hubiera mentido a Lola.

—¿Por qué me has mentido? —me pregunta con voz suave.

La miro, arrepentida, y después le hago gestos para entrar en la habitación. Nos sentamos las dos en mi cama.

—Nunca he tenido una vida normal con mis citas médicas cada tres días. «No, Ava, no puedes bailar». «No, Ava, no puedes sazonar tu plato, y mucho menos beber Coca-Cola». «¡No, Ava, no corras!». «No, Ava, no puedes dormir en casa de tu amiga, nunca se sabe si…». «No, Ava, nada de alcohol y, sobre todo, ¡nada de fumar!». Siempre he sentido que estaba en un segundo plano en mi propia vida, mientras que la enfermedad ocupaba el centro de todo. Hace un tiempo, decidí cambiarlo, alejándola de vez en cuando de los focos para coger por fin las riendas de mi vida y decidir por mí misma.

Lola me mira con una sonrisa tierna y comprensiva.

—No soy tu madre, no te voy a impedir divertirte. Es tu vida, son tus elecciones. Eso sí, si te pasas, te lo haré saber. Y ahora que lo sé, te echaré un ojo, en caso de que no te encuentres bien. ¿Qué… qué debería hacer… si un día tú…?

Asiento con la cabeza.

—Te aseguro que no tienes que hacerlo.

Me coge las manos entre las suyas y me mira tan seria que no la reconozco.

—Ava, soy tu amiga. Quiero que estos años sean los mejores de tu vida y que sigas con vida para que puedas contárselo a tus hijos.

Le sonrío para ocultarle mi malestar. No tengo corazón para decirle que no voy a tener tanto tiempo como para tener hijos.

—Si un día no me encuentro bien, hay que llamar a mi doctor. Está disponible en todo momento. Él te dirá qué hacer según mis síntomas.

—Dame su número.

Desbloqueo el móvil y comparto su contacto con Lola. Ella lo guarda cuidadosamente, con un gesto de concentración, y después se deja caer en mi cama y me arrastra con ella.

—Siento haberme ido sin ti. Con todo el pánico, te perdí de vista y me encontré con Set. Me dijo que Clarke te buscaría y te traería de vuelta.

Sea como sea, ese pánico la ha hecho volver a estar sobria en un santiamén.

—En esta ocasión, se lo agradezco. ¡Sin él hubiera pasado una mierda de noche en la comisaría!

5

—Habla el director McLaguen. Todos los estudiantes deben reunirse obligatoriamente en las gradas del estadio de fútbol. No se tolerará ninguna excusa. ¡Coged vuestras cosas y salid de vuestras clases ahora mismo!

Los altavoces chirrían, y después cae el silencio sobre el anfiteatro.

Jackson y yo nos miramos, desconcertados.

«¿Qué tiene que decirnos que sea tan importante como para parar todas las clases?».

De repente, todo el mundo se acelera y guarda sus cosas antes de salir de clase. Los estudiantes llenan el césped y los pasillos, dirigiéndose lentamente en la misma dirección.

Increíble pero cierto, Lola consigue encontrarnos entre la multitud. Al igual que nosotros, ella tampoco entiende nada, y asegura que es la primera vez que ocurre algo así.

Entramos en el estadio y subimos a las gradas, donde me siento entre mis amigos. Somos miles de alumnos esperando alguna información, especulando sobre el tema.

Los murmullos aumentan cuando el director McLaguen entra al estadio acompañado de Bill, el agente de policía que me agarró de la muñeca cuando estaba con Clarke el viernes por la noche.

—Mierda… —susurro.

Lola me mira con una sonrisa divertida.

—Eres una malhablada, me encanta.

—De tal palo, tal astilla —respondo—. Es culpa de mi madre.

Empieza a morirse de risa mientras yo no le quito ojo al director de la universidad, que se acerca el micrófono a la boca. Ya tengo una pequeña idea del motivo de esta asamblea, y Bill no está aquí por estar. Esto no pinta nada bien para los Devil's Sons, pero evito comentárselo a Lola. Lo averiguará en unos segundos.

—¡Silencio, por favor!

Todas las voces se apagan, sin excepción; algunas por respeto, muchas por curiosidad.

—Este fin de semana se han organizado las primeras fiestas de estudiantes del año. Como seguramente sabréis, han circulado muchas drogas y creo necesario recordaros que son ilegales. Cualquier persona que se descubra que está en posesión de estupefacientes o distribuyéndolos en el campus quedará expulsada de la universidad, tendrá antecedentes penales y la ley ya le recordará el castigo que eso conlleva, incluso puede que una pequeña visita entre rejas. Así que os recuerdo lo estúpido que sería que alguno de vosotros esté vinculado a la consumición o a la comercialización de droga.

El director señala con el dedo entre las gradas y pongo la mano en el fuego a que se dirige a los Devil's Sons. Incluso si McLaguen está al corriente de las actividades de la banda, la presencia de Bill es una amenaza mucho más explícita. Entendí que este policía estaba dispuesto a todo para arrestar a los Devil's Sons, y estoy segura de que esta farsa tiene como único objetivo meter miedo a los estudiantes para empujarlos a denunciar a la banda.

Bill, con su ropa de servicio y su arma a la vista, coge el micrófono para tomar el relevo.

—Voy a leer una lista de nombres. Las personas nombradas deberán ir al despacho del director al final de la asamblea.

No saca ningún papel. Se sabe la lista de memoria y los nombres que salen de su boca no me sorprenden lo más mínimo.

—Clarke Taylor… Set Collins… Jesse Mason… Tucker Ross… Sean Olson… Justin Coldwell… y Avalone Lopez.

Cuando pronuncia mi nombre me atraganto ruidosamente, atrayendo la atención sobre mí. ¡La discreción para otro momento!

Siento las miradas asombradas de mis amigos sobre mí, pero no somos los únicos a los que sorprende. Los murmullos vuelven con más intensidad, alimentando los rumores.

Esto no lo había visto venir…

—¿Por qué te citan con los Devil's? —me pregunta Lola, inquieta.

Si Bill piensa hacerme hablar, se equivoca. No sé nada sobre los Devil's Sons, e incluso si así fuera, las formas de proceder no me harían hablar.

—Ese policía me vio volver con Clarke el viernes por la noche. Lo amenazó y me advirtió que tuviera cuidado con quién me juntaba. Quiere hacer caer a los Devil's y, para eso, quiere utilizarme —les respondo, mirando fijamente a esa basura.

Yo que había planeado sacarme el título sin distracciones, ahora estoy metida en un buen lío. Siento que este tal Bill no me va a soltar fácilmente. Peor para él, odio que me pongan impedimentos cuando tengo objetivos que alcanzar.

—Podéis volver a las clases —concluye el director.

Los alumnos se levantan y las gradas se van vaciando poco a poco. Jackson y yo nos levantamos de nuestros sitios, pero Lola no se mueve ni un ápice, mordiéndose el labio, nerviosa.

—No te preocupes. No tiene ninguna prueba contra tu hermano y yo no dejaré que me utilice. ¡Que arda en las llamas del Ragnarök!

Le tiendo una mano con una sonrisa segura, ella la toma, un poco más tranquila. Sin embargo, siento que todavía hay algo que la preocupa. Siendo Lola tan expresiva, si no me lo dice, es que necesita tiempo. Así que dejamos las gradas en silencio.

—El despacho del director está en la segunda planta —me informa Lola señalando con el dedo el gran edificio de piedra delante de nosotros—. Si quieres, te acompaño…

—No te preocupes, ve a clase. ¡Te lo contaré todo en la cafe!

Mi amiga me sonríe sin conseguir ocultar la mirada avergonzada de su rostro y, tras despedirse con la mano, vuelve a clase.

Me despido de Jackson y entro en el edificio que me ha señalado Lola. Subo los dos pisos, casi sin aliento, y me presento a la secretaria que me mira de arriba abajo, preguntándose qué tontería ha podido hacer una chica como yo.

—Siéntese. El director la llamará en unos minutos.

Asiento con la cabeza y voy hacia las sillas que me ha indicado, pero la puerta del despacho del director se abre y los seis miembros de los Devil's Sons salen. La mirada de Clarke es inexpresiva cuando me mira, y Set me manda ánimos con un asentimiento de cabeza. Les sonrío educadamente, demasiado molesta para ser amigable, y el director aparece por el marco de la puerta.

—¡Ah, señorita Lopez! Entre.

Esquivo a los chicos y entro en el lujoso despacho, enfrentándome de nuevo a Bill. Nos miramos el uno al otro hasta que el director se une a nosotros y toma asiento detrás de su escritorio.

—Por favor, siéntese.

Me dejo caer en uno de los sillones de cuero, esperando pacientemente para ver cómo planean sonsacarme información.

—Señorita Lopez, Bill Terner, aquí presente, la ha visto regresar con Clarke Taylor el viernes por la noche. Supongo que conoce los pasatiempos de ese chico, ¿me equivoco?

Una sonrisa divertida se dibuja en mis labios y cruzo las piernas con despreocupación.

—Señor director, con todo el respeto, no comprendo por qué estoy aquí.

McLaguen alza las cejas, sorprendido por mi respuesta, pero Bill parece molesto.

Mejor, yo también lo estoy.

—¿Me ha citado porque Clarke Taylor me acompañó al campus tras la fiesta? Si es eso lo que quiere saber, no conozco personalmente a los Devil's Sons.

—En ese caso, ¿por qué lo hizo?

—Simplemente porque no tenía cómo volver.

Bill se mantiene en silencio, pero su mirada se vuelve desagradable. Voy a seguir jugando un poco más a su juego antes de marcharme.

—Entre todos los estudiantes que había en esa fiesta, volvió con Clarke. ¿Por qué?

—Lola Collins, que comparte habitación conmigo en el campus, es la hermana de Set Collins, como si no lo supiera. Bill Tener y su equipo sembraron el pánico durante la fiesta. Perdí de vista a Lola. Fue Set quien la trajo, pero como ella se negaba a irse sin mí, Clarke le aseguró que se encargaría de encontrarme y traerme. Me parece que no hay nada ilegal en eso, ¿verdad?

Los dos hombres me examinan sin decir nada. Esa es mi señal para irme.

—Esta farsa ha durado demasiado. Me voy.

Me levanto del sillón y me dispongo a dejar el despacho cuando Bill toma la palabra y me ordena que vuelva a sentarme con un tono que no debería usar. Me giro despacio hacia él con una mirada molesta en la cara.

—¡Usted no tiene ninguna autoridad sobre mí en esta universidad! No creo que sus superiores estuvieran muy contentos de saber que ha organizado un interrogatorio no oficial fuera de la comisaría sin ninguna razón válida. Si quiere hacerme otras preguntas, cíteme en la comisaría, llevaré un abogado y pondré una denuncia por abuso de poder y acoso. Ahora, me voy, si el señor director me lo permite, ¡ya que solo él puede pedirme que me quede en su despacho! ¿He sido lo suficientemente clara o tengo que citar algunos artículos del Código de los Estados Unidos para enseñarle a hacer su trabajo?

Bill se endereza inspirando ruidosamente, con los rasgos tensos, hirviendo de rabia. Pero sabe que tengo razón.

Unos aplausos se escuchan detrás de mí y, cuando me doy la vuelta, un hombre maduro con el cabello platino está apoyado en el marco de la puerta, aplaudiendo con una mueca de sorpresa.

Detrás de él, los Devil's Sons se divierten con el espectáculo que les acabo de dar.

—Bill, Bill, Bill... ¿qué vamos a hacer contigo?

Ese aire maquiavélico, la seguridad que tiene en su voz... Miro fijamente a ese hombre, confusa.

Aún no ha entrado por la puerta, pero ya siento la fuerza y la superioridad que emana, tan poderosa que el aire se enrarece en el despacho.

—He venido a ponerte en tu sitio, pero esta chica lo ha hecho de maravilla. Es increíble.

Su mirada abandona la de su interlocutor para clavarse en la mía. Una inteligencia inquietante y fuera de lo común se refleja en sus ojos. De repente tengo la sensación de estar desnuda delante de este cincuentón, y no es nada agradable. Me lanza un guiño antes de trasladar su atención de nuevo al policía.

De pronto estoy al borde de un ataque de nervios cuando la realidad me golpea de lleno.

¡Por todos los dioses, creo que el hombre que tengo delante de mí es Carter, el jefe de los Devil's Sons!

Avanza hasta el escritorio del director, tan imponente que todos nos empequeñecemos a su lado. Su musculatura es considerable, como la de sus hombres, y su traje a medida se ciñe perfectamente a sus hombros fuertes y cuadrados. A esto se añade un encanto natural que debe conseguir que incluso los mismísimos dioses se arrodillen ante él.

Coge unos documentos y los rompe en dos. Después en cuatro trozos. Antes de que deje caer los papeles al suelo, veo mi nombre claramente escrito en uno de ellos.

¡Esos documentos tenían información personal que había presentado para mi inscripción universitaria!

El director está furioso ante la provocación de Carter, pero no dice nada. Le teme, es evidente. Los tres le tememos.

—Avalone, deberías ir a buscar a tus amigos.

Entrecierro los ojos, sorprendida y a la vez asustada de que el jefe de la banda se haya dirigido a mí usando mi nombre. Pero no me hago de rogar y salgo del despacho sin mirar a nadie.

Cuando giro en el pasillo, me apoyo contra la pared para recuperar el aliento, aún jadeando. No recuerdo a nadie como él. Nunca me he cruzado con alguien que impusiera tanto. Es asombroso, sorprendente.

—Usar a una chica joven para hacernos caer, incluso viniendo de ti, es patético.

Todos mis músculos se tensan al escuchar la voz de Carter.

No han cerrado la puerta detrás de mí.

—Conservas tu trabajo solo porque complicar tus planes se ha convertido en mi actividad favorita —prosigue—. Podría hacer que te despidieran con una llamada.

—¡El jefe de la policía no está sometido a tu yugo!

Carter estalla en carcajadas que son de todo menos amables.

—¿El jefe de la policía? Querido Bill, tengo amigos en puestos mucho más altos. El jefe de la policía no es nadie. Tú no eres nadie.

—Acabaré atrapándote.

—Puede ser. Pero si eso pasa, reza para que me lleven a la prisión con mayor seguridad del país, porque no tengo intención de quedarme allí. Y mis hombres aún menos.

La elusividad de Carter, un *criminal*, hace que me estremezca de miedo. Me aterra la impotencia de las fuerzas del orden frente a este tipo de gente.

Retomo mi camino para alejarme lo más rápido posible de esa banda. Estoy bajando los últimos escalones cuando unos dedos se cierran sobre mi muñeca. Una mano sobre mi boca ahoga mi grito y alguien me empuja sin delicadeza a una esquina, protegida de miradas indiscretas. Me empuja contra la pared y Clarke aparece ante mis ojos.

El corazón me late con tanta fuerza en el pecho que el Devil's Sons debe escucharlo. Sin embargo, siento un verdadero alivio por encontrarme frente a él en lugar de estar cara a cara con Carter.

Con las manos apoyadas en la pared, a ambos lados de mi cabeza, no me deja escapatoria. Unos pocos centímetros nos separan, incluso puedo sentir su perfume. El frescor combinado con el cálido encanto de las noches de verano llenas de estrellas. No es embriagador, es... *cautivador.*

—¿Qué le has contado a ese poli cabrón? —me pregunta, con la voz baja, pero no por ello menos peligrosa.

Enfadada, empujo su pecho, aunque no retrocede ni un centímetro.

—Que no te conocía personalmente y que me habías acompañado porque Lola estaba preocupada. ¿Contento?

No responde y tampoco se mueve, escudriña mis ojos con sus iris verdes parecidos a los míos, intentando descubrir una posible mentira.

—Bien.

Al final, Clarke se aleja y se marcha, permitiendo que vuelva a tener un ritmo cardíaco más o menos normal. Pero se me ocurre una idea... Si el Devil's tiene un problema conmigo, tengo que saberlo. ¿Quién sabe lo que él o su banda serían capaces de hacerme?

—¡No respondiste a mi pregunta la otra noche!

Clarke deja de caminar. Se queda inmóvil tanto tiempo que pierdo la esperanza de obtener la respuesta algún día.

—Eres guapa, tu perfume es agradable, no me quitaste mi juguete favorito de pequeño y no me molesta tu mirada —responde de espaldas a mí—. No tengo ningún problema contigo, Avalone, salvo cuando me insultas.

Abro la boca y después la cierro, sorprendida de que se acuerde de las posibilidades que le dije hace días.

—Y como prueba, no te acompañé de vuelta por Lola.

Sin mirar atrás, continúa su camino, dejándome totalmente descolocada. No sé por qué me dice eso, ni lo que quiere decir. Nunca he sido muy comunicativa, pero él está a otro nivel. Clarke Taylor es un verdadero misterio.

Acabo encontrándome con Lola, Jackson y Daniel en la cafetería. Me estaban esperando con impaciencia. Me siento en la mesa y Lola empuja un plato hacia mí.

—¿Y bien? ¿Qué querían de ti?

—Información sobre los Devil's Sons. Pensaban que tenía relación con ellos ya que Clarke me trajo de la fiesta. Les dije que no los conocía personalmente. Bill ha insistido hasta que Carter ha aparecido.

Los dos se quedan boquiabiertos y Daniel se estremece. Yo estoy más o menos en el mismo estado que él, salvo que yo mantengo las apariencias.

—¿Carter estaba allí? —me pregunta Lola, boquiabierta—. ¡Nunca se desplaza por tonterías!

—Los Devil's han tenido que decirle que yo también estaba citada. Debía tener miedo de que ayudara a Bill a atraparlos, dado que tú eres la hermana de Set *y* mi compañera de habitación.

Ella se encoge de hombros, y después se centra en su plato, con la misma apariencia avergonzada, y puede que culpable, que tenía hace un rato.

El timbre anuncia el final de las clases por hoy, por lo que Jackson y yo guardamos nuestras cosas y salimos. El césped verde me llama. Sueño con acostarme allí y disfrutar de los últimos días de verano, pero un obstáculo enorme está en mi camino.

Clarke está apoyado despreocupadamente contra una de las columnas que sostienen el techo del pasillo exterior. Me gustaría decir que es una coincidencia, que solo tengo que rodearlo, pero parece esperar a alguien. Y en este caso, ese alguien soy yo... Me mira fijamente, indescifrable, antes de fijarse en Jackson. Sus rasgos se endurecen y el ambiente se tensa cuando los viejos amigos se miran fijamente.

Jackson es el primero en desviar la mirada, conmocionado por ese silencioso intercambio.

—Me voy.

Me abraza y desaparece rápidamente, dejándome sola con el Devil's, que aprovecha para reducir la distancia entre nosotros.

—Carter quiere verte.

No es solo la imagen que me viene a la cabeza lo que me asusta. También es esa sensación de falta de aire que siento en su presencia. Se me cierra la garganta; todos mis sentidos alerta.

—¿Por qué?

—No sé nada. Me ha pedido que pase a recogerte.

Trago con dificultad y cruzo los brazos sobre el pecho para darme seguridad.

—¡Solo tiene que enviarme un mensaje! ¡No le debo nada a tu jefe, déjame tranquila!

Clarke se ríe en mis narices, lo que aumenta mi enfado.

—Ha venido enseguida para asegurarse de que no tuvieras problemas. ¡Así que ahora, eres tú quién va a ir a él! —me ordena de malas maneras.

—Vete a la mierda, Clarke. ¡No iré a ninguna parte contigo!

Doy media vuelta, decidida a poner la mayor distancia posible entre él y yo, pero su mano se cierra sobre mi muñeca y me obliga a girarme para estar cara a cara. Me libero sin delicadeza de su control y lo fulmino con la mirada.

—Vale. O me sigues amablemente, o uso la fuerza. Y créeme, por más que grites pidiendo ayuda, nadie vendrá.

Miro a mi alrededor a los estudiantes ocupándose de sus asuntos. «¿Vendrían a ayudarme si lo necesito? ¡Pues claro que no!».

Nadie levantó un dedo cuando Clarke le dio una paliza a esos dos hombres hace un par de días. Amenazarlo con ir a la policía solo le provocará un ataque de risa. He comprobado la eficacia de las fuerzas del orden. Así que me veo obligada a rebajarme buscando su humanidad.

—Clarke, por favor… —suspiro.

—Soy miembro de una banda, no el bibliotecario al que intentas ganarte para que te dé más tiempo de préstamo.

La mano me pica a rabiar con las ganas que tengo de pegarle.

—Me gustabas más cuando no hablabas —siseo entre dientes.

Se encoge de hombros y se da media vuelta, esperando a que lo siga por mí misma. La idea de darme a la fuga no se me pasa por la cabeza. No llegaría a los cincuenta metros sin estirar la pata «como un hámster en su rueda».

—¿No me va a matar, verdad?

Clarke se gira hacia mí, sorprendido, y cuando entiende que mi pregunta va en serio, se parte de risa. Es tan inesperado que me sobresalto. *¡Se parte de risa!* ¡Con una risa *de verdad*! De esas que tienen un humor huraño y una mirada sombría.

«¡Por Odín todo poderoso, no creía que fuera capaz de hacer eso!».

Intenta contener en vano la sonrisa que se extiende en sus labios. Una sonrisa de verdad que muestra unos dientes perfectos y que hace brillar sus ojos. Me quedo atónita.

—No te preocupes. No te tocará.

Permanezco unos instantes asombrada por la nueva faceta que descubro de él antes de volver a la realidad.

—¿Me lo prometes?

Clarke deja de sonreír y vuelve a ponerse serio.

—Sí, Avalone.

Sin otra opción, la sinceridad que me transmite la respuesta de Clarke al menos logra tranquilizarme.

Tras un suspiro, le sigo hasta su Harley.

Bajo la mirada de muchos estudiantes curiosos, monto detrás del Devil's y pongo mis brazos alrededor de su cintura.

Salimos del campus, y después del centro urbano, para internarnos en los barrios más lujosos. A mi pesar, memorizo el trayecto en caso de huida. El nudo en el estómago no desaparece, pero no tengo intención de mostrarle a Carter el miedo que siento.

Clarke detiene la moto delante de un gran portón negro que se abre automáticamente, revelando un cerro boscoso. No veo ninguna residencia, solo un camino de hormigón delimitado con hermosos árboles alineados y perfectamente podados que crean un cuadro maravilloso.

Después de varios minutos de una subida en la que el camino ha estado alternando entre llanuras y bosque, el terreno se aplana. Lo primero que veo es una increíble fuente de mármol claro que expulsa el agua con un sonido relajante. Un sendero se extiende detrás de ella hasta una escalinata de enormes columnas y un inmenso palacete de piedra beis. A mí, que nunca me ha sobrado el dinero, la riqueza de Carter me impresiona. Su finca es impresionante y también extrañamente acogedora. Todo es delicadeza y armonía. Este lugar es reconfortante.

Clarke aparca en la zona de grava y bajamos de la moto.

—¿Preparada?

Asiento sin decir nada.

Él va el primero y rodea la fuente sin prestarle la más mínima atención, como si no fuera más que una vulgar baratija. Pero yo no puedo hacer eso. Me quedo quieta delante de la grandiosidad de esa escultura de más de tres metros de altura. Los detalles son precisos y hábiles. Delante de mí está, a tamaño real, Odín, el padre de todos los dioses, montando su caballo de ocho patas, Sleipnir.

Sin pensarlo, me subo sobre el borde de la fuente para observar mejor a mi dios. Tiene un ojo tuerto, sus rasgos parecen cansados por la vejez y la guerra, y su barba está tan bien esculpida en el mármol que parecen hilos que van a salir volando con la brisa. En una mano sostiene con fuerza su lanza Gungnir, que nunca falla su objetivo antes de volver a la mano de su propietario. Las numerosas escamas de su armadura están afiladas y parece que su cuerpo se mueve, como si su caballo galopara debajo de él y sus caderas siguieran el movimiento.

—Es Odín. El dios principal del Panteón de los dioses nórdicos.

No respondo a Clarke, que se encuentra a mi espalda. No le voy a dar el placer de confesarle que compartimos la misma fe. Sin embargo, no puedo negar mi fascinación ante esta escultura. Es mi dios en su máxima expresión. Solo puedo reverenciar el trabajo hecho en la piedra.

En un esfuerzo sobrehumano, desvío la mirada de Odín y me bajo de la fuente ante la escrutadora mirada de Clarke. Lo sigo, esta vez pisándole los talones, hasta la escalera. El mármol bajo mis pies es tan brillante que veo mi reflejo en él.

El Devil's no llama, simplemente abre la puerta blindada como si estuviera en su casa. Entramos a un gran vestíbulo. El cambio en la decoración es increíble. Aquí, todo tiene tonos negros, desde el suelo de granito hasta los muebles, pasando por un muro de baldosas de pizarra. Los acabados y algunas decoraciones en oro rosa añaden personalidad, incluida la imponente araña de cristal en el centro de la sala, reflejando la luz en una explosión de centelleos. Una entrada en forma de arco me deja entrever un inmenso salón increíblemente ordenado donde la opulencia está omnipresente. El negro y el oro rosa siguen siendo los colores predominantes, pero no tengo tiempo de admirar esta magnífica casa. Escucho cómo unos ruidos de pasos se acercan, y después aparece un miembro de la banda, el del pelo rubio y los ojos casi amarillos.

—Me alegro de conocer por fin a quien mandó cerrar el pico a Bill con una réplica fulminante. ¡Soy Justin!

Le estrecho la mano que me da devolviéndole la cálida sonrisa.

«¿Qué se le va a hacer? Las energías de esta casa me tranquilizan…».

—¿Qué te ha traído a una cita con el gran jefe?

—Vengo a venderle galletas para ganarme mi insignia de exploradora.

Justin comienza a reírse a carcajadas y Clarke pone los ojos en blanco con un toque de diversión.

«¡Pero se está relajando!».

Recupero rápidamente la seriedad cuando se escuchan nuevos pasos. Carter aparece, al igual que esa desagradable sensación de falta de aire. La altura del techo ayuda a que no me asfixie, aunque tenga unas ganas terribles de salir corriendo.

—¡Avalone! Gracias por venir. ¿Y si vamos a mi despacho para hablar de esas galletas?

Me muerdo el interior de las mejillas para mantener la seriedad, un poco divertida al comprender que ha escuchado mi respuesta a la pregunta de Justin.

La sonrisa que me ofrece hace aparecer algunas arrugas en las esquinas de sus ojos, pero no me dejo engañar por su apariencia bondadosa. Detrás de sus rasgos suaves y su media melena a lo Brad Pitt, se esconde el jefe de una banda que le ha prometido a un policía fugarse de la cárcel si acabara allí.

—Supongo que no me dará un silbato antiagresión antes de que lo siga, ¿verdad?

Justin se endereza de repente intentando contener un nuevo ataque de risa y Clarke le da una palmada tan fuerte en la espalda que casi le saca un pulmón. En cuanto a Carter, me observa fascinado con sus resplandecientes ojos azules.

—Te prometo que no estás en peligro y que saldrás de aquí de una sola pieza.

Sí... Total, si no fuera así, estoy segura de que no me avisaría, eso desde luego. A pesar de mis dudas, empiezo a caminar y sigo a Carter a través de un inmenso pasillo a mi derecha.

Una nueva araña tan impresionante como la primera ilumina un conjunto de obras de Banksy —ni más ni menos— enmarcadas en la pared y una fuente de interior que ocupa el fondo del pasillo. Es una auténtica cascada que cae a más de cinco metros de altura.

«Este hombre es tan rico hasta el punto de no saber qué hacer con su dinero».

Carter empuja una gran puerta, la última antes de la fuente, y entramos en su despacho, iluminado por luz natural gracias a tres puertas francesas que ofrecen una increíble vista de la exuberante vegetación de la finca. Un bosque. Estamos en mitad de un bosque. Este despacho me hace pensar en el de Dumbledore en Harry Potter. No hay ningún hueco libre en las paredes, pero todo está perfectamente colocado. Tengo ganas de explorar cada rincón. Como si escondieran los secretos de Yggdrasil.

Carter cierra la puerta detrás de mí y me hace un gesto para que me siente en el sillón de cuero frente a su escritorio de roble. Lo hago en silencio, preguntándome si mi voz llegaría hasta la entrada si gritara pidiendo ayuda. En caso afirmativo, no creo que Clarke o Justin acudieran.

Me centro en el rostro del jefe cuando toma asiento detrás del escritorio.

—¿Por qué todos los miembros de su banda creen en los dioses nórdicos? ¿Es usted una especie de testigo de Jehová en versión pagana?

Una sonrisa divertida se extiende en su labios, pero evade mi pregunta.

—Supongo que te preguntarás qué haces aquí.

—Así es.

Se endereza y entrelaza los dedos de las manos sobre su portátil cerrado, examinándome como si fuera un bicho raro. A pesar de mi creciente incomodidad, permanezco inmóvil en mi asiento.

—Me vendría bien tu ayuda.

Levanto las cejas, sorprendida, y se hace el silencio durante un momento. Contengo la risa y le dejo continuar, curiosa por saber qué puede esperar de mí un hombre como él.

—Mis hombres tienen que realizar una entrega y, como has podido ver, la policía está encima de nosotros. Lo que espero de ti, si estás de acuerdo, claro, es hacer una declaración en la comisaría dándoles una dirección falsa.

Durante un segundo pienso que es una cámara oculta, y lo deseo desde lo más profundo de mi corazón. Desgraciadamente, Carter se queda en silencio a la espera de una respuesta.

«¡Por todos los dioses! ¿Cómo puede esperar que acepte algo así?».

—No.

Se inclina ligeramente en su escritorio entrecerrando los ojos.

—Sin tu ayuda, el hermano de tu amiga, Clarke y todos los demás pueden acabar en prisión.

Me levanto tan deprisa que el sillón se cae detrás de mí. Todo mi cuerpo tiembla con una rabia imposible de contener.

—No es mi problema.

Carter es tan miserable como Bill.

«¡Y pensar que ha tenido el descaro de regañar al policía por su comportamiento cuando él también planeaba utilizarme! Tengo una vida por delante, estudios que acabar, y no voy a permitir que me impidan conseguirlo poniéndome entre rejas cuando se den cuenta de mi delito».

Carter no mueve ni un músculo y vuelve a hablar con un tono muy tranquilo para una situación como esta.

—¿Estás segura? Cuando Lola se entere de que podrías haber evitado que su hermano fuera a la cárcel, pero lo rechazaste, seguramente se enfade mucho contigo.

Apenas consigo tragar mientras se encoge de hombros con gesto decepcionado, como si su aprecio por mí disminuyera.

—Lo entenderá —digo de manera categórica.

—No lo niego. Pero ¿cómo podría continuar siendo amiga de la persona que no hizo nada por su hermano cuando pudo hacerlo? Y cuando el rumor se extienda en el campus, todo el mundo te odiará, te insultará y te escupirá por haber participado en la caída de sus ídolos. Entonces, ¿cómo conseguirás seguir con tus estudios? —Carter se reclina sobre su sillón con una sonrisa victoriosa, como si ya hubiera aceptado ayudarlo, y solo por eso, tengo ganas de pegarle—. Nadie informará de tu delito e, incluso si ese fuera el caso, he conseguido mantener a mis hombres en libertad desde hace años, cuando han hecho cosas mucho peores que una denuncia falsa. No corres peligro con la policía, Avalone. Te lo prometo.

Todos los escenarios posibles e imaginables pasan por mi mente. Me imagino a mi madre en el lugar de Set, y a Lola, a pesar de nuestra amistad, sin hacer nada por ayudarla. Lo entendería. Pero una parte de mí nunca dejaría de guardarle rencor. En lo que respecta a ser odiada por unos pocos estudiantes, me da completamente igual. Aunque ser odiada por decenas de miles es otro tema. La crueldad humana no es motivo de discusión.

¿Cómo podría continuar con mis estudios siendo el enemigo número uno del campus?

—Está bien.

Me quedo inmóvil, recta, con mi mirada fija en la de Carter, pero en mi mente es otra historia.

«¿Graduarme sin distracciones?¡Claro que sí, metiéndome en líos!».

Una sonrisa de satisfacción aparece en su rostro.

Carter se convierte en la primera persona que odio en esta ciudad: el jefe de una banda que está dispuesto a arriesgar la vida de sus hombres por dinero y que me manipula para alcanzar sus objetivos.

—Mis hombres estarán en Knolson Street, pero tú le dirás a Bill que estarán en W. Stadium Boulevard, detrás del parque Pioneer Woods, a las siete de la tarde.

Me hierve la sangre de rabia contra él, pero también contra mí misma, por haberme dejado engañar tan fácilmente. Sin embargo, pienso en cuánto quiere Lola a su hermano y el miedo que tiene por él cada día. Pienso en los Devil's Sons, que están bajo el control de este desgraciado. Y también pienso en los estudios que tengo que aprobar, lo único que podré finalizar antes de morir.

—Tras esto, olvídese de mí.

6

Salgo del despacho sin mirar al dueño del lugar. El corazón me late desbocado en el pecho. No soporto estar ni un segundo más en esta residencia o sentir su olor. ¡Quiero que me dejen fuera de sus asuntos de una vez por todas!

Atravieso el pasillo a grandes zancadas hasta el vestíbulo de entrada, mis tacones resuenan en el suelo de mármol. Clarke para de hablar con Justin y se gira hacia mí, nervioso.

—¿Te llevo a la comisaría? —me pregunta.

Suelto una carcajada estridente y llena de repugnancia.

—¡Y pensar que te había creído cuando te hacías el inocente! ¿Tienes problemas conmigo cuando te insulto? Pues que sepas que no pasará ni un día sin que te llame desgraciado.

Le lanzo la mirada más odiosa que puede existir, me despido de Justin con una peineta y salgo de la mansión, muy enfadada.

Clarke me sigue en silencio y subimos a su moto sin decir nada. Me cuesta mucho rodearle la cintura con los brazos, ahora mismo no soporto ni su voz ni su contacto.

Arrancamos y siento el estómago revuelto como si condujera directa a la horca. Me parece increíble que me pidan que haga una denuncia falsa y que me involucren en sus actividades ilegales. Nunca había pensado en hacer algo así en toda mi vida, pero estoy atrapada, y es la primera vez desde hace mucho tiempo en que tengo ganas de llorar en brazos de mi madre.

El motero para a varias calles de la comisaría para no arriesgarse a que nos vean juntos. Bajo de la Harley y me alejo sin mirarlo. Se burló descaradamente de mí y no voy a olvidarlo. No debí acompañarlo después de clase.

Al llegar al edificio inspiro profundamente para tranquilizarme. Mi mirada de enfado desaparece, y mis temblores también. Entro en las instalaciones con una falsa voluntad de hacer caer a los Devil's Sons. Y si alguna emoción me traiciona, el inspector lo achacará al miedo a las represalias.

Llego junto a la secretaria y pido hablar con Bill, que no se hace de rogar y aparece rápidamente. Tras decirle que tengo información que podría interesarle, me mira durante varios segundos, después me hace signos para que lo siga.

Entramos en una sala de interrogatorio donde solo hay una mesa y dos sillas. Me siento frente al policía. No dice nada durante mucho tiempo, en lugar de eso solo me observa. Decido tomar la palabra para salir de aquí lo antes posible.

—Sé dónde se llevará a cabo la siguiente entrega de los Devil's Sons.

El poli no dice nada. Se hace el silencio y durante ese tiempo me examina concienzudamente. Espera la más mínima señal que me delate, pero no dejo que se me note nada. Atrevida, valiente y buena mentirosa. Como mi padre, que, según mi madre, era una buena pieza.

—¿Quién es tu fuente?

—Carter. Le he escuchado decírselo a sus hombres tras el incidente de esta mañana.

Se hace el silencio de nuevo.

Bill saca su móvil y se lo lleva al oído sin dejar de mirarme desconfiado.

—¿Cassie? Tráeme el detector de mentiras.

Cuelga y mi corazón deja de latir un segundo. Una ola de pánico me atraviesa cuando comprendo lo que acaba de decir.

Detector. De. Mentiras.

Parpadeo para disimular el sudor frío que recorre mi columna. Estoy de mierda hasta el cuello y voy a hundir a los Devil's Sons. Ahora soy consciente de ello.

Se me acelera la respiración, pero hago todo lo que puedo para no revelar nada delante de la minuciosa mirada de Bill.

El miedo se apodera de mí y me revuelve el estómago.

«¡Por Loki, estoy en medio de una pesadilla!».

El tiempo pasa a una velocidad increíblemente lenta. Mis manos tiemblan un poco. Intento buscar un plan de emergencia, pero no encuentro ninguna solución que me sirva para salir de este infierno y salvar a los Devil's Sons.

Acabo de denunciar un delito a la policía. No me dejarán salir de aquí sin respuestas... Si guardo silencio, se me considerará cómplice y no habré despejado el camino de la entrega... Pero, si hablo, estaré lejos de toda sospecha y solo tendré que avisar a los chicos para que lo cancelen todo.

La famosa Cassie entra con un equipo muy técnico. Me sonríe, después lo coloca delante de mí. Cuando está operativo, es decir, cuando mi frecuencia cardíaca, respiratoria, mi temperatura corporal y mi presión sanguínea están medidas por los cables conectados a la máquina, Bill se endereza.

Ahora todo pasa a cámara lenta. Parpadeo varias veces e intento controlar mi respiración.

La voz del policía me llega con un eco molesto.

—Muy bien. Empecemos. Preséntate.

—Me llamo Avalone Lopez. Tengo diecinueve años y estudio la especialidad de Humanidades en la Universidad de Michigan.

Observa la pantalla de la máquina, después vuelve a mirarme. En este momento, desearía tener una crisis para parar el interrogatorio. No puedo mentir. No tengo más opción que obedecer.

—¿Conoces a los Devil's Sons?

—No personalmente, como ya dije.

Vuelve a mirar la pantalla. Después centra su atención en mí.

—¿Sabes dónde tendrá lugar la siguiente entrega de la banda Devil's Sons?

Mi corazón se comprime dolorosamente, un nuevo sudor frío se apodera de mí y ahogo un pequeño grito desesperado.

—Sí.

Le echa un vistazo a la pantalla y se endereza, interesado de pronto, como si creyera que le había estado mintiendo hasta ese momento. A partir de ahora, está seguro de que no. Estoy a punto de entregar a los Devil's Sons a la poli en bandeja de plata. Si no consigo avisarlos, no me lo perdonaré nunca.

—¿Dónde estarán? —pregunta Bill, impaciente.

Los segundos pasan, soy incapaz de responder.

El plan de Carter se vuelve contra él y yo lo estoy presenciando en primera fila.

No soy más que un peón en el tablero de ajedrez y, sin embargo, me invade la culpabilidad. No aprecio a esos chicos, pero eso no quiere decir que quiera verlos entre rejas.

¿Sus actos son tan atroces como para que sean peligrosos?

No estoy tan segura.

La cara del poli se distorsiona con enfado. Golpea violentamente la mesa con el puño y me sobresalto.

—¿Dónde estarán?

Debería haberle respondido W. Stadium Boulevard, pero ese no es el punto de encuentro de los Devil's Sons.

Cierro los ojos y dejo de respirar.

—Knolson Street.

Me trago las lágrimas que amenazan con salir. Me niego a perder la esperanza.

—¿A qué hora? —inquiere con voz hosca.

—A las siete.

El policía mira una última vez la máquina, y después grita a Cassie para que prepare el equipo de intervención. Se dirige con paso decidido hacia la puerta, que golpea con la mano.

—¡Tenemos a esos cabrones! —grita.

Finalmente desaparece, pero su voz resuena detrás de él.

—Nate, deja salir a Lopez a las siete, ¡ni un segundo antes! ¡No puede hacer ninguna llamada!

El hombre que creo que es Nate entra a la sala. Intenta intercambiar algunas banalidades a las que no respondo y desconecta los cables de la máquina para liberarme. Cuando me exige el teléfono, le pido permiso para llamar a mi compañera de habitación. Me lo prohíbe amablemente, pero de forma categórica. Insisto a pesar de todo, mencionando mi enfermedad y la necesidad de coger mis medicamentos, pero me promete traerlos en media hora. El destino me lo pone difícil. Nate habla conmigo, pero no respondo. Me sonríe, pero no consigo vislumbrar los rasgos de su cara.

Los chicos van de cabeza a una trampa y no los puedo avisar. La culpabilidad no desaparecerá nunca. Acabo de privar de su libertad y de enviar a seis hombres a la cárcel durante mucho tiempo. Acabo de dejar a seis familias sin uno de sus miembros y a mi amiga sin su hermano mayor.

El hilo de mis oscuros pensamientos se interrumpe de repente cuando se abre la puerta detrás de Nate. Mi reloj da las siete en punto. Tengo una revelación: puede que no sea demasiado tarde, los Devil's Sons aún pueden ser libres.

El agente me entrega por fin mi teléfono.

—Puedes irte.

Cojo mi bolso y salgo de la sala corriendo como nunca antes lo había hecho. Fuera de la comisaría, llamo a Lola, pero me envía al buzón de voz.

—¡Maldita sea! —grito—. ¡Lola llámame lo antes posible, es urgente!

Paro un taxi apresuradamente y me lanzo a su interior.

—A la universidad, por favor.

El conductor asiente y conduce por las calles de la ciudad.

Golpeo nerviosamente el pie contra el suelo, le pido que conduzca más rápido, retuerzo los dedos nerviosa y llamo a Lola una decena de veces. Sin éxito.

«¡Si al menos tuviera el número de Carter o de Clarke!».

Rezo a las Nornas para que hagan caer un árbol sobre el camino de los Devil's Sons y así evitar que vayan directos a una trampa.

Diez minutos más tarde, salgo del taxi y corro a mi habitación. Subo los escalones de tres en tres, al borde del colapso, y después meto la llave en la cerradura. Empujo la puerta rezando por encontrar a Lola sobre su cama, pero me encuentro con alguien muy diferente.

Clarke está tumbado en mi cama, con los brazos cruzados detrás de la cabeza.

Dejo caer mi bolso al suelo, mientras un suspiro de alivio se escapa de mis labios. La calma dura poco, el miedo vuelve igual de rápido que se fue.

¡Seguro que pillan a los demás!

—¡Clarke, ha habido un problema!

Levanta las cejas, pero ni pestañea. Me mira con una indiferencia insoportable.

—¡Me han mandado al detector de mentiras, he tenido que decir la verdad! ¡Saben dónde tendrá lugar la recogida y ya han salido para allí!

Mis dedos se hunden en mi cabello y tiran de él hacia abajo con nerviosismo. El motero no reacciona, permanece impasible.

—¿Escuchas lo que te digo? —le grito.

No responde.

Cojo un cojín y me preparo para lanzárselo a la cabeza en busca de una reacción, pero al final no lo hago. Con la mente llena de pensamientos, alzo la mirada hacia Clarke.

Todo se vuelve claro en mi mente. El miedo desaparece para dejar paso a un enfado que espera una confirmación para explotar.

—Un momento... No me digas que... No, no os habríais atrevido a hacer algo así...

El cojín cae a mis pies y retrocedo dos pasos.

Me siento manipulada. Traicionada.

—No me digas que sabíais que tenía que pasar por el polígrafo... ¡Me habéis manipulado! ¿Me disteis una dirección que pensaba que era cierta para atraer a Bill allí con el fin de tener vía libre en otra parte, mientras yo pensaba que os había metido en la cárcel?

Sigue sin reaccionar. Sin fruncir el ceño. Solo esa mirada indescifrable, vacía de emoción.

—¡¡Me habéis utilizado!!

Sin esperar ninguna reacción por su parte, retrocedo sorprendida cuando salta de mi cama. En un solo paso, su altura me sobrepasa.

Y no hablemos de su tamaño...

—Sí, te hemos usado y manipulado. Gracias a eso, aún somos libres, y no voy a disculparme por ello, eso seguro. ¡Olvídalo!

Su tono despectivo y antipático me hace perder la paciencia. Mi mano va directa a su mejilla, pero antes de que entre en contacto con su piel, Clarke agarra mi muñeca. El verde de sus ojos ha desaparecido para dejar paso una oscuridad que absorbe la luz.

—No vuelvas a intentar tocarme sin mi permiso —gruñe con voz ronca.

Aprieta su agarre sobre mi muñeca, lo suficiente para evitar cualquier posibilidad de que me libere, pero no lo suficiente para hacerme daño. Nuestra cercanía y nuestra rabia mutua vuelven la atmósfera eléctrica, sofocante, y sentir su aliento en la cara no me ayuda a respirar mejor.

—Carter organiza una fiesta mañana por la noche en su casa. Estás invitada y puedes venir acompañada.

Una risa nerviosa atraviesa mis labios.

«Ya he oído todo lo que tenía que oír por su parte».

—¡Dile a tu jefe que se vaya al infierno!

Clarke suelta mi brazo y se dirige hacia la puerta.

—Tendrás que decírselo tú misma, no soy una jodida paloma mensajera.

—En ese caso, ¿quizás un cachorrito?

Clarke se detiene de repente. Una alarma se activa en mi mente mientras se gira despacio hacia mí con una sonrisa maliciosa.

—Es inútil que me lances ese tipo de insultos. Tarde o temprano, acabarás llorando a mares y yo lo disfrutaré.

7

¿Cómo eliminar a los Devil's Sons de mi mente cuando algunos estudiantes me apuntan con el dedo y susurran al cruzarse conmigo? Se lo puedo agradecer a Bill por haberme citado junto a la banda delante de toda la universidad.

¡Menudo cretino!

—Ava, ¿me estás escuchando?

Le lanzo una mirada de disculpa a Daniel.

—Estaba en mi mundo. ¿Qué decías?

Estamos tumbados en la hierba. El sol de mediodía está pegando muy fuerte, pero me hace sentir bien. Mi piel ya está bronceada, no hay riesgo de que me queme con el sol.

—Te preguntaba si tenías Educación Física esta tarde.

—Sí, tengo atletismo con Jackson a la una.

—¡Genial! Estaremos los tres juntos, entonces.

Hablando del rey de Roma, Jackson se acerca con Lola a lo lejos. Tuvo que ir a buscarla, ya que, una vez más, ha sido incapaz de encontrarnos y nosotros nunca perdemos la oportunidad de molestarla con el tema.

Fiel a sí misma, mi amiga no pierde el tiempo de coquetear con Daniel, que está muy receptivo. Cuanto más los veo charlar, más cuenta me doy de lo unidos que están. ¿Podría ser su media naranja después de todo? Mientras ella sea feliz, yo también lo seré. Y este chico parece ser una buena persona. Es atento con los demás, curioso, interesante y muy divertido. Siempre sabe qué decir para hacernos reír.

—Por cierto, ¿vais a venir a vernos durante la selección de jugadores de fútbol, a última hora?

Jackson y Daniel quieren entrar en el equipo de la universidad, y por las flores que se echan, son bastante buenos.

—Pues claro —acepta Lola—, ¡nosotras seremos vuestras fans!

Daniel le lanza un guiño y saca su paquete de cigarrillos. Hago el amago de apartarme cuando enciende uno. El tabaco está completamente prohibido para mí, tanto de forma activa como pasiva.

—Si me eligen —dice Daniel—, dejaré de fumar en ese momento.

—Si eres capaz de dejarlo por el fútbol, ¿por qué no lo dejas por tu salud? —pregunta Lola.

—«El hombre ideal no fuma, no bebe, no toma drogas, no insulta a nadie y no es racista, pero no existe». Una de las citas más ciertas que he podido encontrar en Twitter. —Su respuesta nos hace reír, pero entrecierra los ojos, pensativo—. Tienes razón. Si puedo dejarlo por el fútbol, puedo dejarlo por mi salud. Y como hoy tengo más voluntad que otros días, os anuncio que este cigarro es el último.

Se levanta bajo nuestras escépticas miradas y va hacia la basura. Después, abre el paquete, coge los cigarros y los hace pedazos. Finalmente, tira la caja y vuelve a sentarse con nosotros, como si no hubiera pasado nada.

Mientras Lola y yo lo observamos, con la boca abierta, Jackson no parece sorprendido.

«Este tío no es para nada difícil de convencer».

—Sé lo que estáis pensando: soy el objetivo ideal para los vendedores. Y tenéis razón. ¡Siempre me dejo engañar como a un tonto!

Nos reímos a carcajadas, pero no es nada comparado con lo que viene después.

Daniel nos confiesa haberse abonado a una suscripción tras haber estado media hora al teléfono con un comercial. Desde entonces, cada mes recibe cebo para peces de agua salada. En primer lugar, odia pescar. Y en segundo, el océano más cercano se encuentra a nueve horas en coche.

Una vez vestida con mi pantalón corto de algodón, una camiseta de tirantes y mis deportivas, salgo del vestuario de chicas y entro en el campo de atletismo. Algunos alumnos ya están estirando, entre ellos Jackson y Daniel. Me dispongo a unirme a ellos cuando la profesora me llama.

—¿Avalone Lopez?

Asiento con la cabeza y recorro los últimos metros que nos separan.

—Tu médico me ha enviado tu dispensa. Como ya sabes, tu insuficiencia cardíaca es inestable y no te permite hacer deporte. En su lugar, tu médico aconseja dar paseos y hacer entrenamientos suaves con pesas, siempre que no superes tu umbral de disnea. Así que vas a calentar con los demás, pero sin correr. Después, te dejaré alternar entre paseos y entrenamiento suave con pesas. Estarás con Emily. Ella se está recuperando de un desgarro del tendón de Aquiles.

Señala a la chica en cuestión, que me sonríe y viene tímidamente hacia mí mientras la profesora se aleja.

—¿Tú eres Avalone? —me pregunta con las mejillas rojas por la vergüenza.

Emily parece la dulzura personificada. Su delicado cuerpo y su voz suave la hacen parecer tan frágil que solo puedes sentir ternura hacia ella. Salvo Lola, es demasiado agresiva, acabaría con ella.

—Sí. Emily, ¿verdad?

Ella asiente, nos sonreímos y comenzamos a calentar.

—¿Cómo te hiciste daño?

—Estaba jugando con mi hermano pequeño al pillapilla. Cambié de dirección en el último segundo y me rompí el tendón. Me tuve que operar y, poco a poco, vuelvo a hacer deporte. ¿Y tú? ¿Qué te impide practicar?

—Tengo una insuficiencia cardíaca.

No digo nada más y ella tampoco pregunta.

Su mirada cariñosa contrasta con la mirada compasiva que te encuentras en este tipo de situaciones. Le estoy agradecida por ello.

Tras veinte minutos calentando, Daniel y Jackson se unen a mí trotando.

—¿No vienes a correr?

—No, estoy exenta.

Una incomprensión total aparece en sus rostros. Es verdad que he tenido muchas ocasiones para hablarles de mi problema de salud, pero no lo he hecho. Incluso ahora, estaba actuando como si fuera a correr con ellos en la pista.

—¿Por qué?

—¡Chicos! —grita la profe desde la otra punta del campo—. ¡A correr!

La expresión «salvada por la campana» adquiere todo el sentido.

Mis amigos me miran vacilantes, pero acaban obedeciendo. Salen corriendo mientras me lanzan algunas miradas curiosas.

—¿No lo saben? —me pregunta Emily.

Respondo negativamente.

—¿No son amigos tuyos?

—Sí. Pero cuando la gente se entera de que estás enferma, actúa de forma diferente, a veces sin darse cuenta siquiera. No quiero ser a la que todos miman.

Tras dos horas de entrenamiento suave con pesas, tengo el tiempo justo para cambiarme antes de unirme a Lola en las gradas del campo de fútbol para asistir a las pruebas.

Esperamos a los chicos, impacientes por descubrir cómo lo harán. Al cabo de unos minutos, los participantes entran en el campo, vestidos con el uniforme del color del equipo de nuestra universidad: los Wolverines de Michigan, con el entrenador y el capitán al final de la fila.

Solo hay tres plazas libres para unos treinta chicos que prueban suerte. Ojalá nuestros amigos sean seleccionados, incluso si las posibilidades son mínimas.

Tras un calentamiento donde todos los jugadores son observados con lupa por el entrenador y el *quarterback*, comienzan las pruebas: carrera, rapidez, placaje, pase lateral, interceptación… Vemos a los chicos sudar bajo el sol y correr en todas direcciones.

—¡Vamos, Jackson! —grito.

—¡Vamos, Daniel! —grita Lola.

Asumimos el papel de fans muy en serio.

—¡Eh! ¿Tú no eres a la que llamó el poli con los Devil's Sons?

Lola y yo nos giramos para enfrentarnos a una chica con un físico increíble, acompañada de dos amigas que no esconden el desprecio que sienten por mí.

Entrecierro los ojos, pero no respondo. Lola ya me había avisado de que las chicas pueden ser unas verdaderas zorras con la competencia cuando se trataba de la banda. Lo que ellas no pillan es que no soy su rival.

—Fue porque Clarke te trajo de la fiesta, ¿verdad?

Es bastante aterrador estar así de expuesta por un simple gesto.

Al entender que no me van a dejar en paz fácilmente, asiento, cansada.

—Un consejo de amiga: no te hagas ilusiones. No eres más que una de tantas. Común. Corriente. Sin nada excepcional o envidiable.

Tras haber asimilado que aún estamos en un patio de recreo, le sonrío de la forma más hipócrita que puedo, lista para responder, pero Lola me distrae.

—Por eso ha sido invitada a la fiesta privada de Carter y tú no… —susurra.

Sus rostros se desfiguran delante de nosotras y mi amiga, mortificada, se da cuenta rápidamente de su error. Si tenía alguna esperanza de que los rumores sobre la banda y sobre mí pararan, se desvanece. Pero no la culpo. Sé que no lo dijo con mala intención, al contrario.

Sin preguntar nada más, las chicas dan media vuelta, huyendo muy rápido y echando pestes, celosas.

—¡Lo siento, lo he dicho sin pensar!

La preocupación de su cara me hace reír. Le paso una mano por el brazo para tranquilizarla y le prometo que no le guardo rencor. Suspira tranquila y, de reojo, veo cómo reúne valor. Desde anoche se muere de ganas de hacerme una pregunta y por fin va a hacerlo.

—¿Estás segura de que no quieres ir a la fiesta de Carter?

Me esperaba cualquier cosa menos esa. Cuando le conté cómo había acabado todo ayer, estaba aún más enfadada que yo con la banda. Explotó, y después utilizó un vocabulario abundante y variado de insultos. Temí que no se calmara nunca.

—¿Por qué demonios pondría un pie allí? —gruño.

—Bueno, para empezar, por la fiesta en sí. Al parecer las fiestas organizadas por Carter son de lo más exquisitas, lo que supone un cambio respecto a las fiestas de fraternidad. Ya sabes, ponerte un bonito vestido, beber champán en copas de cristal… Algo así como en una gala benéfica.

Se queda tanto tiempo callada, que, si no se retorciera los dedos nerviosamente, pensaría que ese es su único argumento.

—En realidad, te estoy presionando para que reconsideres tu decisión por mí. Lo sé, es egoísta. Pero *quiero* ir. Antes de que mi hermano entrara en la banda, estábamos muy unidos. Hasta ahora, me ha mantenido alejada de él y al margen de sus actividades ilegales. Me hago una idea, pero me gustaría conocer el ambiente en el que se mueve, aunque solo sea por una noche, para asegurarme de que está bien.

Solo pensar en ir a la fiesta me pone mala. Sin embargo, no puedo ignorar la preocupación de Lola. Al igual que ella, yo estoy dispuesta a todo por la gente que me importa, así que si soy la única que puede ofrecerle la paz que necesita, estoy dispuesta a pasar un par de horas con Carter y sus esbirros.

—Sirven finas copas de champán, pero no bonitos vestidos. Ojalá encontremos lo que necesitamos en nuestros armarios.

Lola levanta la mirada hacia mí, incrédula. Un segundo después, una lágrima solitaria cae por su mejilla —una verdadera *drama queen*— y salta *literalmente* sobre mi regazo para abrazarme.

—¡Limpieza, colada, deberes, pídelo y seré tu chica!

—Oh, no te preocupes. Esperaré a tener algo mucho peor para que pagues tu deuda.

Nos reímos con ganas y, tras agradecérmelo sinceramente, retomamos nuestro papel de fans durante los últimos minutos de selección.

Temblando y sin aliento, los jugadores se quitan los cascos ante el aviso del entrenador y se reúnen a su alrededor.

—Lo habéis hecho todos bastante bien. Por desgracia, como ya sabéis, solo tres de vosotros seréis elegidos. Solo hay hueco para los mejores.

Lola y yo dejamos de respirar y cruzamos los dedos.

—El primero en entrar en nuestro equipo es Jackson Simons.

Saltamos y gritamos de felicidad.

Jackson mira a Daniel con una mueca arisca en el rostro, iluminado a la vez por la pura felicidad, y después nos señala con el dedo, como diciendo «¡Os lo dije!».

—El segundo es Tom Riley.

El elegido suelta un grito de victoria, provocando en Lola y en mí una tensión poco altruista. Solo queda una plaza y Daniel comienza a ponerse nervioso.

—La última plaza es para Daniel West.

Nuestros gritos aumentan de potencia y saltamos en el sitio en honor a los ganadores.

—Muchas gracias al resto por venir. Volved a intentarlo el año que viene. Para aquellos que han sido seleccionados, los entrenamientos son obligatorios, al igual que sacar buenas notas en clase, de lo contrario perderéis la plaza. Ya va a empezar la temporada. El primer entrenamiento tendrá lugar mañana a las siete. No se tolerará ningún retraso, ¡no queremos perezosos en el campo!

Tras varias aclaraciones, el entrenador y el capitán salen del césped, autorizando a los jugadores a dispersarse. Lola y yo bajamos los escalones de las gradas y entramos al terreno para abrazar a nuestros amigos. Aunque no compartamos su pasión por el fútbol americano, están tan contentos que nos alegramos por ellos. Les felicitamos y los escuchamos regocijarse de camino a los vestuarios, donde finalmente nos despedimos para volver rápido a nuestra habitación con el propósito de prepararnos para la fiesta.

Ya con nuestros neceseres de ducha en la mano, salimos hacia los baños comunes, cuando nos topamos de frente con Emily.

—¡Ah! ¡Lola, te presento a Emily! La he conocido en la clase de Educación Física, ella también está exenta.

Lola, amistosa y fiel a sí misma, sonríe a nuestra nueva conocida antes de abrumarla a preguntas. Emily me lanza una mirada asustada, pero la animo guiñándole un ojo.

Me sorprendo al enterarme de que está en el primer año de Humanidades, como Jackson y yo. Sus padres viven en la región, pero ella prefería estar en el campus para estar más cerca de la biblioteca y así evitar los viajes de ida y vuelta.

Lola le propone cenar con nosotras esta noche, pero Emily me mira insegura. Ya sea porque no quiere molestar, o no se atreve a negarse.

—Sería genial cenar contigo, pero si ya tienes planes, lo entendemos, no te preocupes… —la tranquilizo.

—No tengo planes. Yo… Esto… No quiero molestar.

Lola le pasa el brazo alrededor de los hombros y la conduce al interior del baño, conmigo pisándoles los talones.

—No nos molestas, tienes pinta de ser una chica increíble, Em. ¿Te puedo llamar Em? Ava y yo tenemos dos amigos, Jackson y Daniel. Dos chicas y dos chicos, sabes lo que quiero decir, ¿no? ¡Estamos en igualdad numérica y eso no está nada bien! ¡Te necesitamos para aumentar nuestra posición! ¡*Girl power* y todo eso!

Una sonrisa aparece en los labios de Em, que termina aceptando unirse a nosotras para cenar. Aun así, parece tranquila mientas Lola se mete en una ducha, emocionada por la fiesta que nos espera. Mi emoción es fingida, pero no la quiero hacer sentir culpable. Aunque mi compi ha despertado mi curiosidad, no sé qué nos podría pasar esta noche y me temo lo peor.

«Tarde o temprano, acabarás llorando a mares y yo lo disfrutaré».

De nuevo en nuestra habitación, observo mi reflejo en el espejo, con este vestido corto que nunca me he atrevido a usar. Lo encontraba demasiado bonito, a la vez que sensual e impresionante. Elegante. Hacía falta una ocasión especial para ponérselo. Y esta noche lo es. Con este vestido de satén azul canario, me siento bien. Digna del respeto de los más importantes.

Los finos tirantes de satén se cruzan en mi espalda desnuda y, una vez que Lola los ha atado, ofrecen una vista fantástica de mi espalda baja. Calzada con mis tacones altos del mismo color, mis piernas nunca han parecido tan largas.

—Estás preciosa —me dice Lola—. Lo vas a volver loco.

Sus últimas palabras flotan en el aire. Alzo la mirada hacia su reflejo en el espejo y atisbo su sonrisa traviesa.

«Pero ¿a quién se refiere…? ¡Oh, por el ojo de Odín!».

Doy media vuelta, con los ojos abiertos como platos.

—¡Lola Collins! Lo odio, ¿me oyes? ¡Solo tengo ganas de estrangularlo!

—Eso no impide que te parezca increíblemente guapo.

Todos son increíblemente guapos —digo para defenderme.

—Pero Clarke tiene algo más. ¡No puedes negarlo!

Le doy la espalda y meto agresivamente mis cosas en el bolso de mano amarillo mostaza.

«¿Algo más? Sí, Clarke es peor que los demás. ¡Mentiroso, manipulador, violento, antipático, y un largo etcétera!».

Voy hacia la puerta y la abro entera para invitar a mi compi a salir con una mirada furibunda. Está resplandeciente en su vestido blanco con tirantes finos y delicados, lo opuesto a su personalidad.

Alza las cejas de forma sugerente y pasa delante de mí. Para vengarme, le doy un cachete en el culo. Se ríe a carcajadas y eso me relaja.

Salimos de la residencia para reunirnos con Jackson y Emily en el restaurante de la esquina. Contra todo pronóstico, Emily ha venido y escucha muy atenta lo que le cuenta Jackson. Cuando nos unimos a ellos, nos miran sorprendidos.

—¡Por Odín, chicas! ¡Estáis impresionantes!

—Preciosas —jadea Emily.

Mientras se lo agradezco, Lola hace una reverencia. Nos sentamos y viene un camarero a tomarnos nota.

En cuanto nos sirven la bebida, Jackson ataca.

—¿Por qué estás exenta de Educación Física?

Mis amigas me lanzan miradas compasivas y me siento un poco avergonzada. Hablar de mi enfermedad es aguar la fiesta, pero ya no puedo escapar.

—Tengo una insuficiencia cardíaca.

La expresión compasiva que tienen sus ojos me hace apartar la mirada.

—Avalone… No sé qué decir… Lo siento.

—No lo sientas, vivo muy bien con ello.

Sonrío para confirmarle que todo está bien, pero se crea una atmósfera rara. Los segundos pasan con una lentitud horrible. Gracias a Lola, vuelven rápidamente las risas y la atmósfera se aligera, alabados sean los dioses.

—Por cierto —empieza Jackson, emocionado—, mi novia comienza la universidad en dos semanas. Va a venir a verme en unos días, ¡la vais a adorar!

Sus ojos brillan cuando habla de ella, es muy tierno. Aurora tiene pinta de ser una chica increíble. Lo hace feliz y ser un buen chico, o eso es lo que él dice, me cuesta trabajo imaginarlo siendo malo.

—Y tú, Em, ¿tienes novio? —le pregunta Lola.

—No, yo… quiero concentrarme en mis estudios.

El rubor que aparece en sus mejillas la hace aún más adorable de lo que ya es.

—Oh, parece que hay alguien —bromea Lola mirándome con una sonrisa digna del gato de Cheshire.

Pongo los ojos en blanco.

—¿Cómo? ¿Tú también, Ava? —se sorprende Jackson.

—Para mí los estudios son lo primero. Ya tendré tiempo de enamorarme más adelante —miento.

Dado que voy a morir joven, es difícil entender mis elecciones. ¿Por qué malgastar años estudiando en lugar de disfrutar? La respuesta es simple: la enfermedad ha vuelto mi día a día diferente, así que todo lo que deseo es vivir sin pensar en el tiempo que me queda. Acabar algo antes de morir.

—¡Nunca os entenderé! —grita Lola, que se deja caer contra el respaldo de su silla—. «Lo primero...». ¡Me siento igual que cuando oigo hablar a mi padre de lo bien que está su tránsito intestinal!

Nos reímos a carcajadas. Emily también, aunque es más discreta. Sin duda, está mucho mejor educada que nosotros tres juntos. A menos que sea así por su timidez y su miedo a llamar la atención.

Cuando se da cuenta de que todos nos están mirando, se sonroja y levanta los hombros hundiendo la cabeza un poco para desaparecer. Intento tranquilizarla con una sonrisa, pero cuando está a punto de desmayarse, le doy una patada a mis amigos debajo de la mesa y se callan de inmediato.

Me inclino hacia ella.

No dejes que las miradas de la gente te impidan vivir —le susurro al oído—. Incluso aunque den miedo, no van a acabar contigo. No te pueden hacer daño si no les das esa posibilidad.

Sus ojos comienzan a brillar. De forma imperceptible, alza el mentón, destensa los hombros y asiente agradecida.

8

Alabados sean los dioses, menos mal que tengo buena memoria y me acuerdo del camino para llegar a la casa de Carter. Esto ha evitado que Lola y yo tuviésemos que enviarle un mensaje a alguno de los chicos. Le dije a Clarke que no vendría. Me niego a darle la satisfacción de pedirle la dirección.

Lola se queda muda mientras conduce por el gran sendero rodeado de árboles antes de aparcar al lado de los coches y motos ya estacionados.

Una vez fuera del cuatro por cuatro, las figuras de mármol de Odín y Sleipnir son alabadas con el silbido impresionado de mi compañera de habitación.

—La próxima vez que te use, le robaremos esta estatua.

Arqueo una ceja y una sonrisa aparece en sus labios mientras desvía la mirada de nuestro dios.

—Estoy bromeando. Soy demasiado joven para morir.

Me río sin alegría y me pregunto si Carter sería capaz de matarnos si robáramos la estatua de la fuente. Gracias a su parentesco con Set, seguramente Lola esté protegida, pero yo, no lo sé. Y caminar en la cuerda floja no es mi actividad favorita.

Reanudamos el camino en silencio. Mi amiga da vueltas para mirar el entorno, embelesada. Para frente a la puerta de entrada, donde, en vez de llamar, se gira hacia mí muy seria.

—Avalone Lopez, estamos aquí para divertirnos, pero conozco tu mal carácter. ¡No lances ninguna mirada asesina, no frunzas el ceño para evitar arrugas y sonríe!

Ante las órdenes de esta pequeña tirana, está claro que solo puedo tener una expresión divertida en la cara. Le agradezco silenciosamente que nunca me haya juzgado. Lola asocia la aspereza de mis reflejos ámbar a una simple mirada asesina. No es lo ideal, pero es mucho mejor que ese mal augurio que ven los paganos cuando me miran.

Satisfecha, llama y tiembla de impaciencia mientras yo apenas consigo tragar saliva. Una mujer, entrada en años, y que debe ser un miembro del personal, abre la puerta. Nos da la bienvenida con una gran sonrisa y un intenso brillo en la mirada, y después se mueve para dejarnos pasar.

La presión de estar aquí cae sobre mí tan súbitamente que pierdo los modales. Soy incapaz de saludar a la mujer, aunque no parece ofenderse.

Los segundos pasan y Lola me da un codazo para que reaccione. Ella me ha arrastrado hasta aquí, pero no es lo bastante valiente como para dar el primer paso. Parece entender lo que pienso con la mirada indiferente que le lanzo, ya que me saca la lengua. A cambio, le pellizco las costillas y, con los hombros rectos y la cabeza alta, entro en el enorme vestíbulo.

«No tengo que parecer una presa».

El arco de la pared nos da una vista panorámica de la fiesta que se desarrolla en el salón. Cerca de setenta invitados van de punta en blanco. Las camisas inmaculadas de los hombres contrastan con sus tatuajes y su apariencia de pandilleros, y las pocas mujeres presentes llevan preciosos vestidos de noche. Sin embargo, un gran número de personas se siente fuera de lugar en medio de tanto de lujo: con incomodidad, hombros tensos, labios crispados… Seis músicos tocan una melodía clásica en una esquina del salón y los camareros reciben a los invitados con bandejas de champán y manjares exquisitos.

—Por la barba de Odín… —jadea Lola.

«¿Su reacción se debe a la opulencia o al hecho de que todas las miradas están puestas en nosotras?».

No me gusta ser el centro de atención, pero esa incomodidad es rápidamente reemplazada por otra cuando cruzo la mirada con Clarke. La desagradable sorpresa de verme aquí le hace fruncir el ceño y contraer la mandíbula.

«No te preocupes, guaperas. Yo tampoco quiero estar aquí».

Contra todo pronóstico, sus ojos recorren mi cuerpo y yo no dudo en hacer lo mismo. Estoy sorprendida de verlo con un pantalón de pinzas gris oscuro. Una camiseta blanca lisa y ceñida acentúa sus fuertes músculos que se tensan con cada uno de sus movimientos. Es un cambio agradable respecto a la chaqueta de cuero y la ropa oscura, aunque tengo que reconocer que lo hacen increíblemente *sexy*. Por no hablar de su cabello negro despeinado, y esa mirada...

—¡Avalone! —exclama Carter.

Con los brazos abiertos y una gran sonrisa, el jefe de los Devil's Sons cruza la sala para reunirse con nosotros.

Recuerdo las palabras de mi amiga —no frunzas el ceño y sonríe—, pero soy incapaz de hacerlo. Miro a Carter con todo el desprecio que me inspira.

—No creía que fueras a venir —continúa, victorioso.

—Los burros son los únicos que no cambian de opinión, ¿verdad?

Lola contiene un grito ahogado, mientras que Tucker, risueño, se pone al lado de su jefe.

—Adoro a esta chica. ¡Tiene agallas!

No desvío mi atención de Carter, que me mantiene la mirada con una sonrisa crispada, tan impresionado como molesto.

Los otros Devil's Sons —salvo Clarke— caminan hacia nosotras con la seguridad de ser quienes gobiernan en su zona.

—Es cierto, es una cualidad que tiene —responde Carter, con los ojos aún fijos en mí—. En fin, esperemos que Odín no le corte la lengua para enseñarle algo de sensatez.

—Si Odín me cortara la lengua por mis palabras, prefiero no pensar lo que Tyr le cortaría a usted para hacer justicia.

Los Devil's Sons se quedan congelados detrás de Carter y me miran, sorprendidos. Es evidente que Lola no le ha dicho a su hermano que compartimos las mismas creencias.

«¡Sorpresa, imbéciles!».

Carter me examina con la mirada. El brillante resplandor de una emoción que no consigo descifrar centellea en sus iris.

—Tendría que haberlo sabido. Solo un pagano podría ser tan valiente y no temer las represalias.

—Mis creencias no me convierten en quien soy.

—Pero no me sorprendería ver hervir la sangre de Thor en tus venas. Por favor, entrad y sentíos bienvenidas.

Con esto, se da media vuelta y desaparece entre sus invitados.

Agitada todavía por el encuentro, entro en el salón junto a Lola y Tucker, que también ha dejado de lado su chaqueta de cuero para la fiesta.

—Entonces, ¿qué te ha hecho cambiar de opinión?

—El alcohol gratis —responde Lola.

Tucker se ríe, mientras Set, Sean y Justin se unen a nosotros sonriendo, contentos de vernos.

Pero ese no es mi caso. Todos ellos me han utilizado y no lo olvido.

—¿En serio, Ava? Podrías haber venido con cualquiera ¿y has elegido a mi hermanita? —protesta Set.

«No sabía que habíamos pasado a los apodos».

—¡Cállate, hermanito, que no eres más guay por llevar una chaqueta de cuero!

—Estoy de acuerdo —interviene Justin—, la chaqueta no lo es todo. Tú eres guay, tu hermano es guay, pero… *él* tiene la chaqueta. Un punto importante a su favor.

Los Devil's Sons lo apoyan riéndose.

—Razón no le falta —me susurra Lola con una mueca triste.

—Si llevar una chaqueta de cuero es sinónimo de manipulación, créeme, ¡no merece la pena tenerla! —le digo en voz baja.

Sorprendida por mi resentimiento, alza la vista hacia mí y pierde inmediatamente su buen humor. Todo porque soy una aguafiestas. Si iba a ser antipática, hubiera sido mejor quedarme en el campus. Estoy aquí por ella, no quiero hacerla sentir culpable. Y, además, si vamos a estar aquí, es mejor disfrutar y divertirse un poco.

—Señores, no lleváis la chaqueta puesta. ¿Eso significa que durante la fiesta todos estamos en igualdad de condiciones?

Le guiño el ojo a Lola, que vuelve a sonreír.

—No tendremos nuestras chaquetas de cuero, pero nuestra reputación nos precede —me responde Clarke con un tono desafiante.

«El señorito por fin se digna a unirse a nosotros».

Su presencia me eriza la piel y hace desaparecer mis buenas intenciones. No puedo ser simpática frente a alguien tan... *Clarke.*

—Una reputación que desconozco, ya que acabo de llegar a la ciudad. Y lo que he podido ver de vosotros no me hace querer relacionarme con los legendarios Devil's Sons de Ann Arbor.

En respuesta a mi provocación, un resplandor de rabia le cruza los ojos antes de desaparecer, como si fuera consciente de que se equivoca.

—Pero aquí estás —me responde con voz seria.

Lucho contra su cautivadora mirada esmeralda.

—¡Créeme, no he venido aquí por ti! —contesto con una voz que espero que sea firme.

Endurece los rasgos, y una pequeña parte de mí se arrepiente de no haberme rendido. Estoy cansada de pelear y preocuparme por las represalias.

En un intento por relajar el ambiente, Tucker me pone una mano en la espalda con una sonrisa bobalicona.

—Creo que tendrás ocasión de sacar tus propias conclusiones. Somos unos grandísimos idiotas y un poco violentos, pero no somos malos. Mejor dicho, no del todo.

Sus palabras no tendrían que tranquilizarme y, sin embargo, su apariencia un poco boba y su mirada cariñosa me calman. Es verdad que cuando me los cruzo en la universidad parecen amenazadores, peligrosos e invencibles, pero solo tienen que sonreír para convertirse en ositos de peluche.

—¿Quiénes son todas estas personas? —pregunta Lola, abarcando toda la sala con la mirada.

—Aliados. Son miembros de otras bandas que tienen tratos con nosotros.

—¿Y por qué querría Carter que participáramos en una fiesta entre sus aliados? —pregunto, inquieta.

La pregunta que planteo y mi repentino nerviosismo parecen divertir de alguna manera a los Devil's Sons. No tienen la respuesta, pero comparten mi impresión de que va a ocurrir algo. Y parece que no les gusta no saber qué es.

El ruido de un cubierto contra una copa de champán atrae nuestras miradas hacia Carter, que pide la atención de sus invitados. No tiene que hacerlo dos veces: la música se detiene, al igual que las conversaciones, y todos se giran pacientemente hacia el dueño de la casa.

—Como nuestras dos últimas invitadas ya han llegado, puedo revelaros que de ahora en adelante ellas están bajo mi protección.

Con los brazos abiertos hacia nosotras, Carter dirige todas las miradas hacia Lola y hacia mí.

Paralizada por la comprensión, siento el peso de la ley del silencio cayendo sobre nosotras.

«Este desgraciado tiene algo en mente...».

—Avalone Lopez y Lola Collins nos han ayudado en un asunto y volverán a participar en nuestras actividades. Si les ocurre algo por vuestra culpa, por mínimo que sea, la tregua se romperá y rodarán cabezas. Ahora que las amenazas están hechas, ¡podéis disfrutar de la fiesta y del champán!

El corazón me late rápido en el pecho mientras observo cómo se retoman de nuevo los festejos sin más ceremonia.

La rabia silencia todo a mi alrededor, dejando a Carter en mi punto de mira. La sonrisa de suficiencia que exhibe cuando se dirige hacia nosotras me da ganas de hacer que se la trague, cosa que habría hecho con una increíble bofetada si no fuera el jefe de una banda y si la violencia no me repugnase tanto.

—¿*Volver* a participar en vuestras actividades? —le lanzo—. ¿La Virgen María lo ha visitado por la noche?

—Nadie me ha visitado, Avalone.

Mis manos tiemblan de rabia. Doy un paso en su dirección.

—¡No haré nada más por usted, pensé que había sido clara!

—Creo que no. Has hecho una denuncia que no ha dado resultados y necesitarás mi ayuda para mantener alejados a todos aquellos que están en una posición más alta que Bill.

«¡Por todos los dioses, lo tenía todo planeado desde el principio!».

Cuanto más busco una salida, más me derrumbo. Probablemente ya esté pálida.

Es una desastrosa vuelta a la casilla de salida. Si me niego a ayudar a Carter, la policía vendrá a fisgonear a mi casa. Y si hablo con la policía, incriminaría al hermano de Lola y a los Devil's Sons, y sería despedirme de mi título universitario.

—¡No tiene derecho a chantajearme después de lo que he hecho por usted! —le escupo.

—Aprenderás rápidamente que tengo todo el derecho del mundo en esta ciudad, hija de Yggdrasil.

El jefe de los Devil's Sons da media vuelta y se aleja mientras Lola se aferra a mi brazo como a un salvavidas. En un vistazo, puedo ver que ella es la amiga asustada y yo la que tiene la sangre fría, al menos en apariencia. Porque una decena de escenarios dan vueltas en bucle en mi mente, cada uno más sórdido que el anterior.

«¿Qué nos va a pedir? ¿Transportar droga? ¿Robar armas? ¿Matar a alguien?».

—Estamos en un lío, ¿verdad? —jadea Lola con voz aterrada.

No deberíamos haber venido, estamos atrapadas. Por lo menos, yo lo estoy. Porque Carter no siente la necesidad o el deseo de tener a Lola de su lado. Solo lo hace para presionarme. Espera que le pida el favor de dejarla fuera de todo esto a cambio de mi cooperación, si no, ¿por qué tardaría tanto en atraerla a su red?

Las maldiciones me hacen volver a la realidad.

Set y Clarke siguen los pasos de su jefe, ambos muy contrariados.

—¡Joder! Lo siento... —se disculpa Sean, sin comprender nada.

Al borde de las lágrimas, suplicante, Lola se gira hacia él.

—¿Qué podemos hacer?

Mientras él suspira, la ira crece dentro de mí. Odio ser testigo de este tipo de sufrimiento. Ella, que solo quería asegurarse de que su hermano estuviera bien, ha sido arrastrada a un lío increíble. La injusticia de la situación me repugna.

—Los chicos están intentando hacerle cambiar de opinión. Es todo lo que podemos hacer.

Miro a Set y a Clarke, que se enfrentan a su jefe con nerviosismo, pero dado el mal humor de este, no parece gustarle que sus hombres rebatan sus decisiones.

—¿Qué posibilidades hay de que cambie de opinión? —pregunto.

—Es casi imposible —me confiesa Sean, resignado.

Sin pensarlo, dejo a Lola para unirme a Carter, Clarke y Set. Sé lo que tengo que hacer, no tengo otra opción. Si estoy en lo cierto y puedo mantener a mi amiga al margen de todo esto, no dudaré en hacerlo. Me niego a que su llama se extinga cuando la mía oscila peligrosamente desde mi nacimiento. Mi vida ya está acabada, pero la suya es prometedora.

—¡Tu decisión apesta, viejo! ¿Estás seguro de tener los pies sobre la tierra? —dice molesto su segundo.

—No te olvides de a quién te estas dirigiendo, Clarke. Fiesta o no, ¡haré que te comas mi revolver si me llevas al límite!

Al llegar a su altura, me deslizo entre Clarke y Set para hacer frente al cincuentón.

—Lola no le interesa. Espera que yo le pida que la deje fuera de todo esto a cambio de mi colaboración, ¿no es así?

La mirada de Carter resplandece, impresionado.

—Has dado en el blanco. Ella no tiene el brillo pagano que baila en tus ojos.

Ignoro ese absurdo comentario.

—Ella permanecerá alejada de ambos, y a cambio lo ayudaré hasta que la policía no suponga un problema para mí. Si rechaza mi oferta, me las arreglaré sola con la justicia y usted puede esperar sentado antes de conseguir algo de mí.

Cuando da un paso en mi dirección, siento que las paredes se cierran a nuestro alrededor. Su aura autoritaria es como un poder sobrenatural que desciende sobre ti y te somete. La impresión de tener algo de control sobre la situación no es más que un espejismo, solo sigues el camino que Carter ha dibujado para ti.

—De acuerdo.

La desesperación cae sobre mí cuando se aleja.

Que las Nornas escuchen mi ruego y que un bus atropelle a Carter. Aunque él es demasiado avispado para eso. Demasiado inteligente. Y acabo de caer en sus redes, como una ingenua.

Unas manos en mi espalda hacen que me gire y me encuentro frente a Set, muy serio.

—No puedes hacer eso.

Me pierdo en mis propios pensamientos que giran alrededor de los últimos acontecimientos. Bill me sorprendió a mí con Clarke, y fue la forma en la que mandé a paseo al policía lo que llamó la atención del jefe de la banda. Eso fue el detonante de todo. No puedo volver atrás, pero puedo evitar un daño colateral.

—Sí. Claro que puedo.

Set frunce el ceño, incapaz de entender mis motivos, después se pasa las manos nerviosamente por el pelo, sorprendido, avergonzado, aliviado y, sobre todo, agradecido.

—Joder… ¡Te lo devolveré, Avalone! ¡Nunca te pasará nada, te lo juro por el Draupnir!

No me afectan ni sus promesas ni sus palabras. Estoy demasiado conmocionada por el giro que acaba de dar mi vida. Me siento tan aturdida que solo escucho los latidos de mi corazón en los oídos.

Set se une a su hermana y a la banda para avisarles de las últimas novedades. Me encuentro sola frente a Clarke, que aprieta tanto los puños que tiemblan.

—¡No deberías haber hecho eso!

«Es a mí a quien acaban de reclutar, ¿y es él quien se enfada? ¡Dioses, esta noche ya he visto suficiente!».

—Lo tenía todo planeado desde el principio, ¡no tenía elección!

Mi voz rota no evita que el Devil's se ría de forma sarcástica.

—Es típico de un jefe de banda, Avalone. ¡Te hace creer que no tienes ninguna escapatoria para conseguir todo lo que quiere de ti!

Me niego a pensar en sus palabras, me da miedo entender que me he resignado a esta situación demasiado rápido.

—Hay demasiadas personas en juego por las conspiraciones de Carter —exclamo—. Y no soy de las que hacen sacrificios. Por ahora, al menos, todo el mundo está a salvo.

El desprecio y la estupidez que le inspiro son evidentes, se le ve en la cara.

—*Nadie* está a salvo. Una banda siempre acaba cayendo, Avalone. Y uniéndote a nosotros acabas de ponerte una diana en la espalda. Solo tienes que aprender a vivir como si cada día fuera el último que estarás libre. Bienvenida al mundo de las bandas, preciosa.

A continuación, desaparece, dejándome cara a cara con mis errores. En un mundo imprevisible y peligroso del que no conozco las reglas, en el que hay una puerta de entrada, pero no hay salida más allá de los términos dichos en nuestro trato. Mi decisión tiene un regusto irrevocable y completamente desagradable. He pasado de ser una simple estudiante a ser una criminal. No era esta la forma en la que me había imaginado empezar la universidad. E incluso me arrepiento de haber dejado Madison, que era muy tranquilo en comparación.

—¿Champán? —me pregunta un camarero.

Cojo dos copas y vacío una de un trago antes de ponerla de nuevo sobre la bandeja. Me preparo para tomar la segunda, para relajarme más rápido antes de explotar, pero Lola se lanza sobre mí, todavía temblando.

—Ava, no bebas…

No la miro. Me centro en los invitados que parecen encantados mientras mi mundo se desmorona bajo mis pies. Ya nada está bien.

—Me dijiste que no me impedirías divertirme.

—Es verdad. Pero no creo que bebas para divertirte. No deberías haber hecho ese acuerdo con Carter, ¡es una locura!

Mi instinto de protección se despierta cuando veo lágrimas cayéndole por las mejillas. Lola se ha convertido en una parte importante de mi día a día, de mi vida. Siento la necesidad de salvarla, de la misma manera que me pasa con mi madre.

Ahogo mis malos pensamientos y le sonrío con cariño.

—Tú te aseguras de que no muera de un paro cardíaco a causa del alcohol y yo me aseguro de que no te veas envuelta en actividades ilegales. Tus padres no lo soportarían una segunda vez —bromeo.

Intenta sonreír, fracasando lastimosamente.

—Es a mí a quien quiere, Lola. No tenía otra opción. Tú, sí. Bajo ningún concepto te involucraría en todo esto. Creo que voy a necesitar ahora más que nunca a alguien normal a mi lado. Y dejando de lado tu locura, más o menos lo eres.

Esta vez se ríe a carcajadas, reconfortando mi corazón, antes de volver a ponerse triste.

—¡Es todo culpa mía, Avalone! Has conocido a los Devil's Sons porque compartes habitación conmigo. Has hecho una denuncia falsa para que no perdiera a mi hermano. Y tampoco querías venir esta noche. ¡Sin mí en tu vida, no hubieras tenido todos estos problemas!

«Entonces era eso, su apariencia avergonzada estos últimos días... Lola cree que es su culpa por ser la hermana de Set».

Enjugo dulcemente sus lágrimas y le pongo las manos sobre las mejillas para captar su mirada.

—No eres responsable de los actos de los demás, Lola. El único culpable es Carter, ¿me oyes? Y, además, tras largos años de un aburrimiento mortal, ¡al fin puedo decir que voy a experimentar algo nuevo!

Se sorbe los mocos y se enjuga los ojos rojos por las lágrimas.

—Prométeme no asesinarme mientras duermo, aunque Carter te lo ordene.

Nuestras risas liberan la tensión. La abrazo para consolarla una vez más.

—En serio, prométeme que vas a contármelo todo. Si esto va demasiado lejos, haré todo lo posible para liberarte de ese Carter —me dice con asco—. Y robaremos esa maldita fuente.

—Prometido, Lola.

Asiente, tranquila. Después enlaza su brazo con el mío, preparada para afrontar lo que venga.

—Ahora que estamos aquí, tenemos que disfrutar de la casa y del champán de esa rata.

Decidida, Lola me arrastra hacia la terraza, pero Tucker se desliza entre nosotras y pasa sus brazos alrededor de nuestros hombros.

—¡Aparta tu brazo de mi hermana o te haré morder el polvo! —interviene Set, incómodo.

Tucker obedece y levanta la mano de forma inocente.

—No te preocupes, no la tocaré... a menos que ella me lo pida —añade con una sonrisa malvada en los labios.

—¡En tus sueños, Tucker! —le responde mi amiga con una peineta.

—¡Ninguna chica ha conseguido resistirse a mi encanto!

Tucker grita de dolor y me libera cuando Lola le pisa el pie con fuerza. Recibe una buena dosis de burlas por parte de sus amigos y aprovechamos para alejarnos hacia el jardín.

Tras pasar las puertas francesas, cruzamos una preciosa terraza de piedra, bajamos algunos escalones flanqueados por dos fuentes empotradas en los bajos muros, y después giramos hacia la derecha para encontrar un camino trazado por listones de madera y hermosas luces que lo iluminan. Desembocamos en una terraza circular de madera en la que hay colocados sofás de jardín y una mesa baja, cerca de una gran piscina. La escena es increíble, digna de un cuento de hadas.

Qué pena que sea una mala versión de Hansel y Gretel.

Nos sentamos en los sofás, en los que rápidamente se unen los

Devil's Sons, que ponen sobre la mesa baja tres botellas de alcohol, mientras Jesse se lía un porro.

Ahora que me arriesgo a juntarme mucho más con ellos de lo que desearía, los miro sin llegar a detenerme en ninguno. Todos han dejado de lado la chaqueta de cuero por trajes elegantes y hay que admitir que les sientan fenomenal. Creo que algunas chicas deberían tener un poco más de dignidad, aunque entiendo por qué están a sus pies. Nunca he estado rodeada de chicos tan guapos. Tienen una musculatura impresionante y una fuerza que disuadiría a cualquier persona con buen juicio. Al haber chocado varias veces con el pecho de Clarke, sé que está realmente fuerte. Hablando de eso, estoy tranquila de no tenerlo delante. Solo los dioses saben dónde estará.

Cuando siento la mirada de Lola sobre mí, vuelvo la cara hacia ella y encuentro sus ojos brillantes y llenos de lágrimas. Desconcertada, frunzo el ceño. ¿Es posible que aparentara estar tranquila tras nuestra conversación para que no me preocupara? Para devolverle el favor, le sonrío y ella me sonríe de vuelta.

En cuanto a aparentar tranquilidad, es solo una ilusión. Es complicado no culpar a los chicos, porque está claro que no estaban al corriente de lo que tramaba Carter. Me lo repito mentalmente una y otra vez hasta que lo acepto.

Ellos no son los culpables.

Justin coloca un gran altavoz en la mesa y conecta su móvil. La canción que se escucha es de un conocido grupo de *pop-rock* de nuestra generación, los Seven Deadly Sins, nada que ver con la atmósfera *chic* y serena del interior de la casa.

Veo a Lola moverse al ritmo de la música, y todo cambia cuando su hermano la saca a bailar. Estallan las risas, los vasos de alcohol vuelan, las bromas son amigables.

Claramente, a los Devil's Sons les hacía falta otro tipo de fiesta. Sin las pesadas miradas de los estudiantes y la tensión que acarrea la presencia de otras bandas, los chicos parecen diferentes, ya no fingen. Han perdido su apariencia de malotes para ser ellos mismos.

—Bueno, ya no vamos a poder decir que nos encontramos de casualidad —bromea Jesse.

Muy a mi pesar, una sonrisa se extiende por mis labios. El humor negro ha sido mi gasolina desde mi más tierna infancia, pero el Devil's de la cabeza rapada recupera su seriedad.

—Carter… no es una persona cruel o malintencionada, al contrario. Simplemente lo está haciendo mal.

Se me pasan las ganas de reír tras oír ese nombre que solo me trae problemas. Lo fulmino con la mirada.

—Realmente mal —digo.

Jesse hace un mohín molesto y me tiende su porro como signo de paz.

—¿Tiene tabaco?

Niega con la cabeza.

—Todo natural.

Lo cojo e inhalo. El humo entra en mis pulmones y sale como una nube blanca. No es la primera vez que fumo maría, aunque no debería. Un buen día, con algo de miedo, me armé de valor y la probé. Sabía que no debía hacerlo, pero estaba harta de abstenerme, y hasta que se demuestre lo contrario, aún sigo viva. Sin embargo, evito consumir de forma excesiva. Mis pulmones ya son demasiado frágiles como consecuencia de mi cardiopatía. Tengo que cuidarlos.

Mientras me invade una sensación de calma, Carter llega al jardín y mis músculos se tensan dolorosamente.

—Avalone, ¿puedes venir?

Su voz es extrañamente suave. No es una orden, sino una pregunta. Lo miro durante unos segundos, desconcertada, y después hago un esfuerzo sobrehumano por acercarme a él, en caso de que tuviera que enterarme de algo importante.

Carter me tiende un sobre que abro con una desconfianza al límite del ridículo. Contiene el fajo de billetes más grande que he visto.

Con los ojos como platos, le aplasto el sobre contra el pecho. No deseo tocar ni un segundo más ese sucio dinero.

Carter sonríe débilmente, divirtiéndose con mi reacción.

—Dos mil dólares por tu denuncia. Te pagaré cada vez que nos ayudes. Si quieres más, podemos negociarlo.

Cierro los ojos y apoyo la frente en mi mano, estupefacta, pero, sobre todo, cansada.

Me fuerza a ayudarlos ¿y va a hacerlo pasar por un trabajo remunerado?

—No quiero su sucio dinero.

Carter guarda sus ganancias ilegales en el bolsillo interior de su traje, sin el menor ápice de enfado.

—Es *tu* dinero. Vendrás a mí cuando estés lista para cogerlo. Clarke se encargará de avisarte de cada misión que espero de ti.

Doy un paso hacia atrás, deseando poner de nuevo la mayor distancia entre nosotros.

—Muy bien.

—Por supuesto, serás invitada a algunas de nuestras reuniones. Iremos a buscarte cuando llegue el momento. Si necesitas un coche, también podríamos negociarlo, pero creo que tu respuesta será negativa.

Se da la vuelta y vuelve al salón con sus invitados. En cuanto a mí, me quedo ahí, quieta como una imbécil, e intento asimilar los acontecimientos de la noche.

¿Qué le pasa a este hombre por la cabeza? Me obliga a ayudarlos, ¿pero quiere pagarme e incluso me ofrece un coche? ¿Soy la empleada del mes o qué?

—Es un desgraciado… —suelta Sean.

Me giro hacia él enarcando una ceja.

Obviamente, piensa de verdad lo que acaba de decir. Entonces, ¿por qué trabaja para él? ¿Es que Carter los ha reclutado de la misma forma que a mí?

—Pero somos como una familia y hará cualquier cosa por mantenernos a salvo. Descubrirás rápidamente que puedes confiar en él más que en cualquier otra persona.

Los Devil's Sons están sin duda de acuerdo con Sean.

Los miro, incapaz de entender la lealtad que sienten hacia ese hombre. No solo lo aprecian, creo que lo quieren como a un padre. Sin duda es una locura.

Cuando me vuelvo a sentar en el sofá, aparece Clarke. La atmósfera es tan festiva y los Devil's Sons están tan relajados que soy la única que se da cuenta de algo inusual. Sus cejas están menos fruncidas, su mandíbula no está tan tensa como suele estarlo y sus músculos están algo más relajados. Es imperceptible, pero tan poco probable que no lo paso por alto.

Con una cerveza en la mano, su mirada se cruza con la mía y no la aparta mientras se coloca entre Sean y Justin antes de llevar su bebida a los labios. Pero otra cosa llama mi atención: sus manos. O más bien, las heridas y la sangre.

Se ha peleado de nuevo. Y viendo sus rasguños, ha debido de ser violento.

Me trago las náuseas. Odio la violencia, excepto en las películas. Ver a alguien dándose golpes en la vida real me afecta profundamente y me sumerge en un malestar del que me cuesta salir.

La ira crece dentro de mí ante la idea del daño que Clarke acaba de hacerle a alguien. Sin embargo, el recuerdo del asesinato de sus padres aparece en mi mente, mientras la ira y el asco se atenúan ligeramente. Freno el comentario mordaz que nace en mi garganta para evitar aumentar el rencor que ya siente hacia mí. Desvío la mirada y termino mi copa de champán para evitar las preguntas que surgen en mi mente. Siento su mirada persistente, pero la ignoro y cojo el porro que me tiende Jesse. Estoy a punto de darle una calada cuando el segundo de la banda me lo quita de las manos y se acomoda en el sofá, indiferente.

¿Cuál es su puto problema?

Un variado vocabulario de insultos se forma en mi mente, aunque no digo nada. En lugar de eso, miro sus heridas, aterrorizada.

—¡Por Odín todopoderoso! ¿Qué te has hecho en las manos?

Tan pronto como lo digo, Clarke me asesina con la mirada, mientras que la atención de los Devil's se centra en sus heridas. Una sonrisa morbosa surge de mis labios y el guiño que le lanzo consigue que se ponga aún más furioso.

—¡Joder, Clarke! ¡No me digas que has vuelto a hacer trizas a Ange! —se enfada Set—. ¡Si Carter se entera, lo vas a pagar caro!

—¿Cuándo vas a aprender a controlarte? —continúa Jesse—. ¡No vamos a poder salvarte eternamente!

Victoriosa, me tumbo en el sofá y escucho a los Devil's Sons poniéndolo en su sitio. No están muy contentos, por no decir otra cosa.

—Cerrad la boca, ¿vale? ¡El hijo de puta de Ange está bien! He evitado que dos chicos borrachos se colaran en la fiesta.

—¡Para echar a dos chicos borrachos no hace falta desfigurarlos! —exclamo, arisca.

—¿Llegará el día en el que te metas en tus putos asuntos?

Abro la boca para decirle que lo haré el día en el que él no se meta en los míos, pero Lola me corta en seco.

—¿Quién es Ange?

El silencio se cierne sobre la terraza, seguido por la tensión en las espaldas de los chicos. Lola se ha aventurado sobre un terreno pantanoso, lo que despierta mi curiosidad.

Sean, con la mirada dura e inquebrantable, es quien responde.

—Es alguien con quien se va a desahogar el día en el que ya no forme parte de los Demon's Dads y deje de tener inmunidad…

Da una palmadita fraternal a Clarke en la espada, que sonríe satisfecho, con apariencia soñadora. Su impaciencia y la atmósfera rara y sofocante que se asienta me provoca un escalofrío desagradable.

—¿Ange es el del pelo blanco? —pregunta Lola.

—Sí —gruñe su hermano—. Es un maldito cabrón. Veré cómo Clarke acaba con él. Puede suplicar a los dioses, pero yo no moveré ni un dedo.

Todos los Devil's Sons tienen la mirada sombría por el odio. Incluso Jesse, que la mayor parte del tiempo muestra una apariencia de que se la suda todo.

—¿Qué os ha hecho?

Me enderezo sin que se note y agradezco en silencio a Lola por saciar mi curiosidad.

—Pertenecía a nuestra banda. Era uno de nosotros, nuestro maldito hermano. Pero durante una misión con Clarke cambió de bando. Dejó que dispararan a nuestro segundo y después se fue con nuestros enemigos de entonces, los Demon's Dads.

Miro al implicado, con el corazón latiéndome desbocado. Él mira fijamente un punto invisible delante de él, con la mandíbula y los puños apretados por el odio. Ya no estoy molesta por sus ganas de violencia, sino por lo que le hizo Ange. Detesto mucho más a los traidores que a la gente violenta, y ya que los Devil's Sons creen en los dioses nórdicos, Ange también debe creer… El honor es esencial para nosotros, y ese hombre lo ha mancillado.

—Después, Carter hizo un trato con los Demon's Dads. Ange es intocable.

Perdidos en sus pensamientos más oscuros, la ira sale por todos sus poros y nos envuelve en una burbuja sofocante, al borde de lo inaguantable.

—Bueno, pues eso —dice Justin—, no será intocable para siempre. Y en ese momento, él no será más que un recuerdo. Hela estará encantada de recibir a un traidor como él en su mundo.

Sus palabras son claras como el agua: lo matarán. Clarke lo va a matar, solo está esperando el momento. Pero, aunque Ange se lo merezca, matar a alguien a sangre fría es algo horrible. Y saber que Clarke es capaz de hacerlo me da un miedo atroz.

Me levanto de un salto ante sus miradas sorprendidas e interrogantes. De repente me siento en peligro junto a ellos. Mi teléfono empieza a sonar; salvada por la campana. Lo busco mientras me alejo de los chicos lo más rápido que puedo, descolgando sin molestarme en mirar el nombre que aparece en la pantalla.

—¡Ava! ¿Cómo estás, cariño?

Apenas contengo el sonido desesperado que provoca mi sollozo al escuchar la voz de mi madre. Quiero pedirle que venga a por mí y me lleve lejos de aquí, pero el miedo de que Carter pueda hacerle algo me supera.

Con un nudo en la garganta, rodeo la casa con paso inseguro.

—¡Estoy genial! ¿Y tú, mamá? ¿Todo bien?

Mi voz es suave y tranquila, controlo perfectamente mi tono de voz. Estar enferma es saber mentir a tus seres queridos para atenuar su dolor.

—Sí, mi niña. Cuéntame, ¿cómo te va? ¿Fuiste a ver al doctor el sábado pasado?

La visita al nuevo doctor del hospital fue bien.

—¿Por qué lo preguntas si hoy has recibido el informe médico?

Escucharla reír me reconforta. Eso me hace sentir muy bien, y solo con su voz ahuyenta todos mis miedos y preocupaciones. En este momento, ya no hay asesinatos premeditados, ni bandas, ni manipulaciones y amenazas veladas.

—¡Háblame sobre el campus!

Puedo escuchar el entusiasmo en mi voz cuando le respondo.

—¡Es genial! Las clases son interesantes. Lola, mi compañera de habitación, es un tesoro. ¡Y ya nos hemos hecho muy amigas! Estoy encantada…

Es la verdad. Por lo menos, hasta que me acuerdo del lugar en el que me encuentro.

Me da un vuelco al corazón y levanto la mirada al cielo para parar las lágrimas.

—¡Me alegro tanto por ti! ¿Cómo te sientes? ¿Te tomas tus medicamentos? No fumas ni bebes, ¿verdad?

—Sí, no te preocupes.

«Si ella supiera…».

—Bien, bien. Llámame si tienes cualquier problema. Ya no te molesto más. ¡Buenas noches, cariño!

—¡Te quiero, mamá!

—Yo también te quiero.

Cuelgo y guardo el móvil con tristeza en el bolso. La echo de menos.

Por supuesto, hablamos por teléfono cada dos días. Se preocupa demasiado por mi estado de salud, y la primera tarde que pasé en esta ciudad me llamó con voz temblorosa. Se disculpó por haberse ido tan rápido y no haberse quedado más tiempo. Quería dejarme tranquila para que pudiera conocer a mi compañera de habitación, sin haber asimilado bien que ella volvía a casa, pero que yo me quedaba aquí.

Me sobresalto cuando escucho una rama romperse detrás de mí y retrocedo varios pasos, asustada. No me había dado cuenta de lo mucho que me había alejado de la fiesta.

La angustia que se apodera de mí es la prueba de que no encajo en este sitio, ni en esta casa ni junto a la banda.

Clarke aparece en la oscuridad de la noche. Las sombras sobre su rostro le dan una apariencia aterradora. Alzo el mentón para no parecer débil delante de él. En este mundo, me aterra que mostrar mi miedo anime a los demás a hacerme pedazos sin contemplaciones.

—¿Qué ocurre?

—Nada.

—No me mientas, Avalone.

Se mantiene a varios metros de mí, pero distingo perfectamente esa penetrante mirada que me inquieta más de lo que debería.

—Ah, no sé, estoy relacionada con las actividades de una banda cuyos miembros no tienen ningún problema con el asesinato. ¿Te tengo que describir la lucha que asola mi mente?

—¡Ange se lo merece! —grita con rabia.

Retrocedo un paso, aterrorizada por su odio, mientras frunce el ceño. Mi sobresalto no parece gustarle y me maldigo por haber perdido el control de mi cuerpo.

Preocupado, avanza un paso hacia mí.

—¿Me tienes miedo?

«Sí, tengo miedo. De él, de su violencia, de su mundo».

No respondo. Respiro con dificultad y lo miro fijamente.

—¿Nos has visto? —pregunta molesto—. ¿De verdad crees que le haríamos algún daño a alguien inocente o a una mujer?

—No os conozco —lanzo fríamente.

—¡Entonces, conócenos antes de ponernos la etiqueta de monstruos!

En el fondo, siento que no son monstruos. Sin embargo, mi cuerpo reacciona de forma diferente y retrocedo otra vez, para disgusto de Clarke. Pero, por sorprendente que parezca, incluso para él, me tiende suavemente la mano y me da la opción de cogerla o no.

—Nosotros no somos los malos. Seríamos incapaces de hacerte algo, incluso si nos amenazaras con una pistola. Vuelve y obsérvalo por ti misma, Avalone.

Los recuerdos que tengo de ellos pasan por mi mente. En el Degenerate Bar, en el campus, en la fraternidad, en el despacho del director… Solo he presenciado una escena de violencia, y fue para echar a los miembros de una banda que no tenían nada que hacer allí. Si fueran asesinos, todos huirían de ellos en el campus. Pero no es así. Aunque los Devil's fueron muy claros sobre el tema de Ange.

—¿De verdad quieres que Ange muera?

—Sí. Sin embargo, entre querer y poder, hay un trecho.

No sé si se refiere a la inmunidad de los Demon's Dad o a su habilidad para matar a un hombre, pero prefiero no hacerme ilusiones.

Su mirada preocupada me hace querer confiar en Clarke Taylor, a pesar de su lado oscuro.

No respondo nada durante mucho tiempo, y después acabo avanzando lentamente y aceptando su mano. Y yo que pensaba que el valor me había abandonado esta noche, pero creo que aún me queda algo.

Y eso no es lo más sorprendente. No. Lo más sorprendente es la sensación de calor que recorre mi cuerpo ante su contacto…

9

En silencio, bordeamos la casa. Clarke me estrecha la mano como si esperara que uno de mis tacones se clavara en un hueco del suelo y perdiera el equilibrio.

Al llegar al campo de visión de los Devil's, rompe rápidamente nuestro contacto. Pongo los ojos en blanco. Para eliminar el hormigueo que me recorre la piel en la zona donde me ha tocado, restriego la mano sobre mi vestido.

Esta vez, es él quien pone los ojos en blanco.

Recupero mi sitio en el sillón, con Clarke frente a mí, y hago todo lo posible por evitar su mirada. El calor y el hormigueo que he experimentado cuando me ha tocado no significan nada.

—En todo caso —empieza Sean—, a partir de ahora tendremos que vigilarte, pequeña pagana.

—No te preocupes. No te pasará nada —añade Set con una mirada tranquilizadora—, tienes nuestra palabra.

Una sonrisa tensa aparece en mis labios. Le dije a Clarke que les daría una oportunidad, pero no hago magia. No puedo parecer cómoda en tan poco tiempo.

—¡Podríamos darle la chaqueta de cuero!

Apenas han salido las palabras de la boca Tucker cuando su segundo le da un golpe en la nuca.

—¡Ni hablar! ¡Correría mucho más peligro, imbécil!

Tucker se encoge de hombros.

—La chaqueta de cuero revelaría que es una de los nuestros. Nadie se atreve a meterse con uno de nosotros, nos temen demasiado.

—Te recuerdo que la poli cree que nos denunció. Si la vieran con la chaqueta de cuero, comprenderían que ha hecho una denuncia falsa, y también estaría en su punto de mira —continúa Clarke—. ¡Piensa un poco, joder!

—Que nuestros aliados sepan que está bajo nuestra protección es una cosa —interviene Justin—, pero que nuestros enemigos la reconozcan es algo totalmente diferente. La tomarían con ella para hacernos daño. La chaqueta de cuero no es una opción.

Los chicos asienten con seriedad.

—Hablaremos con Carter sobre cómo proceder para mantenerla segura.

La seriedad de los chicos me golpea, y todos mis miedos desaparecen por arte de magia.

Nunca me harán daño. Para ellos, no soy su enemigo. Al contrario, quieren protegerme, como si fuera uno de los suyos.

Sin armas, sin chaquetas de cuero, sonrientes y relajados, no son tan diferentes de Lola o de mí. No son los chicos crueles, abusadores, sádicos y malvados que te imaginas al escuchar la palabra «banda». Claramente, tienen unas extraescolares poco recomendables, pero se protegen los unos a los otros. Lola tenía razón. Son una familia que se toma en serio la seguridad de los suyos.

La sonrisa que está a punto de surgir en mis labios desaparece cuando veo a tres hombres acercarse por el jardín, uno de los cuales tiene el cabello blanco.

«Ange».

No me extrañaría si cayera un rayo del cielo por la cantidad de electricidad que crepita en el aire. Los Devil's Sons se tensan al instante, pero mi interés se centra en el misterioso hombre frente a mí.

Clarke mira fijamente al recién llegado y se endereza. Clarke, cuyo odio emana por todos los poros de su cuerpo y nos envuelve en una atmósfera insoportablemente sofocante. Clarke, cuyos nudillos se ponen blancos de tanto apretar los reposabrazos del sillón. Clarke, cuyos dedos se hunden en el plástico con un crujido siniestro.

—Buenas noches, chicas, queríamos presentarnos. Yo soy Ange, y estos son Tyler y Peter.

Me dan malas vibras. Las sonrisas de los Demon's Dads me repugnan. Está claro que vienen a provocarnos. Saben que si los Devil's intentan hacer cualquier cosa, Carter los castigará. Pero parece que a Clarke le da soberanamente igual, porque intenta levantarse. Alabados sean los dioses, la mano de Set presiona su espalda y, contra todo pronóstico, los ojos negros de Clarke se clavan en los míos. Yo, que nunca he conseguido descifrar nada en su mirada, ahora puedo ver ahí un sentimiento destructivo que, en lugar de asustarme, me encoge el corazón. El Devil's se contiene para no destrozar todo a su paso. Está haciendo un esfuerzo sobrehumano, puedo ver la lucha en sus ojos y eso me hace sentir algo que no puedo explicar con palabras.

«¿Se está controlando para no asustarme?».

—Los Demon's Dads preparan un *after* en su piso. Estáis invitadas —continúa Ange, haciendo una reverencia ridícula.

Solo necesito intercambiar una mirada con Lola para levantarme con la sonrisa más radiante que puedo poner y tenderle la mano al recién llegado.

—Avalone Lopez —me presento.

Encantado, toma mi mano y la besa, y después hace lo mismo con la de Lola.

Siento la ira de Clarke, aún más violenta, y tengo que ocultar un estremecimiento.

—Gracias por la invitación —dice mi amiga, riéndose.

Si seis pares de ojos pudieran matar, mi amiga y yo ya estaríamos enterradas bajo tierra, porque juro por los dioses que percibo las miradas asesinas de los Devil's Sons a mi espalda.

Los escucho levantarse, peligrosamente, y las sombras que aparecen detrás de Ange son enormes. Pero este último no les presta atención y, cuando nos sugiere dejar al grupo para acompañarlos, Lola y yo comenzamos a reírnos sin parar.

Cuando los Devil's no mueven ni un músculo, en total desconcierto, Ange se une a nosotras riendo, un poco incómodo.

Al final, se encuentra con mi mirada y retrocede un paso, en *shock.*

—¿Te gusta lo que ves? —ronroneo.

—No precisamente —jadea, hipnotizado por los reflejos ámbar.

—Mejor.

Sin intentar comprender el odio que me mueve, cojo el vaso que Lola me tiende y derramo su contenido en la cabeza del Demon's Dad.

Tras la confusión inicial, sus rasgos cambian por la ira. Me fulmina con la mirada.

—¡Deberías estar ardiendo ya en las llamas del Ragnarök por lo que te atreviste a hacerles! —escupo.

Ante la evocación del fin de los mundos, se pone un poco pálido, como si temiera que las llamas en cuestión fueran a salir de mi mirada para quemarlo. A pesar de todo, recupera su apariencia amenazante.

—Le meteré a tus queridos amigos una bala entre los ojos antes de ocuparme de...

Pongo una mano encima de su hombro para agarrarlo y le doy una patada en la entrepierna con la rodilla. Su cuerpo se encoge y un gemido sordo se le escapa de la garganta.

Algunos Devil's Sons sueltan maldiciones, como si el dolor de Ange fuera contagioso, y otros, como Tucker, se ríen de él o parecen impresionados.

—Te voy... a matar... hija de perra —dice Ange.

—Los chicos puede que no tengan derecho a tocarte, pero yo no he recibido ninguna orden.

El Demon's Dad se endereza rápidamente y golpea violentamente mi bolso de mano, que cae y el contenido se derrama por el suelo.

Clarke y los demás se mueven, listos para actuar, pero Ange observa mis medicamentos con una curiosidad maliciosa. Se agacha y recoge el frasco naranja que me mantiene con vida.

—Esto parece importante.

Sin que me lo espere, lanza el frasco que aterriza en el agua, en medio de la piscina.

—¡No! —grito.

Lola se precipita al borde de la piscina, tan asustada como yo, y Clarke ya está agarrando a Ange por la garganta, dejándole sin respiración.

—¡Parad!

Todos giramos la cabeza hacia un hombre que avanza en la penumbra del jardín, pero el Devil's no afloja su agarre, al contrario. Ange, todo rojo, comienza a volverse azul. Forcejea inútilmente. Nadie podrá aflojar la mano de Clarke, solo él mismo.

Ninguno habla o se mueve. Los Devil's Sons no se calman al ver al hombre que tiene la misma edad que Carter. Eso me hace entender que es el jefe de los Demon's Dads. Y Clarke está atacando a su hombre a pesar de los acuerdos de paz.

—¡Clarke! —insiste el jefe.

Pero el motero no parece obedecer a nadie, le dan igual los acuerdos. Explotará si no toma una decisión enseguida: soltar a Ange o golpearlo hasta dejarlo inconsciente.

—¡Clarke!

Esta vez, es la voz de Carter la que resuena en el aire. La mano de su hombre cede y Ange cae al suelo, tosiendo.

El jefe permanece inmóvil en el marco de las puertas francesas, con la mirada imperturbable, del mismo modo que su semejante.

Mi corazón late a cámara lenta, tengo miedo por Clarke. Los jefes de las dos bandas lo han visto atacar a Ange, pero ¿han presenciado lo que ha ocurrido antes?

Doy un paso en la dirección de Carter para llamar su atención.

—Es culpa mía. Yo provoqué a Ange.

Asiente de forma imperceptible antes de centrarse en el implicado.

—Recupera sus medicamentos —le ordena, fríamente.

Contengo mi respiración, sorprendida de que Carter se atreva a darle una orden a un hombre que ya no trabaja para él. Ange levanta su rostro lleno de rencor, pero todavía sumiso, hacia Carter, que parece un dios indiscutible en este negocio. El jefe de los Demon's Dads se cruza de brazos, completamente calmado, y mi corazón se desboca ante la idea de que él pudiera romper la tregua con los Devil's Sons.

—Si les ha entrado agua, me ocuparé de ti después de haber dejado que Clarke zanje su cuenta contigo, si es que queda algo de ti...

Abro los ojos como platos. No me puedo creer que el jefe de los Demon's Dads apoye la decisión de Carter a costa de la vida de uno de sus hombres.

Ange contrae la mandíbula, se levanta, tenso, y avanza hacia la piscina. Los medicamentos flotan en la superficie, pero no se puede llegar a ellos desde el bordillo.

El Demon's Dad titubea unos segundos. Al final, salta al agua completamente vestido. Sabe que los jefes no le darán otra opción. Nada hasta los medicamentos y sale del agua, temblando.

Sin decir nada, tira el frasco a mis pies.

—Recógelos y dáselos —ordena Carter.

Ange, enfadado y humillado, avanza hacia mí, recoge mis medicamentos y los pone en la palma de mi mano.

—No te olvides de disculparte —añade su jefe.

Con los ojos cerrados, suspira, sobrepasado, y me siento muy mal por él. Si hubiera sabido que esto llegaría tan lejos, me hubiera mantenido al margen.

—Lo siento.

—¿Les ha entrado agua? —me pregunta su jefe.

Levanto el frasco a la altura de los ojos y cuando veo caer algunas gotas en el interior del recipiente, trago con dificultad.

—No —miento.

Ange, con los ojos fijos en mis pastillas, me mira fijamente. Él *sabe* que he mentido. Una cosa es derramarle bebida sobre la cabeza o darle una patada en la entrepierna, y otra es anunciar su muerte prematura. Sin dejar que se note, da media vuelta, pero la voz cortante de Carter lo detiene en seco.

—No te repetiré una tercera vez que ellas tienen mi protección. No las tocarás, con rodillazo en los huevos o sin él.

Ange asiente sin decir nada.

—Perfecto —dice su jefe—, largaos los tres de esta casa. Mañana me ocuparé de ti, Ange.

—¡No! —grito—. Yo lo he provocado, soy responsable. Creo que ya ha sido castigado lo suficiente.

Vuelvo a atraer de nuevo las miradas curiosas, y después de unos segundos interminables, el jefe de los Demon's Dads hace un gesto a sus hombres para que se larguen.

Los cuatro desaparecen tan rápido como aparecieron. Cinco, con Carter. Y me invade la culpabilidad.

Aunque Ange es un basura por lo que hizo en el pasado, no debería haberme involucrado. Odio la traición, por lo que estaba furiosa al ver cómo se pavoneaba delante de los chicos, pero he sido yo quien ha dado el primer golpe esta noche. Él solo se ha defendido y va a pagar por ello.

—Eso ha sido... *orgásmico* —bromea Tucker.

Me giro hacia los Devil's Sons que están aliviados de que haya acabado bien. Jesse se deja caer en el sofá y se relaja al instante.

—¿Qué vamos a hacer contigo, V? —me dice.

—¿V?

—V, de *viciosa*. Fue cruel, la pequeña puesta en escena que hicisteis uniéndoos a ellos.

Lola se ríe con una mezcla de orgullo y alivio que aligera el ambiente. Por lo menos... hasta que Set me cuestiona con la mirada.

—¿Por qué tienes medicamentos?

Eso no lo había visto venir. Creía que Clarke los habría avisado.

Mirando fijamente a la banda, incluso a Clarke, que ya sabe la respuesta, me dejo caer de nuevo en el sofá.

—Tengo un problema cardíaco.

Ya no se escucha nada, como si los nueve mundos acabaran de morir.

Justin se tira de repente encima de mí, o más bien sobre mis medicamentos, y gira una y otra vez el frasco en las manos, con apariencia preocupada. Gracias a los dioses, las pastillas han absorbido las gotas de agua.

—¿Estás segura de que no se han mojado? —me pregunta, preocupado.

Le toco el hombro con la mano derecha, mientras que con la mano izquierda me aprieto el corazón que late rápidamente.

—¡Me has asustado!

Todo el mundo se ríe, pero cuando he visto a este musculoso chico lanzarse sobre mí, he temido seriamente por mi vida.

Las miradas preocupadas descansan poco a poco sobre mí, hasta que Lola comienza a reírse de nuevo ante la incomprensión de los demás.

—¡Si os hubierais visto las caras cuando habéis pensado que nos íbamos a ir con esos gilipollas!

El discreto guiño que me lanza es inconfundible. Está desviando la conversación para salvarme del apuro, y, a decir verdad, cuanto más pienso en el giro de los acontecimientos, más ganas tengo de reírme. Además, todos comparten nuestra diversión, incluso Clarke, que desvía la mirada con una sonrisa en la comisura de los labios.

—¡Bien visto, chicas! —bromea Sean.

Con un mal presentimiento, Clarke y Set se miran de la misma forma que hicimos Lola y yo, y entonces saltan al sofá y se tiran sobre nosotras. Me elevan por encima del suelo, seguramente como a la gritona de mi compi, y de repente estoy encima del hombro de Clarke, con la cabeza hacia abajo sobre su espalda como un saco de patatas.

Los mejores amigos van directos a la piscina.

—¡Oh, no...! ¡No, no, eso no! —grito, medio en broma, medio asustada.

Lola y yo gritamos y forcejeamos, y entonces Set salta a la piscina con los gritos de los chicos de fondo.

Clarke se prepara para seguirlo.

—¡Me va a dar un infarto! —grito.

El motero se detiene del todo y nadie habla o respira.

Me vuelve a poner suavemente en el suelo, con el ceño fruncido por la preocupación.

—¿De verdad?

—Tan cierto como tu comportamiento dócil.

Lo empujo con todas mis fuerzas, pero me agarra por el brazo y me hace perder el equilibrio. Durante la caída, me acerca al pecho y caemos los dos a la piscina, sumergiéndonos en el agua demasiado caliente para la temperatura ambiente.

Cuando salgo a la superficie, el Devil's sonríe victorioso.

—Cuidado.

Sin tener que preguntar, entiendo el aviso cuando me pilla un maremoto causado por Justin, Tucker, Sean y Jesse que saltan a la vez.

Me paso las manos por los ojos para quitarme el agua y encuentro a Lola luchando contra su vestido que se levanta por el movimiento del agua. Bajo la mirada hacia el mío y confirmo que tengo el culo al aire. Hago una mueca molesta, pero la ayudo y nos reímos a carcajadas.

Termino alcanzando el bordillo de la piscina para quitarme los tacones que dejo en la hierba.

—A Carter no le va a gustar —dice Justin.

—Nos importa una mierda —responde Set.

Veo cómo Jesse, con una apariencia aterradora, le hace una aguadilla a mi amiga. Clarke es el más peligroso por la violencia en su mirada y sus puñetazos, no hay duda, pero, si no lo conociera, habría jurado que sería Jesse a quién habría que temer. Su cabeza rapada al cero está cubierta de tatuajes bastante aterradores. Y, sin embargo, mi amiga vuelve a subir a la superficie y lo insulta. Y él se ríe cálidamente.

Solo son peligrosos para sus enemigos. Bueno, Clarke es peligroso para cualquiera que lo mire mal.

Contra todo pronóstico, este último venga a Lola y Jesse traga agua. Y aquí están, peleándose de broma, pero con una fuerza increíble. Lola se aparta para evitar que le den y se une a mí para ver el espectáculo, con la espada contra el bordillo de la piscina.

—Son geniales, a pesar de las apariencias —me dice, pensativa.

Sonrío y miro a los chicos luchar entre risas. Clarke, Set y Justin contra Tucker, Sean y Jesse. El espectáculo es aterrador, pero increíble, porque se quieren, y ese amor se vislumbra en sus sonrisas, en sus bromas y en los insultos que se lanzan. Se nota que siempre estarán los unos para los otros, pase lo que pase. Son como hermanos y nadie podrá arrebatarles eso.

Contra mi voluntad, me fijo en Clarke. Su cabello le cae sobre la frente y cuando sacude la cabeza para despejarse los ojos, su sonrisa es resplandeciente. Este espectáculo me fascinará siempre. Es tan poco frecuente, que lo hace aún más valioso.

Su camiseta blanca trasparente se le pega a la piel, dejando ver unos prominentes pectorales y abdominales de acero, por no hablar de los músculos de sus brazos que se tensan cuando alza a Sean por encima de la cabeza y lo lanza lejos.

Lola me da un codazo.

—¡Deja de babear!

Miro fijamente a mi amiga y pestañeo de forma inocente. Sin duda, estaba *a punto* de babear.

Aprovecho la distracción de los chicos para salir de la piscina impulsándome con los brazos. Camino por el césped, alcanzo la terraza y recojo mi bolso que está al pie del sillón. Abro mi frasco de medicamentos, coloco una pastilla en la punta de la lengua y me la trago sin agua. Cuando me doy la vuelta, me encuentro a Clarke, inmóvil, en medio de la piscina. Me mira fijamente con su cabello oscuro cayéndole por la cara.

Cuando Lola se aleja del bordillo para pelearse con su hermano, el motero se acerca al lado de la piscina más cerca de mí. Como atraída por un imán, camino hasta él, me siento en el bordillo y sumerjo los pies en el agua.

—¿Cómo te encuentras?

—No me estoy muriendo, Clarke.

«Aún no».

Cuando intento salpicarle con el pie, me agarra el tobillo y siento una electricidad que me hace temblar. Sus dedos alrededor de mi piel hacen crecer un ligero calor insidioso por mi cuerpo. Eso me sorprende y me preocupa, pero su mirada perdida en la mía silencia mis dudas.

Por la manera en que mantiene mi tobillo preso en su mano, esta noche siento por primera vez que no me odia.

—Siento haberme asustado antes.

Asiente y su mirada cae en el lugar donde nuestra piel se toca. Con la yema de su pulgar, dibuja un círculo ahí. A pesar de mi corta edad, mi cansado corazón deja de latir por un momento, hasta que Clarke me suelta suavemente el pie, que vuelve a caer en el agua.

—Debemos dar miedo por nuestro trabajo. Y a menudo tenemos problemas para abandonar esa imagen de criminal.

—¿Qué piensas, Ava? ¿La chaqueta de cuero nos hace más guais? —me pregunta Tucker.

Sonrío, conmovida.

—Al contrario… Os encuentro más guais sin ella —le respondo.

—O puede que no nos conozcas lo suficiente para decidirlo todavía —me dice Jesse, que defiende la chaqueta de cuero a cualquier precio.

No me da tiempo a reaccionar cuando la voz de Carter resuena al otro lado del jardín.

—A mi despacho. ¡Ahora mismo!

La ira que emana de su voz me hace estremecer, y no soy la única.

—¡Id por el jardín! —ordena.

El silencio absoluto se impone durante unos segundos. Nadie se atreve a hablar o a hacer el más mínimo movimiento por miedo a buscarse aún más problemas.

—Os lo dije… —resopla Justin.

Va hacia los escalones algo nervioso mientras veo cómo se vacía la piscina. Después saco los pies del agua y me levanto. Con los tacones y el bolso en la mano, vamos goteando mientras caminamos por el jardín. Lola y yo nos reímos como dos niñas a las que acaban de regañar sus padres, mientras que los chicos se pican entre ellos. Al final, nadie parece realmente preocupado por lo que nos espera.

Rodeamos la casa y, una vez que Set abre una puerta francesa, entramos uno por uno en el despacho. Y aquí estamos, los ocho en fila india delante de Carter, que está sentado detrás de su escritorio, listo para regañarnos. Con el rostro impasible, el jefe de la banda nos examina con apariencia altiva, pero ya no siento ni una pizca de temor o miedo. Los chicos con su insensatez han acabado con mis dudas.

—Por todos los dioses, ¿sabéis cómo nos hacéis quedar?

—¿Espera una respuesta? —nos pregunta Tucker.

—No creo, es una pregunta retórica —le responde Justin, encogiéndose de hombros.

Me muerdo el labio para contener la risa, mientras Carter, fuera de sí, les grita que cierren la boca. Con aspecto cansado, sus ojos centellean y sus labios son solo una delgada línea recta.

—¡Los temibles Devil's Sons se dan un chapuzón en la piscina durante una fiesta de la Alianza cuyas preocupaciones principales son los tratados de paz! —vocifera Carter golpeando el escritorio con un puño.

La autoridad que emana de él me hace agachar la cabeza. Nadie se atreve a mirarlo a los ojos, salvo Clarke, por supuesto.

—¡Tenéis suerte de que nadie os haya visto! ¡Volved a casa antes de que alguien se dé cuenta de que mi banda es un jodido campamento de verano!

Sin querer estar allí más tiempo, nos dirigimos hacia la puerta francesa. Lola es la primera en salir.

—Clarke y Avalone, quedaos un momento.

Me detengo en seco, y el bloque de hormigón que hay detrás de mí me golpea tan fuerte que, por un segundo, temo salir volando. Gracias a los dioses, ha tenido los reflejos de sujetarme por los hombros. Molesta, me giro hacia Clarke y descubro un destello de diversión en sus ojos.

—La próxima vez, denunciaré a tu gimnasio… *imbécil.*

—Inténtalo, *preciosa.*

Con lo que parece un momento de complicidad, volvemos de nuevo al centro del despacho para quedarnos frente a Carter.

—¿Por qué necesitas medicamentos?

La respuesta «¡Eso no le importa!» no le gustará. He calado bien a este tipo. Le sostengo la mirada, pero acabo cediendo.

—Tengo una insuficiencia cardíaca.

Carter se endereza y entrelaza las manos sobre el escritorio, pasando de la sorpresa a algo parecido a la consternación.

—Tendrías que habérmelo dicho. Podría haberte pedido hacer algo que requiriera un esfuerzo físico o que fuera demasiado intenso para tu corazón. Y lo creas o no, no contrato a nadie para llevarlo al matadero. Quiero que me mantengas al corriente si tu diagnóstico cambia.

—No creo que le deba nada, pero Carter Brown siempre consigue lo que quiere, ¿no es así?

Me fulmina con la mirada, molesto hasta la médula.

—Exacto. Si no me das tu historial clínico, será tu médico quien me lo dé en persona.

Se me hace un nudo en el estómago y nos miramos fijamente. Cuando entiende que no voy a bajar la mirada, se centra en Clarke.

—En cuanto a ti, Ange todavía es intocable. Te estaría agradecido si consigues dominar tu rabia hacia él. Nuestro acuerdo con los Demon's Dads es muy valioso, pero no es eterno. Ten un poco más de paciencia. Un día, le pagarás con la misma moneda.

Mi estómago se revuelve de forma desagradable. No debería estar sorprendida de que Carter apoye esta venganza, pero aun así, si Clarke toca a Ange con su permiso, todos sabemos lo que le ocurrirá.

—¿Cómo es posible que aún tenga autoridad sobre Ange delante de su propio jefe? —pregunto.

La sorpresa se refleja en el rostro de Carter, pero no es por involucrarme, es simple curiosidad.

—La Alianza solo existe gracias a mí. Mi banda no es solo reconocida como la más fuerte del tratado, sino que, sin mí, las bandas se enfrentarían y se pondrían impedimentos. No tengo plena autoridad sobre ellos, pero tengo influencia, y soy el único que decide quién ingresa o a quién se expulsa de una banda de nuestra Alianza. ¿Todavía no quieres tu dinero?

—No.

Se contiene de poner los ojos en blanco, y después se reclina en su silla.

—¿Esos medicamentos te pueden ayu…?

—No —lo corto—. Moriré. Mañana, en un mes, en un año o en quince, moriré. Es… *impredecible.*

Clarke se tensa a mi lado y tengo la impresión de que ni él ni Carter respiran. Un pesado silencio se instala en el despacho mientras hago ruido con el pie, molesta.

—¿Ahora que lo sabe, va a dejar a esta pobre enferma tranquila, lejos de usted y de su banda, para que descanse sin sobresaltos?

Por intentarlo que no sea.

Su mirada examina minuciosamente mi cuerpo, pero no hay ninguna maldad en ella ni nada que se le parezca, solo un estudio clínico como el que hacen los médicos.

—La compasión no funciona conmigo. Descansarás en la cama del hospital.

Lo fulmino con la mirada a lo que responde con una sonrisa sin emoción.

—Hazte las preguntas adecuadas, Avalone.

—¿Qué quiere decir?

Su mirada se vuelve tan intensa que tengo la sensación de estar desnuda. Me muevo, incómoda.

—¿Por qué has aceptado ayudarnos sin pelear?

—¡Porque me ha amenazado! —respondo, con los puños temblando de rabia.

—¡Tonterías!

Abro la boca para protestar, pero la cierro de inmediato cuando Carter señala la puerta francesa con el dedo. Enfadada, salgo del despacho, con Clarke pisándome los talones. Sacudo la cabeza un par de veces para evitar que sus palabras se cuelen en mi mente, y llegamos al *parking* en silencio.

El coche de Lola no está, pero una moto, además de la de Clarke, sigue aquí.

—¿Aún queda alguien aquí?

—Set ha debido de acompañar a su hermana en coche. Volveré con él para recuperar su Harley.

Al llegar al campus, Clarke me acompaña en silencio hasta las habitaciones. No sé qué es lo que lo ha puesto tan tenso, pero está enfadado y el momento de complicidad que compartimos ha quedado atrás.

En el pasillo de la tercera planta, nos cruzamos con Set que, contra todo pronóstico, me da un abrazo. Me quedo congelada, sorprendida por el contacto, y después lo abrazo, sonriendo.

—Gracias de nuevo por lo que has hecho por Lola. No podría imaginar una mejor amiga para mi hermanita. No sabía que podía existir alguien como tú.

Me alejo de él y le quito importancia a sus agradecimientos con la mano.

—No tienes nada que agradecerme, es algo normal.

—Lo creas o no, no es normal. Nadie se habría entregado al jefe de una banda para salvar a una nueva amiga. Es mi hermana, sin embargo, esta solución, tu sacrifico, no se me pasó por la cabeza ni un segundo.

Me pregunto en alto si no estoy en condiciones de que me encierren y hago una mueca, lo que le hace reír a carcajadas.

Les doy las gracias a los chicos por esta noche, en especial a Clarke por haberme traído, y tras una mirada casi tan fría como Niflheim por su parte, me voy a mi habitación.

—Hasta pronto, pequeña y preciosa Devil's —me chincha Set.

Levanto el dedo corazón por encima de mi cabeza y lo escucho reírse a mi espalda, lo que consigue sacarme una sonrisa.

Encuentro a Lola en pijama, acostada en su cama mirando al techo, perdida en sus pensamientos. Me ducho rápidamente y me meto en mi cama.

—Saben hacer fiestas —murmura con gesto satisfecho.

Me río. De alegría, de frustración, de rabia. Esta noche ha estado llena de emociones, y a pesar de todos los problemas que he tenido, estoy contenta de haberla pasado con los chicos. No son como creía, tengo que admitir que me gustan.

Pienso en las palabras de Carter, en su pregunta...

Sé la respuesta.

«¿Por qué acepté ayudarlos sin pelear? Porque Lola tiene toda una vida por delante. Yo voy a morir y...».

Sacudo la cabeza para evitar que surjan pensamientos más profundos. Sin embargo, el silencio no me ayuda a mantenerlos a raya. Acepté por el futuro de Lola, pero también porque no quiero morir sin haber vivido. Cuando estuve retenida en la sala de interrogatorios tras mi denuncia falsa, pensé que había entregado a los chicos a la policía, y todos los sentimientos que experimenté fueron muy fuertes, mucho más fuertes que los que había sentido hasta ahora. En ese momento, fui más consciente que nunca de que estaba viva. A causa del dolor, es verdad, pero fui muy consciente de ello.

Lola cambia de postura, se tumba boca abajo y me mira con la cabeza apoyada en las palmas de las manos.

—¿Qué quería Carter?

—Charlar sobre mi enfermedad y recordarle a Clarke que Ange es intocable.

—Oh.

Apaga la luz, sumergiéndonos en la oscuridad. Sé que aún quiere decirme algo, así que espero.

—Sabes —continúa—, encuentro a Clarke especialmente raro cuando estás cerca. Y a ti también. Tenéis un don increíble para pasar de discutir a comeros con la mirada.

Cojo el cojín de debajo de mi cabeza para tirárselo a la cara, Lola lo atrapa y comienza a reírse.

—¡No digas tonterías!

—¿Pero estás ciega? ¡Te gusta, Avalone! Y siendo sincera, creo que también le gustas. De lo contrario, ¿por qué pasáis constantemente del amor al odio?

¿Amor? ¡No hay ningún amor!

Con él, me siento como en una montaña rusa. Pasa de *imbécil sombrío* a *chico encantador*.

Me levanto, enfadada, y recupero mi almohada antes de volver a la cama, sin olvidarme de darle la espalda a Lola.

—No hay amor, si casi no nos soportamos.

—Bah. Por ahora tienes tiempo para pensarlo, pero cuando los Devil's vuelvan, estoy segura de que os acercaréis.

—¿Cuando vuelvan?

—Mañana se van a Texas. ¿Clarke no te lo ha dicho?

¡Serán sinvergüenzas!

Carter me vincula con sus actividades, pero no me avisa de su ausencia.

¿Se supone que debo esperar tranquilamente a que vengan por sorpresa a por mí para una misión?

10

Por la mañana, me desperté sabiendo perfectamente que no veré ni a Clarke ni a ninguno de los Devil's Sons. Una semana sin ayudar a Carter a cometer delitos me viene genial. Sin darme cuenta, eso me tranquiliza.

Lola y yo nos hemos reunido con Daniel y Jackson en la cafetería tras su primer entrenamiento y hemos conocido a Wyatt, el corredor del equipo, que nos ha felicitado por nuestro talento como animadoras durante la selección. Por lo visto, él y el resto del equipo estaban al borde del campo y solo nos oían a nosotras. Nos ha animado a hacer lo mismo dentro de una semana, en el primer partido de la temporada.

En cuanto a Daniel y Lola, no han parado de lanzarse miradas llenas de ternura. Solo es cuestión de tiempo que acaben juntos.

Ahora, estamos en clase y Jackson no para quieto. Aurora, su novia, llega hoy. Mi reloj señala las 15:59 h y él ya tiene sus cosas guardadas en la mochila. Emily y yo intercambiamos una mirada divertida cuando suena el timbre y nuestro amigo salta del sitio, bajando los escalones tan rápido que es complicado seguirlo. Es el primero en abrir las puertas del anfiteatro, donde, a unos diez metros de nosotros, hay una chica encantadora que está esperando a alguien con una gran sonrisa y una maleta a los pies.

Cuando los dos enamorados se encuentran, se besan apasionadamente, como si solo existieran ellos dos. Cuando se separan, casi sin aliento, Jackson le muestra todo su amor dándole un simple beso en la frente.

Envidio a la gente enamorada. Nunca he querido de verdad a ningún chico, siempre me he privado de ello para liberar a mi posible pareja de mi enfermedad. Siempre he tenido excusas. Este año es «mi prioridad son los estudios». El año pasado era «necesito buenas notas para entrar en la mejor universidad», aunque sabía perfectamente que solo estarían a mi alcance económico las universidades públicas.

Tras algunas demostraciones de afecto, Jackson y Aurora se acercan.

—Chicas, os presento a Aurora. Mi amor, estas son Avalone y Emily.

—Hemos oído hablar mucho de ti —le digo con una gran sonrisa.

—¡Yo también, Jackson os adora!

Los enamorados, enfrascados el uno en el otro, no ven llegar a Wyatt a lo lejos. Cuando se acerca a nosotros, el corredor realiza un paso de baile que le sale perfecto.

—Estamos preparando una fiesta en el lago Whitmore con los chicos del equipo. ¿Vendréis?

Jackson y Aurora aceptan la invitación mientras Emily me lanza una mirada. Prefiere esperar mi respuesta antes de responder.

—¡Estaremos allí! —respondo por las tres.

No hace falta decir que incluyo a Lola.

Wyatt sonríe, contento de que vayamos, y Jackson aprovecha para presentarle a su novia.

—¡Por fin estás aquí! ¡Qué ganas de conocerte! Tengo que volver a clase, pero os espero esta tarde. ¡Vamos a hacer una barbacoa! Ya tenemos todo preparado, solo tenéis que mover el culo hasta allí.

Vemos cómo se aleja, saludando a todo el mundo a su paso. Tras hablar un poco más con la recién llegada, Emily y yo nos despedimos de Jackson y Aurora para volver a nuestras habitaciones.

Cuando entro, me encuentro a Lola tumbada en el suelo como una estrella de mar mirando al techo. Me río de esta payasa que siempre tiene la palabra o el gesto indicado para hacerme reír.

—¿Qué haces tirada en el suelo, guapa?

—No lo sé. El suelo está fresquito y tengo calor.

Coloco mis cosas sobre la cama antes de tumbarme al lado de mi amiga.

—Daniel.

Se gira hacia mí, sorprendida.

—¿Lo sabes?

—Se ve a kilómetros de distancia, Lo.

Se ríe y se cubre la cara con las manos, con su mente a mil por hora.

—¡Me gusta muchísimo, pero ahora está en el equipo de fútbol americano! ¿Y si cambia? ¿Y si se le suben los humos a la cabeza?

—Y si, y si, y si… No vas a conseguir nada con los «y si». Déjate llevar, y ya verás. No tienes nada que perder. Por cierto, te alegrará saber que Wyatt nos ha invitado a una fiesta en el lago Whitmore. Y los chicos del equipo estarán allí, así que…

Mi amiga se incorpora rápidamente, como si acabara de abrirle una puerta a Asgard.

—¡Daniel estará allí!

Empiezo a preocuparme cuando deja de respirar. Me veo obligada a chascar los dedos delante de su cara para traerla de vuelta a la realidad.

—Los anocheceres en la orilla del lago son los más románticos.

Me muero de risa. ¡Sin duda a esta chica no se le escapa ni una!

—Sí. Y hemos quedado a las ocho.

Lola me dedica una sonrisa enorme y se levanta apresuradamente. Coge su toalla y su gel de ducha.

—¡Me voy! —dice encantada antes de cerrar la puerta detrás de ella.

En el momento en que bostezo tanto que creo que se me va a caer la mandíbula, decido bajar a la cafetería a por un café. Esta bebida está categóricamente prohibida para las personas con insuficiencia cardíaca, ya que se ha demostrado el riesgo que conlleva en estudios con animales, pero aún no se ha confirmado en humanos. Y solo la bebo cuando es necesario.

Arrastro los pies y salgo del edificio con mi vaso en la mano, cuando creo que tengo una alucinación. Parpadeo varias veces, pero sigue ahí, Ange está de pie frente a mí. Y la mirada que me lanza es muy incómoda. Pero es su día de suerte, he dormido tan mal esta noche que no tengo fuerzas para pelearme.

—¿Qué quieres?

—Como los Devil's Sons no están, me toca a mí cuidarte.

Me lo tomo a broma y me río a carcajadas, y después me acuerdo de que en este negocio, las bromas no son habituales.

Joder...

—¡Qué ironía del destino! ¡El hombre que traicionó a los Devil's Sons tiene que cuidar de mí! Noticias de última hora: ¡no necesito una niñera!

Ange parece compartir mi opinión; sin embargo, no debe tener elección. Como yo.

Me cruzo de brazos.

—¿Por qué te mantienes cerca de los Devil's Sons si cambiaste de bando?

—Es mi castigo por haberlos traicionado. Cambié de banda, pero Carter siempre tendrá poder sobre mí. Se ha encargado de ello, el muy desgraciado. —Asiente con la cabeza—. Escúchame, no sé por qué no le dijiste que tus medicamentos estaban mojados, pero te debo una. Así que, créeme, no estoy aquí para causarte problemas. He recibido órdenes y no tengo elección: o aceptas, o llamas a tu jefe para decirle que no me necesitas, pero ambos sabemos que cuando decide algo, no hay vuelta atrás.

Tiene razón. Carter no revocará su orden y yo no tengo ganas de pelearme con nadie hoy. Pero tampoco voy a dejarlo pasar sin decir nada.

—¿Y en qué consisten tus órdenes? No es que esté en peligro.

Se encoge de hombros y se pasa una mano por el cabello, bastante desanimado.

—Quédate por la zona para estar seguros de que no te pasa nada. Dame tu teléfono.

Frunzo el ceño, desconfiada.

«Si pretende tirarlo al agua también...».

—Voy a guardar mi número, en caso de que tengas algún problema —precisa ante mis reservas.

Dudo durante unos segundos, pero quiero volver a mi habitación lo antes posible, así que acabo cediendo y le doy el móvil.

—Si puedes guardar también el de Carter, sería genial.

Ange asiente tecleando en la pantalla.

—Avísame cuando tengas planes para salir, estaré por aquí.

—No tengo planes por ahora —miento.

Me devuelve el móvil y continúa su camino tras una rápida despedida.

No pierdo ni un segundo y llamo a Carter.

—¡Avalone!

«¿Cómo sabe que soy yo? ¿Cómo ha conseguido mi número?».

Sacudo la cabeza para concentrarme en lo importante.

—¿Qué coño pasa con Ange?

—Es para tu protección.

—¡No necesito protección! ¿Y de verdad? ¿El cretino de Ange?

Por muy culpable que me sienta por haberlo metido en problemas, eso no borra lo que hizo en el pasado.

—Ange es muy bueno en lo que hace. Es el mejor para esto.

Dejo escapar una risa nerviosa.

—¡Sí, es verdad que nunca ha traicionado a los suyos!

—Tengo que colgar, hablaremos de esto en otro momento.

—¿El temido Carter Brown huye en lugar de responder? ¿Es consciente de que solo retrasa lo inevitable? ¡Empiezo a cansarme de sus artimañas!

Cuando me cuelga en las narices, un torrente de palabrotas me sale de lo más profundo del alma. Yo que estaba tan contenta sin una misión, ahora tengo que pasar los próximos días jugando al escondite.

Tras una ducha relajante, comentarle algunas cosas a Lola, y prepararnos para la fiesta que nos espera, nos reunimos con Emily en el *parking* y nos ponemos en marcha. No hace falta nada más que buena música para despertar a las fiesteras que llevamos dentro. Incluso Emily está relajada y disfruta del momento.

Unos quince minutos más tarde, llegamos a la orilla del lago. Aparcamos en el *parking* de tierra y salimos del coche en el momento en el que Jackson llega.

Se detiene a nuestro lado, y después aparecen Aurora y Daniel. Este último pone su brazo alrededor de los hombros de Lola y le besa la sien.

—Me voy a quedar en la ciudad más tiempo del previsto —dice Aurora.

Incluso Jackson está sorprendido, pero no tarda en sonreír como un tonto.

—¿Cuánto tiempo?

Nos mira a todos rápidamente con una sonrisa enorme, y después se centra en su novio.

—Unos seis años...

La cara de Jackson se ilumina como nunca antes había visto.

—¿En serio? ¿Te quedas aquí a estudiar?

—Sí.

Grita victorioso y coge a su novia en brazos. Sonrío, contenta por él y de poder acoger a Aurora en el grupo. Jackson la libera y la besa dulcemente, con los ojos resplandecientes de felicidad.

—¡Somos definitivamente superiores en número, chicas! —grita Lola—. ¡Se acabaron las discusiones sobre fútbol!

Mientras los chicos se quejan, Aurora se ríe y asegura que está encantada de ser útil para el colectivo femenino. Después de eso, Lola no la suelta y desmenuza su vida personal de camino a la fiesta.

A la orilla del lago aparecen una veintena de estudiantes. Se han puesto el uniforme del equipo con los colores de la universidad. Hay una fogata encendida a sus pies y varias neveras que contienen diferentes bebidas, la música suena por un altavoz y dos chicos se ocupan de la barbacoa.

Wyatt viene a vernos con esa gran sonrisa acogedora que le caracteriza.

—¡Os estábamos esperando!

Jackson y Daniel saludan a su corredor, y después Wyatt pone sus brazos alrededor de mi cuello y del de Emily, que se sonroja, y nos lleva con los demás. Tras las presentaciones, Emily y yo cogemos una limonada de la nevera mientras los chicos, Lola, y Aurora optan por una cerveza.

Mi móvil vibra en la parte trasera de mi bolso y ¡qué sorpresa al descubrir un mensaje de Ange!

Joder, ¿cómo ha conseguido mi número?

Guardó su número en mi móvil, pero yo no le di el mío.

Ange

El coche de Lola no está aquí.

¿Dónde estás?

Avalone

¡Das miedo!

Vuelve a casa, estoy bien.

Guardo el móvil en mi bolso, pero vibra al instante y me hace soltar un gruñido exasperado.

Ange

Avalone, he recibido órdenes.

Por favor, ¿dónde estás?

Tiene que estar realmente desesperado para ser tan educado. Y yo no soy una arpía. No me gusta que me hagan la vida imposible, así que yo tampoco se la hago.

Avalone

Lago Whitmore.

No seas aguafiestas.

El capitán del equipo para la música para llamar nuestra atención.

—Sabemos que nuestros años en la universidad serán los mejores de nuestra vida, pero también serán los últimos en los que realmente nos podremos dejar llevar antes de estar hasta arriba de responsabilidades. Esta noche la fiesta es una reunión íntima. ¡Mañana, será *Proyecto X*! Pero la regla es la misma: ¡no quiero ver ninguna botella llena al final de la fiesta!

Los gritos de aprobación aumentan y levantamos las copas para brindar contentos. En su camino hacia nosotras, sus compañeros de equipo le dan palmadas en la espalda al *quarterback*.

Mira fijamente mis piernas y la sonrisa que se extiende en sus labios borra la mía.

—No nos han presentado —nos dice a las chicas—. Me llamo Logan.

Daniel hace la presentaciones, pero este jugador imbécil es incapaz de mirarnos a los ojos. Nos mira sin disimular y pasa de nuestro escote a nuestras piernas, sin preocuparse por nuestra incomodidad.

Jackson, a quien no le gusta que miren así a su novia, se aclara la garganta, mientras un desconocido viene a rescatarnos. Cuchichea algo con su capitán y Logan asiente antes de mirarme.

—El deber me llama. ¡Espero volver a verte durante la fiesta!

No le respondo y retrocede con una sonrisa arrogante, y entonces pasa la lengua por su labio inferior y se da la vuelta.

La cabeza de Lola aparece detrás de mi hombro.

—Al final —me susurra al oído—, con tu mirada de asesina sí tienes un hueco en los Devil's Sons.

Me muero de risa y me preparo para girarme hacia ella cuando un inusual y violento dolor en el pecho me deja sin respiración.

Asustada, abro el bolso en busca de mis medicamentos. Solo que me es imposible encontrarlos. La ansiedad se apodera de mí cuando me doy cuenta de que me los he dejado en el campus. Me muerdo el interior de la mejilla, nerviosa y débil. El dolor se vuelve más fuerte y el miedo aumenta cuando me doy cuenta de que no me he tomado ninguna en todo el día.

Ni una sola pastilla. ¡Mierda!

Siento cómo palidezco y mi respiración se vuelve más pesada, irregular. Agarro el brazo de Lola y la aparto unos metros. Cuando la miro, su rostro se descompone.

—¡Estás muy pálida!

—Se me ha olvidado tomar mis medicamentos hoy y... y no los he traído.

El miedo se refleja en su rostro, comienza a entrar en pánico y sus manos empiezan a temblar.

—Vale, volvemos al campus. ¡Ahora!

Empieza a caminar hacia su coche, pero la cojo del brazo para pararla.

—¡No, quédate! Ange está cerca, él me va a llevar y después vuelvo. Disfruta.

—¡Ni hablar! No te voy a dejar en este estado, ¡y aún menos con ese chiflado!

Vuelve a alejarse, pero le corto el paso. Me niego a ser la amiga que impide que defina su relación con el chico que le gusta.

—Estoy bien —insisto—. Solo tengo que tomarme los medicamentos. ¡Y cuando vuelva, quiero veros juntos, a Daniel y a ti!

Me mira fijamente, dudosa, y después me amenaza con el dedo.

—¡Llámame cuando estés en el campus, o si tienes algún problema!

—Te lo prometo.

La abrazo y me alejo de mi amiga y del fuego. He conseguido mantener la calma delante de Lola, pero una vez lejos de todos, dejo de reprimir mis emociones. Durante varios años, he tenido tendencias agorafóbicas. No es pánico escénico, como piensa la mayoría de la gente, sino miedo a no poder huir si algo va mal. Lo que más vergüenza me da es tener una crisis con gente delante. Porque cuando tengo una, no solo está el dolor, sino también el miedo a morir que me deja en un estado lamentable. No soporto que alguien me vea así, tan débil y aterrorizada por algo inevitable. No quiero volver a ver esa extraña mirada en la que se refleja el rechazo y la compasión mientas siento que me desvanezco.

Normalmente tengo palpitaciones y dificultad para respirar que pueden ser violentos, pero este tipo de síntomas no presagia nada bueno. Cojo mi teléfono, con las manos temblorosas y el pecho dolorido, y marco el número de Ange, que lo coge sin hacerse de rogar.

—¿Todo bien?

—Tienes que… —Mi cabeza gira tanto que tengo que agacharme para encontrar un punto de equilibrio—. ¡Ven a buscarme, y rápido! He olvidado tomarme mis medicamentos.

Se produce un largo silencio.

—¡Reúnete conmigo en el *parking*!

Cuelga y me incorporo, tambaleante. Camino hasta la zona de tierra, con respiraciones cada vez más cortas. Ange ya me está esperando fuera del coche y se lanza hacia mí, con una expresión preocupada.

—¿Estás bien?

Qué pregunta más tonta.

—No. Tengo que volver.

Me abre la puerta del copiloto, y luego corre hasta la suya. Arranca el motor y acelera. El dolor es constante, y empiezo a tener miedo de verdad.

—¿Es grave si se te olvida tomarlas durante un día?

—No.

—Avalone, ¿por qué parece que vas a pasar a mejor vida?

—Porque no me he tomado ninguna pastilla desde ayer por la noche. Se me ha olvidado.

Ange acelera rápidamente. Adelanta a los coches que nos pitan. Me centro en mi respiración como me enseñó el doctor. Con los ojos cerrados, inspiro y expiro despacio para calmarme. Para un enfermo del corazón, la ansiedad no es una buena amiga.

—¿Qué te pasa exactamente?

—Tengo una insuficiencia cardíaca.

Maldice, y después acelera aún más.

—¿Cuántas pastillas no te has tomado?

—Ocho.

—Joder, ¿tenías que olvidarte de tomártelas durante mi guardia? ¡Qué ironía! ¿Quieres que me maten?

—¡Siempre miras por tu propio interés, como cuando traicionaste a los Devil's Sons! —le grito en un arrebato de ira.

El Demon's Dad me mira, con las cejas elevadas, y después aparta la mirada.

«Bueno, es una buena señal que todavía pueda enfadarme…».

—No voy a hablar de eso contigo, y aún menos cuando tu corazón puede dejar de latir en cualquier momento y tu mirada sigue siendo aterradora. Pero para tu información, nunca he deseado la muerte de Clarke. Se acordó que la bala no tocaría ningún órgano vital. La única finalidad que tenía era desviar la atención, para que pudiera huir con los Demon's Dads.

—¿Es lo que le dices a tu conciencia por la noche para poder dormir?

—¡No lo entiendes! ¡Carter nunca me hubiera dejado irme sin traicionarlos!

No tengo fuerzas para responderle, ya que cada vez me siento más débil. El dolor me atraviesa el pecho y ahogo un grito que me hace llorar.

Ange acelera aún más y llegamos rápidamente al campus. Bajo del coche, encogida, y me dirijo con dificultad hacia las escaleras, con el Demon's Dad pisándome los talones.

Al pie de la escalera, me levanta y me acerca a su pecho, y luego sube los escalones de dos en dos. Si no había entendido que la situación era peligrosa, las lágrimas de dolor y de miedo que recorren mis mejillas lo convencen.

Mi respiración es entrecortada y el pecho cada vez me duele más. Siento que me asfixio y creo que voy a morir. Tendría que haberle dicho que me llevara al hospital. Puede que ahora sea demasiado tarde…

—¡Venga, aguanta, solo quedan unos escalones!

En este momento mis pensamientos son muy diversos. Giran en torno a mi madre y a la muerte. Nunca había olvidado tomar mis medicamentos hasta ahora, y si muero a causa de eso, ¡juro que volveré tan loca a la diosa de la muerte que querrá devolverme al mundo de los vivos!

Hoy, y todos los días, son un regalo para mí. Debería estar agradecida, pero no quiero morir. He aceptado mi enfermedad y el hecho de que iba a morir mucho antes que los demás. Creo que esa es la razón por la que tengo tantas ganas de vivir. Porque aceptarlo no es renunciar a ello.

—¿Qué número?

—La 307.

Ange me coloca con cuidado sobre mis inestables piernas y me sostiene. Estoy al límite de mis fuerzas, mi visión se nubla. Hurga en mi bolso y saca las llaves, después abre la puerta mientras se agota el aire de mis pulmones. Con el teléfono en altavoz, no soy capaz de entender qué dice ni con quién habla. Me alejo poco a poco de la realidad.

El primer paso que doy en la habitación es fatídico. Mis piernas se desploman bajo el peso de mi cuerpo y choco violentamente contra el suelo. Todo es borroso a mi alrededor. Mi corazón va a fallar, puedo sentirlo.

Mis pensamientos son confusos, pero escucho el eco de una voz.

—Te paso con su doctor, no cuelgues.

Arrodillado delante de mí, Ange está aterrorizado y me pide que mantenga los ojos abiertos. Por desgracia, mis párpados se vuelven demasiado pesados.

—Que Eira venga a ayudarte…

—No quiero morir —susurro.

Siento las lágrimas en mis mejillas y el miedo apoderándose de mí. Ange no me mira con compasión, sino con culpabilidad y pena. Agarra firmemente una de mis manos.

—¡No te conozco, pero con una mirada como la tuya, sin duda un problema de corazón no te va a parar! ¡Tienes que luchar, Avalone!

Mis párpados van de un lado a otro. Cada respiración se vuelve una tortura y me niego a soportarlo mucho más.

—¿Hola? ¡Se ha desmayado! ¡Está inconsciente! ¡Ha olvidado tomarse sus medicamentos durante todo el día!

—¡Cálmese, señor! ¿De quién está hablando?

—¡De Avalone Lopez!

Se hace un silencio sepulcral en la habitación durante un segundo.

—¡Al hospital! ¡De inmediato!

11

Un *bip* constante. Una cómoda almohada. El sol a través de las cortinas.

«Puedo enviar la ambulancia, pero se acaba el tiempo. ¿Puede llevarla al hospital?».

«Sí, vamos de camino».

«Vigile de cerca su pulso…».

Un *bip* constante. Una sensación molesta por todo el cuerpo. Un intenso dolor en el pecho.

Tengo que parpadear varias veces para poder ver de forma nítida, pero la luz me ciega. Tras varios segundos para acostumbrarme, miro a mi alrededor. Todo es de un tono blanco puro. Estoy en una cama de hospital, pero no estoy sola.

Lola se apoya frente a la ventana y Ange hojea molesto una revista al otro lado de la habitación.

—¿Cuánto tiempo he dormido?

Se giran hacia mí, sobresaltados. Una sonrisa ilumina la cara de Ange, y Lola se echa a llorar en silencio, destrozada.

—Veinticuatro horas —resopla el Demon's Dad—. Después te despertaste agitada. Te dejaron inconsciente con ansiolíticos y has dormido dos días más.

Se me escapa un suspiro frustrado. Despertarse y enterarse que has perdido varios días de tu corta vida es doloroso y exasperante.

—Nos has dado un buen susto —continúa Ange con una media sonrisa.

Se acerca a mí.

Extrañamente, su presencia me incomoda menos que hace tres días. Puede que sea por el hecho de que me ha salvado la vida... Le estoy agradecida, aunque solo sea un trabajo para él.

—¡No me dijiste que estabas tan mal! —me grita Lola, alterada.

Se me forma un nudo en el estómago por la culpa.

—Estoy viva, Lola.

—¡¿Viva?! —grita, con las mejillas llenas de lágrimas—. Me encontré a Ange de camino, y cuando llegamos al hospital, ¡estabas sin pulso! ¡¡Tú corazón había dejado de latir!!

Se me hiela la sangre. Tuve un paro cardíaco hace mucho, pero siempre es así de aterrador, sobre todo porque los médicos cada vez tienen menos probabilidades de reanimarme.

Los hombros de Lola tiemblan mientras solloza.

—¡Han sido los noventa y tres segundos más largos y aterradores de mi vida!

La miro con toda la angustia que llevo dentro, pero ella cierra los ojos y se muerde el labio hasta hacerse sangre. Ange, que le pasa el brazo por los hombros y la consuela, me da una idea de la escena que se desarrolló hace tres días: yo, en la camilla; los médicos y las enfermeras alrededor de mi cuerpo intentando reanimarme en el *parking* del hospital; Lola gritando de miedo y llorando; Ange abrazándola para calmarla; su mirada llena de miedo sobre mi cuerpo sin vida.

En ese momento me acuerdo de Nora, mi antigua mejor amiga, que cortó todos los lazos conmigo para no estar cerca cuando pasara a mejor vida.

Ahora soy yo quien cierra los ojos. Con las manos temblando, me quito los tubos que tengo en la nariz mientras Lola y Ange se agitan, asustados.

—¿Pero tú estás loca?

—Respiro sin problema. —Me enderezo despacio. Me siento muy débil y me duele muchísimo el pecho, seguramente por el masaje cardíaco—. ¿Habéis avisado a mi madre?

El miedo de que la hayan avisado de mi hospitalización me revuelve el estómago.

—No. Nos lo prohibiste cuando estabas adormilada por el sedante.

Gracias a los dioses. Incluso estando en las nubes sigo siendo precavida.

No hace falta que mi madre se entere. Se volvería loca por la pena y me pediría que volviera a casa.

Una enfermera entra en la habitación seguida por mi nuevo médico. Los dos me sonríen, contentos de tenerme de nuevo en el mundo de los vivos.

—¿Cómo te encuentras, Avalone? —me pregunta el hombre de la bata blanca.

—No muy mal.

Echa un vistazo a los resultados de mis análisis y sé de antemano que voy a recibir un informe completo que me aburrirá hasta la saciedad. Antes de empezar, le pide a mis visitas amablemente que salgan de la habitación, pero le doy permiso para hablar delante de ellos. Han estado conmigo los últimos tres días, les debo esto.

—Las paredes de tus ventrículos se han endurecido mucho desde tus últimas pruebas. Como sabes, tu corazón no es capaz de garantizar un flujo de sangre suficiente para cubrir la cantidad necesaria de oxígeno en tu cuerpo. Te hemos hecho una analítica y… hemos encontrado restos de alcohol y cannabis. Te recuerdo que no solo debes evitar esas sustancias, sino que están estrictamente prohibidas. Como la sal, a partir de ahora. Por lo tanto, nada de embutido, ni queso, ni pan. Nada de conservas, ni platos congelados. En lo que respecta a tu tratamiento, vas a empezar uno nuevo. No voy a ser exigente contigo, Avalone. Eres una paciente habitual en los hospitales desde pequeña, pero tienes que seguir obligatoriamente nuestras restricciones, o la próxima vez, será inevitable. Es un milagro que sigas viva.

Lola se lleva las manos a la boca, impactada por las palabras del doctor, mientras las lágrimas vuelven a caer por sus mejillas. No me atrevo a mirar a Ange. De hecho, no me atrevo a mirar a ninguno de los dos. No quería que escucharan esas últimas palabras. Cuando la gente se entera de que estás tan mal, todo cambia. Su actitud, sus miradas, y a veces, incluso te miran como si ya estuvieras muerto.

En cuanto a las palabras del doctor, no siento nada, como siempre. Su discurso da miedo, es verdad, pero he escuchado esas mismas palabras desde hace años y todavía estoy aquí. Solo me da miedo el dolor. Es lo único que doy por sentado. Así que, mientras espero para unirme al mundo de Hela, seguiré mi dieta, no fumaré, ni beberé, pero eso será todo.

—En lo que respecta al paro cardíaco, no tendrás ninguna lesión cerebral gracias a la capacidad de reacción de tus amigos. Pero corres el riesgo de tener problemas de memoria y de atención. También podrías experimentar irritación, nervios y, desde luego, un gran cansancio, pero todo eso pasará en los próximos días o semanas.

—¿Cuándo me darán el alta?

El médico sonríe.

—En catorce días.

Me enderezo de inmediato y maldigo. Una punzada de dolor agudo me atraviesa el pecho.

—¡Imposible, tengo clases!

—Tenemos que darte los medicamentos por vía intravenosa al menos durante una semana. Descansa y en siete días examinaremos de nuevo tu caso.

Quiero quejarme, pero el doctor ya ha salido de la habitación, mientras la enfermera se queda para examinarme.

Gruño y me tumbo sobre el cojín, desesperada.

—Tu tensión es débil, pero en tu situación es normal.

Me sonríe, les pide a Lola y a Ange que no tarden mucho para dejarme descansar, y después se va.

—No lo he entendido todo, pero no esperes que acepte que bebas y fumes después de esto —llora Lola.

—Oye… todo está bien, ¿vale?

—¡¿Todo está bien?! —grita Ange, nervioso, como si fuéramos amigos.

Frunzo el ceño, sorprendida. Lola toma cartas en el asunto y lo echa de la habitación sin contemplaciones.

—Lo... —susurro—. Estoy bien.

—Te creo. Porque tú también lo crees. Pero eso no es verdad, Avalone. Estabas *muerta.* ¡Tu corazón ya no latía!

Esta ha sido la semana más larga de mi vida.

Una semana tumbada sin hacer nada.

Una semana mirando el techo o películas románticas con historias imposibles.

Una semana aguantando numerosos análisis y tratamientos.

Una semana esperando solo una cosa: salir de este insoportable hospital.

Ange ha venido a verme tres veces para saber cómo estaba. Sospecho que siente compasión por mí, y por sorprendente que parezca, creo que me cae bien. Ha estado usando como pretexto que Carter le ha enviado para saber cómo estoy, pero cuando recibió una llamada de su jefe durante su última visita, me enteré de la verdad.

Lola y Emily han venido por lo menos unas diez u once veces. En cuanto a Jackson, Daniel y Aurora, han intentado venir, pero el médico les ha prohibido el acceso.

—Demasiadas visitas no son buenas —me dijo—. ¡Descansa, Lopez!

Cuando mis amigos se van, mi máscara se rompe y me hundo en mis pensamientos más oscuros. Mi corazón dejó de latir, otra vez. Y como me avisó el médico, la ansiedad no me ha tratado con delicadeza estos últimos días. Más de una vez he estado cerca de pedirle a mi madre que viniera para poder llorar en su regazo. Pero me he resistido, y ella no se ha dado cuenta de nada. Durante las setenta y dos horas que estuve ausente, Lola fue muy inteligente al coger mi móvil para responder los mensajes de mi madre. Cuando intentó llamarme, mi amiga le dijo que estaba en la biblioteca, haciendo un trabajo importante. Por primera vez en mi vida, he mantenido a mi madre al margen de mi estado de salud. Y la culpabilidad es como un veneno. En cualquier momento, me darán el alta. Espero irme hoy. Me siento bien, y quedarme aquí solo hace que quiera que mi corazón deje de latir.

Me enderezo rápidamente cuando la puerta de la habitación se abre y mi médico entra… con Carter.

«¿Qué hace él aquí?».

No he sabido nada de él estos últimos días, pero sé que Ange le avisó de mi ingreso en el hospital más aburrido de los nueve mundos.

—Ya puedes salir de aquí —me dice Carter con un guiño.

—Con la condición de que te quedes con el señor Brown durante tu recuperación —especifica el doctor.

«¡Ni hablar!».

—¿Me entrega a un peligroso criminal que va detrás de mí?

La boca de Carter se abre, pero se cierra al instante, mientras los ojos del doctor se salen de sus orbitas.

—Es una broma. ¡Está bien!

El hombre de la bata blanca se ríe, incómodo, y después de que Carter me fulmine con la mirada, salen de la habitación para darme intimidad mientras me cambio.

Al poco, dejo la habitación con mi mochila a la espalda. Encuentro a los dos hombres en la recepción, decididos a rellenar el trámite del alta.

Firmo los papeles sin ninguna duda.

—Ven todos los viernes a las seis. Tenemos que hacerte un seguimiento, Avalone.

Le doy las gracias al doctor, y después el jefe de los Devil's Sons y yo salimos del hospital. Un Mercedes SUV negro nos espera en el *parking*. Carter me abre la puerta del copiloto para asegurarse de que me monto. Pone los ojos en blanco cuando le hago una reverencia y obedezco, sumisa. Espero pacientemente a que rodee el coche hasta el asiento del conductor.

—No pensaba que fueras a aceptar mi propuesta.

Si la hubiera rechazado, me tendría que haber quedado en el hospital. Y eso sería insufrible.

—¿Se refiere más bien a su *chantaje*? No iba en serio, no iré a su casa.

Carter, que acaba de arrancar, pisa el freno bruscamente, a punto de enviarme por encima del parabrisas. Nos lanzamos una mirada de desaprobación, yo por su forma de conducir y él por mi testarudez.

—Todo el material médico que necesitas está en mi casa, Avalone. En el campus no tienes nada.

—No necesito nada más que mi cama y mis medicamentos.

Sacudo la bolsa de papel en sus narices.

Casi sin paciencia, se alisa la corbata azul cielo para mantener la calma, pero en mi opinión, no quiere ser caballeroso.

—Haces que las pase canutas, jovencita, ¿lo sabías?

—Me alegra saberlo. Ya somos dos, entonces.

Se restriega la frente, y después vuelve a arrancar el coche.

—Muy bien. Pero uno de los chicos te llevará a las citas médicas.

—No, yo…

—Es mi última palabra.

No me quejo. Después de todo, no he salido tan mal parada. ¡Estoy dispuesta a hacer concesiones! Al final, no me queda otra que sacrificar algo, lo sé. O acepto sus condiciones o estoy segura de que Carter sería capaz de encerrarme en su casa contra mi voluntad. Además, necesito su ayuda. No puedo creer lo que estoy a punto de hacer, pero no veo cómo puedo salirme con la mía.

—Quiero pedirle algo.

No responde, solo mira fijamente la carretera.

—Tiene que interceptar las facturas del hospital, porque si llegaran a manos de mi madre, estoy perdida.

—Tu madre no recibirá ninguna factura.

—¿Por qué?

—Porque ya están pagadas.

Lo miro tan sorprendida que lo ofende.

—No soy un monstruo. Conozco tu situación económica y sé el número de trabajos que enlaza tu madre. No tenéis los medios para pagar una estancia en el hospital ni las visitas médicas semanales.

¿Se ha informado incluso sobre mi madre? No sé si debo estar agradecida por su caridad o desconfiar por estar en deuda con él.

Elijo la desconfianza y me cruzo de brazos. Guardo el miedo para más tarde.

—¿Qué quiere de mí a cambio?

—Nada más de lo que ya espero.

Por muy escéptica que esté, no insisto más, por miedo a que cambie de opinión. Susurro un débil «gracias», al que reacciona con un asentimiento de cabeza. Después, seguimos en silencio el resto del viaje.

Por lo general, si solo me afectara a mí, no habría aceptado el dinero. Mi orgullo está herido, y no poco, pero una factura más y mi madre se hundirá definitivamente bajo las deudas. No le puedo imponer esta nueva carga que tiene un doble sentido para ella. Cada nueva factura de hospital es como un castigo, además del dolor de ver cómo me apago, por haber consumido droga cuando estaba embarazada.

Carter se detiene en el *parking* del campus y salto del coche para respirar aire fresco. No hay nada que decir, estoy de muy buen humor por volver.

Tras cerrar la puerta, paso la cabeza por la ventana abierta.

—¿Por qué tanta caridad?

Carter deja escapar un largo suspiro.

—No quieres pensar que puedo ser bueno, ¿no? Muy bien. En el hospital o muerta, no me sirves de nada, Avalone.

Me llevo la mano al corazón y finjo estar dolida.

—Es usted encantador, señor Brown.

—Lo sé, me lo dicen a menudo.

El motor ruge y salto hacia atrás, justo antes de que arranque de nuevo.

«¡Debería reconsiderar seriamente su forma de conducir!».

Silbando, llego al edificio de habitaciones, pero dosifico mi aliento mientras subo las tres plantas. Llego al rellano en más tiempo del que necesito normalmente. Entro en la habitación y me preparo para recibir a Lola en mis brazos, pero no es suficiente. Apenas he entrado en la habitación cuando me salta al cuello.

—¡No pensaba que volverías hoy! ¿Cómo te sientes?

Se aleja de mí para observarme desde todos los ángulos.

—Estoy bien, Lo. Tan bien como hace cuatro horas, cuando me has preguntado —bromeo.

—Tengo miedo, Avalone.

Sus ojos se llenan de lágrimas, como cada vez que hablamos sobre mi estado de salud estos últimos días, y la abrazo. Me siento culpable por haberle hecho vivir eso, creo que no olvidaré jamás ese miedo en sus ojos. Y estoy segura de que ella tampoco. Mi paro cardíaco la ha traumatizado.

—Lo siento. Estoy mejor, te lo prometo.

Nos sentamos en mi cama para hablar y recuperar el tiempo perdido, aunque mi compi me ha tenido informada de todos los cotilleos por mensaje.

No ha visto mucho a Daniel esta semana. Ha estado muy ocupado con el fútbol y ella, conmigo. La mudanza de Aurora ha ido bien. Ella y Jackson son más felices que nunca. En cuanto a Emily, se siente especialmente cómoda cerca de Aurora. Parece haber encontrado una personalidad que encaja bien con la suya.

—Me han preguntado sin parar por tu estado. Te hemos echado mucho de menos.

Yo he echado mucho de menos su entusiasmo y su alegría.

—En lo que concierne a los Devil's, su *excursión* se ha alargado. Ange me ha prometido que están todos bien, y están al corriente de tu estancia en el hospital. Si Carter no los hubiera amenazado, habrían vuelto. No te conocen mucho, pero les caes bien.

Su preocupación no me conmueve. Lo único que capta mi atención es que, cuando se trata de los Devil's Sons, mi estado de salud no es confidencial, y lo odio.

¡Por Odín, saben que mi corazón dejó de latir por agotamiento!

—No es tan grave, Ava…

—¡Sí que lo es!

Me cubro el rostro con las manos y gruño, enfadada.

—¡Cuando la gente entiende la gravedad de mi estado, se imaginan un reloj de arena encima de mi cabeza! Me miran y se comportan de forma diferente. Me gustaría ser simplemente normal a ojos de los demás.

—Eres pagana, Ava, nunca serás normal a ojos de los demás.

Transcurre un segundo de vacilación, y después empiezo a reírme de tal forma que siento que cura mi corazón.

Cómplice, Lola aparta un mechón de pelo de mis ojos.

—Los Devil's Sons no te mirarán de forma diferente, créeme. Todos ellos tienen sus fortalezas y sus debilidades, y por muy sorprendente que pueda ser, las aceptan sin juzgarlas.

Pongo una mueca indecisa en el mismo momento en el que llaman a la puerta. Lola se sobresalta antes de levantarse, muy nerviosa, para abrir la puerta.

—¡Nos han dicho que nuestra leona estaba de vuelta! —grita Jackson.

Daniel, Aurora y Emily están ahí, con las mochilas en la mano y sonriendo.

Me pongo de pie de un salto, más que contenta de verlos, y los abrazo. ¡Es genial estar de vuelta!

—¿Una leona? —le pregunto a Jackson.

—Es el mote que te ha puesto Logan.

Entrecierro los ojos sin comprenderlo.

—El capitán del equipo. Lo fulminaste con la mirada en la fiesta y se ha propuesto meterse en tus pantalones. *Una leona.* Son sus palabras.

Mis amigos no paran de reír mientras yo me derrumbo. Ese tipo de comportamiento es lo más repugnante del mundo. Ese tío sueña si cree que me va a tocar incluso con un palo.

—¿Cómo te encuentras? —me pregunta Emily preocupada.

—Mucho mejor.

Sonríe, tranquila, y observo mientras mis amigos se sientan en el suelo. Sacan de sus mochilas ensaladas de pasta, huevos duros, trozos de pizza fríos, así como cerveza y zumo de fruta.

—¡Te has perdido el primer partido de la temporada! —me regaña Daniel.

Me tira una botella de zumo que cojo, y descubro que en la etiqueta pone cien por cien natural.

—Has pensado en mí.

—Casi mueres, no hace falta tentar a la suerte…

Todos se quedan en silencio, afectados por el comentario, y Lola le da un capón en la nuca, echa un basilisco.

—¡Idiota!

Mis carcajadas rompen el silencio.

—¡Ella se ríe! —grita Daniel, con las manos levantadas de forma inocente.

Echaba tanto de menos su compañía que necesito tomarles el pelo. Así que, me pongo una mano sobre el pecho, y simulo un grito ahogado de dolor. Se hace el silencio, y entonces se crea un gran alboroto en la habitación. Todos se levantan, asustados, y corren hacia mí. Algunos maldicen, otros gritan. Jackson ya está a mis pies y me acerca mis medicamentos. Aurora, pálida, le coge el frasco de las manos para abrirlo. Emily viene con una botella de agua, mientras que Lola se lanza hacia su móvil. Cuando Daniel se enreda los pies con una toalla húmeda al salir del baño y cae encima de Jackson, no puedo contenerme más. Me río en su cara.

Se quedan paralizados por la incomprensión, y después Jackson empuja a Daniel y me fulmina con la mirada.

—¡Te has pasado!

Suspiran relajados cuando se dan cuenta de que era una broma y Daniel se parte de risa.

—¡Esta chica es fantástica!

—Avalone, te prometo que si vuelves a hacer eso —dice Lola—, haré yo misma que tu corazón deje de la latir, y créeme, nadie conseguirá reanimarte, ¿me oyes?

Sus fosas nasales se agitan y yo comienzo a reírme de nuevo, esta vez acompañada por todo el mundo.

12

Hoy no empiezo las clases hasta las diez, lo que me ha permitido pasar una buena y larga noche de sueño en cuanto mis amigos se fueron al final de la velada. Me siento recuperada y estoy nerviosa de hacer por fin algo constructivo después de una semana de letargo.

Cuando llego a clase, Jackson está discutiendo con Lola, que se muestra preocupada por verme allí.

—Avalone Lopez, ¿por qué no estás en tu cama soñando con un trasplante de corazón?

Aprieto los labios para contener la risa. Jackson aún parece llevar mal este tipo de humor y casi se ahoga.

Reflexiono durante unos segundos si responder sinceramente a Lola e informarle de que no cumplo los requisitos para un trasplante de corazón. Que mi cardiopatía ha dañado mis riñones, por lo que ya no están bien oxigenados y ya no filtran bien la sangre. Que ha llenado mis pulmones de líquido, y que, por lo tanto, a causa del estado general tan deplorable de mi cuerpo, no me pueden hacer un trasplante, a riesgo de no superar la operación.

—¡Porque estoy recuperada y tengo que ponerme al día! —respondo en su lugar.

—Ava, deberías descansar —insiste Jackson.

—No me haréis cambiar de opinión —respondo con tono categórico.

Me siento y Jackson no tarda en venir.

—Cabezota y suicida —me dice sonriendo.

Me río y le doy amistosamente un codazo en el costado.

Por fin empieza a sentirse cómodo con el humor negro...

La psicóloga que mi madre me obligaba a ver de pequeña me decía que mi cinismo me ayuda a afrontar mi enfermedad, volviéndola más trivial en mi vida, relativizándola. Mi madre creía que debía encontrar otra válvula de escape menos sórdida cuando creciera, pero no. El humor negro me complementa y me calma.

Tras un desayuno en compañía de mis amigos, vuelvo a la habitación con Lola, que quería que la acompañara a buscar su pantalón corto de deporte. Pensé que iba a perder un pulmón en esas dichosas escaleras, y aquí estoy, recuperándome en mi cama mientras Lola se cambia en el baño.

Creo que la digestión me está dando sueño. A pesar de luchar, mis párpados se acaban cerrando. Los segundos pasan y poco a poco me voy hundiendo en el sueño.

—Voy a descansar un momento —susurro, medio dormida, cuando escucho a Lola salir del baño—. Espérame.

Siento unas manos quitarme suavemente los zapatos y después taparme con una sábana.

—Descansa.

Unos labios me rozan la frente y antes de hundirme, una idea pasa por mi mente: Lola no tiene Educación Física hoy.

El sol me despierta. Parpadeo, con la mente nublada, y miro mi móvil. Son las doce y cuarto. Frunzo el ceño, desorientada. Cuando vine aquí, con Lola para coger su pantalón de deporte, eran pasadas las dos. Me enderezo sobresaltada.

«¿He dormido casi veinticuatro horas? ¡Por todos los dioses, tendría que aprender a escuchar mi cuerpo! O a Lola...».

Sedienta, me empujo hasta el aseo para coger un vaso de agua y aprovecho para lavarme los dientes. Una ducha tampoco estaría nada mal.

Me preparo para ir a los baños comunes cuando Lola abre la puerta de la habitación, triunfante.

—¿Quién tenía razón?

Me inclino ante ella. Me siento en mi cama donde se une a mí y me pregunta cómo me encuentro.

—Carter ha enviado una enfermera que te ha inyectado tus medicamentos por intravenosa mientras dormías —me informa una vez tranquila. Ante mi expresión asustada, añade rápidamente—: Llamé a tu doctor para que me confirmara la identidad de esa enfermera, ¿por quién me tomas?

Dejo escapar un largo suspiro de alivio seguido de una risilla y Lola me da un beso en la mejilla.

—¿Vas a descansar o vas a venir a clase?

—Voy a descansar un poco más.

Asiente, tranquila.

—Hay una fiesta en la fraternidad esta noche, pero si quieres que me quede contigo para hacerte compañía, será un placer.

—¡Qué dices! ¡Voy contigo!

Su gesto se vuelve severo y niega con la cabeza.

—Lo, he dormido veinticuatro horas después de estar diez días en el hospital. ¡Necesito tomar el aire! Beberé agua, no fumaré ni bailaré. ¡Palabra de *scout*!

Mi amiga me mira con una expresión insegura, aunque veo en su mirada que ha cedido. Por principios, añade que se lo va a pensar y yo ya tiemblo de impaciencia.

—Tengo que volver a clase —me dice—. Toma, te he traído tu comida.

Abro la bolsa de plástico que me tiende para inspeccionar el interior, muy decidida a seguir mi dieta, pero me sorprende que mi nombre esté escrito en la tapa de la caja.

—La cocinera ha venido a verme en la cafetería. Al parecer, Carter le ha dado una lista de ingredientes que no puedes comer. No está mal formar parte de los Devil's Sons, ¿verdad?

Me lanza un beso y sale de la habitación. Me encojo de hombros, y después devoro la comida, muerta de hambre.

El resto del día pasa igual de lento que una mañana en el hospital. Tras una buena ducha y haberme tomado mis pastillas, estudio los apuntes que Emily me dio ayer, pero no me concentro. Cualquier cosa llama mi atención, soy incapaz de memorizar nada.

A las nueve, para mi gran tranquilidad, Lola vuelve con Aurora.

—¿Estás preparada para la fiesta?

—¡Más que nunca!

Mi compi se va a la ducha mientras que Aurora y yo nos preparamos.

—¡Estoy tan contenta de quedarme aquí!

—¿Cómo conociste a Jackson? —le pregunto, curiosa.

Se sienta en mi cama con una sonrisa bobalicona al acordarse de los viejos tiempos.

—Me mudé a Chelsea en 2012. Era nueva en el instituto y, lo creas o no, Jackson era un gilipollas. Formaba parte de un grupo donde todos eran mayores que él. Eran inseparables, pero violentos. Influenciado por ellos, se peleaba sin descanso y era horrible.

La miro, con los ojos como platos.

«¡No me lo puedo creer! ¿Jackson, un gilipollas? ¿Así que no exageraba?».

—Para mi desgracia —continúa—, al año siguiente me pusieron en su clase. Y contra todo pronóstico, parecía haber cambiado. Nos sentábamos al lado en clase de matemáticas, y en cada clase hablábamos un poco más. Aún tenía el mismo grupo de amigos, aunque se acabó alejando de ellos, como si por fin pensara por sí mismo. Rápidamente nos hicimos inseparables. Pero al siguiente curso, Jackson se alejó de mí sin razón aparente. No me dirigió la palabra durante seis meses. Una noche, me lo encontré en una fiesta. Iba acompañado de su mejor amigo. —Hace una mueca—. Nos peleamos por su distanciamiento y acabó besándome. De una semana para otra, comenzó a cambiar hasta convertirse en quien es hoy.

No me lo puedo creer. No soy capaz de imaginarme a Jackson como un malote, parece imposible.

Aurora se ríe al ver mi expresión.

—Es difícil de creer, ¿verdad?

Asiento, con los ojos como platos.

—¿Quién era su mejor amigo? —pregunto, aunque ya sé la respuesta.

—Clarke Taylor, el rey de los gilipollas en persona. Me crucé con él alguna vez al inicio de mi relación con Jackson. Después Clarke y él cambiaron y se distanciaron. Jackson lo ha llevado muy mal. Se conocían desde hacía mucho tiempo… Hoy, forma parte de una banda.

—Lo sé —confieso—. Lo conozco un poco. Es el mejor amigo del hermano de Lola.

La mandíbula de Aurora se tensa.

—¿Sigue siendo igual de gilipollas? —pregunta con cierto rencor.

¿Cómo respondo a eso?

Clarke es un misterio demasiado grande para dar una respuesta adecuada en pocas palabras.

—No lo sé, no lo conozco lo suficiente, pero su reputación le precede.

—Te aconsejo alejarte de él. Es una bomba de relojería. Acaba haciendo daño a todos los que le rodean.

Trago saliva con dificultad.

Una bomba de relojería.

Una metáfora llena de significado que también han usado conmigo.

Lola no tarda en volver de la ducha. Ya preparadas, nos reunimos con Emily y Jackson en el *parking* y vamos directos a la fraternidad. La música del coche nos pone en sintonía con el ambiente y cuando llegamos a nuestro destino, estamos listos para divertirnos.

Entramos en la casa, pero el fuerte olor a tabaco activa una alerta en mi mente. Una nube de humo flota en la sala principal y decenas de cigarros brillan encendidos por todas partes. No me hace falta decir nada porque Lola me empuja bruscamente hacia fuera, al aire libre.

Y aquí estamos, en la escalinata, en una fiesta inaccesible para mí. Sería jugar con fuego. Y esta vez, no quiero. Ya me veo caminando de vuelta al campus con el rabo entre las piernas.

Nuestros amigos se unen a nosotras con expresiones tristes, sin saber muy bien qué decir, y después Wyatt, Logan y algunos miembros del equipo de fútbol aparecen.

—¡Avalone! Hace mucho que no te vemos —me dice Wyatt dándome un abrazo—. Siento mucho lo de tu tía, mi más sentido pésame.

«No tengo ninguna tía...».

Lola se acerca, avergonzada y aterrorizada, y yo alzo una ceja interrogante.

—Sé que no querías que lo dijera, pero te fuiste tan rápido del lago la otra noche que tuve que contarles sobre el fallecimiento de tu tía.

Contengo la risa e intento parecer convincente, así que asiento, agradecida.

Logan se acerca a mí, y por instinto, me alejo. Pero no parece darse cuenta, ya que se acerca un poco más. Su mirada clavada en la mía es casi repugnante y no me creo ni un segundo esa sonrisita tímida.

—¿Qué quieres beber? —me pregunta.

Hace un signo con la cabeza hacia el interior de la mansión, pero no doy ni un solo paso.

—Nada, gracias.

Logan se ríe.

—¡Adoro tu sentido del humor!

—No es broma.

Alza las cejas, sorprendido.

—Ah, entiendo. ¡Prefieres los porros!

Me cruzo de brazos y lo miro seria.

¿Para él no existe la gente que no bebe ni fuma?

—Tampoco.

El *quarterback* retrocede, mirándome con desprecio. Me mira de la cabeza a los pies con una expresión enfermiza.

—Bueno, ¿y qué tal un cigarro? —intenta de nuevo.

Siempre he sido muy expresiva en cuanto a lo que siento al estar cara a cara con la gente. Se dan cuenta de si me caen bien o no, pero Logan no parece enterarse de que su presencia y esta conversación no me gustan.

A menos que se tome esto como un juego…

—No. No bebo, ni fumo —le explico con la poca paciencia que me queda.

—¡Espera! ¿Qué estudiante no bebe ni fuma?

Empieza a ponerme realmente de los nervios. Como diría Lola, siempre que habla con otra persona, le lanzo miradas asesinas.

—Yo, al parecer.

Pero Logan parece que no lo acepta. Cierra los dedos alrededor de mi muñeca y tira de mí hacia el interior de la residencia. Sorprendida, me inclino hacia delante y me veo obligada a poner un pie delante del otro para no caerme. Tras recuperar el equilibrio, clavo mis pies al suelo para detenerlo, pero es mucho más fuerte que yo y además llevo tacones. Su mano me hace daño. Por más que forcejeo y le grito que me suelte, estoy en mitad del salón, expuesta al humo de los cigarros. Por acto reflejo, contengo la respiración, pero me veo obligada a inspirar rápidamente cuando me quedo sin aire, y el miedo se apodera de mí.

He tenido un paro cardíaco hace unos pocos días: no puedo estar aquí más tiempo.

—¡Suéltame!

Se gira hacia mí, pero no me suelta. Le debe gustar verme forcejear, porque una asquerosa sonrisa aparece en sus labios. Cuando está lo suficientemente cerca de mí como para sentir su aliento y poder ver la profundidad de sus ojos, comprendo que ya está bastante borracho.

—Tío, ¿qué haces? —interviene Wyatt.

El corredor viene hacia nosotros, pero Logan lo empuja violentamente. Wyatt levanta las manos en un gesto de paz y mira a su capitán muy serio. Entiende que va a ser el causante de los problemas esta noche.

—¡Suéltala, Logan! ¡Ha sido clara, no quiere tu compañía!

Wyatt, siempre tan amable, ahora está tan tenso como un arco y se prepara para pelearse con su amigo —si es que lo es—. Pero cuanto más respiro, más pánico me invade.

Pierdo las formas y tiro de mi brazo.

—¡Me haces daño! —digo, molesta.

—¡Haz un esfuerzo y bebe!

Logan me tiende un vaso de alcohol al que le doy un violento manotazo. El vaso cae al suelo y el líquido se expande por todas partes. Su dueño se vuelve aún peor. Mientras Wyatt intenta mediar en el conflicto con calma, yo busco desesperadamente con la mirada a mis amigos, que entran al salón, asustados por verme allí.

Se me escapa un grito de dolor cuando Logan me retuerce la muñeca mientras le grita a Wyatt. Me preparo para levantar la pierna y clavarle el tacón en el pie, cuando una voz seria y llena de odio resuena en el aire. Una voz que me da ganas de llorar de alegría.

—¡¡Suéltala!!

Giro la cabeza hacia Clarke y los Devil's Sons al instante, tan guapos, fuertes y temibles como siempre. No puedo disimular mi sonrisa, mientras un silencio sepulcral se cierne sobre la casa. Nunca he estado tan contenta de verlos, hasta tal punto que estaría dispuesta a abrazarlos.

En cambio, la expresión de Clarke es fría, firme y amenazadora. Su mandíbula está contraída, sus puños cerrados y sus ojos llenos de rabia no se apartan de Logan, prometiéndole mucho sufrimiento.

La calma da paso a la angustia. Al miedo de ver brotar sangre. De ver a Clarke golpear al capitán del equipo de fútbol hasta dejarlo fuera de combate. Después de todo, quizá no deberían haber llegado cuando lo hicieron.

Logan no me suelta y mira al segundo de Carter de forma desafiante. Tiro de nuevo del brazo, pero no consigo liberarme.

«¿Es un suicida o qué?».

—¡A partir de ahora —brama Clarke ante la atención de todos—, si queréis fumar, será fuera! ¡Si veo a cualquier gilipollas encenderse un cigarro o un porro en el interior de la casa, lo envío al hospital!

Al instante, los estudiantes apagan sus cigarros y con un simple gesto de cabeza de Jesse, algunos abren las ventanas completamente para dejar entrar el aire y que salga el humo. Mi corazón, que me late desbocado en el pecho, se tranquiliza de forma imperceptible. Sin embargo, aún no ha ocurrido lo peor. Toda la gente ha dejado lo que estaba haciendo y observa la escena con temor. Nadie habla, no se escucha ningún ruido.

Clarke avanza hacia nuestra dirección con una lentitud amenazadora.

—¿Qué es lo que no entiendes? No quiere lo que le ofreces. ¡Y yo te he dicho que la sueltes!

El verde de sus ojos ha desaparecido para dejar paso a la oscuridad. Sus puños solo quieren una cosa: destrozar a una nueva víctima.

Mis amigos no dejan de mirarnos. Jackson y Daniel hacen el amago de venir en nuestra dirección, pero saben que no tienen que meterse en el camino de Clarke. Decidida a que las cosas no empeoren, aprovecho que la mirada de Logan recae sobre los Devil's Sons para liberarme bruscamente de su agarre, lo que provoca que el capitán me fulmine con la mirada.

Clarke sigue acercándose y disfruta de cada paso que lo lleva a la violencia. Así que me pongo en su camino. Se para en seco y por fin deja de mirar a Logan a los ojos para concederme su atención. Sus ojos, llenos de odio, me exploran para comprobar que no tengo ningún rasguño. Cuando uno de sus puños se eleva a la altura de mi rostro, me estremezco. Pero sus dedos se abren y, tras una pausa que muestra su vacilación, me coloca un mechón detrás de la oreja. Y la realidad me golpea.

Por muy sorprendente que pueda parecer... creo que estaba impaciente por su regreso.

Un segundo después, los puños de Clarke se vuelven a cerrar. Entonces, le suplico con la mirada. Le imploro que lo deje pasar y que no se pelee, pero Wyatt viene hacia nosotros y rompe la conexión que estaba intentado establecer con él, poniéndolo aún más nervioso.

El segundo de la banda se gira hacia el corredor. Lo sobrepasa mucho en altura, pero también en músculo, y está listo para dar el primer golpe, toda la casa puede percibirlo.

Lola me dijo que cuando Clarke se pelea, hay que huir porque destruye todo a su paso. Y muchas personas inocentes se encuentran en su camino.

—¡Aparta de mi camino! —La voz de Clarke me hiela la sangre.

—No sirve de nada pelearse —afirma Wyatt, audaz—. Logan es un puto gilipollas, pero sobre todo está muy borracho. Vas a matarlo.

El Devil's Sons agarra al corredor por el cuello de su chaqueta y todo el mundo contiene la respiración. Wyatt no pestañea. Clarke no golpea. Como si ambos se respetaran demasiado para cruzar un punto de no retorno.

—¡Deja que venga, voy a patearle el trasero! —grita Logan, que a pesar de sus palabras, se mantiene en segundo plano.

—¡Cállate! —le grita Wyatt, sin dejar de mirar a Clarke.

Una sonrisa sádica aparece en los labios del motero cuando se gira hacia el capitán. Por pura provocación, este último intenta avanzar en mi dirección, pero es rápidamente parado por Clarke, que ya está a mi altura, decidido a liberar su violencia. Se prepara para rodearme, pero lo agarro del brazo. Vuelvo a captar su mirada sombría. Sus ojos descienden hasta mis temblorosas manos, y después vuelven a mí.

—Clarke, por favor…

Los Devil's observan la escena con diversión y pican de la bolsa de patatas de Tucker como si comieran palomitas viendo una película.

¿Estos imbéciles no van a intervenir para calmar la situación? ¿No se dan cuenta de que puede ocurrir un accidente?

—¿Protegiendo a tu novia, Taylor? —se burla Logan.

Esta vez, ya no tengo ninguna influencia sobre Clarke, que se libera fácilmente de mi agarre y me rodea. Cuando me giro para mirar horrorizada lo que va a ocurrir, Jesse me adelanta y pone una mano sobre la espalda de su amigo. Le susurra algo al oído que solo escucha el interesado.

—Venga, ven... No merece la pena —le dice después.

Jesse me lanza un guiño. Pero permanezco alerta, no del todo convencida de que haya conseguido calmar a Clarke. Contra todo pronóstico, el motero acaba girándose hacia mí y, tras mirarme varios segundos, se aleja a regañadientes de Logan, con los puños aún cerrados por la ira contenida.

—¡Zorra! —me dice Logan para que lo mire.

Clarke da rápidamente la vuelta, con el rostro deformado por el enfado, pero los Devil's Sons ya están a su lado para contenerlo, mientras forcejea violentamente.

Un ruido sordo llama nuestra atención hacia Logan, que cae al suelo. Su nariz rota cubre su cara de sangre mientras Jesse, rabioso, se pone encima de él.

—¡¿A quién estás llamado zorra?! —le grita.

Me llevo la mano a la boca rápidamente, impactada por la violencia del golpe, pero sobre todo por el gesto de Jesse. Él que parece reírse y aburrirse de todo...

Una sonrisa de satisfacción surge de mis labios sin escrúpulos. A diferencia de Clarke, que habría golpeado a Logan hasta que diez personas lo alejaran a la fuerza, Jesse sabe contenerse y lo golpea solo una vez. Justo lo que necesitaba el *quarterback* para recuperar el control sobre sí mismo.

Algunos jugadores de fútbol hacen el amago de ir hacia él, más por guardar las apariencias que por verdadero valor, pero al final se abstienen, ya que los Devil's Sons los esperan sin retroceder.

—Sacad a vuestro capitán u os haremos salir nosotros —los amenaza Jesse.

Ya no hay nada del chico «me la suda todo». Lo que desprende es tan aterrador como su apariencia física. Si no acabara de defenderme, tendría miedo de él como todos los presentes.

Los estudiantes se miran inquietos antes de mirar fijamente y con insistencia a los jugadores. Rezan para que obedezcan a fin de evitar una masacre. Tienen miedo.

—Vámonos, saquémoslo de aquí —ordena Wyatt.

Le da una palmada en la espada a Derek, pero este último no se mueve y mira de arriba a abajo a Jesse, de malas maneras.

—Es *nuestra* fraternidad.

—¡Financiada por Carter! —ruge Sean—. No vamos a repetirlo.

Dejo de mirar a Derek para juzgar la credibilidad de la banda. No necesito ni un segundo para confirmar que el jugador de fútbol se quiere ir. Los amables Devil's con los que estuve en el bordillo de la piscina han desaparecido. Ahora son solo cuerpos tensos que desprenden malas y sofocantes vibras, con los rasgos congelados por la ira. Todos muestran la misma expresión, ninguno está menos enfadado que los demás.

Alabados sean los dioses, Derek acaba obedeciendo y camina junto a su *quarterback*, ahora en las nubes. Daniel y Jackson les ayudan a levantarlo. Lo cogen y salen de la casa bajo la mirada de todos. El ambiente está paralizado, los estudiantes están quietos, como si esperaran que las cosas empeoraran aún más. Y después, de forma brusca, la fiesta vuelve a la normalidad. Tucker recorre los metros que nos separan con preocupación y, contra todo pronóstico, me coge en brazos y deja escapar un suspiro de alivio.

—¿Cómo estás?

Se aleja de mí y me examina con atención.

—Estoy bien.

—Deberías descansar —me aconseja Jesse cuando se une a nosotros.

—He dormido suficiente —le respondo con una débil sonrisa, todavía conmocionada por los acontecimientos—. Gracias por…

Dejo las frase en el aire, incapaz de encontrar las palabras para terminarla.

—Te lo dijimos. Nos apoyamos mutuamente, V.

Ese apodo siempre me hará reír y me reconfortará el corazón. Yo que creía que los Devil's Sons solo me darían problemas, y seguramente acaben de salvarme la vida.

Wyatt se une a nosotros, preocupado.

—Siento lo de Logan. Si por mí fuera, ya lo hubiera echado del equipo, de las fiestas y de la universidad.

No son amigos. El corredor aguanta la presencia de su capitán solo porque no tiene opción.

Le aseguro que todo va bien, pero los Devil's siguen tensos, protectores. Hago una mueca avergonzada hacia Wyatt antes de que se dé la vuelta, y después busco a Clarke con la mirada y lo lamento al instante. Está besando a una chica, apoyado contra la pared, con una mano en su pelo y la otra en su culo. Se me hace un nudo en la garganta, lo que aumenta mi enfado, aunque disimulo mis sentimientos frente a los dos chicos que me hacen compañía.

Arrastro los pies cuando me conducen junto al resto de la banda. Me obligo a estar a menos de un metro de Clarke y su nueva conquista.

—¿No deberías estar en la cama, Lopez? —me dice Sean con una gran sonrisa.

—Voy a terminar odiándolo si no paráis de repetírmelo.

Sean se ríe y Set pone un dedo bajo mi mentón para llamar mi atención. Me mira nervioso.

—¿Cómo te encuentras, pequeña diosa?

Cansada de esa pregunta, cojo su mano y me la coloco sobre el pecho para que pueda sentir los latidos de mi corazón. Se concentra durante varios segundos para asegurarse de que funciona correctamente, y luego una gran sonrisa seductora aparece en sus labios.

—Si querías que te tocara el pecho, solo tenías que pedírmelo.

Me atraganto antes de darle un puñetazo en el hombro, entre sus risas y las de los Devil's Sons.

Justin me acerca a él y me parece ver a Clarke fruncir el ceño, mientras su acompañante le come el cuello.

¡Menudo cretino!

—Vas a tener que explicarme lo que quiere decir ese galimatías médico, no he entendido del todo los resultados de tu analítica.

Alzo los ojos hacia él y frunzo el ceño.

—¿Has visto los resultados de mi analítica?

—¡Pues claro! Aquí donde me ves, tenía planes de ser médico antes de convertirme en un gran criminal. Supongo que estar cerca de Tucker me ablanda el cerebro. Dime, ¿has visto a Hela durante los segundos en los que dejaste de respirar?

Su pregunta borra rápidamente la irritación que aumentaba en mí y, cuando respondo que no, parece decepcionado, lo que me arranca una sonrisa. Cuando le tiende un billete a un Tucker victorioso y comprendo que han apostado sobre mi posible encuentro con la diosa de la Muerte, estallo a reír con fuerza sacudiendo la cabeza.

Decidida a unirme a Jackson y a Daniel, que están de vuelta en la casa, me cruzo con una discusión entre Clarke y Lola.

—¡No necesitamos los puños cuando sabemos apuntar a los genitales! —dice mi amiga.

—Es previsible que una chica apunte a los huevos. Pero que te meta un derechazo, no.

«Dile eso a Ange».

Me uno a mis amigos y vuelvo a estar en los brazos de Emily, que me pregunta cómo me siento. Después, Daniel y Jackson se disculpan conmigo por el comportamiento de su capitán. Parecen sorprendidos, pero yo no lo estoy para nada. Logan es un capullo, eso se ve a kilómetros de distancia. Lola se une a nosotros con una sonrisa maliciosa y una idea rondándole la cabeza.

—Emily, ¿verdad o reto?

Nuestra amiga responde tímidamente «verdad».

—Si pudieras tirarte a cualquiera de esta habitación, ¿a quién elegirías?

Emily se pone roja como un tomate y baja la mirada.

—Sean Oslo —confiesa en un susurro.

Tras un momento de sorpresa, nos partimos de risa. Nunca hubiéramos pensado que nuestra tranquila y dulce amiga podría sentirse atraída por un Devil's Sons. Pero está claro que con su cabello castaño rizado, sus altos pómulos y su mandíbula cuadrada, Sean es innegablemente atractivo.

Le tomamos el pelo a Emily y conseguimos hacerla reír. Después, con segundas intenciones en mente, me giro hacia Daniel.

—¿Verdad o reto?

—¡Reto!

Sonrío, satisfecha.

—Dale tu vaso a la chica que más te guste de la fiesta.

Siento cómo Lola se tensa al instante. Daniel sonríe de oreja a oreja y rodea a mi amiga. Me quedo boquiabierta, sin comprender nada.

Vuelvo a tener esperanza cuando se para detrás de Lola, mientras ella permanece impasible y se niega a darse la vuelta para descubrir quién es la elegida.

Acerca su vaso a los ojos de Lola y le da un beso en la mejilla. El rostro de mi amiga se ilumina y mi tensión disminuye. Se ruboriza y coge el vaso, mientras que Daniel le rodea la cintura con los brazos.

—¿Verdad o reto? —le pregunta.

—Reto.

—¿Y si sales conmigo fuera?

Lola suelta una risita, Daniel la coge de la mano y se escabullen bajo nuestra atenta mirada.

—Eso ha sido rápido —suelta Jackson.

—¡Las pizzas están aquí! —grita un chico.

Los estudiantes empiezan a gritar de alegría y se abalanzan sobre las mesas en la que cuatro tipos han puesto unas quince cajas de pizza. De ellas se escapa un olor delicioso. Mi tripa ruge ferozmente, pero recuerdo las palabras del doctor. Mi dieta es estricta: nada de sal ni de queso. Así que no puedo comer nada de lo que hay aquí.

—Me voy a la guerra —nos dice Jackson.

Va directo hacia la comida y da codazos para llegar al premio. Hace sutiles maniobras para adelantar a los demás e incluso pone a prueba su flexibilidad. Al final, vuelve con un plato lleno de trozos de pizza.

—Servíos.

Las chicas se tiran encima mientras yo aparto la mirada, harta de no poder comerla.

Media hora más tarde, Daniel y Lola vuelven de la mano y, al llegar a nuestra altura, se besan delante de nosotros.

Gritamos de alegría mientras Jackson le da una palmadita en la espada a su amigo.

—Cuídala bien, amigo.

—No te preocupes, lo tengo controlado.

Lola está tan contenta que podría iluminar la habitación. Nunca la he visto así y casi tengo ganas de llorar. Al darme cuenta de esto, llego a la conclusión de que he pasado demasiado tiempo con ella, lo que me ha hecho volverme tan sentimental.

Mis ojos caen sobre Set, que mira a Daniel con una apariencia amenazadora e incluso asesina.

¡Mierda!

Viene directo hacia aquí, pero le corto el paso. Me mira furioso.

—Tu cara bonita no va a detenerme. Déjame pasar, Avalone.

Niego. Hemos tenido suficientes emociones fuertes por esta noche.

—Set, es un buen tío.

Clava su mirada en la mía. Su rostro está tenso, pero me escucha. No todos los Devil's Sons son como Clarke Taylor.

—No te metas con él por algo que puede que nunca haga, como herir a Lola.

—¿Y si lo hace? Por el ojo de Odín, yo lo…

Pongo una mano sobre su hombro para calmarlo.

—En ese caso, tu hermana estará triste un tiempo, pero se recuperará. Estaré ahí para ella, y tú también. Es la vida, no puedes hacer nada.

Mira fijamente a su hermana, con miedo en los ojos, y luego vuelve a centrarse en mí y suspira.

Su preocupación resulta conmovedora, solo quiere lo mejor para Lola. Le ofrezco una sonrisa dulce que se transforma en una mueca cuando me aclaro la garganta. Intento tragar varias veces, toso, pero nada ayuda. Algo me irrita los pulmones y me impide respirar correctamente. Toso de nuevo y mi cuerpo se dobla, lo que preocupa a Set. Me pone una mano en el hombro, con una mirada seria.

—Todavía hay humo. Ven, salgamos a tomar el aire.

Me aclaro la garganta para intentar responder, pero mis pies dejan el suelo. Estoy en sus brazos, asfixiándome mientras cruza el salón a paso ligero. Veo cómo mis amigos nos siguen y los Devil's Sons se fijan en nosotros. Sacudo la cabeza varias veces y Set lo comprende enseguida: no quiero que me vean en este estado. Les manda quedarse allí, después me lleva fuera de la casa.

El aire fresco y puro entra repentinamente en mis pulmones para echar el contaminado de los cigarrillos, lo que me causa un nuevo ataque de tos seca aún más doloroso.

Me acurruco contra su pecho, en un ataque intenso de ansiedad. Lo que más odio de mi enfermedad es cuando me falta el aire. Esa sensación de asfixia es lo peor que he sufrido. Cuando te pasa, te das cuenta realmente del papel que juega y solo piensas en una cosa: el aire que necesitas. Intentas encontrarlo a cualquier precio para acabar con el sufrimiento. Pero ¿cómo puedes pensar con calma cuando tienes el cerebro en llamas?

Tras ordenar a todos los estudiantes que se vayan del jardín, Set me deja despacio sobre la hierba y se arrodilla a mi lado, realmente preocupado. Pero yo lo estoy aún más. A causa de mi enfermedad, soy propensa a los edemas pulmonares. Líquido en los pulmones, eso es lo que padecería con demasiada frecuencia si no existieran los tratamientos preventivos. Dado que mi corazón no bombea la sangre correctamente, tiende a estancarse en los vasos del pulmón. Y cuando la presión sanguínea aumenta demasiado en los vasos sanguíneos, se produce una filtración de líquidos hacia los alvéolos pulmonares... Si en los próximos minutos no se acaba esta crisis, volveré al hospital. Y seguramente, esta vez, no vuelva a salir.

Con las manos temblorosas, vacío mi bolso en el suelo y cojo mi teléfono, pero me asfixio. Cuando Set entiende lo que quiero hacer, me lo coge y entra en mis contactos. Escribe «Doctor» en el teclado preguntándome con la mirada. Asiento. Me rodea con los brazos y pone mi espalda contra su pecho mientras llama al doctor que descuelga al primer timbre.

—¿Avalone? ¿Estás bien?

—No —responde Set por encima de mi tos.

Me arde la garganta, mis ojos brillan por las lágrimas que terminan cayendo por mis mejillas. Sin los brazos de Set, que me mantienen contra él, estaría desplomada, con la cara en el suelo.

—Ha inhalado humo de tabaco de forma pasiva. Está tosiendo desde hace un rato sin conseguir que pare. ¿Tengo que llevarla al hospital?

—Si consigue calmarse rápido, no. Voy a intentar una cosa. ¿Ella me escucha?

Set le responde que está en altavoz.

—Avalone, te he dado los tratamientos necesarios para la prevención de edemas pulmonares. No tienes líquido en los pulmones, solamente tienes ansiedad tras la parada cardíaca. *Solo* es ansiedad.

Escucho sus palabras, pero no cambia nada. Set me agarra más fuerte, siento cómo tiemblan sus manos contra mí.

—¿Escupe sangre o un líquido espumoso?

Set responde que no por mí.

—¿Tiene las manos o la cara azules?

El Devil's pone suavemente una mano en mi rostro para llevarlo hacia él y me encuentro su mirada conmocionada. Observa el color de mi piel, y después me levanta las manos a la altura de sus ojos.

—No —responde.

Vuelve a poner su brazo a mi alrededor y pone sus labios en lo alto de mi cabeza.

—¿Le duele el pecho?

Niego con la cabeza, y Set traduce mi respuesta al doctor, que suspira aliviado, como si no estuviera seguro de sus afirmaciones anteriores. Debo admitir que en mi caso, todo es posible.

Poco a poco, y gracias al médico, entiendo que, dejando de lado la tos, no tengo síntomas de edema pulmonar.

—Solo es ansiedad, Avalone. No falleciste hace dos semanas, y no vas a morir hoy, ¿me escuchas?

—Sí...

Me sorprende tanto mi voz como a Set y al doctor. Toso una vez más, y después otra, con la garganta irritada. Toso una tercera vez unos segundos más tarde y, por fin, puedo tomar lo que se parece a una inspiración normal pero sibilante.

—Has conseguido calmarte y tus síntomas se están aplacando. Si fuera un edema, todavía estarían ahí. En ese caso, no hubiera dudado en enviarte al hospital. Todo va bien, Avalone.

Set me suelta suavemente y me dejo caer hacia delante para recuperar la respiración. Inspiro dolorosamente y espiro despacio. Mis últimas lágrimas caen en la hierba, pero mi cuerpo todavía tiembla.

«No tengo un edema. Estoy viva».

Set le da las gracias al doctor, le asegura que estoy mejor y cuelga mientas me tiendo de espaldas, con la vista centrada en las estrellas. Me he quedado sin energía.

—¿Estás mejor, belleza celestial?

—Sí. Gracias…

Se deja caer de espaldas a mi lado, afectado por lo que acaba de ver y oír.

—¿Te ocurre mucho?

Me giro hacia él para mirarlo. No sé si su pregunta se refiere a los edemas pulmonares, a la incapacidad de respirar o a otros problemas que son consecuencia de mi enfermedad.

—Algunas cosas más que otras.

Suspira y se pasa una temblorosa mano por su incipiente barba.

—Nunca he conocido a una persona que tuviera una enfermedad así y que fuera tan fuerte como tú… Sin la intervención de Ange en casa de Carter, nunca hubiera sospechado que tuvieras una insuficiencia cardíaca.

Ante la idea de que, a sus ojos, pueden coexistir la enfermedad y la fuerza, aparto la mirada y sonrío, pensativa.

—De pequeña, pensaba que luchar contra mi enfermedad me convertiría en una guerrera y me abriría las puertas del Valhalla cuando llegara mi final. Cuando entendí que no sería así, decidí llevar siempre una corona de plástico. Si se caía, me castigaba. Así que me obligaba a mantener la cabeza en alto, daba igual si estaba en casa o en el hospital, si era una guerrera o tan solo una superviviente.

—¡Joder! No le cuentes esto a Tucker o llorará como un niño pequeño…

Me parto de risa y Set estira un brazo para atraerme contra él en un gesto reconfortante, como si fuera lo más natural del mundo.

—Me inclino ante usted, majestad.

Sonrío varios segundos, apreciando este momento de tranquilidad en su compañía. Lola tenía razón. Las debilidades no los alejan, al contrario.

—¿Por qué te uniste a los Devil's Sons? Tu hermana me ha contado que tus padres tenían pensado un futuro muy diferente para ti, pero creo que había soluciones mucho menos radicales para hacerlos entender que tú aspirabas a otra cosa.

Set estalla en una risa contagiosa que hace que yo también me ría. Asiente con la cabeza sin dejar de sonreír.

—Fue cuando estaba en segundo. Mis padres y yo no hablábamos mucho desde hacía meses porque les había confesado que no quería ese excelente futuro que habían planificado para mí. Me cerraron el grifo. Pensaban que aceptaría hacer lo que ellos quisieran para conseguir su dinero, pero eso no era una opción. Me hacía falta un curro para pagar mi habitación en el campus, y Clarke me vino como agua de mayo. Me lo encontré en el Degenerate Bar. Se estaba peleando con dos chicos que ya había desfigurado, cuando aparecieron otros seis. Por muy fuerte que fuera, contra seis hombres equipados con barras de hierro, le iban a partir la cara. Así que peleé con él sin dudarlo. No salimos muy mal parados, y ni siquiera me dio las gracias, el muy cabrón. Era frío y me miraba con desprecio, como si quisiera darme una paliza a mí también. Y eso fue lo que hizo. —Abro los ojos de par en par mientras Set se ríe antes de continuar—. Como has podido comprobar, Clarke odia que se metan en sus asuntos. Aunque parezca mentira, con el derechazo que me dio, entendí que estaba completamente loco y enseguida me cayó bien. Se fue sin decir nada, pero unos días más tarde, me encontró y me propuso conocer a Carter. Al principio hacía esto por dinero, pero después descubrí una verdadera familia en los Devil's Sons, mientras que mi familia biológica me había dado la espalda. En esta banda nos aceptamos tal y como somos, con nuestras virtudes y defectos. Nadie intenta cambiarnos, ni siquiera Carter. Al contrario, nos enseña a hacer de nuestras debilidades nuestras fortalezas. Nunca me he sentido más en casa que con los Devil's Sons.

13

Un carraspeo llama nuestra atención hacia la esquina del jardín donde está Clarke reclinado contra el muro, con los brazos cruzados. Por su postura, está claro que no acaba de llegar, y espero de todo corazón que no haya visto cómo me faltaba el aire, incluso aunque las palabras de Set sobre la debilidad me hayan reconfortado.

—Vuelve dentro. Yo cuido de ella.

Set asiente y me da un beso en la frente, y después me enderezo para dejar que se levante.

—Y deja a Daniel tranquilo —le digo.

—¡Tienes mi palabra!

Me guiña un ojo antes de irse, llevándose mi sonrisa con él.

Con las manos en los bolsillos, Clarke camina hasta mí y se sienta en el sitio que Set ocupaba hace unos segundos.

Nunca sé cómo actuar con él, es frustrante. Me da una de cal y otra de arena. Su humor es impredecible, es imposible entender a este tipo.

—¿No estabas con tu novia? —le pregunto para acabar con el silencio.

—No es mi novia.

Hay un largo silencio, pero entiendo exactamente lo que no dice. No sale con nadie. Las relaciones serias no le interesan.

Mira hacia delante sin mostrar el más mínimo interés por mí.

«¿Por qué está aquí si se aburre?».

—Deberías volver dentro.

Se gira hacia mí, con los ojos entrecerrados.

—¿Para soportar que gente cada vez más ridícula intente acercarse? No, gracias. Prefiero quedarme contigo.

No sé cómo tomármelo, pero dejo escapar una risa divertida o cansada, no lo sé, y una sonrisa se extiende en los labios de Clarke. A pesar de todo, soy comprensiva. Odiaría ser el centro de atención por la imagen que doy, y no por lo que soy realmente. No aguanto la hipocresía y a la gente interesada.

—¿No crees en el amor?

Si le sorprende mi pregunta, no lo deja ver.

—Solo creo en lo que veo.

—Sin embargo, crees en los dioses.

—Creo en ellos, pero no los venero.

Su confesión me pilla por sorpresa. Me gustaría preguntarle si ha perdido la confianza en ellos por la muerte de sus padres, pero me parece fuera de lugar, así que guardo silencio y dejo que continúe.

—Como creo en el amor sin tener fe en él. Creo que lo definimos mal. Lo que calificamos de amor hoy en día no es más que una ilusión, una mentira arraigada y conservada para escapar de la soledad.

Lo miro asombrada. No sospechaba que, si quería, Clarke podría ser tan sensible.

Me pierdo en su hipnótica mirada capaz de decir mil cosas si las dejara manifestarse.

—Entonces, ¿para ti el amor que se ve hoy en día ya no es el que era al principio?

Asiente y sacude la cabeza, en desacuerdo consigo mismo.

—El amor va más allá del simple entretenimiento. Es real. Mira a Jackson y Aurora, o…

Clarke me interrumpe riéndose con desprecio.

—Si Jackson y Aurora lo dejaran, solo tardarían unas semanas en recuperarse de su ruptura. Volverían a encontrar a otras personas y a enamorarse. ¿Eso para ti es amor? ¿Remplazable? ¿Efímero?

Abro la boca, pero no me salen las palabras. Existen amores que nunca mueren. Sin embargo, son escasos. ¿Y si Clarke tiene razón? ¿Y si el amor que se desvanece con el tiempo no es más que un vago eco de lo que debería ser?

—Entonces, ¿el amor debería ser eterno? Si mañana uno de los dos muere, ¿el otro tendría que morir de pena? ¿Ser incapaz de sobreponerse y de vivir sin la otra persona? —pregunto.

—Supongo que sí. Pero está en peligro de extinción, así que no cuentes con ello.

Frunzo el ceño al instante.

—No quiero amor, y mucho menos uno como ese.

Clarke enarca una ceja, indeciso, pero mi seriedad acaba convenciéndolo.

—¿Por qué piensas eso? Y no me des la versión corta para cambiar de tema. Quiero la *verdadera* razón.

Molesta por el giro que ha dado la conversación, me levanto ante su mirada curiosa y lo rodeo.

—¿Qué estás…?

—No te muevas. Necesito recostarme contra algo.

Me vuelvo a sentar en la hierba y me apoyo contra su espalda antes de extender las piernas delante de mí y cruzarlas. Aunque tener una pared detrás de mí me relaja, lo hago sobre todo para escapar de su mirada penetrante.

—Los estudios son demasiado importantes para distraerme con una mentira arraigada y conservada, como dices.

—Te he preguntado la versión real, Avalone. No la que les dices a tus amigos.

Me muerdo el interior de las mejillas y me pregunto por qué confiaría en él. No somos amigos, y hablar de este tipo de cosas que no se pueden cambiar no me parece una buena idea.

Aurora eligió exactamente la misma expresión para describir a Clarke que había utilizado mi antigua mejor amiga cuando mi enfermedad se convirtió en algo demasiado difícil de soportar para ella.

«Te quiero tanto que no quiero estar cerca cuando explotes», me dijo Nora.

—¿Y?

—Soy una bomba de relojería.

No puedo ver su cara, pero el silencio que se produce tras mis palabras deja poco a la imaginación… Seguramente tenga el ceño fruncido y una expresión indescifrable. No estoy segura de querer continuar, pero ahora que he empezado, más vale que acabe rápido.

—No moriré por la vejez. Puedo vivir varios años, si sigo siendo bendecida por los dioses, o puedo morir mañana. Y dejaría atrás a todos los que me quieren.

Siento cómo Clarke se tensa a mi espalda.

Paso mis dedos por la hierba, nerviosa.

—Te mereces ser feliz.

—No si es a costa de otros. Amor verdadero o no.

Me sobresalto cuando Clarke se levanta bruscamente y se gira hacia mí, con los ojos negros por la rabia.

—Eres idiota.

—¿Perdón?

—¡Que eres idiota! —repite, enfadado—. ¿Te vas a privar de aquello que quieres porque existe la posibilidad de que mueras mañana? Te voy a decir algo que deberías saber, Avalone. Todo el mundo puede morir de un día para otro y dejar a sus seres queridos. ¡La vida es así!

Sé que se refiere a la muerte de sus padres. Sin embargo, los insultos y su tono me enfadan. Furiosa e impulsiva, me pongo de pie de un salto.

—Sí, todo el mundo puede morir de un día para otro. ¡Pero para mí no es solo una posibilidad, es mi destino! ¡Me estoy *muriendo*! ¡Ni siquiera tendría que estar viva a estas alturas!

Sus ojos se oscurecen aún más… si es posible.

—¡Entonces disfruta!

—¿Cómo?

Se hace el silencio mientras nos miramos, casi sin aliento.

Paso mis temblorosas manos por mi cara.

—Desde que nací, voy de hospital en hospital, de cita médica en cita médica, de restricción en restricción y de tratamiento en tratamiento, teniendo cada vez más posibilidades de morir al día siguiente. Debo tener cuidado con lo que como, lo que bebo y en el lugar en el que me encuentro, porque el más mínimo humo me impide respirar. No puedo correr, tengo que estar pendiente de tomarme mi tratamiento y, si se me olvida, mi corazón deja de latir. Así que, estoy de acuerdo contigo, Clarke. Todo el mundo nos puede dejar de un día para otro. Y en mi caso, es inevitable. Por eso disfruto con mis amigos e infrinjo las restricciones de mi doctor, para vivir experiencias que se supone que todo el mundo debe vivir. Pero no voy a cargar a ningún hombre con mi final, incluso si, como tú dices, ¡lo superará!

Inspiro profundamente para recuperar el aliento mientras Clarke me examina sin decir nada.

Bien.

—Vuelvo dentro.

Doy media vuelta pero el Devil's toma la palabra.

—¿Y el humo?

Agotada, cierro los ojos para evitar que se me salten las lágrimas. No puedo volver a la fiesta. Aunque nadie más fume, es difícil que el aire se renueve.

—No deberías haber venido. Deberías estar descansando.

Lo escucho acercarse por mi espalda y me gira despacio hacia él.

—Te llevo al campus.

Su voz suave tiene la capacidad de ablandarme. Asiento y saco mi móvil para avisar a Lola de que me marcho.

Cuando levanto la nariz de la pantalla, Clarke no está. Suspiro y lo encuentro en su moto, con el motor encendido. Me monto en la Harley y coloco mis brazos alrededor de su cintura, pero cuando se prepara para arrancar, suena su móvil.

Gruñe, enfadado, y descuelga.

—¿Qué?

Hace una pausa.

—No, estoy con Avalone. La llevo al campus.

De nuevo silencio.

—Iré después, no es el momento.

Antes de que cuelgue, veo el nombre de Carter en la pantalla.

—¿Algún problema?

—Otro gilipollas que no respeta las condiciones del tratado.

Hasta las narices, acelera bruscamente y se lanza a las calles de la ciudad.

Tengo todo el viaje para acordarme de la vez que vi a Clarke quitarle a un hombre las ganas de volver al territorio de los Devil's Sons. La sangre no fue lo único que se derramó. También había dientes. Y siento que eso va a ser exactamente lo que ocurra esta noche. Puede que sea incluso peor, dado que no pudo golpear a Logan.

Al llegar al campus, bajamos de su moto y me planto delante de él.

—¿Nunca has pensado en usar las palabras en lugar de la fuerza?

Sin mirarme, me rodea y va directo hacia el edificio de piedra.

—La comunicación no es lo mío.

—¿En serio? ¡Si no me lo hubieras dicho, nunca me lo hubiera imaginado!

Al pie de las escaleras, Clarke me deja pasar delante de él. Los primeros escalones son un juego de niños, pero los que siguen se convierten en una tortura. Mi respiración es corta y sibilante, y me tiemblan las piernas. Cada paso que doy parece costarme cada vez más.

—¿Necesitas ayuda?

—Claro que no.

Me apoyo en la barandilla y mi velocidad disminuye considerablemente. Me veo obligada a tomar pequeñas pausas para hacer desaparecer los puntos negros que surgen en mi vista.

Clarke suspira a mi espalda y su tono se suaviza.

—Deja que te ayude, Avalone.

—¡Sé subir las escaleras!

—No lo dudo, pero… ¡A la mierda!

Dos manos en mi cintura me hacen girar hacia él y, en una fracción de segundo, me encuentro sobre sus hombros. Maldigo, pero no me detengo ahí. Al no tener fuerza para forcejear, un torrente interminable de palabrotas sale de mi boca ante la risa burlona de Clarke.

¡Y encima tiene el valor de reírse!

Cuando me deja delante de mi puerta, resoplo ruidosamente para apartar los mechones de mi rostro y fulminarlo con la mirada.

—¿Qué pasa contigo? ¿Alguna vez tienes en cuenta mis preferencias?

—No. No cuando van en contra de lo que es mejor para ti.

Atónita, me río nerviosa.

—¡Ah! ¿Sabes lo que es mejor para mí? ¡Flipo! De verdad eres…

—Cuidado con lo que dices —me corta—, una boca tan bonita no debería decir esas barbaridades que sabes tan bien.

Inclina la cabeza hacia un lado y sus ojos caen lentamente sobre mis labios. Pasa un segundo, luego dos. Abro la boca, pero la cierro enseguida, incapaz de recordar el motivo de mi enfado.

—Buenas noches, Avalone.

Clarke se da la vuelta, lo que le permite a mi mente liberarse de la confusión en la que estaba atrapada.

—¡Vete a la mierda!

Sus carcajadas resuenan en respuesta y, molesta, busco mis llaves para abrir la puerta de mi habitación. Mi mente está inquieta y mis pensamientos se chocan unos contra otros, volviendo cualquier reflexión incomprensible.

Me dispongo a cerrar la puerta detrás de mí cuando aparece un pie en el marco y me lo impide. Ese zapato no es de Clarke. Sorprendida, dejo que la puerta se abra cuando el recién llegado la empuja.

Con una mirada vidriosa y un fuerte olor a alcohol, el estudiante que tengo delante está claramente muy borracho. Su estado de embriaguez y la ausencia de otra persona en el pasillo no me tranquiliza.

—¿Te puedo ayudar en algo?

Sus ojos llenos de lujuria me examinan de arriba abajo y me provocan un escalofrío. Ya estoy pensando en un objeto al alcance de la mano que pudiera ayudarme a frenarlo si fuera necesario, pero de repente entra en mi habitación, obligándome a saltar hacia atrás.

Los latidos de mi corazón se aceleran al máximo.

—¡Deberías irte!

Mi tono es áspero e intento disimular mi miedo, sin embargo, retrocedo en respuesta a cada uno de sus pasos. Rápidamente me encuentro acorralada contra mi escritorio.

Acabo de salir del hospital, así que la idea de volver allí por una violación me da ganas de vomitar. No he sobrevivido para *esto*.

Mi mente se pone en marcha, analiza la situación y piensa en soluciones para sacarme de este lío, pero el chico empuja su cuerpo contra el mío y todos mis pensamientos lógicos se evaporan.

—¡Apártate!

Mi puño golpea su mandíbula. Una fuerte punzada en los dedos hace que me estremezca de dolor. Por desgracia, el chico ni siquiera retrocede por el impacto. Deja escapar una risa malvada antes de lanzarme una mirada decidida que incrementa más mi miedo, como si aún fuera posible.

De repente, su boca se pega a mi cuello y me recorre el cuerpo con las manos. Tengo ganas de vomitar. Intento forcejear y apartarlo, pero cuanto más lo intento, más acentúa el peso de su cuerpo sobre mí. Se me llenan los ojos de lágrimas que acaban empañando mi vista. Cuando pone su mano en mi entrepierna, grito aterrada, y después pido ayuda. Intento morderlo, en vano. Entonces me empuja tan violentamente contra la pared que se me corta la respiración durante unos segundos interminables.

—Por favor... para...

Pero vuelve al ataque.

Toca, acaricia y besa, arrebatándome mi derecho a la libertad y seguridad. Viola mi cuerpo y mancha mi alma.

Cuando se prepara para deslizar una mano en mi pantalón corto, reúno las últimas fuerzas que me quedan para clavar mi tacón en su pie. Maldice y afloja su agarre sobre mí.

—¡No deberías haber hecho eso!

Me da una bofetada tan fuerte que me pita el oído y veo las estrellas.

Lloro, gimo de dolor y le suplico. Y después pega su boca en la mía. Mis piernas ceden, pero él me retiene contra su cuerpo. Ya no tengo fuerzas para luchar, ni para gritar. Así que, le dejo. Le dejo coger mi cabello y tirarlo hacia atrás. Dejo que su lengua saboree mi piel. Estoy vacía. Ya no escucho nada, ya no pienso en nada, ya no respiro, ya no estoy viva. Siento cómo mi alma sale de mi cuerpo, mi mente divaga hacia algo menos insoportable.

Mis rodillas entran de repente en contacto con el suelo, seguidas de mi manos. Necesito varios segundos para darme cuenta de que ya no siento el cuerpo del chico sobre el mío. Ya no tengo sus manos, ni su boca, ni su lengua sobre mi piel.

Y Clarke está ahí.

Aplasta a mi agresor contra la pared antes de pegarle con todas sus fuerzas. La sangre brota de la nariz del estudiante y su cabeza cae débilmente hacia un lado, con los ojos cerrados.

—¡Voy a hacer que se te quiten las ganas de ponerle una mano encima!

Su voz sale directamente de los abismos de Helheim, tan fría como siniestra, y promete exactamente lo mismo que ese mundo: la desgracia.

No hay vuelta atrás.

Clarke coge la cara del chico con su mano y estampa su cabeza contra la pared, y después le lanza puñetazos, cada vez más violentos.

Observo la escena como si no estuviera realmente presente, como si un velo me separara de la realidad. Los sonidos me llegan en un eco. No consigo moverme ni hablar, y mucho menos dejar de llorar.

El suelo está cubierto de sangre. Clarke sostiene el cuerpo inconsciente del estudiante y lo muele a puñetazos. Cada vez más fuerte. Es destructivo, su necesidad de destruir se siente en cada uno de sus golpes.

Vuelvo a pensar con claridad y se activa una alarma en mi mente.

—Clarke… —le suplico entre sollozos.

No me escucha, no para. El rostro del chico está irreconocible, completamente ensangrentado e hinchado.

—¡Clarke!

Mi voz no le hace entrar en razón, pero la situación se vuelve urgente. No sé dónde encuentro la fuerza, pero grito.

—¡Clarke, vas a matarlo!

Suelta el cuerpo del estudiante que cae y yace en su propia sangre en el suelo, y después se gira repentinamente hacia mí, con la mirada llena de odio.

—¡¡Te prohíbo que lo defiendas!!

—¡¡Eres tú quien me preocupa!! —El sollozo incontrolable que se me escapa sacude todo mi cuerpo—. No quiero que vayas a la cárcel…

La mirada de Clarke se suaviza rápidamente y, por primera vez en mi vida, consigo descifrarla. Se siente culpable.

—Quédate aquí y no abras a nadie.

Sacudo la cabeza, ahogándome aún más en mis lágrimas.

—¡Por favor, no me dejes sola! ¡No me dejes, no… no me dejes…!

En un segundo, Clarke está sobre mí y me levanta del suelo para dejarme suavemente sobre mi cama. Coge mi rostro entre sus manos, tan frías y suaves como una caricia… No quiere hacerme daño. Sus ojos verdes me dejan ver su preocupación.

—Te prometo que ahora vuelvo, Avalone. Lo saco de tu habitación y vengo a buscarte, ¿vale?

Sus palabras calman mis sollozos y consigo asentir. Su mirada se mantiene fija en la mía, no está seguro de dejarme sola, pero termina gruñendo y alejándose de mí. Coge al chico con gran facilidad y mis llaves, y se va procurando cerrar detrás de él.

El silencio se extiende por la habitación y mis temblores se intensifican.

No es hasta que mis ojos se clavan en la gran cantidad de sangre en el suelo y en la pared que salto de mi cama y corro hasta el baño. Lleno un barreño de agua y empiezo a limpiar el suelo usando todas las telas que encuentro. Restriego de forma frenética, pasando de vez en cuando la mano por partes de mi cuerpo para borrar los vestigios del abuso. Pero no consigo nada, la sensación no desaparece. Quiero gritar y quemarme la piel para dejar de sentir las manos y la lengua de ese desconocido sobre mí. Así que me froto los brazos y el cuello. Me restriego los muslos hasta tenerlos rojos, todo esto mientras sumerjo el paño en el barreño para aclararlo.

Una manos dañadas se colocan sobre las mías para interrumpir mis rápidos y repetitivos movimientos, y cuando alzo la mirada, me encuentro con la mirada de Clarke. No sé durante cuánto tiempo nos miramos fijamente, pero acaba cogiendo la camiseta de mis manos antes de tirarla al barreño y llevarlo al baño. Estoy frotando las últimas manchas de sangre del suelo con la parte de arriba del pijama cuando me sobresalta la voz del Devil's detrás de mí.

—Me ocuparé de eso más tarde.

Me levanta del suelo y me gira hacia él, asegurándose de que me mantengo en pie por mí misma.

Aterrorizada, completamente conmocionada y en *shock*, me lanzo a sus brazos. Sorprendido, tarda un poco en estrecharme contra él, pero cuando lo hace, los latidos de mi corazón disminuyen a pesar de mis lágrimas inagotables.

—Se ha acabado. No volverá a suceder jamás, te lo prometo. —Siento toda la rabia en su voz, sus manos tiemblan por la tensión cuando las pone sobre mis mejillas para observarme—. ¿Te ha hecho daño?

No respondo nada porque mi atención está centrada en su mano en carne viva, y me acelero enseguida. Me seco las lágrimas y me aparto de él.

—Hay que desinfectarlo.

—Está bien, no te preocupes por eso.

—Hay que desinfectarlo. Solo van a ser cinco minutos —insisto, con la voz temblorosa.

Le doy la espalda con la intención de entrar en el baño para buscar el botiquín de primeros auxilios, pero me lo impide y me coge por la barbilla para clavar su mirada en la mía.

Su rabia me arrolla. Se arremolina en sus dilatadas pupilas sin fondo y devora el resto de emociones para tomar el control. Me sobrepasa.

—¡Debería traerlo y matarlo por lo que te ha hecho! —escupe entre dientes.

Clarke me atrae contra su pecho y desliza su mano en mi cabello para aferrarse a mi melena, como si eso calmara su rabia. Entonces comprendo que él me necesita tanto como yo a él.

Nos empapamos de aquello que tiene el otro pero que a nosotros nos falta, con la esperanza de tranquilizarnos.

Después de un tiempo, se aleja y busca por toda mi habitación.

—Duermes en mi casa.

No discuto. Me limito a mirar cómo prepara mi mochila. No tengo ganas de quedarme aquí sola. Me siento tan débil y vacía que vuelvo a temer por mi corazón. Esta noche no lo he tratado bien. Los últimos acontecimientos lo han hecho latir demasiado rápido. Parece que Clarke comparte mis preocupaciones, ya que pone la bolsa de deporte a su espalda y me levanta como si no pesara nada. Salgo de la habitación en sus brazos y todavía estoy pegada a su pecho cuando se sube a la moto.

Durante el viaje, no veo otra cosa que no sea su camiseta, no siento nada más que su olor, y no toco nada más que su cuerpo. Su calor tiene el efecto de envolverme en una burbuja protectora que borra la sensación de las manos del estudiante sobre mí. Me siento segura con él, mucho más que con cualquier otro. Porque es Clarke Taylor. Es fuerte, influyente y nadie se mete con él.

Y aunque sea una bola de rabia en estado puro, me tranquiliza.

Acunada por los latidos de su corazón, consigo dejar de llorar.

Es doloroso y todavía me resulta difícil poner en orden mis pensamientos, pero me doy cuenta de la suerte que he tenido. Clarke escuchó mi grito pidiendo ayuda. Otras no han tendido esa suerte. Otras no han gritado, víctimas de manipulaciones o de chantaje emocional. A pesar de eso, me pongo enferma al sentirme despojada.

Víctima de agresión sexual o de violación, los daños psicológicos son igual de reales.

El Devil's Sons detiene su moto delante de la entrada de un bonito edificio de apartamentos. Se prepara para cogerme, pero pongo fin a mi momento de debilidad. Le susurro que estoy bien y mira cómo bajo de su Harley. Por una vez, acepta mi elección. Sin embargo, espera que me derrumbe de un momento a otro y me sigue de cerca.

Cruzamos el espacioso vestíbulo del edificio, y Clarke me guía a la primera planta. Abre una puerta que da a un increíble salón muy grande. Es evidente que se gana mucho al formar parte de una banda.

Lola ya me había contado que vivía con Set y Tucker, así que no me sorprende el número de habitaciones. En cambio, me asombra lo ordenado y extremadamente limpio que está.

Sigo a Clarke hasta su habitación. Está tan limpia como el salón, pero me doy cuenta rápidamente de que carece de efectos personales. No hay fotos, y ningún objeto indica que alguien duerme aquí. Las paredes blancas contrastan con las sábanas negras de la cama de matrimonio. En frente del armario hay una puerta, también negra, que seguramente dé al baño.

—Hay toallas limpias en el cajón —me dice.

Señala la puerta con el dedo.

Asiento y, tras un último vistazo con el que se asegura de que estoy bien, deja mi mochila en la cama antes de salir de la habitación.

En piloto automático, voy a buscar mis cosas y entro en el maravilloso baño de mármol negro. No miro mi reflejo en el espejo por miedo a lo que pueda ver. En vez de eso, me quito la ropa deprisa para entrar a la ducha italiana.

El agua caliente que me recorre el cuerpo hace que me sienta mejor, pero se tiñe de rojo por la sangre que tengo sobre mí. Pongo las manos contra la pared y cierro los ojos. Espero bastante para estar segura de que, cuando los vuelva a abrir, todo rastro de sangre habrá desaparecido.

Al final, me lavo el cuerpo y el pelo con productos de hombre ya empezados. Cuando le echo un vistazo al lavabo, veo que esta habitación no está desocupada. Hay un cepillo de dientes, dentífrico, una máquina de afeitar y una toalla en el toallero.

Una vez aclarada, seca y con los dientes limpios, me pongo mi pantalón corto de algodón y una camiseta de tirantes.

Salgo del baño y después de la habitación, y atravieso el pasillo, insegura.

Entro al salón, donde Clarke está de pie frente la ventana, con el móvil en el oído.

—Ella está bien. Tardó unos minutos en ponerse la corona.

Me quedo congelada por la sorpresa. Por lo que se ve escuchó lo que le conté a Set en el jardín de la fraternidad.

Suspira, y saca algo del bolsillo de atrás de su vaquero que coloca en la cómoda. Asustada, doy un paso hacia atrás al reconocerlo. Una pistola.

¡Tienen armas, joder!

—No, llamaré a Carter mañana. Creo que ya ha tenido una noche suficientemente mala.

Hace una pausa, el tiempo en el que Set le responde.

—¡Me da igual si eso no le gusta a Carter! De todas maneras, ¡ella no aceptará nunca dormir en su casa!

No se equivoca.

—Sí, pensé que iba a matarlo. Elimina todo rastro de sangre de la habitación. No necesita revivir esa pesadilla mañana.

Clarke cuelga, y tras pasarse una mano por la cara, se gira. Su mirada se fija en mí de inmediato. Cuando sus ojos bajan por mis piernas desnudas, abre la boca un poco y frunce el ceño. Sus expresiones faciales pueden ser imperceptibles para muchos, pero a mí me transmiten una sensación cálida.

Se aclara la garganta y me mira directamente a los ojos.

—Esta noche no has podido comer pizza. ¿Tienes hambre?

Digo que «no» con la cabeza. Lo que ha pasado me ha quitado el apetito. Pensaba que había estado muy ocupado besando a esa chica para darse cuenta de que no había comido nada.

—Vale. Entonces, a dormir. Si necesitas cualquier cosa, estaré aquí.

—Por favor, ¿me puedes asegurar que no voy a encontrar ropa interior o fluidos de tus conquistas en las sábanas?

Sus ojos se abren por la sorpresa, y después estalla en una risa que hace vibrar mi alma entera. Está ahí, no me ha abandonado después de la agresión, e incluso consigo sonreír ante su risa.

—No te preocupes, ninguna chica viene aquí.

Pongo una mueca escéptica.

—No soy del tipo de tío que las abraza después de follar, Avalone. Eso evita que tenga que echarlas y aguantar sus lloriqueos.

Pongo los ojos en blanco.

—¡Menudo caballero!

—Este caballero, por increíble que te pueda parecer, te deja su cama. A menos que prefieras el sofá.

Levanto las manos como signo de paz y doy un paso atrás.

—Si dependiera de mí, me iría al sofá, pero mi doctor me lo ha prohibido categóricamente —miento.

Me encojo de hombros ante su expresión incrédula.

—Algo sobre la inclinación…

Contiene una sonrisa, aunque sus ojos brillan divertidos. Tras darle las buenas noches, vuelvo a recorrer el pasillo. Antes de desaparecer de su vista, me giro una última vez en su dirección y lo que veo me hace parar en seco.

Con la cabeza inclinada hacia un lado, Clarke tiene los ojos fijos en mi culo. Cuando se da cuenta de que lo he pillado con las manos en la masa, se endereza y se encoge de hombros.

—Ese pantalón es ridículamente corto.

—Has sido tú quien lo ha elegido —le recuerdo.

La comisura de sus labios se extiende hacia arriba y pongo los ojos en blanco antes de volver a su habitación, agradecida de que me deje dormir aquí.

Me tomo mis medicamentos, apago la luz y me acuesto en la cama. Ahora estoy segura, es su habitación. Sus sábanas están impregnadas con su olor.

Me despierto sobresaltada, con los ojos llenos de lágrimas sin poder respirar. Todo mi cuerpo tiembla. Las imágenes de mi agresor aún dan vueltas en mi mente. Estaba ahí, en mi pesadilla, y Clarke no venía a rescatarme. Gritaba y forcejeaba, en vano.

Me lleva un tiempo recordar que estoy en la habitación de Clarke. Débil y a punto de asfixiarme. Localizo mi mochila en la mesita de noche, pero cuando intento cogerla, la tiro ruidosamente al suelo. Me levanto y salgo de la cama para recuperarla. Mis piernas ceden y unos brazos fuertes me sostienen. Son de Clarke. Los empujo, no quiero que nadie me vuelva a ver así. Pero el Devil's Sons aumenta su agarre sobre mi cuerpo y pronto no tengo fuerzas para forcejear. Dejo que me coja y me lleve a la cama, con la mente nublada por la falta de oxígeno.

—Yo...

—Todo va bien —me susurra.

Acurrucada en su pecho desnudo y cálido, veo cómo abre la mano ante mí para revelar el medicamento que buscaba hace unos segundos. Me apodero de él enseguida, lo pongo en la punta de la lengua y me lo trago. El Xanax no tarda mucho en hacer efecto. Con un pitido desagradable en el oído, siento cómo el aire vuelve a mis pulmones. Me entra un ataque de tos incontrolable, Clarke que me rodea con los brazos con fuerza, como si quisiera protegerme de mi propia ansiedad.

Poco a poco, vuelvo a calmarme y a respirar de forma normal. De repente soy consciente de su piel desnuda contra mi carne de gallina. Una dulce tortura que descubro por primera vez. El calor de su cuerpo atraviesa mi camiseta de tirantes y hace que me hierva la sangre. Cada una de sus respiraciones aumenta la presión de su pecho contra mi espalda, y su aliento...

—Deberías intentar a dormir de nuevo —me susurra, con la nariz en mi pelo.

Su aliento contra mi oreja me provoca un escalofrío que podría haber disimulado si no estuviera en las nubes. Siento a Clarke sonreír, señal de que no le ha pasado inadvertido.

Me acuesta bajo las sábanas y cuando su piel se aleja de la mía, aparece un sentimiento de ausencia, de falta. Se levanta y está a punto de irse, pero le agarro la muñeca.

Se gira hacia mí, sorprendido.

—Duerme conmigo…

Me arrepiento al instante de mis palabras, y cuando siento al Devil's Sons tensarse como un arco, daría lo que fuera por tragármelas.

Clarke me mira fijamente durante unos largos segundos, y ni siquiera puedo descifrar su expresión en la oscuridad. Sin responder, se gira y se dirige a la salida. Cierro los ojos dejando escapar un suspiro, pero no tengo fuerzas para insultarme. Cuando la puerta se cierra de golpe, descubro para mi sorpresa que no ha salido. Los latidos de mi corazón se aceleran, mientras sigue con la mano apoyada contra la puerta de madera. Está dudando, lo sé, y puedo ver cómo se tensan sus músculos desde la cadera hasta el cuello. Despacio, se gira hacia mí y me ofrece una vista increíble de su torso y de las sombras que bailan sobre él.

Una vez tomada la decisión, no hay vuelta atrás.

El Devil's avanza hasta la cama y la rodea para meterse. Suelta un largo suspiro que me pone nerviosa, y después pasa su brazo por debajo de mi cuerpo y me atrae hacia él. Cuando acurruco mi cabeza en el hueco de su hombro y pongo mi mano sobre su torso desnudo, se estremece.

Se hace el silencio, durante el cual no me atrevo a moverme ni a respirar. Y entonces gruñe molesto y, un instante después, me da la vuelta sobre el otro costado. Sus brazos se enrollan alrededor de mi cintura mientras acerca mi espalda a su torso.

En esta postura, con su aliento sobre mi cuello, me estremezco por segunda vez… Y siento cómo Clarke sonríe contra mi piel.

14

Me he despertado hace diez minutos y no he movido ni un músculo mientras reflexiono sobre los sucesos de ayer. Clarke se ha ido hace ya un buen rato. Su sitio está frío y no tengo la menor idea del tiempo que estuve en sus brazos. ¿Esperó a que me durmiera para irse o ha dormido toda la noche conmigo?

Esta vez, tengo fuerzas para insultarme mentalmente por haber mendigado su presencia anoche. Seguramente sea el chico más guapo que he visto nunca, y confieso que siento algunas cosas cuando no es el mayor imbécil de los nueve mundos, pero sigue siendo alguien violento que hace actividades ilegales y que no sale con chicas, y yo no quiero novio. Así que, ¿a qué estoy jugando?

Se me escapa un largo suspiro, aparto las sábanas y dejo la cama. El sol ya está muy alto en el cielo, lo que no es sorprendente, ya que es mediodía.

Con paso poco seguro, salgo de la habitación y recorro el pasillo. La voz de Tucker llega hasta mis oídos y me relaja. Ya no tendré que enfrentarme a Clarke. Voy a poder ignorarlo y concentrarme en los chicos.

Entro al salón, y Set y Tucker sonríen cuando me ven. Tienen el torso desnudo y están sentados frente a su desayuno. No hay ni rastro de Clarke, lo que, extrañamente, me decepciona.

«¡Joder, sí que están buenos!».

—Puedes estar tranquila, a pesar de la noche de mierda que has pasado, sigues resplandeciente —me dice Set—. Diría incluso que absolutamente divina.

Sacudo la cabeza, divertida, pero la sonrisa de los chicos desaparece demasiado rápido. Examinan mi mirada para confirmar que mi alma sigue de una pieza.

—Me gusta más cuando actuáis como tipos duros que como hermanos mayores preocupados. Así que parad, par de idiotas, ¡estoy bien!

Estallan en risas y se meten con mi mal genio. Luego Tucker me hace una señal para unirme a ellos y me siento a su lado delante de unos cubiertos.

—¿Zumo de naranja? —me ofrece Set, con la botella en la mano.

—Sí, por favor. ¿Clarke no está?

—No, está en casa de Carter.

La llamada de anoche entre Clarke y Set regresa a mí. Seguramente tenga problemas por haberme traído a su casa en vez de llevarme a la de su jefe.

—¿Está en un lío?

Set me sonríe con malicia, Tucker mueve las cejas y yo entrecierro los ojos, desconfiada. No sé qué es lo que están tratando de insinuar, pero no me gusta.

—No te preocupes. No será la ira de Carter lo que acabe con Clarke.

Asiento.

Me estoy untando una tostada cuando la puerta de entrada se abre y entran Jesse y Justin. Mientras el rubio me pellizca la mejilla antes de darle un mordisco a mi desayuno para fastidiarme, el de la cabeza rapada enrosca sus brazos alrededor de mi cuello y me abraza con ternura. Aunque odie a Carter, tengo que admitir que me caen bien los chicos y me gusta esta familiaridad que se ha creado entre nosotros.

—¿Cómo te encuentras, V?

Jesse me suelta y rodea la mesa para ponerse con Justin frente a mí y así poder examinarme mejor. No sé qué ven en mis ojos, pero están nerviosos y emanan algo de ira, aunque intentan disimularla.

—No esperéis una respuesta, parece que no le gusta que nos preocupemos por ella —suelta Set, bromeando.

Justin se inclina sobre la mesa para poner su manaza sobre mi cabeza y alborotarme el pelo. Lo insulto e intento alejarlo.

—¡No me sorprende de la leona!

Me quedo desconcertada y los chicos se mueren de risa. Suelto un par de palabrotas que harían palidecer a los dioses, lo que les hace reír aún más.

«¡Ese estúpido capitán es realmente asqueroso!».

Cuando se terminan las risas, Jesse y Justin sacan dos sillas y se sientan a la mesa.

—Bueno, ¿y dónde has dormido? —me pregunta Justin.

Mi cuchillo cae ruidosamente en el plato, mientras Set y Tucker exhiben una gran sonrisa.

Entonces era eso... Juro por Yggdrasil que si abren la boca...

—En la habitación de Clarke —responde Tucker.

—*Con* Clarke —aclara Set.

Los fulmino con la mirada.

—¿Clarke no durmió en el sofá? —pregunta Justin, para estar seguro de haber entendido bien la situación.

—¡No había nadie en el sofá! —afirma Tucker—. Se escapó de su habitación hace dos horas, dejando a una bella durmiente tras él.

Justin maldice y Tucker le tiende la mano, victorioso.

—¡Hermano, me debes cincuenta dólares!

Justin murmura algo por lo bajo, desliza sus dedos en el bolsillo de detrás de sus vaqueros y le da varios billetes a Tucker.

¡Cabrones!

Me dispongo a aclarar la situación, pero me interrumpe el móvil de Set. El nombre de Clarke aparece en la pantalla. Lo coge y se lo lleva a la oreja mientras los Devil's Sons gritan todo tipo de tonterías para meterse con Clarke por la noche que pasó conmigo. Si pudiera desaparecer, no lo duraría ni un segundo. En lugar de eso, me hundo en la silla para intentar ocultarme de las risas.

A pesar de todo, Set parece entender lo que le ha dicho su amigo.

—Vale, vamos ahora —le responde. Cuelga y se dirige a mí—. Carter quiere verte. ¡Prepárate y nos vamos!

Eso al menos detiene el griterío de los chicos.

Resignada, suspiro y me levanto de la mesa con mi tostada, de camino hacia la habitación del Devil's. Me acabo el desayuno, me lavo los dientes y, una vez tengo mis cosas guardadas en mi mochila, me reúno con Set delante de la puerta de entrada.

—¡Deberías mudarte con nosotros, nos divertiríamos mucho! —me dice Tucker.

—¿De verdad crees que le gustaría ver tu cara a primera hora de la mañana? —le contesta Justin.

—Todo el mundo quiere ver mi cara por la mañana. ¡Soy un puto Devil's Sons! ¡Y el más *sexy*!

Pongo los ojos en blanco, divertida, mientras Set y yo salimos del apartamento. La puerta no está cerrada del todo detrás de nosotros cuando escucho la respuesta de Jesse.

—Si eres el más *sexy*, ¿me puedes explicar por qué ha pasado la noche con Clarke?

Tucker maldice, Set se muere de risa y yo me ahogo con mi propia saliva. Cuando el hermano de Lola abre la boca, le lanzo una mirada amenazadora para quitarle las ganas de seguir por ese camino, y me centro en mi enfado contra Carter para pensar en otra cosa.

Estoy empezando a cansarme de sus llamadas sorpresa. ¡No estoy a su completa disposición!

Delante de la fuente de Odín están aparcadas las motos de Clarke y Sean, los dos ausentes en el desayuno. Entramos en la casa y en el salón, donde tres pares de ojos se centran en mí. Un segundo más tarde, ya solo hay dos: Clarke ha desviado la mirada, con expresión seria. Y yo que pensaba que habíamos superado un obstáculo en nuestra relación, sea la que sea, me he equivocado pero bien. Vuelvo a estar en la casilla de salida.

—Avalone.

Carter se levanta del sillón y, además de la ligera preocupación que cruza su frente, parece que ha envejecido durante la noche, lo que me recuerda la misión que le había confiado a su segundo antes de que dejáramos la fraternidad.

—Me alegro de que estés bien.

Asiento educadamente y le dejo continuar.

—Te vas a mudar aquí hasta que el campus sea más seguro.

Por lo visto, nunca pierde una oportunidad. Me gustaría sorprenderme de las ideas que tiene este hombre, pero creo que ya nada que venga de él puede hacerlo.

Me cruzo de brazos.

—No.

Carter se tensa y su rostro se endurece. No sé qué le ha pasado durante la noche, pero parece que hoy ha perdido la paciencia.

—No es una pregunta. No estás segura en el campus.

—Al igual que el resto. Aloja a Lola. ¡Aloja a todas las potenciales víctimas de la universidad, en ese caso!

Hace un gesto cansado con la mano.

—Si esa es la condición para que aceptes, Lola también se mudará.

¡No! ¡No me mudaré aquí! ¡Ningún sitio es realmente seguro, y el campus no será menos peligroso en un mes!

—¿Qué te había dicho? —interviene Clarke.

Sentado en el sillón negro, desvía la mirada cuando nuestros ojos se cruzan.

«Por Odín, ¿qué problema tiene? ¡Hemos dormido juntos, no vamos a casarnos!».

Carter me mira, impaciente, pero no cambiaré de opinión. Ya voy a participar en sus actividades contra mi voluntad, claramente no voy a mudarme bajo el mismo techo de quien me obliga a ayudarlos.

—Escuche, le agradezco que se preocupe por mi seguridad, pero quiero vivir como una persona normal. Hay estudiantes borrachos por todas partes. Cada chica y cada chico puede ser agredido en cualquier momento, es así. Está fuera de discusión que cambie mi día a día por el miedo.

Carter suspira y se pasa las manos nerviosamente por la cara. Como jefe de una banda, no debe aguantar muchos rechazos, pero yo ya he aceptado demasiadas cosas, le toca a él hacer concesiones.

—Muy bien. Entonces, hazme un favor: sal con los Devil's Sons, que todo el mundo sepa que, si te ocurre cualquier cosa, los culpables lo pagarán.

Su petición me desconcierta.

«¿Se ha olvidado del primer trabajo que hice por él? ¡Porque yo no!».

—¿Y Bill? ¿Y la denuncia falsa?

—No te preocupes, yo me encargo.

Insegura, miro a los chicos que asienten para animarme a confiar en él. Después de todo, Bill no ha intentado ponerse en contacto conmigo tras la denuncia falsa, como Carter me prometió que pasaría si estaba de su lado.

«Bueno, vale, si él lo dice, me imagino que no me queda otra que confiar en él…».

Acepto su petición y, por sorprendente que parezca, asiente agradecido. El cansancio que muestran sus rasgos me llama la atención, pero me niego a sentir un poco de preocupación por este hombre.

—Necesito que crucéis la frontera canadiense —continúa Carter mirando a unos y a otros—. Avalone, vas a acompañar a los chicos al territorio de nuestro proveedor.

Los Devil's Sons acaban de volver a la ciudad y ya empieza de nuevo. ¿Nunca tienen vacaciones?

—¿Qué vamos a recoger?

—Armas. La frontera no será un problema. Tengo autorización para toda la mercancía. Os vais a las dos de la tarde. Clarke y Avalone, iréis en el SUV. Set y Sean, en vuestras Harley.

Carter atraviesa el arco de la pared para llegar a un armario de la entrada y saca una chaqueta de cuero negro. Vuelve junto a nosotros y me la tiende.

—Llevarás esto delante de los proveedores. Es tuya, desde ahora.

Sostengo *la* chaqueta de cuero, y veo la escritura en blanco «Devil's Sons» encima de la famosa calavera con el Vegvísir. Parece de mi talla. A mi lado, Clarke se tensa, como cada vez que Carter me incluye en la banda. He pillado que no quiere que forme parte de la banda, y aunque yo tampoco quiero, su comportamiento me molesta.

¡No tengo la peste y tampoco voy a causarles problemas!

—Intercambiad vuestros números con Avalone y llevadla al campus antes de salir. Deja la moto aquí, Clarke.

Carter sale del salón sin decir nada más y los chicos sacan sus móviles.

Tras haber intercambiado nuestro números, Clarke me hace una señal para que lo siga. Vamos por el pasillo de las obras de arte y paramos delante de la puerta frente al despacho de Carter. Abre una caja fija en la pared, coge una llave con el logo de Mercedes y entra. Bajo nuestro ojos se extienden maravillosos coches en un enorme garaje que no había visto antes. Mercedes, BMW, Bentley, Audi, Porsche... Cada uno más brillante que el anterior.

Subimos en un SUV y Clarke enciende el motor. Cuando está cerca de la puerta del garaje, esta se abre automáticamente.

Dejamos por fin la finca y, cuanto más nos alejamos, más me pregunto si Carter no me habrá mentido.

—¿Solo vamos a buscar armas de forma legal? —le pregunto a Clarke escéptica.

—Sí.

—¿Puedo confiar en ti?

Frunce el ceño antes de clavar su mirada en la mía.

—Sí.

Me tranquilizo. De ninguna manera me volveré a involucrar en planes dudosos e ilegales. Sin embargo, no entiendo por qué Carter quiere que vaya. No es como si mi presencia fuera a conseguir bajar el precio de las armas.

—Vamos a ir a Leamington. Está a una hora y media en coche. Los hombres del proveedor estarán armados y bastante nerviosos, así que si puedes intentar no contradecirles, sería genial.

—No soy una suicida y sé comportarme.

Se hace el silencio.

Molesta por la pregunta que quería haberle hecho tras dejar la casa, me giro hacia él, decidida a conseguir respuestas.

—¿Por qué te molesta tanto que Carter me incluya en vuestro asuntos?

—Nunca he dicho que eso me moleste.

—Pero es así, ¿verdad?

Deja de observar la carretera para mirarme seriamente.

—Sí. No es un trabajo para una chica.

Se me escapa una risa nerviosa.

—No es un simple trabajo. ¡Lo que hacéis es ilegal, así que da igual ser hombre o mujer!

Para el coche de golpe en el *parking* de la universidad y por poco salgo despedida del asiento.

—¿Ah, sí? Si se complica, ¿serías capaz de disparar una pistola y quitarle la vida a alguien? Tienes razón, no debería haber dicho que no es un trabajo para chicas. Simplemente no es un trabajo para *ti*.

Su tono lleno de desprecio multiplica por diez mi enfado. Esto solo demuestra que me tienen que agredir para poder ver al Clarke amable.

—¡No me conoces!

—¡Acepta que llevo razón!

Me hierve la sangre.

—No, no te equivocas. ¡Siento tener humanidad y no poder matar a nadie!

Clarke se ríe en mi cara. Me está poniendo de los nervios.

—¿Así que me imagino que ya has matado a gente?

No sé por qué lo he preguntado. No quiero oír la respuesta.

—Siempre que no he tenido opción, sí.

Sus palabras no me caen como un jarro de agua fría, más bien como un tsunami que me da en la cara. De los que te destrozan antes de quitarte el aliento y detener tu corazón. Es una verdad tan violenta que no tengo la menor idea de cómo debo actuar. La saliva se me va por mal sitio, y Clarke no lo pasa por alto. Una sonrisita aparece en sus labios, como si estuviera orgulloso de sí mismo.

¡Por Hela, ya ha matado!

—¡Siempre hay elección! —escupo con odio.

En su mirada se refleja la ingenuidad que ve en mí, pero no me juzga ni un segundo. Solo parece nostálgico de un pasado al que ya no pertenece.

—Me hubiera gustado que mantuvieras tu inocencia, Avalone. Por desgracia, en este negocio no hay hueco para ella. No siempre tenemos elección. No cuando una pistola está apuntándote a ti o a uno de tus amigos. En ese momento, solo tienes una fracción de segundo para decidir si matas para seguir vivo, o para salvar a aquellos que te importan.

Tiene razón, lo sé. Sin embargo, todavía no puedo admitir en voz alta que, a veces, quitar una vida puede ser necesario. Me parece una locura, no quiero creerlo. Hasta que recuerdo que se mueve en el mundo de las bandas: matar o que te maten.

—¿Todos habéis…?

Clarke suspira, apoya la cabeza contra el reposacabezas de su asiento.

—No, no todos. Ese tipo de responsabilidades recae sobre mí la mayor parte del tiempo. Carter debe creer que soy el único que no tiene conciencia.

—Es absurdo… ¡*Tienes* conciencia!

Estalla en una risa irónica, con los labios cerrados.

—Puedes hacerle creer lo que quieras a quien quieras, pero yo sé que tu conciencia está ahí. La vi ayer por la noche. Y si ese tipo de tarea recae siempre sobre ti, es porque Carter sabe que no dudarás en salvar a aquellos que quieres, aunque signifique sacrificar tu alma. Una prueba de que tienes conciencia.

Salgo del coche sin esperar una respuesta y me dirijo a mi habitación, donde Lola me salta al cuello. No solo recibo una mirada preocupada y una inspección minuciosa para asegurarse de que no estoy herida, sino también lágrimas de culpabilidad y de rabia. Lola está muy nerviosa: insulta a mi agresor, y después a sí misma por haber estado ausente; llora por mí y por lo que he pasado. Cuando me pregunta si quiero hablar de ello, sacudo la cabeza con un nudo en la garganta. Gracias a Clarke y a Set, no hay ni rastro de lo que pasó en la habitación, pero el recuerdo es demasiado reciente para mí. Me enjugo una lágrima solitaria de mi mejilla y acabo sacando a colación a Daniel para cambiar de tema más rápido. En ese momento, la cara de Lola se ilumina como quería. Su felicidad ahuyenta mis oscuros pensamientos.

—¡Es tan mono! Me envió un mensaje ayer por la noche para estar seguro de que había llegado bien.

La mente soñadora de Lola divaga tanto como pensaba que solo ocurría en las películas. Pero no. Mi amiga está a años luz de mí y del campus. Seguro que ya se imagina casada y con un montón de niños, así que me siento en mi cama y espero.

—¿Y tú? ¿Dormiste en casa de los chicos?

Su rápida vuelta a la realidad hace que me sobresalte.

Asiento con la cabeza.

—Clarke me dejó su habitación. Después tuve una pesadilla y durmió conmigo.

Lola tiene el sueño tan pesado que nunca me oye cuando me despierto en mitad de la noche casi sin aire. Ya ha sido víctima de las palabras de mi médico, no quiero que se preocupe más por mi estado y que se culpe por dormir plácidamente cuando a veces me ahogo, llena de pánico.

—Ya todo ha vuelto a la normalidad —continúo ante sus ojos como platos y su boca abierta—. Hemos discutido hace menos de una hora.

—¡Espera! ¿Te ha dejado su cama? ¿Y después ha dormido contigo?

Vuelvo a asentir, preocupada.

La proximidad que tuve con Clarke me ha vuelto loca. Mentiría si dijera que no me gustó dormir en sus brazos, pero con él, cuando siento que doy un paso adelante, retrocedemos diez más unas horas después. Me da miedo que no lleguemos a ser amigos nunca.

—¡Por Odín todopoderoso! ¡No me puedo creer lo que escuchan mis oídos! ¿Sabes qué *nunca* ha dormido con una chica?

Por supuesto, saber eso me gustó, pero no creo que signifique mucho. La prueba es que ha vuelto a ser antipático rápidamente.

Le cuento a Lola el viaje previsto para esta tarde, y antes de que monte un drama, le revelo su propia misión.

—¿Eres buena investigando?

—Rechacé un puesto en el FBI, ¿por qué?

—Necesito que encuentres toda la información posible sobre Carter. A qué se dedica exactamente y qué dice la gente al respecto. Con todo lo que he hecho por él, quiero saber con quién estoy tratando.

Asiente, decidida y nerviosa, y después murmura algo sobre el tiempo que necesita un trabajo así de meticuloso mientras preparo mi mochila.

Estoy cerrando la cremallera cuando alguien llama a la puerta y aparece Clarke.

—¿Lista?

Me pongo la mochila en el hombro, me despido de Lola y salimos de la habitación para volver al Mercedes. Pienso en lo que podría haber hecho esta tarde si Carter no me hubiera reclutado como a sus perritos falderos. Por un segundo dudo en si dar media vuelta, pero entonces vuelvo a ver los ojos llenos de lágrimas de Lola cuando Carter la atrapó en su red. De camino al coche, reflexiono sobre mi falta de resistencia a Carter y mis motivaciones.

Cuando llegamos, Set y Sean nos esperan en sus motos.

—¿Lista para tu primer atraco? —me pregunta Sean.

Mi cara debe volverse blanca, ya que los dos Devil's estallan en risas y una sonrisa se dibuja en la cara de Clarke.

—Ja. Ja. Ja. ¡Muy gracioso! Hasta Loki se ha caído de su silla.

Clarke desaparece en el Mercedes, alentándome a que haga lo mismo, y dejamos el *parking*, seguidos de dos Harley-Davidsons.

El silencio en la cabina es abrumador, y siento que va a ser un viaje muy largo. Sé que el Devil's no es muy hablador, pero podría hacer un esfuerzo para hacer más agradable esta misión.

—Presiento que tienes tantas ganas de llenar el silencio como yo. Es molesto.

Dejo de gesticular, y presiono los labios para contener la risa, me giro despacio hacia él.

—¿Va en serio?

Pone los ojos en blanco como única respuesta y conecta su móvil al coche. Cuando reconozco la canción que suena en los altavoces, me quedo helada por un momento, sorprendida, y me doy prisa en ponerme cómoda. Me quito los zapatos para poner los pies en el asiento mientras canto *I don't want this night to end* en coro con Luke Bryan. Clarke parece sorprendido de que la conozca, pero yo también lo estoy. Nunca me hubiera imaginado que escuchara este tipo de música y es una sorpresa agradable. Pensándolo bien, puede que sea un viaje entretenido.

Cuando empieza el estribillo, casi me olvido de la presencia del conductor de lo mucho que me gusta esta canción. Mientras veo pasar los edificios, me muevo en mi asiento al ritmo de la música.

Centro mi mirada en él cuando abre la ventana. Su cabello negro se revuelve con el viento. Mantiene una mano en el volante y se quita la chaqueta de cuero, quedándose con una camiseta blanca de manga corta que deja ver su piel tatuada, sus músculos y sus antebrazos surcados de venas.

—Tienes un poco de baba en la comisura de la boca. —El Devil's y su sonrisa burlona me sacan de mi ensimismamiento.

—No eres tan irresistible —miento con gesto reservado.

Saca la lengua a través de sus carnosos y sensuales labios para humedecerlos. Con ese simple gesto, los latidos de mi corazón se descontrolan y una ola de calor recorre mi cuerpo.

Parece orgulloso de verme confusa. Me guiña un ojo.

—No eres mi tipo —le digo de mala gana.

Me enfado en mi asiento y contemplo el horizonte pasar, molesta por el efecto que tiene sobre mí.

—¿Eres consciente de que te mientes a ti misma?

—¿Siempre estás tan seguro de ti mismo?

—Sé que tienes buen gusto, eso es todo.

Flipando, me río a carcajadas y pongo los ojos en blanco.

En la autopista, Set aparece a nuestra izquierda y le da una bofetada a Clarke a través de su ventana abierta para provocarle.

—¡Cabrón!

Set se muere de risa y acelera para ponerse delante de nosotros, pero Clarke pisa el acelerador. Estoy aplastada contra el asiento cuando adelanta a Set y le hace una peineta. Después acelera más, propulsando el coche a más de doscientos kilómetro por hora. Sean llega a mi altura, me lanza un guiño, y después nos adelanta girando bruscamente delante de nosotros. Zigzaguea de forma peligrosa, aunque parece que lo ha hecho toda su vida.

—¡Sube el volumen! —grita Set.

Clarke pone el volumen al máximo y *Don't stop me now* de Queen sale por los altavoces. Adoro esta canción. Los científicos han demostrado que es la que más feliz hace a la gente.

Sean coge velocidad para unirse a Set.

La música está tan alta que los dos moteros la escuchan, incluso delante de nosotros. Canto el inicio de la canción y cuando el ritmo cambia, me quedo atónita al escuchar a Clarke unirse a mí.

—*I'm burning through the shy, yeah, two hundred degrees that's why they call me Mister Fahrenheit, I'm travelling at the speed of light, I wanna make a supersonic man out of you* —cantamos a coro.

Creo que nunca lo he visto así de relajado y disfrutando de un momento banal como este. Le sienta de maravilla, debería hacerlo más a menudo.

Me mira fijamente con una sonrisa que no intenta disimular como hace normalmente y, por supuesto, sus dientes son perfectos.

Cambia de marcha y acelera, obligando a los moteros a apartarse para dejarnos conducir a su altura, Set en el lado de Clarke y Sean en el mío. Zigzaguean, y después aceleran para volver a nuestro lado. Se divierten en la carretera y eso me hace sonreír. Hay un ambiente genial, estoy pasando un momento increíble que me demuestra una vez más que los Devil's Sons no son solo peligrosos.

Clarke me tiende su móvil cuando la canción de Queen termina.

—Impresióname.

No necesito pensar. Le cojo el móvil y elijo una. Por su expresión parece que lo he conquistado cuando reconoce *Knockin' on heaven's door* de Guns N' Roses.

—Es lo que yo decía, tienes buen gusto.

Asiento, divertida, y veo cómo sonríe más.

«Que siga así durante todo el viaje», pido silenciosamente.

Set agita la mano en dirección a la primera salida y salimos de la autopista.

Paramos en una estación de servicio y aprovecho para ir al baño. Tras haber vaciado la vejiga, me dispongo a regresar al coche, pero cambio rápidamente de opinión.

Me lleno los brazos de galletas, chuches y bebidas. Cojo para todos los gustos, aunque no pueda comer nada de esto. Así que, añado a la compra galletas naturales y una botella de agua. Tras haber pagado, salgo del edificio y me reúno a los chicos que me esperan, apoyados contra el Mercedes, bromeando sobre algo.

—¿Has decidido ganar el concurso a la muerte más rápida? —me pregunta Sean.

Me río a carcajadas bajo la mirada de desaprobación de Clarke, y les digo que es para ellos.

Después de que Set y Sean se sirvan, estoy menos cargada. Clarke me quita el resto y lo mete todo en los asientos de atrás. Con los chicos sentados en las motos y los motores encendidos, volvemos a la autopista. La música está alta de nuevo y Clarke da golpes en el volante siguiendo el ritmo. Me giro para coger la botella de agua, de la que bebo varios tragos, y Clarke tiende su mano para beber también. Le doy la botella.

—¿Patatas, chuches o galletas? —le pregunto.

—Chuches.

Cojo la bolsita y se la cambio por el agua para tirarla, y me lo agradece con un guiño que enciende mis mejillas.

Alcanzamos rápidamente la frontera canadiense y llegamos a Leamington. Tras haber pasado por el centro de la ciudad, conducimos varios minutos por un camino de tierra que termina desembocando en un enorme almacén. «Arinson Arms» está escrito en letras grandes en la fachada.

Clarke aparca el coche y los chicos detienen sus motos a unos metros de la puerta. El sitio está desierto y alejado de todo. Empiezo a inquietarme un poco ante la idea de que, si algo va mal, nadie vendrá a ayudarnos.

—¿Estás lista? —me pregunta Clarke, serio.

Trago con dificultad, y asiento con la cabeza.

—Ponte la chaqueta de cuero antes de salir del Mercedes —me ordena.

Salgo y cierro la puerta detrás de mí. Paso mis brazos por las mangas y me pongo la chaqueta de cuero de los Devil's Sons que es, todo sea dicho, de mi talla. Fantástico.

—¡La más guapa de los Devil's! —me elogia Set.

Simulo una reverencia y se lo agradezco.

Vamos hacia la entrada del almacén. Clarke golpea exactamente seis veces contra el metal y la puerta se abre con un hombre armado hasta los dientes. Nos mira con aire amenazante, pero el segundo de Carter le da un golpe en la espalda que parece que le va a sacar un pulmón.

—¡Tan acogedor como siempre! —dice irónicamente el motero.

Rodea al gigante y entra, como si estuviera en su casa.

¿Y me ha pedido a mí que me comporte?

Set y Sean me empujan para que lo siga y entramos dentro de un enorme almacén lleno de cajas de madera con cientos de estanterías. Hay un sinfín de hombres trabajando, de los cuales unos cuantos hacen la ronda, más armados que mercenarios.

Mis ojos se pierden ante la cantidad de arsenal que contiene este lugar. Este Arinson no es un pequeño vendedor sin experiencia. Ha construido una verdadera empresa.

Me centro cuando seis hombres equipados con ametralladoras se dirigen hacia nosotros.

—¡Los paganos! —exclama el tipo del medio abriendo los brazos.

—Pitt.

Clarke avanza hacia ellos y lo imitamos.

—¿A quién tenemos aquí? —El famoso Pitt me mira de arriba abajo. Debe tener unos treinta años y no me inspira ninguna confianza con su dedo sobre el gatillo y esa mirada que me desnuda.

—Una nueva recluta. —Clarke se mantiene fiel a sí mismo, impasible y poco hablador.

—¡Coño! ¡No está nada mal, la Devil's! ¿Quién de vosotros se la está follando?

Me obligo a no responder, pero ganas no me faltan.

No contradecirlos: esa es la única regla que me ha dado Clarke, y tengo intención de respetarla. Tengo que admitir que las armas listas para disparar me ayudan a mantenerme calmada.

—Ninguno —responde Set, con tono serio.

—¡Entonces, podemos tirárnosla!

Enarco una ceja y Clarke cierra los puños.

—Recogemos lo que tenemos que recoger y nos largamos, a menos que quieras invitarnos a un té —suelta fríamente.

—Venga, tío, ¡déjamela una hora!

Los recuerdos de ayer reaparecen y se apoderan dolorosamente de mi mente, pero el nerviosismo del motero me devuelve a la realidad. Incapaz de contenerse, avanza hacia Pitt de forma amenazadora.

—Oh, ¡pero si es la novia de Taylor!

Pitt se muere de risa, lo que no ayuda a que el segundo de Carter se calme. Quiero volver a casa de una sola pieza, pero si no hago nada, Clarke va a actuar, y todos sabemos que él no es de los que habla.

—¿Eres tan malo ligando que necesitas un intermediario para hablar con una chica? —Pitt pierde rápidamente su sonrisa, pero continúo—: Aquí nadie decide por mí con quién paso el rato. ¡Pregúntame directamente y tendrás una respuesta!

Su sonrisa vuelve a surgir.

—Cariño, ¿pasamos el rato juntos? —me pregunta.

—No. Ahora, danos lo que hemos venido a buscar.

Apenas he terminado de decirlo cuando me atrae contra él con sus manos en mi culo. Un segundo después, Set me empuja hacia atrás y Clarke lanza su puño contra la cara de Pitt, que cae al suelo. Se me corta la respiración cuando sus compañeros dirigen sus armas hacia nosotros y, rápidamente, cada hombre armado en ese almacén nos apunta a su vez. Todos los empleados dejan de trabajar para observar la escena. No se escucha ni un ruido.

Retrocedo instintivamente mientras me invade una ola de pánico. Jamás en mi vida he tenido una pistola apuntándome, pero hoy tengo un centenar, y el escalofrío de miedo que pasa por mi espina dorsal es tan intenso que tengo que reunir todas mis fuerzas en las piernas para que no cedan.

—¡Hijo de puta, te voy a matar! —escupe Pitt, que se levanta, sangrando por la nariz y la boca.

Clarke desenfunda su arma y la pega contra su frente. Sin embargo, un hombre apunta la suya a la cabeza del Devil's, a quien no parece importarle. Set reacciona y apunta con su pistola al tipo que atenta contra la vida de su mejor amigo, y así sucesivamente. Ante el alcance que ha tomado la situación, me siento como en una película.

Por todos los dioses, ¿cómo ha podido empeorar todo tan rápido?

Clarke retira el seguro de su arma, lo que rompe el silencio, y de repente, resuenan una serie de *clics.*

Todos han seguido el ejemplo del Devil's Sons. No es más que una demostración de fuerza y de ego lo que se muestra delante de mí, así que aplaudo.

—¡Vosotros, los hombres, tenéis un don para crear problemas donde nos los hay! «Si la no violencia es la ley de la humanidad, el futuro pertenece a las mujeres». Para los incultos, es de Gandhi, que, dicho sea de paso, era un pervertido camaleónico. Eso te suena, ¿no, Pitt?

Furioso, saca su arma y apunta su cañón contra mi frente. Mi corazón se salta un latido, aunque no estoy aterrorizada. Nadie morirá hoy, lo sé, incluso aunque el frío metal del revolver sobre mi piel sea insoportable, el enfado y la impulsividad se apoderan de mí.

—¡Dispara, y firmarás tu sentencia de muerte! ¡En el segundo en el que suene el disparo, Clarke acabará contigo de un balazo y caeremos todos como piezas de dominó! —espeto—. ¿Es eso lo que quieres? ¿Perder la vida en una demostración de fuerza, cuando lo único que tienes grande es tu pistola?

—Cariño, tienes la lengua demasiado larga.

—Y a ti te faltan neuronas, imbécil.

El silencio imperante es perturbado por unos ruidos de pasos al otro lado del almacén.

—¡Panda de imbéciles, bajad las armas! —grita un hombre.

Tan rápido como nos apuntaron, bajan todas las armas, y por fin puedo respirar de forma normal. Tengo ganas de pasar mi mano por donde el revolver ha tocado mi piel para calentarla, pero no lo hago. En lugar de eso, veo al recién llegado acercarse a grandes pasos. Por la orden que ha dado, es el señor Arinson. Y no parece muy contento.

Al llegar a nuestra altura, le quita el arma a uno de sus hombres y apunta a Pitt, que baja rápidamente la mirada y es mucho menos fanfarrón.

—¡Esta chica a la que acabas de faltar al respeto está bajo la protección de Carter Brown, gilipollas! ¡Pídele disculpas!

Pitt alza la mirada hacia mí con una sonrisa pervertida que me da ganas de vomitar.

—Lo siento.

Me sobresalto cuando su jefe le da un golpe en la mandíbula con la culata. La sangre brota de su boca.

—¡Sin esa sonrisa de pedófilo! —le grita.

Pitt se lleva la mano a su labio ya inflamado y hace una mueca de dolor al tocarlo.

Me mira, casi avergonzado, e incluso aunque no me guste la violencia, siento cierta satisfacción.

—Te pido disculpas.

—¡Ahora, lárgate!

Pitt se va de la sala sin hacerse de rogar.

Los Devil's Sons han guardado sus armas y Arinson se gira hacia sus hombres, hecho un basilisco.

—¡Volved al trabajo y traedles su cargamento!

Los trabajadores vuelven a retomar sus actividades sin protestar. A eso se le llama «hacerse respetar».

El jefe se pasa las manos nerviosamente por el cabello, tirando de él, como si no le gustara ser violento, pero odiara sobre todo que sus hombres se comporten mal con sus clientes. Maldice, y después se une a nosotros, y cuando sus ojos se clavan en los míos, toda la ira desaparece. Ya no es el hombre que ha puesto a Pitt en su sitio. Su mirada es suave y en sus labios aparece una tímida sonrisa.

—Lo siento, Avalone, eso no debería haber pasado.

—¿Conoce mi nombre? —pregunto, sorprendida.

Las arrugas que surgen en las esquinas de sus ojos cuando sonríe un poco más le dan una apariencia inofensiva.

—Sí. Carter me informó de que estarías aquí. Ese es el motivo por el que he decido venir personalmente a esta venta. Dejar a una chica con semejantes imbéciles, no es buena idea. Por desgracia, Carter me informó tarde y no pude llega antes.

Es increíble, el contraste entre la persona que tengo enfrente y la persona de hace unos segundos. Tengo la impresión de mirar a alguien diferente.

Sus hombres nos traen grandes cajas de madera y el señor Arinson les hace un gesto para abrirlas y que los Devil's Sons comprueben el contenido.

Durante ese tiempo, el cincuentón se acerca a mi altura y, en un acuerdo silencioso, nos alejamos bajo la mirada de la banda.

—Me alegro de conocerte, Carter me ha hablado mucho de ti.

Alzo las cejas, sorprendida.

—Lo siento, pero a la vista de nuestros encuentros poco civilizados, no tengo ni idea de lo que le ha podido contar.

Se ríe de forma franca, alegre y contagiosa.

—Carter y yo somos viejos amigos. Me habló de tu llegada y de que eres más terca que una mula.

Hago una mueca, lo que divierte mucho más al hombre cuyo nombre está escrito en mayúsculas sobre este almacén.

—No se puede decir que nos llevemos bien, él y yo…

—Dale tiempo al tiempo. No es una mala persona.

Me gustaría escupirle que una buena persona nunca obligaría a otra a hacer actividades ilegales bajo amenazas, pero su mirada es tan bondadosa que no me apetece tener ese tipo de conversación con él.

Las cajas parecen estar bien porque los hombres las sacan del almacén y se dirigen hacia el Mercedes para cargarlas. Llegamos al *parking* de tierra junto a los Devil's Sons.

—La frontera está rigurosamente controlada a causa de un problema técnico con las cámaras. No volváis esta noche. Esperad hasta mañana para que este contratiempo se haya resuelto.

Los Devil's asienten y rápidamente tengo la impresión de caer al vacío. Se me hiela la sangre.

No puede ser verdad…

Intento mantener la calma mientras los chicos vuelven a subir en sus motos.

—Mike Arinson —se presenta el jefe, con la mano extendida—. Encantado de haberte conocido, Avalone.

Le sonrío educadamente y le estrecho la mano, incapaz de hacer algo más a causa de mis nervios.

Clarke se apresura a entrar al coche y lo imito, enfadada. Arranca y abandonamos de inmediato el *parking*, dejando a Pitt y al señor

Arinson atrás. Mi cuerpo tiembla de rabia. No hablo durante varios minutos, hasta que no puedo contenerme más.

Me giro hacia Clarke enfadada.

—Déjame adivinar: ¿el dios que veneras especialmente es Loki? ¡Eres un mentiroso! —Ante su falta de reacción, continúo—: ¡Me dijiste que podía confiar en ti! Sin embargo, Mike nos ha aconsejado no cruzar la frontera esta noche, ¡si las armas fueran legales, no tendría que suponer ningún problema que la aduana estuviera rigurosamente controlada!

—Eres perspicaz.

Si no estuviera conduciendo y no tuviera mi vida entre sus manos, ya le habría saltado a la yugular.

—¡Tengo cerebro, Clarke, y me sirve para algo! ¿Qué es lo que hay en las cajas de las que no he visto el contenido?

—Armas ilegales y billetes falsos.

Estoy tan impactada que mi cara debe de estar desfigurada.

—¿Estás de coña? ¡Creía que podía confiar en ti!

—¿Nunca te han dicho que no confíes en un criminal? —responde, molesto.

Estoy fuera de mí. Me invade la ira, me siento traicionada. Pensaba que podía confiar en él, sobre todo después de anoche, pero soy demasiado ingenua.

—¿Por qué quería Carter que os acompañara?

—No lo sé.

—¿Por qué? —grito.

—¡No lo sé! —grita él de vuelta.

Sus manos aprietan tanto el volante que sus nudillos se ponen blancos.

Lo miro unos segundos, lista para gritarle un montón de insultos, pero renuncio a ello y me pongo en el lateral de mi asiento, con los brazos cruzados sobre el pecho para ocultar el temblor de mis manos.

Su presencia es insoportable. No puedo creer que me haya mentido. Que *todos* me hayan mentido. Los Devil's Sons no son sinceros conmigo, nunca lo han sido.

15

El viaje transcurre en completo silencio. Conducimos unos veinte minutos hasta llegar a un motel. Aparcamos el coche en el *parking* desierto y los chicos bajan de sus motos. Me dispongo a abrir la puerta, pero Clarke empieza a hablar.

—Te hubieras negado a venir si te hubiéramos dicho la verdad.

Me giro hacia él, agotada por este dañino mundo. Estoy jugando al juego de Carter, así que, si quisiera, solo tendría que ir a la policía y denunciarlos.

No tenía ninguna obligación con ellos, solo algunas amenazas que no me hubieran costado la vida, sin embargo, los ayudé con esa denuncia falsa.

Lo hice por Lola y por mi futuro, pero también por ellos, porque no quería que pagaran a causa de un jefe indiferente. Acepté ayudar a los Devil's Sons para evitar enfrentarme a la policía, que hubiera acabado sonsacándome información, una vez más por ellos y su futuro. ¿Y es así cómo me lo agradecen?

—Pues claro —respondo, casi sin fuerzas—, si ponéis en peligro vuestra libertad, es vuestra elección. Pero vosotros me habéis privado de la mía.

—Nos han dado órdenes, Avalone.

Su voz es tan débil como la mía, pero no entiende mi postura.

—Te pregunté si podía confiar en ti y me mentiste. Me habéis utilizado, otra vez. Me manipuláis para conseguir vuestros objetivos y ahora me ponéis en una situación horrible, porque no tengo tiempo para perder en prisión.

Sin esperar una respuesta, salgo del coche y tanto Set como Sean se unen a nosotros. Uno de ellos le lanza una llave a Clarke.

—Tenemos suerte. Son las últimas habitaciones. Os dejamos la segunda.

No me puedo imaginar algo peor. Yo, que en este momento lo odio como nunca he odiado a nadie, voy a tener que pasar la noche con Clarke.

Cojo mi mochila y vamos hacia las escaleras. No digo nada, demasiado decepcionada para hablar. Una vez en la planta, nos paramos delante de las puertas 213 y 214. Clarke mete la llave en la cerradura y abre la habitación.

Solo hay una cama.

Set y Sean echan un vistazo al interior riendo.

—¡Una cama de matrimonio! —dice Set.

—¡Vais a tener que dormir juntos *otra vez*! —añade Sean.

Con la cara ilegible, el brazo derecho de Clarke les da una colleja en la nuca a sus compañeros de fechorías que estallan en risas.

¿Cómo se atreven a encontrar algo gracioso en esta situación?

Incluso si la frontera no está tan vigilada mañana, siempre habrá riesgos.

—¿Estás bien, Ava? —me pregunta Set ante mi frialdad y mi mirada asesina.

—Creía que erais buenas personas, pero me he equivocado. Todos vosotros estáis podridos hasta la médula. No valéis más que Ange. Él, al menos, ha tenido la decencia de haberos golpeado de frente.

Entro en mi habitación y, tras tirar mi mochila sobre la cama, me encierro en el baño, sin aliento. Oigo a los chicos discutir, pero no lo suficientemente fuerte para escuchar su conversación.

Abro el grifo, me echo agua en la cara, y después pongo las manos en el lavabo, con la cabeza inclinada. Estoy atrapada en Canadá con personas que se comportan como amigos, pero me utilizan sin el más mínimo remordimiento.

Cuando mi móvil suena al otro lado de la puerta, salgo del baño. Ignoro a Clarke que se está quitando la chaqueta de cuero y abro mi mochila para coger la llamada de mi madre a tiempo.

—Avalone Lopez, ¿me puedes decir qué se te pasa por la cabeza?

Me tenso al instante. En ese momento, reflexiono sobre lo que me puede estar reprochando.

—¡No puedo creer que no me lo hayas dicho! ¿Desde cuándo eres tan irresponsable?

—¿De qué estás hablando? —pregunto finalmente, totalmente perdida.

—¡¡De tu parada cardíaca!!

Alejo el móvil de mi oído para evitar quedarme sorda.

«¡Por Odín todopoderoso! ¿Cómo se ha enterado?».

—Mamá, todo va bien. No quiero que te preocupes.

—Joder, Avalone, ¡¡tu corazón se ha parado!!

Hago una mueca y bajo rápidamente el volumen.

—¡Vuelve a casa!

Si escuchara a mi corazón en este momento, diría «sí» sin dudarlo por lo manipulada que me siento. Sin embargo, mis estudios son lo primero, no puedo permitirme dejar Ann Arbor.

—¡No! Tengo revisiones semanales con el doctor y un nuevo tratamiento, así que relájate, estoy atenta. No quiero hablar más, mamá, mañana te llamo.

—Por todos los dioses, Ava, ¡que el martillo de Thor te golpee si te atreves a colgarme!

Pero lo hago y apago el móvil.

La única persona que me habría podido consolar ahora mismo no es capaz de hacerlo. Me paso las manos por la cara, dudo entre desahogarme con Clarke, o llorar y acurrucarme bajo las sábanas. Desde que entré en este mundo, ya no he tenido ningún control sobre mi vida, y odio eso.

Me quito la chaqueta de cuero de forma brusca antes de sentarme en la cama.

—¿No lo sabía? —me pregunta Clarke.

No respondo, ni siquiera lo miro de reojo. No se merece nada por mi parte.

—Deberías habérselo dicho.

Lucho para no fulminarlo con la mirada. Por el momento la indiferencia es la mejor venganza de la que soy capaz, pero me doy cuenta por el rabillo del ojo de que se acerca a mí.

—Venga, levántate.

Me niego a hacerle caso. Después de lo que han hecho, ¿de verdad piensa que me puede ordenar cualquier cosa?

—Levántate. Aparte del hecho de que fuiste atacada, Carter me ha pedido que te enseñe dos o tres técnicas de defensa personal.

Contengo una risa falsa. Son los Devil's Sons los que me ponen en peligro, aunque se creen esa falsa pretensión de ser altruistas, buenos y protectores.

—Puede que esté atrapada aquí contigo, pero no quiero ni hablarte ni verte, así que vete, no voy a hacer nada contigo.

—Como si te dejara elegir, belleza.

Un segundo después, las manos de Clarke me agarran los brazos. Mi culo deja la cama y me encuentro sobre mis pies contra mi voluntad. Me libero de su agarre y le lanzo una mirada fulminante.

—¡No seas cría! —pierde la paciencia—. Es por tu seguridad.

—¿Y qué? Es absurdo. ¡No puedo hace nada contra una altura como la tuya!

—Puedes ganar tiempo y huir, por lo que no es absurdo.

Me muero de risa y cruzo los brazos sobre el pecho.

—Sí, lo es. Te recuerdo que tengo un problema cardíaco. ¡No puedo correr!

No hace caso a mi comentario y coge mi mano derecha para levantarla entre nosotros.

—El borde exterior de la mano es muy eficaz al nivel del cuello, de la nuca y de los costados. Usa la palma para golpear la barbilla en un movimiento rápido de abajo arriba. Las zonas vulnerables son las rodillas, la mandíbula, los oídos, el cuello y los ojos. —Mientras lo explica, Clarke me enseña las diferentes técnicas llevando mi mano a los lugares donde hay que golpear, sin prestar atención a la expresión malhumorada que insisto en mantener—. Si te cogen por la muñeca, tira de tu brazo hacia el lugar donde se unen el pulgar y los dedos de tu adversario: esta es la zona donde el agarre es más débil en cuestión de fuerza. Vamos, intenta liberarte.

Su agarre es fuerte, pero indoloro. Me parece imposible, sin embargo, Clarke me anima con un gesto de cabeza. En ese momento, como me lo ha indicado, intento liberarme de su agarre y tiro de mi brazo hacia la zona donde el agarre es más débil. Pero no hay manera, sus dedos no se mueven. Empiezo a revolverme en todos los sentidos, realmente molesta por este estúpido ejercicio.

—¡Agarras demasiado fuerte!

—No haces ningún esfuerzo, concéntrate.

No tengo tiempo de protestar porque la puerta de nuestra habitación se abre y aparecen Set y Sean. Por sus miradas divertidas, creen que nos han pillado en un momento comprometido.

—¡Dejad de pensar gilipolleces! —les lanza Clarke—. Solo le estoy enseñando a defenderse. Sean, adelante.

Me suelta y se aleja de mí, rápidamente lo reemplaza un Sean decidido.

—Como me hagas daño, te mato —lo amenazo, sin estar del todo tranquila.

—Se cómo volver a colocar un hombro en su sitio —se burla.

Como Clarke, me agarra de la muñeca.

Sin pensar, subo rápidamente mi rodilla a la altura de sus partes íntimas, lo que provoca un movimiento hacia atrás por su parte y que afloje su agarre. Sigo las instrucciones de Clarke, tiro de mi brazo y consigo liberarme a la primera.

Los chicos comienzan a reírse y a burlarse de su amigo.

—¡Inútil!

El orgullo remplaza poco a poco el enfado, me siento satisfecha conmigo misma. No tengo mucha fuerza, pero imaginación no me falta y, gracias a ella, he superado el ejercicio sin dificultad.

Sean, vengativo, desata su furia sobre mi pelo.

Pienso en su cara pálida cuando ha pensado que le iba a pegar, y no puedo evitar morirme de risa.

—¿Y si vamos a comer antes de que Ava traumatice a Sean? —propone Set.

—¡Cállate, cabrón! ¡He visto cómo me castraba!

Los chicos se ríen con más intensidad. Tras habernos puesto las chaquetas de cuero, salimos de la habitación.

Dejamos las motos en el *parking* y vamos en coche.

—Siendo sincera, ¡aún estoy enfadada con vosotros!

—¡Oh, para! —contesta Sean—. Sabes que no queríamos mentirte. Y además, ser rencorosa no te pega, Lopez.

Pone una mueca triste y una mirada de perrito que me saca una sonrisa.

Con ellos, nada es grave. ¿Una denuncia falsa? Un juego de niños. ¿Que cien hombres te apunten con un arma? Lo normal. ¿Cruzar la frontera con cargamento ilegal en el maletero? Un camino de rosas. Se toman la situación tan a la ligera que, ahora mismo, no me da miedo la aduana. Su confianza en sí mismos es tan intensa que me la pegan.

Le doy un puñetazo en el costado, molesta por ser tan débil y no conseguir estar enfadada más tiempo. Él pasa su brazo alrededor de mis hombros y me atrae con complicidad mientras Clarke conduce.

—¿Dónde cenamos?

—¡En Casa Poppy! —responden a coro.

—¡Las mejores pizzas de Canadá! —añade Set, entusiasmado.

Están tan contentos de ir allí que parecen tres niños a los que les han ofrecido entradas para Disneyland. Con mi estómago hambriento, estaría igual de encantada que ellos de probar una buena pizza, por desgracia, tengo que seguir mi dieta para mantenerme viva hasta que le patee el culo a Carter.

Llegamos rápidamente a la señal y cuando entramos al restaurante, un maravilloso olor hace rugir mi estómago.

En este restaurante no hay paredes que separen el espacio de recepción del de la cocina, lo que nos permite ver en directo la preparación de las pizzas y los diferentes platos. Me encanta el concepto.

—¡Los Devil's Sons!

Un hombre de unos sesenta años, vestido con un delantal, nos recibe con una gran sonrisa. Deduzco que conoce a mis compañeros de actividades ilegales.

—¡Estás más viejo, colega! —le dice Clarke.

—¡Serás cabrón! ¡No has cambiado nada! ¿Qué hacéis por el barrio?

—Negocios.

—¡Oh! Pero ¿qué ven mis ojos?

Poppy me observa sin dejar de sonreír, un poco sorprendido de encontrarme en compañía de los chicos.

—Te presento a Avalone —le dice Set.

—¿Qué hace una chica como tú con semejantes bestias?

—Yo también me lo pregunto a menudo —respondo con ironía, lo que me hace ganar un codazo por parte de Sean.

El jefe del restaurante estalla en una risa sincera muy agradable, y después me desea buena suerte.

—Id a sentaros, ahora mismo voy.

Obedecemos y, tras una breve llamada a Lola para comentarle que vamos a pasar la noche en Canadá, Poppy viene a tomarnos nota. Pizzas para los chicos y un plato de lasaña de la casa sin queso y sin sal para mí. No está tan mal, al final.

—¿Conoce vuestras actividades? —pregunto, una vez Poppy vuelve a la cocina.

—Lo sabe todo. Los rumores dicen que era miembro de una de las bandas más poderosas de América del Norte cuando era joven; nunca lo ha desmentido, como tampoco ha confirmado esas alegaciones —me explica Sean.

Lo miro fijamente, sorprendida y curiosa. Con su tripa redonda y esa sonrisa que siempre lo acompaña, no parece alguien que hubiera estado en una banda. Sin embargo, he aprendido que, en este negocio, las apariencias engañan.

—¿Por qué no quiere hablar de ello?

—Es muy misterioso —me informa Set—. Nadie sabe qué hace en su tiempo libre. Pero, según se dice, no merece la pena investigarlo. Al parecer, las personas que lo atacaron se despertaron en el hospital sin recordar nada.

Con los ojos como platos, observo cómo el cocinero viene de nuevo hacia nosotros con tres pintas de cerveza y una jarra. ¡No me lo puedo creer, parece tan inofensivo!

Sacudo la cabeza para dejar de mirarlo y le doy las gracias por nuestras bebidas. Set me sirve un vaso de agua, así que aprovecho para tomarme mis medicamentos bajo las atentas miradas de los chicos.

—Tranquilizaos, no voy a pasar a mejor vida en vuestra compañía. Sinceramente, no sois las últimas personas que me gustaría ver antes de pasar al otro mundo.

Set y Sean se mueren de risa antes de parecer ofendidos. Empiezan a protestar y a presumir sobre la increíble compañía que son para los enfermos en su lecho de muerte, mientras Clarke parece impasible.

Le doy un pequeño codazo en el costado.

—Relájate.

Me mira serio.

—No estoy acostumbrado a bromear sobre ese tipo de temas.

—Acabarás acostumbrándote.

Le sonrío ampliamente de la forma más falsa, consiguiendo arrancarle una pequeña sonrisa.

—Solo si no nos detienen mañana en la frontera —me lanza indiferente.

Me tenso al instante, con la boca abierta y las cejas enarcadas. Esa frase ha acabado conmigo.

Clarke me devuelve la falsa sonrisa que le había mostrado hace unos segundos.

—Es una broma —aclara.

Pensándolo bien, no me gusta el humor negro. No me gusta nada.

Quince minutos más tarde, Poppy nos trae nuestros platos. Nos lanzamos a ellos hambrientos. Los chicos tenían razón, no está delicioso, sino lo siguiente, es una maravilla. En tan solo diez minutos, no hay más que migas en sus platos mientras que a mí me cuesta terminarme el mío, para gran alegría de los chicos que me ayudan a acabarlo. Después, Set se tensa y hace un signo con la cabeza hacia la puerta. Me giro y descubro a dos hombres de la misma edad que los Devil's entrando en el restaurante de Poppy. Ellos también llevan una chaqueta de cuero negro, lo que revela que pertenecen a una banda. Cuando sus miradas se cruzan con las nuestras, se tensan y avanzan en nuestra dirección con una evidente agresividad.

—¿Qué hacéis aquí? —pregunta uno de ellos con rabia—. ¡No es vuestro territorio!

De tanto juntarme con los Devil's, sé que respetar el territorio de otros es fundamental y, sin embargo, nos encontramos claramente en el suyo.

Eso no te importa, Ducon —escupe Clarke.

—¡No tenéis nada que hacer aquí!

El segundo de los Devil's Sons se levanta, provocador.

«¡Por Odín todopoderoso! No se pierde ninguna oportunidad para pelearse. A este nivel, ya se trata de un problema psiquiátrico. ¡Tendría que pensar seriamente en ir al médico!».

—¡Nada de peleas en mi restaurante o me encargo de echaros a todos fuera! —grita Poppy.

Clarke no lo escucha y se acerca a los dos hombres. Rezo para que la situación no empeore más, ya que, si los rumores son ciertos en cuánto a Poppy, no tengo el menor interés en presenciar esa masacre.

—No somos Devil's Sons, solo cuatro amigos que quieren cenar —interviene Set—. Por lo tanto, no infringimos ninguna regla.

—Entonces, ¿por qué llevas la chaqueta de cuero, cabrón? ¡Largaos de aquí!

Clarke coge al tipo por el cuello y, sin pensar lo que estoy haciendo, le lanzo un trozo de pan que choca contra su nuca.

—¿Os imagináis si todo el mundo se comportara como vosotros? ¡Porque llevéis una chaqueta de cuero no tenéis derecho a expresar vuestro enfado y vuestras diferencias con todo el que tenéis cerca! La gente viene aquí a comer, está claro que no vienen para ver a cinco imbéciles pegarse unos a otros. ¿Podéis respetar eso? ¿Podéis respetar a Poppy que trabaja duro todo el día para satisfacer a sus clientes?

El aludido me mira orgulloso, con los brazos cruzados sobre el pecho.

He tenido suficiente. Tengo la impresión de ser la madre que regaña a sus hijos.

—Ahora, vamos a terminar de cenar tranquilamente, y vosotros —le digo a los recién llegados— vais a encontrar una mesa en la otra punta del restaurante. Y como odio acabar mal, ¡Carter Brown pagará la cuenta de todos los aquí presentes!

Con una sonrisa en los labios, Poppy me aplaude y un segundo después todos los clientes gritan de alegría.

Los dos hombres de la banda contraria me miran, dándose cuenta de mi existencia solo después de haber hablado. Sin decir nada, siguen su camino y puedo ver las letras blancas que decoran su espalda: «Reapers of Death».

Respiro hondo antes de volver a sentarme como es debido en la silla. Clarke se une a nosotros.

—La próxima vez que me tires un trozo de pan, voy a hacer que te tragues tu nueva chaqueta de cuero.

—Podemos acabar de cenar tranquilamente. De nada.

—No es así como funciona.

Me cruzo de brazos y lo miro seria.

—¿Y por qué no?

—Tenemos que hacernos respetar.

—¡Ah! ¿Y no os podéis hacer respetar sin romper alguna mandíbula? Es absurdo, Clarke.

Un destello de rabia pasa por sus ojos, pero no me doy por vencida.

—Tienes mucha suerte de ser una chica.

Con actitud provocadora, acerco mi cara a la suya para vocalizar «ab-sur-do» bajo las risas de Set y Sean.

—No le faltan agallas, hay que admitirlo.

Clarke, que no está para bromas, fulmina a Sean con la mirada, y después se levanta, señalando el final de nuestra cena.

—Pon todo a cuenta de los Devil's Sons —le dice Clarke a Poppy—. Carter te hará una transferencia.

El jefe del lugar asiente divertido bajo los agradecimientos de los clientes.

—¡Mantened a esta chica cerca, la vais a necesitar!

Clarke, siempre de mal humor, mira mal al patrón, que lo ignora para ofrecerme la sonrisa más amable que he viso, y se la devuelvo.

Sin más ceremonia, nos dirigimos a la salida, pero en el momento en el que los chicos ya han cruzado la puerta, alguien me agarra de la muñeca. El hombre rubio de los Reapers of Death pone algo en mi palma vacía.

—Si quieres cambiar de banda, llámanos. Te ofreceremos mucho más que los Devil's Sons.

Descubro en mi mano un trozo de papel sobre el que está escrito su número de teléfono seguido de su nombre: Troy.

Se aleja de nuevo y cuando me giro hacia la salida, Clarke aún está ahí, sosteniéndome la puerta, con la mirada llena de odio.

¡La provocación de los Reapers of Death no falla!

—¿Qué quería?

—Nada interesante.

Frunce el ceño, enfadado, pero no dice nada más.

Explicarle lo que Troy quería sería echar más leña al fuego, cosa que no quiero, así que nos dirigimos al coche en silencio.

16

Delante de las habitaciones del hotel, Clarke les dice a los chicos que nos vamos a las nueve de la mañana.

—Evitad pelearos —nos dice Set.

—Y acostaros. Queremos dormir y las pareces parecen demasiado finas —termina diciendo Sean.

Molesta, los reprendo con la mirada.

—Hay tapones para los oídos en la cómoda —responde Clarke.

Me callo bajo las risas de los Devil's. Prefiero entrar en la habitación antes de que la conversación derive en algo peor.

—Qué durmáis bien —nos dice Sean con un tono lleno de insinuaciones.

Llego a la cama sobre la que me siento y me quito la chaqueta de cuero y las Converse, mientras mis pensamientos giran en torno a Clarke.

No es un hombre que hable mucho y sus ojos no expresan ninguna emoción la mayor parte del tiempo. Aparte de gritarnos, realmente no hemos hablado. No sé nada de él y él no sabe nada de mí, entonces ¿por qué me atrae? Es algo físico, pero va más allá. Rezuma seguridad y me gusta ese lado seguro de sí mismo. Clarke es consciente de que gusta, de que es muy guapo y de que tiene a todas las chicas a sus pies. También sabe que todo el mundo lo respeta por miedo y, sin embargo, por muy alterado que esté, nunca ha atacado a nadie sin razón y nunca ha menospreciado a nadie. Me ha mentido en varias ocasiones, y estoy convencida que lo volverá a hacer bajo las órdenes de Carter, pero, a pesar de eso, me siento segura con él.

—Ve a ducharte, yo iré después.

Lo miro extrañada, desconcertada por mis pensamientos, antes de asentir y entrar en el baño. Una vez desnuda, me meto en la ducha y dejo que mis músculos se relajen tras un día lleno de emociones. Tengo la impresión de que con los Devil's Sons no hay ni un instante de descanso. Sin embargo, en esos momentos de tensión es cuando más consciente soy de mi existencia.

Me quedo unos minutos bajo el chorro de agua caliente, y después me enjabono y salgo de la ducha. Me enrollo en una toalla y busco mi mochila con la mirada, pero no está aquí. La he dejado encima de la cama.

Giro el picaporte de la puerta del baño y saco la cabeza. Clarke está sentado en el colchón delante de la tele. Me mira directamente a los ojos antes de desviar la mirada a mis clavículas y después hacia el inicio de mi pecho. Mi traicionero cuerpo reacciona rápidamente, y mis mejillas se encienden. Por sorprendente que parezca, estoy convencida de ver deseo en sus ojos, que rápidamente desaparece y cambia a una expresión indescifrable.

—Me puedes dar mi mochila, ¿por favor? —formulo con dificultad.

Entrecierra los ojos antes de decir «no».

—Gra… Espera, ¿qué?

—No.

Sus ojos brillan divertidos, al contrario que los míos. Mi toalla es tan pequeña que apenas oculta mis zonas íntimas. No puedo salir con esto.

—¡Clarke!

—¿Tienes piernas?

—¡Solo tengo la toalla! —le suplico.

Se encoge de hombros y yo rechino los dientes, irritada.

Camino furiosa por la habitación bajo la mirada perturbadora del motero. Cojo mi mochila antes de escaparme rápidamente al cuarto de baño y cerrar la puerta tan fuerte detrás de mí que tiembla sobre sus bisagras.

Nunca entenderé su actitud. Este tipo debería tener instrucciones o un manual de diagnóstico y estadística de los trastornos mentales.

Después de lavarme los dientes con el cepillo que da el motel, voy en busca de mi pijama, pero, claramente, no lo he cogido. Se suponía que no dormiría aquí, sin embargo, estoy contenta de encontrar en mi mochila un pantalón corto. Por desgracia, voy a tener que dormir con la ropa puesta, lo que aumenta mi enfado hacia Clarke. Si me hubiera avisado del contenido de las cajas, me hubiera encargado de coger una muda de repuesto.

—¡Si mañana estoy de mal humor porque he tenido que pasar la noche en un vaquero más ajustado que tus lapsos de humor, será culpa tuya!

Dejo mi mochila al pie de la cama y me siento, dándole la espalda al Devil's. Un segundo después, tengo un trozo de tela en la cabeza. Me quedo paralizada unos segundos antes de retirarlo. Me giro hacia él, lista para reprenderlo, pero no sale nada de mi boca.

Clarke no lleva camiseta.

Nunca había visto un cuerpo tan hermoso, unos músculos tan bien definidos, por no hablar de los tatuajes que veo por primera bajo la luz y que se combinan a la perfección entre sí. En su pectoral derecho hay un reloj roto y sus agujas están detenidas a las 9:47 h. Está rodeado de un bosque denso pero incendiado, que se extiende a sus costados, habitado por un lobo solitario en lo alto de una roca, delante de una noche estrellada.

El lobo tendría que simbolizar la familia, ya que pertenece a una manada, pero aúlla a la luna, solo, mientras que su hogar y sus semejantes arden. Y sin embargo, las estrellas siguen brillando en el cielo, porque incluso cuando ocurre algo terrible, la Tierra no deja de girar. Nosotros somos los únicos afectados.

«Devil's Sons» está tatuado en su clavícula, hay varias runas formadas con tallos entrelazados de rosas con espinas y un número incalculable de otros diseños que cubren la totalidad de la parte superior de su cuerpo, excepto su rostro. Pero el que más llama mi atención está tatuado en su pecho. Dos casquillos de revólver grabados con las iniciales «J. T.» y «W. T.». Me pregunto si esas son las iniciales de sus difuntos padres asesinados a balazos.

Mi corazón se encoge ante esa idea.

—Mi camiseta, te servirá como vestido.

Clarke me saca de mis pensamientos y me obligo a apartar la vista de su cuerpo. Y después me doy cuenta de que no se burlaba de mí al lanzarme la camiseta a la cabeza.

—Gracias.

Me guiña un ojo y entra al baño, dejándome ver nuevos tatuajes en su espalda, en la que los diferentes mundos de Yggdrasil están colocados unos debajo de otros a lo largo de su columna.

Con la puerta cerrada detrás de él, espero a escuchar correr el agua para quitarme los vaqueros y mi *body*, y ponerme su camiseta negra que me llega a la mitad del muslo. Lucho para no pensar en el hecho de que estoy inspirando su olor.

Cinco minutos después, Clarke aparece con un pantalón de chándal gris en el marco de la puerta y con el cabello empapado goteando sobre su cuerpo.

¡Por todos los dioses!

Todo en él está muy proporcionado y desarrollado. Sus hombros son anchos y cuadrados y sus trapecios sobresalen. Sus brazos son más del doble que los míos y puedo ver las venas que recorren sus antebrazos. Sus pectorales parecen duros como el acero, sus seis abdominales surgen de forma natural, y por último, la guinda del pastel: tiene la cintura de Apolo, con esa forma en V que empieza en sus caderas y desaparece debajo de su pantalón del chándal.

Clarke me observa, con una ceja levantada. Me doy cuenta de que le he echado un vistazo muy descarado, y rápidamente vuelvo en mí.

—Te hace gracia, ¿eh? —Le lanzo la almohada para hacer que se trague su arrogancia, pero la coge antes de que toque su cabeza.

Me la vuelve a tirar, y la esquivo en el último segundo.

—Sí, me hace gracia.

Su mirada es suave, lo que me gusta más de lo normal. Mis ojos, deseosos de descubrir todos sus tatuajes, caen sobre su sonrisa sarcástica y después sobre su cuerpo, y me pierdo en mi expedición. Sigo la curva de sus músculos, el…

—Aún babeas, Avalone.

Cojo la almohada y se la lanzo una segunda vez, sin embargo, esta le da en toda la cara. La almohada cae al suelo, y durante los segundos de silencio que siguen, la mirada de Clarke se transforma para lanzarme relámpagos.

Oh, mierda…

Me levanto rápidamente de la cama y corro hacia la puerta, con Clarke pisándome los talones. Salgo de la habitación, pero sé que no hay nada que hacer. En unos segundos, ya no tendré aliento y se me saldrán los pulmones.

—¡Lo siento! —bromeo—. ¡Pero si sigues persiguiéndome voy a morir!

—Solo tienes que dejar de correr.

Cuando escucho su voz, me doy cuenta de que se acerca peligrosamente a mí, así que acelero.

—¡Instinto de supervivencia!

Salgo disparada del suelo, grito y me encuentro con la cabeza boca abajo sobre su hombro. Me río tanto que me duele la tripa. Por no hablar de la falta de aire.

—¡Bájame!

Forcejeo, pero él es más fuerte. Da media vuelta, victorioso.

—Lo siento. ¡Pensaba que la ibas a coger! ¡No es mi culpa que en el primer lanzamiento tuvieras la suerte del principiante!

—¡Lo estás empeorando, belleza!

La puerta de al lado se abre dejando ver las cabezas de Set y Sean. Paramos todo movimiento y los miramos como si nos acabaran de pillar haciendo una tontería. En este ángulo, con la cabeza del revés, sus dos amigos parecen aún más imponentes.

Con las cejas levantadas, se mueren de risa ante el espectáculo que se presenta ante ellos.

—¡Ayudadme! —les suplico.

Los chicos dan un paso hacia nosotros, pero la mirada de Clarke los disuade de intentar echarme una mano.

—Será mejor que no lo hagáis.

—¡Buena suerte! —me dice Sean.

Los dos Devil's vuelven por donde han venido y Clarke entra en nuestra habitación. Cierra la puerta detrás de nosotros, y me tira sobre la cama. Cojo las dos almohadas mientras se acerca a mí, con una sonrisa sádica sobre su precioso rostro, y luego estrella la primera contra mi cabeza.

Lucho contra la risa.

—¡Deja de revolverte, que te vas a cansar! —bromea Clarke.

Me da varios segundos de tregua para que pueda respirar, antes de estrellar la segunda contra mi cara. Introduzco mis piernas en la pelea e intento apartarlo, pero Clarke deja las almohadas. Consigue coger mis muñecas con demasiada facilidad y las mantiene a un lado y al otro de mi cabeza. Cuando apoya su pelvis contra la mía, mis piernas se separan para recibirlo.

Es en ese preciso momento cuando nos damos cuenta de la posición en la que estamos.

De repente soy consciente de cada sitio donde se tocan nuestros cuerpos. Nuestras sonrisas se borran poco a poco y nuestros alientos, ya breves por el esfuerzo, se vuelven erráticos, acelerando los latidos de mi corazón. La mirada encendida de Clarke se clava en la mía, provocándome una oleada de calor. El tiempo parece durar una eternidad, como si todo se hubiera parado a nuestro alrededor. Sus ojos se vuelven negros y caen sobre mi boca, expresando una lujuria feroz a la que mi cuerpo responde. Estoy a su merced. Podría hacerme lo que quisiera, y no le negaría nada.

De repente, todo se activa de nuevo cuando Clarke aprieta sus labios con los míos y una bola de calor explota en mi bajo vientre. Respondo instantáneamente a su beso, gimiendo, ardiendo en deseo. No es nada suave. Es salvaje, violento, lleno de urgencia.

Él me desea y yo lo deseo.

Aquí.

Ahora.

En este momento.

Se me corta la respiración cuando su lengua encuentra la mía. Nos besamos hasta perder el aliento; hasta perder la cabeza. Enlaza sus dedos detrás de mi nuca y, cuando me muerde el labio inferior, se me escapa un gemido, aumentando la urgencia que sentimos. Mis piernas rodean su cintura y sus labios dejan los míos para devorar mi cuello, morderlo, lamerlo. Mis manos recorren su cuerpo, sus dedos se clavan en mis caderas. Me arqueo contra él, jadeando de placer, y Clarke gruñe contra mi piel.

Mi cerebro es un completo desastre, mi corazón está a punto de explotar. Nunca hubiera creído que existiría un hombre así. Sus movimientos son seguros y tan excitantes que no voy a poder controlarme mucho más. Sus besos, sus caricias, todo en él está hecho para seducirme.

Cuando pone su mano en mi mejilla y su pulgar roza mi labio, lo cojo con la boca y enrollo mi lengua a su alrededor. Su cuerpo se vuelve más pesado contra el mío, como si perdiera el control, y la forma en la que me mira me incendia por dentro. Nuestras respiraciones jadeantes se mezclan y el poderoso deseo que siento amenaza con acabar conmigo.

Pero de repente sus labios abandonan bruscamente los míos. Se echa hacia atrás. Siento de inmediato la falta de sus manos firmes sobre mi cuerpo, mientras permanece de pie delante de la cama, mirándome fijamente, confuso. Su respiración es tan entrecortada como la mía. Desvía la mirada y se pasa las manos nerviosamente por el pelo.

—No podemos hacer esto.

Su voz es suave pero firme.

Frunzo el ceño, confusa.

—¿Por qué?

—¡No podemos hacer esto! —repite alzando la voz.

Esta vez, está realmente enfadado. Su rostro y sus puños están tensos. Toda la magia que nos rodeaba hace unos segundos ha desaparecido. Nunca en mi vida me he sentido tan perdida.

Clarke da vueltas como un león enjaulado, lleno de rabia. Termina poniéndose rápidamente los zapatos y se va hacia la puerta.

—Descansa, mañana nos vamos pronto.

Sale de la habitación y me deja en la ignorancia.

Y aquí estoy, sola, frustrada y en la incomprensión total. Permanezco sentada en la cama pensando en el origen de su enfado, pero no encuentro nada.

Si yo fuera el problema, nunca hubiera visto el deseo en sus ojos. Me desea tanto como yo a él. ¡Lo sé!

Gruño enfadada, me levanto para apagar la luz y después me deslizo dentro de las sábanas, inquieta por lo que acaba de pasar.

Una cosa es segura: Clarke Taylor hace que los latidos de mi corazón se aceleren.

Pero Clarke Taylor es peligroso para las chicas. Acaba de demostrármelo una vez más.

Un ruido sordo me despierta. Mis ojos miran el sitio libre a mi lado. Clarke aún no ha vuelto.

Me enderezo y me restriego los ojos antes de sobresaltarme tras un nuevo impacto que viene de fuera. Y otro.

El despertador indica las 5:39 h, maldigo contra quien esté haciendo tanto alboroto. Me levanto de la cama a regañadientes y voy hacia las ventanas para correr las cortinas.

Mi corazón deja de latir por un momento frente a la escena que se desarrolla más abajo: Clarke, en el *parking* del motel, dándole una paliza a un hombre. A pesar de todo lo que ha pasado, todavía estoy en *shock*. Su violencia es increíble, no tiene límites. Es única y las ondas que emana podrían reconocerse entre un millón.

Esquiva un puñetazo y golpea al tipo que cae de espaldas. El Devil's se pone encima de él y lo golpea sin parar, pero su víctima ya no se mueve. Está inconsciente, o puede que muerta.

Debería dejar a Clarke hacer frente a las consecuencias por una vez, pero no puedo presenciar eso sin hacer nada. Sería omisión de socorro a una persona en peligro y la culpabilidad me perseguiría siempre. Si la persona está viva, tengo que parar esto a tiempo.

Me gustaría poder decir que salgo y bajo por las escaleras rápidamente solo por la víctima, pero también es por él. Estoy convencida de que merece una vida mucho mejor que la de un preso culpable de asesinato. Así que, mientras yo esté aquí, le impediré cruzar el punto de no retorno.

Cuando Clarke se prepara para golpear al hombre de nuevo, atrapo su puño, como la noche que nos encontramos en el Degenerate Bar.

—Para, te lo suplico…

El Devil's Sons se gira hacia mí muy rápido, con los ojos negros de rabia inyectados en sangre. Por reflejo, pongo las manos delante de mi cara para protegerme lo mejor posible de lo que me espera, ya que su puño viene en mi dirección.

Esta vez, lo he sorprendido mucho más que en nuestro primer encuentro. Voy a probar el famoso golpe de Clarke Taylor y me va a costar recuperarme.

Pero una vez más, el golpe y el dolor no llegan. Me doy cuenta de que he cerrado los ojos cuando los vuelvo a abrir.

Su puño está en el aire, increíblemente cerca de mi cara. Clarke está descompuesto. No tiene ni una pizca de odio en su mirada. Me reconoce. Y yo vuelvo a respirar, temblando.

—Yo… —No termina la frase, le asalta la culpabilidad.

En un momento de ira, se gira y golpea violentamente la pared. Se destroza los nudillos y enseguida sangran.

—¡Joder! —grita.

Da media vuelta, camina hacia mí con decisión y, una vez a mi altura, me agarra de la muñeca para atraerme hacia él. Me pega a su pecho y me rodea con sus fuertes brazos.

—Lo siento… —jadea en mi pelo.

Sus dedos se hunden entre mis mechones y se aferran ahí.

Saboreo como una bendición su vuelta a la realidad y me calmo.

—Lo siento —repite suavemente.

—No pasa nada.

Me aprieta tan fuerte contra él que escucho los rápidos latidos de su corazón.

—Pensé que…

—No has hecho nada, Clarke —lo corto para tranquilizarlo—. No me has golpeado, estoy bien.

Todo el mundo dice que Clarke no tiene ningún autocontrol, pero es mentira. La primera vez que retuve su brazo en el Degenerate Bar, se dio la vuelta igual de rápido que cuando ha levantado el puño. Me costó creer que no me hubiera pegado. Y esta noche, ha sido aún más rápido. Esta vez, estaba segura de que ocurriría, pero una vez más, su puño se ha parado.

Una persona sin autocontrol habría dado el golpe sin poder contenerse, da igual quién se encontrara frente a ella. Pero no Clarke. Sé que su problema no viene de ahí. Creo simplemente que tiene tanta rabia dentro, que necesita hacerla salir con urgencia antes de ahogarse, y por eso, se lanza sobre la primera oportunidad que se presenta ante él para pelearse. No ha encontrado otra forma para expulsar ese odio que le consume.

Afloja su control sobre mi cuerpo y doy un paso atrás. Sé que me examina para asegurarse de que estoy bien, pero no soy capaz de mantenerle la mirada después de lo que hemos compartido y de su rechazo. Así que, me acerco a su víctima tendida en el suelo e intento no llorar de alivio cuando noto su pulso.

—Hay que llamar a una ambulancia.

—Ya viene.

Incrédula, me giro hacia Clarke.

—Estaba al teléfono con Carter cuando me crucé con este imbécil que me insultó.

Entonces Carter sabía cómo iba a terminar esto. Una paliza por un insulto. Alabados sean los dioses, gracias a él, el servicio de emergencias no debería tardar mucho.

Me gustaría soltarle un largo monólogo donde le explicaría a Clarke que no puede seguir así, pero mis palabras caerían en saco roto. Probablemente hace años que tiene esta conducta y eso no cambiará de un día para otro.

—Ven, o vuelve a la habitación —me dice con voz insegura.

Niego con la cabeza.

—Vete, volveré contigo cuando la ambulancia esté aquí —le digo.

—Carter ya habrá pirateado las cámaras de seguridad para borrar mi ataque. Si estás por aquí cuando los servicios de emergencia lleguen, te van a hacer preguntas.

Tiene razón. La policía seguramente esté de camino también, pero no me atrevo a abandonar al hombre aquí.

—Puede sucumbir a sus heridas, tengo que estar pendiente de él.

—Su vida no está en peligro, Avalone. Sé dónde golpear.

Miro tanto al Devil's como a su víctima, dividida.

¿Puedo confiar en Clarke? Él me ha demostrado que no, pero con su experiencia en peleas, debe saber lo que hace.

Clarke me tiende la mano, con una mirada casi suplicante, y me doy la vuelta por completo. Quiere que vuelva con él, asegurarse de que no huyo después de haber presenciado todo esto y que estoy de su lado. Aunque sea consciente de que su comportamiento es nefasto.

—No dejaré de contenerte, Clarke.

Gruñe enfadado, pero asiente con la cabeza. Entonces, recorro la distancia que nos separa y cojo su mano para ir hacia las escaleras.

Siento su mirada sobre mí. Hago todo lo posible para no prestarle atención. Solo me vuelvo hacia él cuando me doy cuenta de que no camina del todo recto. Sus ojos aún inyectados en sangre me demuestran que no es la ira y la violencia la que los ha puesto así.

—Estás borracho.

Me mira mal sin ninguna razón válida, confirmando mis palabras.

—Estás mucho más guapo cuando sonríes —suspiro.

Sin hacerse de rogar, una cautivadora sonrisa se extiende por sus labios y hace temblar todo mi cuerpo. Incluso borracho, este hombre parece un dios. Solo tengo ganas de una cosa: besarlo de nuevo. Parece tan fuerte y, sin embargo, por primera vez todas sus emociones son legibles en su mirada. Ya no es el Clarke indescifrable y hermético que conozco. Entiendo rápidamente que cuando está en este estado, es más frágil emocionalmente. Todo el mundo podría hacerle daño con sus palabras y sus acciones. Un Clarke Taylor borracho es mucho más peligroso que un Clarke Taylor sobrio. Podría destruir el mundo con fuego y sangre. Sin embargo, tengo ganas de cuidar de él, de ocultar momentáneamente sus heridas.

Voy a tirar de su brazo para continuar nuestro camino, pero su mano sobre mi espalda baja me empuja contra su pecho. Pierdo el aliento, y probablemente también el corazón.

Me ahogo en el negro de sus ojos.

Deseo.

Frustración.

Ira.

Casi me desmayo cuando sus labios besan los míos. En contraste con nuestro anterior beso, este es resignado, pero pasional. Nos consume. Es como si quisiera acordarse de mi sabor para siempre. Ya me había quedado sin aliento con su mirada, ahora he perdido mi alma en este beso. Clarke me lo ha quitado definitivamente todo, dejándome solo la falta de sus labios.

Cuando todavía no he recuperado del todo la respiración, aparta el cabello de mi oído y se acerca.

—Nadie te besará como te beso yo, Avalone —me susurra con voz seria.

Pensaba que ya me lo había robado todo, pero me equivocaba. Acaba de llevarse mi cordura. Porque desde ahora, *deseo* a Clarke Taylor.

Se aleja de mí, muy a mi pesar, pero soy incapaz de decir cualquier cosa o de hacer el más mínimo gesto. Le toca a él llevarme a la habitación. Empuja la puerta con el pie y, en mitad del dormitorio, su mirada baja a nuestros dedos entrelazados. Los mira durante varios segundos. Sé que no quiere romper este contacto, al igual que yo, pero lo hace antes igualmente de alejarse.

No dice nada mientras se quita la camiseta. Observo su mano derecha, que está muy herida, y entonces aprovecho la oportunidad de mantenerme ocupada y silenciar mis pensamientos. Entro en el baño para mojar una toalla y, cuando vuelvo a la habitación, Clarke está sentado en la cama. Me arrodillo delante de él y cojo delicadamente su mano. No dice nada, solo me deja hacer, pero su mirada tranquila sobre mí me pone nerviosa. Pongo la toalla sobre sus heridas para limpiarlas, y continúa impasible.

Cuando deduzco que no puedo hacer nada mejor con tan poco a mi disposición, vuelvo a llevar la toalla manchada de sangre al baño mientras Clarke se desliza bajo las sábanas. De vuelta en la habitación, apago la luz y me acuesto en mi lado. Le doy la espalda, demasiado inquieta por todo lo que me hace sentir. Me va a explotar el cerebro si mis pensamientos continúan yendo en todas direcciones, sin embargo, todo se calma cuando sus brazos rodean mi cintura y me atraen hacia él. Su gesto es como una deliciosa tortura que no voy a rechazar. Me gusta tener su pecho contra mi espalda, su aliento en mi cuello y sus labios sobre mi hombro.

—Nunca podré ser la persona que quieres que sea, pero ya no podemos ser amigos nunca más. Así que no me presentes a ningún tío si quieres que conserve todos los dientes.

Al pronunciar estas últimas palabras, sus dedos se clavan en mi piel y sus brazos me rodean con fuerza, para demostrarme que, haga lo que haga, da igual a quién conozca, su territorio está marcado.

17

Un *ring* insoportable me saca del sueño: el despertador. El Devil's gruñe disgustado. Me lleva unos segundos sentir su cálida piel bajo la mía. Abro rápidamente los ojos, Clarke y yo nos tensamos a la vez. Tengo la mitad del cuerpo tumbado encima del suyo, mi cabeza descansa sobre su pecho, sus brazos me rodean firmemente y sus manos están escondidas debajo de mi camiseta, que se ha subido demasiado.

—¿A qué esperas para moverte?

—Primero tendrás que soltarme.

Un tenso silencio flota en la habitación, pero cuando sus dedos rozan mi cadera, mi corazón deja de latir por un momento. Un segundo después, me libera, entonces me dejo caer sobre la espalda a su lado. Extiende el brazo para apagar la alarma, mientras me siento al borde de la cama.

Es un despertar difícil, y además de sentirme completamente perdida, recuerdo el asunto de la frontera y entro en pánico.

—Va a ir bien, no te preocupes.

Me giro hacia Clarke. Tiene los fuertes brazos cruzados detrás de la cabeza, lo que hace resaltar sus músculos, sus venas y sus tatuajes. Asiento a modo de respuesta, pero ¿cómo puede estar seguro de eso? A menos que Carter sea el genio de *Aladdín* y trasforme la mercancía ilegal en pistolas de agua y billetes del *Monopoly*, nada es seguro.

Cojo la mochila y me encierro en el baño para una ducha rápida, lavarme la cara, cepillarme los dientes, cambiarme de ropa... Recojo mi melena en una coleta alta, dejando que algunos mechones rebeldes se escapen, y después salgo, nerviosa.

—Muchas gracias —le digo a Clarke dándole la camiseta.

Me guiña un ojo y coge lo que es suyo.

Su cabello revuelto y su voz ronca de recién levantado le hacen aún más *sexy* de lo habitual. Si tiene resaca, no lo deja ver.

Se encierra en el baño y sale preparado varios minutos después, justo a tiempo para abrir la puerta a la que acaban de llamar.

Sean y Set entran con bolsas de la panadería en las manos.

—El desayuno —dice Set, que se sienta en el sillón mientras Sean se echa en la cama—. Entonces, ¿os habéis peleado u os habéis acostado?

Estos dos son increíbles, ¡no se les escapa ni una!

—Nos peleamos.

«Ahí está otra vez el Clarke indiferente y frío. Sin duda lo prefiero borracho…».

—¿Dónde te has golpeado? —pregunta Sean con el ceño fruncido, señalando con el dedo la mano herida de mi compañero de habitación.

Sean me mira de arriba abajo, asustado, y busca alguna herida por mi cuerpo.

El motero, que ha seguido la mirada de su amigo, lo mira mal.

El ambiente se vuelve sofocante al instante y lleno de tensión.

—¡Pedazo de imbécil! —explota Clarke—. ¿De verdad crees que le he pegado?

Sin darme tiempo a que pueda decir nada para aclarar la situación, lo coge por el cuello y lo obliga a levantarse de la cama. La desconfianza de Sean persiste y su enfado también se apodera de él.

—¡Espero que no hayas tocado a Lopez!

—¡¿Me tomas el pelo?! —Sacude violentamente a su amigo, los dos enloquecidos por la ira.

—¡Contigo, uno nunca sabe qué esperar!

Antes incluso de que Clarke esté preparado para golpear, Set y yo nos metemos entre ellos para separarlos. Pongo mis manos sobre el pecho de Sean y lo hago retroceder, llamando su atención sobre mí al mismo tiempo.

—¡No me ha tocado!

—¡Es capaz de hacerlo!

Con un movimiento de hombros, Clarke se libera de su mejor amigo y su puño se precipita sobre la mandíbula de Sean, que maldice después de escupir sangre.

El golpe no has sido tan fuerte como al que Clarke nos tiene a acostumbrados y, a pesar de su evidente enfado, sé que no le gusta pegar a su amigo. Lo ha hecho para hacerle entrar en razón y para recordarle que tiene que respetar al segundo de Carter. Y aunque no soy partidaria de la violencia, me tranquiliza que se atenga a ese único golpe. Todos lo hacemos.

Da vueltas alrededor de la cama, abriendo y cerrando los puños para calmarse.

—Nos peleamos y salí a tomar el aire. Golpeé a un tío en la calle. Al próximo que piense que podría haber golpeado a Avalone, le doy una paliza. Y tú —le dice a Sean—, ¡arde en las jodidas llamas del Ragnarök, cabrón!

Es la primera vez que le escucho hacer alusión a su religión, y es para insultar. Me paso las manos por la cara, decepcionada.

El día no podía empezar peor.

Set y Sean se encogen de hombros, como si lo que acaba de ocurrir no significara mucho. Cogen un brioche y me dan uno. Miro la enrojecida mandíbula de Sean que hace una mueca de dolor cuando mastica su desayuno.

—Venga, nos vamos —ordena el segundo de Carter.

Con una atmósfera sofocante, recogemos nuestras cosas y salimos de la habitación.

En el *parking*, los chicos se quitan la chaqueta de cuero y Clarke me hace una seña para que haga lo mismo. No lo discuto, le obedezco al comprender que es para evitar llamar la atención sobre nosotros en la frontera. Las escondemos debajo del asiento del copiloto y, mientras

Set y Sean se detienen delante de sus motos, me dispongo a subir al coche, pero Clarke me para.

—Vas con Set.

Frunzo el ceño, sin entenderlo.

—¿Es una broma?

Me giro hacia Set que me tiende un casco, y me altero. Si Clarke no me deja subir en el coche con él y el cargamento ilegal, es que debe de ser muy arriesgado.

Los latidos de mi corazón se aceleran, extiendo los brazos mirándolo, asustada y enfadada.

—¡Estaba convencida de que la frontera no era segura!

Me dijo que no había ningún peligro, aunque sabía que, cuando llegara el momento, asumiría el riesgo solo.

—Voy contigo.

El Devil's se endereza, superándome en altura con creces.

—Como dijiste, no tienes tiempo para perder en prisión.

—¡Pero si voy contigo, hay menos posibilidades de que revisen el coche!

Un tío lleno de tatuajes con una mirada glacial en un coche de lujo llamará la atención de los agentes de aduanas. En compañía de una rubia bastante delicada, podría apaciguar las sospechas de los agentes.

—Ni hablar. ¡Te subes a la moto de Set, Avalone!

—¡No cambiaré de idea!

Me cruzo de brazos para demostrar que voy en serio, pero no tengo ninguna credibilidad, ningún efecto sobre su decisión.

—Quédate aquí entonces, porque no te vas a sentar en el coche.

Clarke está molesto, impaciente y enfadado. Sin embargo, yo también lo estoy.

—¿No es eso lo que significa formar parte de los Devil's Sons? ¿Asumir juntos los riesgos?

Entrecierra los ojos, aunque su mirada es indescifrable.

—Yo elegí formar parte de esto a pesar de los riesgos que pueda haber. Tú no has tenido elección.

—¡Sigues privándome de mi libre albedrío, Clarke! Ayer, mintiéndome sobre el contenido de las cajas, y ahora, ¡prohibiéndome ir contigo! —Me paso las manos nerviosamente por la cara—. Podría haber cogido un taxi y haber vuelto enseguida cuando supe lo que había en el coche, o podría haber llamado a la policía para denunciaros. Pero todavía estoy aquí, con vosotros. ¡Tengo parte de responsabilidad ahora, y no hay ninguna razón para que asumas el riegos tú solo!

Durante una fracción de segundo, su mirada brilla con un resplandor que no reconozco, pero se controla rápidamente y, sin decir nada, sube al coche. Al segundo bloquea las puertas y me impide entrar.

Cierro los ojos y suspiro.

Me siento horriblemente mal.

El motor del Mercedes ruge y Set pasa me pasa una mano por el brazo. Resignada, me giro hacia él y me pongo el casco que me tiende.

Hacen esto para protegerme, lo sé, pero no pueden coger de mí solo aquello que quieren. Tarde o temprano, tendrán que aceptarme por completo o dejarme ir.

El viaje hasta la frontera me parece interminable, pero cuando nos encontramos en el carril esperando para cruzar la aduana, mi corazón se desboca. Me angustio tanto que es insoportable. Estamos delante del SUV y la mercancía, varios coches nos separan. No me encuentro bien, estoy aterrorizada y Set se da cuenta.

—Todo va a ir bien. No es la primera vez que hacemos este tipo de cosas.

Pone su mano sobre la mía, y la aprieto para tranquilizarme.

—¡Oye, tampoco me rompas los dedos! —bromea.

—Lo siento.

Nuestro turno llega rápidamente. Finjo estar cómoda cuando alcanzamos a los dos agentes de aduanas. Ni siquiera nos miran y, sin embargo, mi corazón deja de latir por un momento cuando uno de ellos nos da instrucciones.

—Control de identidad. Pónganse a un lado —nos pide.

Si nos hacen el control, Clarke tiene muchas posibilidades de pasar.

Sigo aparentemente tranquila para evitar darles motivos de sospecha a los agentes.

Set y Sean asienten y conducen hacia el arcén. Bajamos de las motos y nos quitamos los cascos mientras un agente de aduanas se dirige hacia nosotros.

—Documentación, por favor.

Mi mochila está en el coche, no la tengo conmigo, pero mientras que Sean saca un pasaporte, Set le muestra dos, incluyendo el mío.

Dejo que los chicos intercambien banalidades con el hombre y busco el SUV con la mirada, cada vez más nerviosa. Mis manos están húmedas y mi respiración es irregular.

Esta intensa angustia me carcome por dentro, a punto de hacerme perder los estribos. Llega hasta mi estómago y tengo ganas de esconderme debajo de la cama para pensar en otra cosa.

—¿Qué habéis hecho en Canadá?

—Tenemos un amigo que vive en la frontera. Era su cumpleaños.

El coche de Clarke aparece a la altura de los agentes. Me quedo sin aliento, no puedo desviar la mirada, aunque parezca sospechoso. Tiene que cruzar sin que le hagan el control, si no, ganará un billete de ida a prisión.

Tengo la impresión de que Midgard tiembla bajo mis pies cuando los agentes paran el SUV. Mi estómago se retuerce con fuerza, las náuseas aumentan. Esta vez, es todo Yggdrasil el que tiembla cuando Clarke va hacia el carril de emergencia para una inspección del vehículo.

Conociéndome, debo estar blanca como un fantasma. Un cosquilleo me sube por las extremidades, el ataque está muy cerca. El aire se agota en mis pulmones, se me forma un nudo en el estómago. Mis pensamientos van demasiado rápido, me giro hacia los chicos.

—No me encuentro bien.

Tres pares de ojos se posan en mí y, por su preocupación, no debo de tener muy buena cara. Gracias a la mirada de Set, que se posa un segundo detrás de mí, entiendo que el SUV está a pocos metros de nosotros. En ese momento, me dejo caer al suelo, haciéndome daño en todas partes, para fingir mi enfermedad. Ahora solo tengo que esperar a que los chicos aprovechen la oportunidad para salvar a Clarke.

Set y Sean se lanzan precipitadamente a mi lado, sin embargo, mantengo los ojos cerrados.

—¿Qué le ocurre? —pregunta el agente de adunas.

—¡Tiene una insuficiencia cardíaca!

Los Devil's Sons maldicen e intentan despertarme, muy nerviosos. Me gustaría decirles que no me encuentro en un estado tan malo como el que aparento, pero por la libertad de Clarke, me quedo callada.

—¡Hay que llevarla al hospital de inmediato!

Escucho a Set levantarse y alejarse apresuradamente.

—¡Oye! ¡Tú! —grita.

Espero varios segundos.

—¿Puedes llevarla al hospital?

No escucho la respuesta, pero Set vuelve hacia mí.

—¡Hay que trasladarla, ayúdenos! —le pide al agente de aduanas.

Me levantan del suelo. Se abre una puerta y me tienden sobre el asiento de atrás. Reconozco al instante el olor de la cabina y el del conductor.

Si tuviera los ojos abiertos, habrían aparecido lágrimas de alivio en mis ojos.

—¿Necesitáis que os escoltemos?

—No, gracias. Vamos a seguir al coche en moto —responde Sean.

La puerta se cierra, el Mercedes arranca. Clarke pisa el acelerador y golpea el volante.

—¡Maldita sea!

Mi plan ha funcionado, han reaccionado como esperaba.

El peso en mi pecho desaparece al instante, pero la adrenalina aún fluye por mis venas. Me siento viva. Solo hay un problema: los tres creen que necesito ir al hospital.

Abro los ojos.

—Te dije que quería subir en este coche… —digo con voz débil.

Clarke se gira, con la mirada llena de alivio. Pero el miedo y la preocupación perduran y arrugan su frente.

—Vamos al hospital, ¡aguanta!

Vuelve a concentrarse en la carretera y acelera, los dedos tensos en el volante. Me enderezo y dejo escapar una risita. Me lanza una mirada por el retrovisor.

—Se podría decir que he sobreactuado. No necesito ver a un médico, la verdad…

—¿Qué?

—No me encontraba bien, pero no hasta el punto de desmayarme. Eso me dado la idea de actuar, esperando que Set se aprovechara para pedirte que me llevaras al hospital, desviando así la atención de los agentes sobre el control del vehículo. Y… ¡ha funcionado!

Me mira, completamente desconcertado, así que sonrío, victoriosa.

—¡¡No vuelvas a hacerme eso nunca!! —grita.

Da un buen golpe al volante antes de recuperar poco a poco la calma.

Me observa a través del retrovisor. No dejo de sonreír, aunque sea débilmente.

—¿Estas segura de que no necesitas ir a urgencias? No tienes buena cara, Avalone.

—Estoy segura al doscientos por cien. Solo necesito dormir un poco.

Toda la angustia ha abandonado mi cuerpo, me siento bien, como anestesiada. Cierro los pesados párpados y pongo la cabeza contra la ventana.

—Avalone está bien.

—¿Qué? —exclama la voz de Set a través de los altavoces del coche.

—No necesita ir al hospital. Ha actuado para salvarme el culo.

—¡Por Odín! ¡Y yo que creía que tenía todo el mérito! Solo era un peón en su plan.

Una cómoda cama, *realmente* cómoda.

Sábanas suaves…, de seda.

Un olor floral, y de algodón.

El sonido de los pájaros atraído por una ligera brisa.

Abro rápidamente los ojos, consciente de no estar ni en mi habitación ni en la de Clarke.

Recorro la estancia con la mirada. La habitación es más que espaciosa: es al menos cuatro veces la mía en el campus. Los muebles de madera parecen nuevos y caros. Las molduras revisten los impecables muros y las cortinas blancas ondulan bajo una ligera brisa que entra a través de unas puertas francesas entreabiertas. Hay una impresionante chimenea de mármol sobre la que hay esculpidas runas y, frente a ella, un sofá *chaise longue* acolchado rosa topo, del mismo color que la cabecera de la cama, que sube hasta el techo —de hecho, es tan alta que solo puedo estar en casa de Carter—. Pilas y pilas de cojines descansan en mi espalda, cada uno más mullido que el anterior.

Esta habitación tiene un lujo innegable, y no carece de alma. Es tan cálida y acogedora que, durante unos segundos, me pregunto si no debería haber aceptado la propuesta del jefe de la banda de dormir bajo su techo.

Y entonces recuerdo todo.

Las mentiras, la frontera y el coche de Clarke siendo parado por los agentes aduaneros.

Salgo de la cama, cruzo la habitación y abro la puerta de inmediato para dar en un pasillo de la finca por el que nunca había ido. Lo sigo y me guío por las voces de los Devil's Sons que llegan hasta mis oídos. Una vez en la entrada, paso el arco del muro para llegar al salón.

Todas las miradas se giran hacia mí, pero las ignoro. Voy directa hacia Clarke y la bofetada sale sola. Esta vez no la frena. Sabe que se lo merece, aunque su mandíbula se crispe con desaprobación.

—¡Eres un mentiroso! —No espero su respuesta y me giro hacia Carter. Avanzo hasta él con una determinación alimentada por una rabia explosiva—. Y usted… ¡Alégrese de que le tenga miedo, de lo contrario le habría dado un puñetazo, imbécil de mierda!

El jefe me mira seriamente, pero no puedo hacer nada. Estoy demasiado enfadada para considerar el alcance de mis palabras; aunque se lo merece, todo sea dicho.

—¿Es así como protege a sus hombres? ¡A Clarke casi lo pillan en la aduana! A esta hora estaría en la cárcel. Usted no es más que un…

—Vas a calmarte y me vas a escuchar, Avalone. —Su voz tranquila frena mi arrebato.

Carter se endereza con una confianza que me irrita. ¡Como si tuviera explicaciones que pudieran hacerme cambiar de opinión!

—No había nada ilegal en ese coche. Ni billetes falsos, ni armas de contrabando, ni cualquier otra cosa. Las cajas estaban vacías.

Me quedo petrificada, sin expresión. Soy incapaz de distinguir la verdad de la mentira porque la banda me ha estado manipulando demasiado.

—Era una prueba que has superado sin dificultad —continúa Carter—. No habéis corrido ningún riesgo, en ningún momento. Soy más sensato de lo que crees.

Examino a los Devil's para confirmarlo, pero todos evitan mi mirada, salvo Clarke, que me la sostiene serio.

No puede ser verdad…

Una risa nerviosa se me escapa. Cierro los puños tan fuerte que se me clavan las uñas en las palmas de las manos.

—Entonces, si lo he entendido bien, ¿me dijo desde el principio la verdad sobre nuestra seguridad, para después hacerme creer lo contrario una vez llegamos allí solo para poner a prueba mi reacción y la decisión que tomaría?

Miro a los chicos uno a uno, pero, de nuevo, no afrontan mi mirada, salvo Clarke, que no muestra ninguna emoción ni ningún remordimiento.

El enfado que sentía hace unos segundos no tiene nada que ver con el que siento ahora mismo. Se han vuelto a reír de mí. *Otra vez.* Multiplicando las manipulaciones. *Otra vez.* Para conseguir lo que querían.

Me siento ofendida, humillada y utilizada.

—Usted es el jefe de una banda respetada y temida, lo entiendo. Pero sus formas de proceder no son nada honorables. ¡Nadie se atreve a enfrentarse a usted, pero yo sí!

Antes de que pudiera reflexionar sobre lo que estoy haciendo, mi mano abofetea violentamente la mejilla de Carter. Su cara se gira ante el golpe y todos contienen la respiración. Tengo la sensación de haber tocado a Mjöllnir, el legendario martillo de Thor.

Cuando la cara de Carter vuelve hacia mí, me encuentro con una mirada amenazadora que promete sufrimiento eterno a sus enemigos. Pero si yo fuera uno, no vería ese resplandor maravillado en sus ojos.

—Me alegro de ser la persona que tiene el valor de intentar hacerle entrar en razón. Usted predica sobre la seguridad sus hombres y su sensatez, pero no ha pensado en el ataque que podría haber tenido bajo tanta presión. Además, sus estratagemas y sus pruebas no funcionan conmigo. Si alguien tiene que probarse aquí, ese es usted. Trabajo con buenas relaciones y confianza, cosas de las que se ha burlado sin parar. El respeto es recíproco, Carter. Si quiere el mío, comience por darme el suyo. Lo he protegido en varias ocasiones y sé lo suficiente sobre usted y su banda para perjudicaros. En su lugar, pensaría dos veces su siguiente movimiento. ¡Ahora, espero que ardáis todos en las llamas del Ragnarök!

Salgo, temblando, en dirección a la habitación para recoger mi mochila y la chaqueta de cuero, antes de recorrer de nuevo el pasillo. Paso por delante del salón y tiro la chaqueta en la cara de Carter. Sin parar mi impulso, voy hacia la puerta de entrada y la abro.

—V…

Furiosa, me giro hacia Jesse, que tiene todos los remordimientos de los nueve mundos en sus ojos. Pero su culpabilidad no me afecta. Es mucho más fácil pedir perdón tras a ver actuado con conocimiento de causa.

—¿V de «viciosa»? ¿No creéis que vosotros os merecéis más ese apodo que yo?

Los miro con asco antes de salir por la puerta.

Y decir que Clarke, Set y Sean parecían realmente arrepentidos de supuestamente haberme mentido…

Incluso entonces me mintieron. Todo estaba planeado desde el principio. Carter había orquestado todo, las palabras de Mike aconsejándonos cruzar la frontera al día siguiente, hasta los agentes de aduanas a los que debió pagar para pararnos.

Pero esta vez, se ha acabado. Ya no voy a creer ninguna palabra que salga de sus bocas.

No soy su enemiga, y sin embargo, nunca han pensado en tenerme como amiga. No hay confianza ni respeto.

Bajo la escalinata, y después el camino de la finca, hirviendo de rabia contra los Devil's Sons, hacia todos y cada uno de ellos.

—Avalone.

Clarke me coge de la muñeca y me obliga a hacerle frente, pero su contacto es insoportable. Me libero de su agarre y gruñe molesto.

—No podía decirte la verdad. ¡Tenías que pasar la prueba para saber si realmente podíamos confiar en ti!

—¡Sabías perfectamente que no la iba a fallar! —le grito.

Por primera vez desde hace mucho, una lágrima cae por mi mejilla. Me la enjugo rápidamente con el dorso de la mano y recupero la calma. Sin embargo, la rabia se revuelve bajo mi piel.

—Desde que nos conocimos, os he demostrado que podéis confiar en mí, al contrario que vosotros. Decidiste mentirme. ¡*Todos* decidisteis jugar conmigo, mientras que yo solo os ayudaba! —Sacudo la cabeza, más que decepcionada, y retrocedo varios pasos—. Se acabó. Olvidadme. No quiero tener nada que ver con vosotros. Sé lo que valgo y no merecéis nada de mí.

—Lo sabemos —murmura.

Me giro, incapaz de mirarlo más tiempo. Una imagen de lo que compartimos ayer vuelve a mí mientras continúo mi camino y aprieto los dientes. Me imagino a mí misma, de pequeña, con mi corona de plástico sobre lo alto de mi cabeza. Inspiro profundamente y la levanto para que no caiga.

Una vez fuera de la finca, llamo a Lola para pedirla que venga a buscarme. Llega muy rápido, probablemente sin dejar de pisar el acelerador, y se lo agradezco.

Me lanzo al coche y le pido que arranque para alejarme lo más rápido posible de aquí, y eso es lo que hace.

—¿Qué ha pasado? —me pregunta con voz suave.

Le cuento todo.

En un primer momento, mi amiga está fuera de sí. Maldice a los chicos y me suplica que no los vea más, y después de varios segundos en lo que recupera el aliento, cambia de tema a los besos que compartí con Clarke.

—¿Qué se lo impide? Clarke siempre ha hecho lo que ha querido. Entonces, ¿por qué privarse de ti? —se pregunta Lola, con el ceño fruncido.

—No lo sé, pero eso ya no tiene ninguna importancia.

Nunca deberíamos habernos besado, y eso no volverá a suceder, porque él es quién más daño me ha hecho en toda esta historia.

Yo, Avalone Lopez, no quiero ninguna relación con los hombres, estoy demasiado concentrada en mis estudios.

Sentada en la hierba en compañía de mis amigos, escucho a Aurora y Emily explicarnos los trámites que han hecho para compartir habitación, en la misma planta que Lola y yo. Un minuto antes, Jackson me aconsejaba mantenerme alejada de Clarke. Ayer me vio montarme en el SUV en compañía de los tres Devil's Sons, y no puedo estar más de acuerdo.

Mientras observo a Aurora y a Lola en brazos de sus respectivas parejas, no puedo evitar pensar en mi última relación, que fue hace dos años. Para mi ex, éramos la pareja perfecta del instituto, pero yo veía las cosas de una forma diferente. Era amable y muy atento, sin embargo, me trataba como una muñeca de porcelana, demasiado débil para llevar mi propio bolso, demasiado enferma para dar paseos de más de diez minutos. Era sofocante. Había intentado explicarle las cosas, y en ese momento lo entendía, pero al día siguiente lo volvía a hacer. Incluso mientras nos acostábamos; se negaba a que tomara el control para evitar problemas. Lo dejé al inicio del quinto mes de relación.

—Circula una nueva droga por las universidades.

Vuelvo a la realidad y miro tanto a Daniel como a Jackson.

—La Demonio. ¡Desarrolla las capacidades físicas, como si tuvieras superpoderes! Logan se la tomó la semana pasada. Tenía el doble de fuerza. Me dijo que sentía las cosas muy intensamente, pero que la bajada no era nada agradable. La están vendiendo los Demon's Dad.

Lola y yo intercambiamos una mirada. Ambas pensamos en Ange, del que no hemos tenido noticias desde mi estancia en el hospital. Espero que esté bien.

Cuando mis amigos se disponen a irse a la fraternidad, rechazo la invitación, prefiriendo estudiar y descansar. Nos levantamos del césped y me sacudo el culo.

—Avalone.

Me congelo de pies a cabeza.

—¡Joder! —maldigo—. Sí que me tienen manía las Nornas, es increíble.

Yo que quería escaparme especialmente de la fiesta para evitar cruzármelo, y aquí está, presentándose en el campus.

Me contengo para no dejar salir la rabia que me invade y me giro despacio hacia Clarke. Las manos en los bolsillos y la forma en la que desvía la mirada muestran su vergüenza y, sin embargo, desprende superioridad y carisma.

—¿Podemos hablar cinco minutos?

Venir hasta aquí, presentarse delante de mis amigos, y sobre todo, delante de Jackson para *hablar* ha debido costarle un esfuerzo enorme. Su rostro es inexpresivo, pero nada comparado a cómo se vuelve cuando el chico se interpone entre nosotros.

—¡Déjala en paz, Taylor!

Todo en la actitud de Clarke demuestra el desprecio que siente hacia su antiguo mejor amigo. No hay ningún rastro de cariño, como si su relación nunca hubiera existido.

—No eres el más indicado para darme órdenes —escupe Clarke.

—¡Déjala en paz! —repite.

A un metro de Jackson, Clarke lo supera con creces en tamaño y altura. Lo mira como si fuera un don nadie, un inútil.

—¿Pero quién te crees? Tiene obligaciones con los Devil's Sons, como tú en su época. Desgraciadamente, ya usé mi comodín para salvar tu culo de cobarde y no tengo otro para la bella señorita.

Una doble verdad acaba de salir a la luz y se cierne sobre todos nosotros. No perdona a nadie. Las miradas de mis amigos se posan sucesivamente sobre Jackson, y después sobre mí.

Nadie habla.

Jackson no está contento de que Clarke haya expuesto su secreto, pero parece aún más sorprendido por mi implicación en la banda. Me mira fijamente, decepcionado.

«¡Dijo la sartén al mango!».

Sacudo la cabeza antes de volver a concentrarme en el Devil's Sons.

—No bromeaba cuando te dije que se había acabado, Clarke.

—¿Lo has oído? —le suelta Jackson—. Lárgate, o te juro por Draupnir que...

—No me importa si crecimos juntos, Jackson. ¡No te metas!

Este último avanza hacia él, pero Daniel interviene y lo empuja hacia atrás, sabiendo perfectamente que no estaría a la altura contra el Devil's Sons. Pero Jackson está obsesionado con Clarke. Abre los brazos, de forma provocadora.

—¡Ven, aquí te espero! —le grita.

En respuesta a la mirada suplicante que me lanza Daniel, me meto en medio del camino del motero, pero pone su mano en mi hombro y me mueve hacia un lado con una facilidad que me deja sin palabras.

Daniel no pierde la esperanza, hace retroceder a su compañero de equipo. Maldice y le ordena que se calme, pero Jackson lo empuja agresivamente.

Todos estamos asombrados por el comportamiento de nuestro amigo.

«Joder, ¿qué le ocurre?».

—¡No fuiste capaz de proteger a tus padres! ¡Ella también va a pasar por eso, hijo de puta!

Me congelo. Al igual que Lola, Aurora, Emily y Daniel.

El tiempo también se congela.

A pesar del arrepentimiento que asalta rápidamente a Jackson, es demasiado tarde. No se observa ningún dolor en la cara del Devil's, su mirada está vacía, sin alma. El miedo por lo que va a pasar me revuelve el estómago. Poco a poco, los labios de Clarke se extienden. El sadismo de su sonrisa llega a sus ojos.

Bajo la mirada y cierro los ojos, resignada. No puedo retenerlo después de eso, sería hipócrita por mi parte. Si estuviera en su lugar, si hubiera visto morir a mis padres ante mis ojos, saltaría sobre Jackson con ganas de asesinarlo. No me puedo creer que se haya atrevido a decir eso. No solo ha usado el peor momento de la vida de Clarke, sino que también ha insultado a su madre.

Me sobresalto cuando el puño del Devil's se hunde en la mandíbula de Jackson, que cae derribado al suelo bajo los gritos de pánico de las chicas.

—Esa puta, como tú la llamas, iba a recogerte al colegio y te limpiaba el culo cuando aún llevabas pañales. ¡Vuelve a hablar así de mis padres y te mato!

Tras un solo puñetazo, Clarke se da la vuelta. Pasa por delante de mí y llega al *parking* con paso apresurado, listo para explotar.

Me giro hacia Jackson que pone sus dedos sobre su labio roto y hace una mueca de dolor.

—¡Eres un imbécil! —le espeta Aurora.

—¡Está usando a Avalone!

—¡Para! ¡No es más que una excusa! ¡Tú también la estás usando para mostrar tu rabia contra Clarke por lo que te hizo en el pasado!

Jackson abre la boca para protestar, pero se echa atrás en el último momento y me lanza una mirada arrepentida.

Suspiro, sobrepasada por los acontecimientos.

—Sí, los Devil's Sons me utilizan. Sin embargo, durante estos últimos dos minutos, has caído mucho más bajo que ellos. No porque me hayas utilizado para exteriorizar tu rabia contra él, sino porque has usado el peor momento de su vida para hacerle daño. Cuando Clarke se enfrenta a alguien, al menos tiene el mérito de ganar sin haber recurrido a la debilidad del otro. Pasa página, Jackson, porque al que acabamos de ver, no eres tú. Vales más que eso. Al menos, eso espero.

Sin mirar atrás, voy junto a Clarke, que llega a su moto. Se pasa las manos por el cabello con nerviosismo, y después golpea violentamente la farola con su puño. Un ruido sordo suena en los alrededores. Acelero el ritmo para alcanzarlo, pero, a dos metro de él, el Devil's se da media vuelta, con la cara deformada por un profundo odio enterrado demasiado tiempo.

—¡No te acerques!

Me paro en seco, con el corazón latiendo desbocado. Lo odio por todas las mentiras, pero, en este momento, me siento muy mal por él. Jackson no tenía derecho a usar a sus difuntos padres contra él, es inhumano.

Clarke va y viene delante de su Harley. Abre y cierra los puños, aprieta la mandíbula más y más. Maldice, incapaz de desactivar la bomba que Jackson ha dejado en sus manos.

Su mayor herida ha sido reabierta y no tengo la menor idea de cómo aliviarle.

—Clarke…

—¡¿Qué?!

Se gira bruscamente hacia mí, con las facciones delineadas por un sentimiento destructor que lo sumerge en la confusión. Avanza en mi dirección con una determinación sádica que activa una alarma en mi cerebro, y después se queda quieto y palidece; retrocede, titubea, antes de volver a sus idas y venidas, más nervioso que nunca.

Mis manos comienzan a temblar. Nunca lo he visto en este estado, no lo puedo dejar así. Sufre y es mucho más peligroso para cualquiera que se cruce en su camino.

Avanzo hacia él, pero Clarke retrocede y me grita para que no me acerque.

Mi corazón se rompe cuando entiendo que no me rechaza, sino que simplemente teme ser violento conmigo. Su odio está a punto de ahogarlo y la única persona que tiene delante de sus ojos soy yo. Así que cree que, aunque normalmente lo domina, esta vez es diferente. Piensa que los sentimientos que tiene dentro son demasiado fuertes y que en cualquier momento va a explotar. Y tiene miedo de hacerlo cuando estoy delante de él.

—Tú tienes el control —digo con el labio tembloroso.

—¡¡No sabes nada!!

Y sin embargo, continúo avanzando, incapaz de abandonarlo.

—Para, Avalone…

Su voz quebrada me rompe el corazón, pero me trago las lágrimas. Tan solo nos separan dos metros, y si dejara de retroceder, podría alcanzarlo en tres pasos.

—Tu ira es más intensa que normalmente, pero viene de la misma fuente. Sabes controlarla, Clarke.

No me responde. Sin embargo, su devastado rostro es la prueba de que me escucha.

Avanzo un paso despacio. Clarke no retrocede, sus puños tiemblan por la contención. Con una ruidosa respiración, todo su cuerpo reacciona a cada uno de mis movimientos.

—¡Vete, joder!

No parpadeo. Cuando empiezo a dar el segundo paso y distingo claramente sus iris, sus sentimientos me arrollan y me dejan sin respiración. Nunca me había cruzado con una mirada tan rota. Es una puerta abierta a su alma torturada, desnaturaliza, que no sabe amarse así misma de una forma sana.

Clarke gruñe y, cuando se dispone a retroceder, no le doy tiempo. Me lanzo contra él y pongo mis brazos alrededor de su cuello. Los suyos se cierran instantáneamente sobre mi cuerpo e inspira bruscamente una bocanada de aire.

Mi corazón late con fuerza contra el suyo. Lo abrazo aún más fuerte y rezo para aliviar sus tormentos.

—No es tu culpa, Clarke.

Tiembla, pero no me suelta, al contrario.

Cierro los ojos, rota por su dolor hasta el punto de no poder respirar.

—No es tu culpa —susurro—. *No* es tu culpa.

Inspiro en su cuello, me impregno de su olor y beso su piel, provocándole un escalofrío.

Mi rabia hacia él parece desaparecer con la esperanza de atenuar su dolor. No sé cuánto tiempo nos quedamos el uno en los brazos del otro, pero, poco a poco, siento que sus músculos se relajan y su respiración se vuelve más regular. Sin embargo, tengo miedo de soltarlo. Miedo de no haberlo calmado realmente, de descubrir que echo de menos sus brazos.

—Las bandas no son obras de caridad, Avalone. Si el jefe no te da su consentimiento, no puedes dejarla.

Vuelvo rápidamente a la realidad y me tenso. La rabia vuelve a aparecer tan rápidamente que me da la sensación de que nunca me ha abandonado.

—¡No soy parte de los Devil's Sons y nunca seré una de los vuestros! —respondo con una voz glacial.

—Tendrías que haberlo pensado antes de ponerte la chaqueta de cuero.

Clarke me suelta y mis brazos vuelven a caer a mis costados. Tras subir a su moto, el Devil's Sons arranca, acelerando, y se marcha del *parking* del campus.

18

Ha pasado más de una semana desde el conflicto entre Clarke y Jackson en el césped del campus. Más de una semana en la que no me he cruzado con los Devil's Sons, ni he recibido una misión. Aunque esté contenta, a menudo me encuentro mirando el cielo esperando a que una orden me caiga encima por sorpresa.

Por lo que he podido ver, Carter no es del tipo de persona que se rinde y no podría importarle menos a lo que yo quiero.

El tiempo se extiende con una pesada lentitud. No he visto a Jackson desde hace varios días, demasiado enfadada para enfrentarlo, pero el jueves por la tarde me di cuenta de que echaba de menos a mi amigo. Tras un mensaje, quedamos para hablar. Se disculpó antes de explicarme cómo estuvo a punto de formar parte de los Devil's Sons.

Cuando Clarke entró en la banda, Jackson quiso seguirlo. Pensaba que eso reforzaría su amistad, que se había debilitado mucho. Sin embargo, toda conversación fue inútil. No era mayor de edad y Carter no quería escuchar a «un niño».

En aquel entonces, Clarke le había prometido a Jackson que cuando entrara a la universidad le presentaría a Carter. Durante casi cuatro años, los dos amigos no tuvieron ningún contacto, lo que enfadó a Jackson.

Entró a la universidad el año pasado y Clarke cumplió su promesa aunque se hubieran convertido en extraños: le presentó a Carter. El jefe de los Devil's Sons sabía que Jackson no tenía un lugar en su banda, que abandonaría rápido, pero aceptó, contando las horas antes de que se echase atrás.

Dieciséis horas.

En ese momento, Carter no permitió a Jackson dejarlo y cargó a Clarke con la responsabilidad de la situación, para quitarles a sus hombres las ganas de presentarle a un niño de mamá. Clarke tenía que pagar por su error, y el jefe lo usó de ejemplo. Jackson no sabe lo que tuvo que hacer su antiguo mejor amigo para convencer a Carter, pero lo consiguió a costa de su ego y su honor. A partir de ese momento, el rencor creció entre ellos, hasta convertirse en la rabia de Jackson.

Esta confesión ha vuelto el odio que sentía por Carter aún más grande. ¿Es que ese hombre no tiene ningún respeto por los demás? ¿Cuál era su interés al hacer de Clarke un ejemplo en lugar de enviar a Jackson a su casa? Soy consciente de que entrar en una banda no es una decisión que se toma a la ligera, pero, joder, ¡con dieciocho años todavía somos unos críos! Jackson fue testarudo y no calculó el alcance de sus actos.

«Un poco de indulgencia no estaría mal, Carter…».

Todavía pienso en ello mientras estoy tumbada en mi cama leyendo mis apuntes. Como Lola ha salido a un restaurante con Daniel, aprovecho al máximo la silenciosa habitación, hasta que suena mi móvil.

Una llamada de Set.

Mierda. Aquí vamos de nuevo.

Miro fijamente la pantalla sin cogerlo, esperando a que salte el buzón de voz. Eso sin contar con su perseverancia: insiste llamando de nuevo. Voy a silenciarlo, pero pienso rápidamente en Lola.

«¿Y si ha tenido un problema?».

Me lanzo hacia mi móvil y descuelgo antes de que sea demasiado tarde.

—¡Ava, escúchame con atención! —Su voz me hiela la sangre y acelera los latidos de mi corazón. Habla rápido, casi sin aliento, y detrás de él se oyen palabrotas seguidas de gemidos de dolor.

Me enderezo, prestando atención.

—Tucker no debería tardar en llegar al campus. Va a recogerte para traerte al piso. En esta situación te necesitamos de verdad, así que no nos abandones, por favor.

Tras sus palabras suplicantes, cuelga y me deja preocupada. Me levanto rápidamente de la cama sin pensar ni un segundo en abandonarlos. Ha ocurrido algo grave, y si no respondo ahora, solo las Nornas sabrán lo que ocurrirá.

Salgo apresuradamente de la habitación, bajo los escalones de dos en dos, y cuando desemboco en el *parking*, Tucker y su Harley frenan delante de mí. Me monto detrás de él y arranca. Conducimos de forma peligrosa por las calles de Ann Arbor. Se salta los semáforos en rojo, zigzaguea entre los coches y se para solo cuando llegamos al apartamento de los chicos. Me bajo y Tucker me lanza sus llaves, con las facciones tensas por la urgencia.

—¡Sube! Set no va a tardar en llegar.

Se aleja tan rápido como ha llegado, sin darme la más mínima explicación. Empiezo a sentir miedo de verdad. Entro en el edificio y llego al apartamento, esperando encontrar la razón por la que he venido.

Solo que el lugar está vacío. No hay nadie, no hay ninguna pista.

«¡Juro por los dioses que si es una nueva prueba o una manipulación, prendo fuego al edificio!».

Voy hasta el salón y me siento en el sillón durante varios minutos que parecen una eternidad cuando, de repente, se escuchan unos golpes contra la puerta. Me levanto precipitadamente para abrir a Set y a Justin. Llevan el cuerpo inconsciente de Clarke que deja un rastro de sangre tras él.

El corazón me da un vuelco en el pecho mientras me quedo paralizada, en *shock*. Solo consigo moverme para dejar entrar a los chicos. Giran en el pasillo y desaparecen. No es hasta que escucho a uno de los Devil's golpear la pared que recupero el uso de mis extremidades. En ese momento, corro hasta la habitación y descubro a Clarke acostado en su cama.

—¿Qué le ha pasado?

—Le han disparado y ha perdido mucha sangre.

Por Odín todopoderoso…

Mientras Justin camina de un lado para otro, muy nervioso, Set me coge por los hombros para asegurarse de que entiendo bien las palabras que van a salir de sus labios.

—Va a venir un tío a curarlo. Nosotros tenemos que volver. Ábrele cuando llame.

Parpadeo y los chicos ya se han ido sin decirme a dónde o por qué.

Estoy congelada, sin la menor idea de qué hacer, pero sé que si no lo atienden rápido, corre el riesgo de morir.

Con las manos temblorosas por el miedo, llego hasta Clarke, todavía inconsciente. Su rostro está pálido, casi translúcido, como si no tuviera más vida en él. Cuando pongo mi mano en su piel, me doy cuenta de que está ardiendo y corro al baño para mojar una toalla con la que regreso para humedecer su frente. Su respiración me tranquiliza y parece que ha dejado de sangrar. Para asegurarme, subo suavemente su perforada camiseta, atravesada por la bala.

Tengo una fuerte náusea. Me tapo la boca con la mano antes de retroceder, tambaleándome, sin conseguir desviar la mirada de esa carnicería.

Hay muchas compresas puestas sobre la herida, pero todas parecen empapadas en el líquido escarlata… Por no hablar de la sangre seca sobre su piel que forma huellas de manos y dedos.

Gracias a los dioses, durante las numerosas estancias en el hospital, he escuchado decir que no es hay que retirar las gasas, incluso si eso significa añadir más encima. El impacto en el abdomen me disuade de hacer presión directa en la herida.

No sale mucha sangre, pero quién sabe qué órgano puede tocar la bala si se mueve como resultado por presionar la herida.

¡Por todos los dioses, debería estar en el hospital!

—Joder, Clarke, no te mueras…

Me desconcierta verlo en este estado. Él, que normalmente es tan fuerte e imponente, no es invencible. Y lo descubro de la peor manera.

Lo arropo con la sábana para que no tenga frío. Mi frustración amenaza con hacerme explotar. Es entonces cuando mi mirada se encuentra de frente con un par de tijeras en su cómoda. Inspiro de repente, aliviada ante la idea de que sí puedo hacer algo por él, y las cojo.

Sin vacilar, clavo la punta de las tijeras en la palma de mi mano. Siseo de dolor, aprieto los dientes y hago un corte de tres centímetros en mi piel.

Me río por los nervios y me arrodillo al lado de Clarke sobre su cama, buscando un lugar donde su piel esté virgen, sin tatuajes. En el interior de sus muñecas encuentro algunos centímetros. Hundo mi meñique en mi sangre y empiezo a dibujar con esa tinta runas de vínculo, poderosos símbolos mágicos de mi religión.

Fehu y Uruz, para la curación.

Cuando coloco mi dedo meñique sobre su piel para dibujar Fehu, recito el *Galdrabók.*

—«Tengo el poder de ayudarte con la enfermedad, los problemas y el dolor. ¿Pero piensas a veces en el final? Eres libre y sin embargo formas parte de un todo».

Levanto mi temblorosa mano. Fehu está dibujado.

Coloco de nuevo mi meñique en la palma para cubrirlo de rojo, con la intención de superponer Uruz a Fehu.

—«Soy la runa de los sanadores, curo las heridas y los dolores. Soy el origen de todo, el tiempo original. Si me escuchas, conocerás el sentido de la vida» —recito.

Con la primera runa de vínculo dibujada, inspiro profundamente y paso a la segunda en su otra muñeca.

Thurisaz y Ehlaz, para una protección poderosa.

—«Soy la fuerza impulsiva y ataco para defenderme. El rayo está dentro de ti. Siéntelo para que puedas encontrar tu fuerza» —pronuncio de forma clara mientras reproduzco Thurisaz en la piel.

Superpongo Ehlaz.

—«Soy el junco, te doy resistencia. Puedes doblarte con el viento de la tormenta, pero no te quebrarás» —recito.

Acabo mi segunda runa de vínculo y me dejo caer sobre mi trasero, con el corazón un poco más ligero. Sin embargo, no tengo tiempo para respirar antes de que alguien golpee salvajemente la puerta de entrada. Salto de la cama y corro hacia allí lo más rápido posible para abrir a un hombre de unos treinta años, también tatuado de cabeza a los pies.

—Avalone, ¿verdad?

Asiento con la cabeza y él entra en el apartamento cargado con dos mochilas.

—Soy Ethan.

Sin más presentaciones, recorre el pasillo y entra en la habitación de Clarke. Pone sus mochilas al pie de la cama y las abre rápidamente dejando ver muchos instrumentos quirúrgicos, consciente de la urgencia de la situación.

—Dejé un desinfectante en el botiquín del baño principal. ¡Tráemelo!

Me excuso y corro por el apartamento. Cuando vuelvo a la habitación con el recipiente, Ethan lleva puestos guantes esterilizados, Clarke está despierto y gime de dolor. Unas grandes ojeras resaltan bajo sus ojos y unas gotas de sudor gotean en su frente. Me ve a lo lejos y se altera mientras yo estoy a punto de llorar de alivio.

—¿Qué hace ella aquí?

Su voz es seca, ¡pero qué contenta estoy de escucharla!

—Encantada de volver a verte, guaperas.

—¡Sácala de aquí, no quiero que ayude con esto!

—Cállate, la necesito.

Clarke maldice y coloca la cabeza sobre la cama, con la mirada desfigurada por el dolor.

—Vierte la botella sobre la herida —me ordena Ethan.

Abro el tapón sin discutir y me acerco a la cama. El enorme hueco en el abdomen del Devil's me revuelve el estómago. Desvío la mirada apretando los labios.

—Toma, muerde esto.

Ethan le lanza un trapo a Clarke, que se lleva a la boca, y después me hace un gesto para que empiece. Inspiro profundamente y, con una mano temblorosa, vierto el desinfectante sobre la herida. Gime de dolor y casi se rompe los dientes con el trapo.

Ethan coge una pinza y un separador abdominal, y después se acerca a la herida. Con uno de los instrumentos, la abre y su paciente gime con más intensidad, mientras que con el otro, inspecciona la zona. El motero golpea el colchón con el puño antes de quitarse furiosamente el paño de la boca.

—¡¿Sabes las ganas que tengo hundir mi puño en tu cara?!

—¡Estoy intentando salvarte la vida, cabrón!

El pseudomédico —rezo para que no sea un veterinario— mueve el instrumento, y Clarke maldice sin descanso. Mi corazón late tan rápido que me da miedo que explote. Presencio esta horrible escena sin poder hacer nada para calmar su dolor.

—¡Saca esa jodida bala, hijo de puta!

Me siento al lado del herido, cuyo rostro se vuelve aún más alarmante. Tiene la tez de un color enfermizo, y el dolor marca cada uno de sus rasgos cansados.

Ethan hunde un poco más la pinza buscando el proyectil. Ante el nuevo quejido de Clarke, no puedo evitar cogerle la mano, compartiendo una ínfima parte de su punzante dolor. Su mirada al observarme ha perdido intensidad, está vacía, ya no resplandece. Sus párpados se cierran y su cabeza cae lentamente sobre la cama.

—¡Ha perdido el conocimiento! —grito, asustada.

—No pasa nada. Es mejor para él estar inconsciente durante la extracción. La bala no ha tocado ningún órgano vital, pero el dolor no es menor.

Unos segundos después, Ethan sujeta la bala en la punta de las pinzas.

—¡La jodida bala!

Abro los ojos de par en par al encontrar el objeto del crimen tan pequeño.

¡Por los dioses todopoderosos, eso tiene que doler una barbaridad!

Ethan pone la bala y el instrumento quirúrgico en una toalla, y después coge algo para cerrar la herida y, por último, las desinfecta.

A partir de ese momento no se escucha ningún ruido. Solo rompen el silencio nuestras respiraciones mientras observo los movimientos precisos y técnicos del posible veterinario.

En cinco minutos, la piel está cosida con cuatro puntos de sutura. Un gran peso desaparece de nuestros pechos.

—Va a pasarlo mal. Tendremos que vigilarlo de cerca.

Ethan vierte los últimos restos de desinfectante sobre la grave herida de Clarke y se deja caer al suelo, con la espalda contra la cama.

—Este imbécil siempre se encuentra en situaciones de mierda —bromea.

Parece cansado, pero ahora que la urgencia ha pasado, está mucho más sonriente.

Me acerco y me siento a su lado.

—¿No es la primera vez?

—¡Oh, está lejos de serlo! Es como mínimo la tercera bala que le extraigo, pero la mayor parte del tiempo le suturo por simples cortes de cuchillo u otras tonterías de ese tipo.

Suelto un pequeño grito de horror, lo que le divierte.

—Formar parte de una banda no está exento de riesgos. Pero es verdad que Clarke es quien recibe la mayor parte.

—¿Por qué?

—Porque se sacrifica por su familia.

Abro la boca para responder, pero no sale nada.

Clarke es protector, yo misma lo he podido comprobar en múltiples ocasiones, pero no creía que lo fuera hasta el punto de recibir un disparo por sus amigos.

Ethan hurga en su mochila y saca una crema desinfectante. Me sobresalto cuando me coge la mano, pero al entender lo que quiere hacer, le sonrío agradecida.

—Runas de vínculo, buena idea.

Mis ojos se salen de sus orbitas. Es estadísticamente imposible y, sin embargo, ha reconocido los símbolos sobre el brazo de Clarke.

—Eres…

—¿Pagano? Como todos, claro, y como tú.

Empiezo seriamente a hacerme preguntas sobre el tema. ¿Por qué Ann Arbor está llena de neopaganos? ¿Carter les ha lavado el cerebro o está tan obsesionado con la religión como para reclutar solo a paganos nórdicos?

—¿Cómo terminaste ayudando a los Devil's Sons? —me pregunta Ethan.

Se levanta y guarda su material.

—Seguramente por estar en el lugar equivocado en el momento equivocado.

Empieza a reírse.

—Un poco como todos nosotros.

Entonces empapa las compresas de líquido y las pone sobre la herida suturada de Clarke con un vendaje.

—Es una mezcla de fuertes cicatrizantes que favorecen la reparación del tejido. Tengo que dejar reposar el apósito al menos una hora antes de ponerle uno encima. Venga, ven, vamos a beber algo para eliminar todo este estrés.

Observo al Devil's una última vez. Aún sigue inconsciente, pero su pecho se eleva al ritmo que su respiración.

—No me refiero a alcohol. Carter me envío tu historial médico cuando estuviste hospitalizada. Espero que no te moleste.

Se sienta en el sillón frente a mí y me tiende un vaso de agua mientras que el suyo tiene *whisky*. Sacudo la cabeza como respuesta y doy un trago. Que haya una persona más o uno menos en posesión de mi historial médico no cambia nada.

—¿Por qué tratas a los miembros de la banda?

—Era cirujano en la armada, pero tuve un accidente. Se me desgarró el tendón del brazo. Una vez curado, mi mano temblaba, lo que puso fin a mi carrera y aquí estoy…

—Lo siento…

—No pasa nada. No creo que las cosas pasen por casualidad, como tampoco creo que tu implicación con los Devil's Sons sea una coincidencia. Cada uno está en el lugar que debe estar. Seguro que tienes grandes hazañas que realizar, como devolverles un poco de humanidad a esos idiotas.

Me guiña un ojo, mientras se extiende una sonrisa por mis labios. De repente, la puerta de entrada se abre con los Devil's Sons al completo, salvo Carter. El jefe nunca está presente cuando algo va mal.

—¿Cómo está el campeón? —pregunta Tucker, nervioso.

—Está bien. Se despertó antes de volver a quedarse inconsciente. Necesita descansar.

Los Devil's desaparecen por el pasillo para asegurarse por ellos mismos que el corazón de Clarke sigue latiendo. Vuelven rápidamente con cara de funeral. No parecen estar bien, todos tienen ojeras.

—Gracias, belleza celestial —me dice Set con una sonrisilla vacilante.

La última vez que los vi, les dije que ardieran en las llamas del Ragnarök, y un parte de mi aún lo piensa, así que mantengo cierta frialdad.

—¿Qué ha ocurrido?

—Ese cabrón recibió una bala por mí —se irrita Set.

Su culpabilidad es enorme. Se restriega la cara con nerviosismo, casi sin aliento. Su dolor es palpable, tortura su mente. Eso solo demuestra que no me necesitan para devolverles algo de humanidad.

Hasta aquí llega mi resentimiento. Extiendo la mano para coger la suya.

—Clarke está bien —le digo con voz suave.

Me mira sorprendido antes de sonreírme con agradecimiento y aflicción. Cuando abro la boca para decirme algo, el sonido de su móvil lo interrumpe. Descuelga y adivino que es Carter quien está al otro lado de la línea. Set le transmite las últimas noticias sobre Clarke, e Ethan le confirma que necesita reposo para curarse, algo que por lo que se ve no les parece nada fácil, ya que, según Justin, el segundo de Carter se levantará mañana por la mañana.

Set cuelga y suspira agotado.

—¿Quién se va a encargar de impedir que salga? —pregunta Jesse—. ¡Yo ya lo hice la última vez y me llevé un derechazo!

En respuesta a la pregunta, todas las miradas se dirigen hacia mí.

«¡Mierda!».

—No habláis en serio, ¿verdad?

—¡Arriesgaríamos nuestro pellejo! Pero a ti Clarke no te tocará. Y sabrás convencerlo.

Tucker no se equivoca. Sin embargo, si soy sincera, no tengo ganas de volver a enfrentarme a él. Cruzo los brazos, en señal de desaprobación, pero nadie intenta encontrar otra solución. Los miro uno a uno, vacilante, y después acabó suspirando.

—Vale. ¡Pero no os prometo nada!

Justin me atrae hacia él para besarme en la sien.

—Eres la mejor.

—¿Me estáis diciendo que estos cincuenta kilos van a conseguir convencer a Clarke? —pregunta Ethan, escéptico.

—Mi gran ego se va a sentir herido, pero esta chica lo hace mucho mejor que nosotros —dice Tucker.

Una hora más tarde, Ethan vuelve al salón tras haber examinado a Clarke. Está despierto y su vida ya no corre peligro. Se lo agradecemos y nos despedimos del cirujano que tiene que irse, y después vamos a la habitación del herido. Los chicos entran mientras yo me quedo en el marco de la puerta, aún con los brazos cruzados sobre el pecho.

Clarke, sentado sobre su cama, está intentando ponerse una camiseta. Sisea de dolor con cada movimiento.

Joder, he deseado millones de veces que saliese de mi vida, no quería escucharlo ni verlo más, pero cuando apareció inconsciente y herido entendí que no era así. Nunca había deseado tanto que me hablara, ya fuera para gritarme o mentirme. Todo lo que quiera, con tal de que se despierte. Y ahora que lo ha hecho, tengo miedo del momento en el que abra la boca.

—Tienes que quedarte en la cama —lo intenta Set.

Como esperábamos, se burla, con maldad.

—¿Lopez? —me pide Sean.

No sé por qué los chicos piensan que Clarke me va a escuchar, pero al menos habrá que intentarlo.

Asiento con la cabeza y Set me da una palmadita en la espalda a modo de apoyo. Después, los Devil's dejan la habitación. Una vez que estoy a solas con Clarke, me acerco a él y me siento a su lado.

—¿Cómo te encuentras?

—Si estás aquí para convencerme de me quede en la cama, pierdes el tiempo, Lopez.

Parece que tiene un humor de perros, sin embargo, está vivo. Y eso no tiene precio. Su rostro vuelve a tener color, parece tener menos dolor que con la bala dentro de él. Cuando pongo mi mano sobre la suya, deja de moverse.

—Solo te he preguntado cómo te encuentras.

Sus ojos miran fijamente los míos y, sin saber cómo hemos llegado a eso, nuestros dedos se entrelazan. Dejo de respirar por un momento bajo la caricia de su mirada.

—Estoy bien.

—Podrías haber muerto.

Saber que forma parte de una banda, presenciar sus peleas o verle apuntar su pistola a los comerciantes de armas es una cosa, pero encontrarlo herido por una bala… La tasa de mortalidad en este mundo es muy real y ahora soy muy consciente de ello.

—Estoy vivo.

—¿Hasta cuándo?

Me mira sin responder, con la boca entreabierta y las cejas ligeramente fruncidas. Me levanto y rompo el contacto de nuestras manos.

—Descansa, por favor.

Se ríe sin ganas.

—Lo sabía…

—¡Soy como tú, Clarke! Enferma o no, me niego a quedarme atada a la cama. Entiendo cómo te sientes mejor que nadie, pero cuanto antes descanses, antes te recuperarás.

—¡Estoy bien! —dice molesto.

—Si mañana tengo un ataque, te gustaría que me lo tomara con calma, ¿no es así?

—No te dejaría elegir.

—Entonces, yo tampoco.

Decidida, dejo la habitación a grandes zancadas. Recorro el pasillo y entro al salón bajo la mirada de los chicos.

—¿Lo has convencido?

—Vuelvo en treinta segundos.

Abro el mueble bar y cojo una botella de alcohol, y después vuelvo a la habitación de Clarke. Mira fijamente la botella de *whisky* con desconfianza.

—Quédate en la cama, o vacío la botella…

Se ríe sin tomárselo en serio ni por un segundo.

Ese es su problema: me subestima muy a menudo.

—No lo harás.

—¿Quieres apostar?

Me observa, de repente menos seguro de sí mismo. Abro la botella y tiro el tapón al suelo, ofreciéndole una última oportunidad de tomarme en serio, pero una mirada desafiante se dibuja en su rostro.

Si cree que no lo voy a hacer, se equivoca. Solo espero que ceda antes de que beba demasiado.

Sin dejar de mirarlo, me llevo el morro de la botella a los labios. Los chicos aparecen en el marco de la puerta y se alteran.

—¡Estás loca! —grita Justin, aterrado.

Vienen hacia mí, pero les detengo con una mirada asesina antes de concentrar mi atención en el herido. La ira crece en él, y cuando doy el primer trago, se levanta bruscamente. El líquido me quema la tráquea y hace que me piquen los ojos. Me preparo para tomar un segundo sorbo cuando Clarke me ordena que pare, hecho un basilisco.

Alejo el alcohol de mis labios y lo evalúo seriamente.

—¿Vas a descansar mientras te recuperas?

—¡Sí! —me responde, exasperado.

—Gracias.

Dejo la botella ruidosamente sobre la cómoda y paso delante de los Devil's para salir de la habitación. Agarro un brazo al azar y arrastro a uno de ellos para que me siga. Atravieso el pasillo, empujo una puerta y entro en un baño con inodoro. Un poco preocupada, me giro hacia el Devil's y me encuentro con Tucker. Me servirá.

He cruzado los límites un gran número de veces y todavía estoy viva. Ese trago seguramente no me matará, sin embargo, ahora las cosas son diferentes. He tenido una parada cardíaca no hace mucho, y tengo miedo. Estoy aterrorizada ante la idea de morir de verdad y perderme momentos increíbles. Por primera vez en mi vida, mi día a día es trepidante, y por mucho que me duela admitirlo después de lo que me han hecho, es gracias a los Devil's Sons. No estoy dispuesta a renunciar a ello. Quiero seguir viviendo.

—Tengo que vomitar antes de que el alcohol que he ingerido sea absorbido por mi metabolismo. Y tú me vas a ayudar —le digo con total seguridad.

Tucker palidece, y después da un paso atrás tragando.

Lo cojo por los hombros e insisto.

—Me cuesta vomitar, así que vas a meterme los dedos en la garganta, Tucker.

El Devil's Sons traga con dificultad, y después niega con la cabeza.

—Nuestra amistad no va a sobrevivir a esto.

—Mucho mejor, no somos amigos.

—¡Pues claro que sí! —grita.

—¡Entonces, méteme los putos dedos en la garganta!

Un poco pálido, Tucker levanta la mano a la altura de mi cara. No tiene buen aspecto, me pregunto si no va a ser él quien acabe vomitando. Pero de verdad necesito su ayuda para esto. Incluso aunque solo haya bebido una pequeña cantidad de alcohol, prefiero expulsarlo.

—No son los dedos lo que normalmente meto en la boca de una tía.

—¡Tucker!

—¡De acuerdo!

Intenta calmarse, pone una mano sobre mi nuca para evitar que me mueva y abro la boca. Cuando mete los dedos, el Devil's desvía la mirada, haciendo una mueca y cerrando los ojos.

Los hunde profundamente, tocando mi paladar y mi lengua, pero a pesar de que debería darme ganas de vomitar, solo tengo una arcada acompañada de un carraspeo que Tucker repite mucho más fuerte.

Casi doblado en dos, tiene la boca muy abierta, y parece estar a punto de echar la cena. Me muero de risa, pero tengo una nueva arcada que aumenta los ruidos que hace Tucker.

—Pero ¿qué demonios estáis haciendo?

Mi risa se vuelve incontrolable cuando miro a Jesse que observa esta inverosímil escena.

El pobre Tucker se estremece. Su cuerpo produce los sonidos característicos del vomito sin que salga nada. Sus dedos salen de mi boca, se dobla en dos y continúa con sus interminables arcadas. En cada una, pienso que va a vomitar, pero no.

Mi risa es tan fuerte que me duele la tripa y Jesse se une. Nos lo estamos pasando tan bien que recobrar el aliento se vuelve doloroso.

Acaba rodeando su brazo alrededor de mi cintura y atrae mi espalda contra su pecho.

—¿Quieres vomitar?

Asiento con la cabeza, con lágrimas en los ojos, incapaz de calmarme.

Jesse hunde dos dedos en mi garganta, pero mi risa complica las cosas. Me ahogo, aumentando la risa de Jesse y el mal estar de Tucker.

Me muevo tanto que el Devil's de la cabeza rapada tiene que agarrarme con fuerza contra él. Toca un sitio que creía inaccesible, pero no pasa nada, no tengo la más mínima náusea.

—¡Por Freya, V, tienes que hacer buenas mamadas!

Este imbécil hace que vuelva a morirme de la risa y me asfixie, teniendo una nueva arcada que señala el fin para Tucker. Se lanza sobre el váter y vomita hasta su primera papilla.

Enseguida, Jesse me saca del baño y cierra la puerta para evitar el olor. Nos desplomamos contra la pared, incapaces de recuperar el aliento de tanto reírnos.

—Pero ¿qué pasa?

Giramos la cabeza hacia el pasillo donde el resto de los chicos nos miran extrañados.

—No sabía que tenía un estómago tan sensible —confieso entre risas—. Le pedí que me hiciera vomitar, y…

Los ruidos de arcadas del otro lado de la puerta acaban la explicación por mí. Todo el mundo de se muere de risa, excepto Clarke, que me mira fijamente en los brazos de Jesse. Alzo una ceja ante su atención y me fulmina con la mirada. Sin embargo, sus ojos han perdido su brillo y su dolor es palpable hasta en su postura.

19

Cuando comprendemos que no conseguiremos recuperar la tranquilidad mientras Tucker vomite, decidimos volver al salón. Sean me ayuda a levantarme y yo hago lo mismo con Jesse. Acabo inspirando profundamente para calmarme tras mis últimas carcajadas y sacudo la cabeza, todavía divertida por la situación.

—Debo volver al campus. Tengo que coger mis medicamentos.

Set saca mis pastillas de un cajón de la cocina.

—Carter nos las ha dado. Quería que hubiese aquí en caso de emergencia.

Aliviada, abro los diferentes frascos y el Devil's llena un vaso de agua que me tiende. Me trago las tres pastillas y lo vacío de un trago.

—Por la cabeza de Mimir, ¿sabes que estás totalmente enferma? —me interroga Sean.

—Me pedisteis que me encargara de él, así que lo hice.

Clarke me lanza una mirada asesina a la que respondo con un guiño.

—¡Esta chica me va a volver loco! —protesta.

—Loco de amor, sí… —suelta Sean.

—¡Cierra la boca, hijo de puta!

Mientras todos se ríen, Tucker vuelve con nosotros. Se ha lavado la cara y los dientes. Su llegada está acompañada de bromas y tonterías mientras yo le ofrezco una cara triste.

—¡Te odio!

—¡No es verdad!

—¡No es verdad, pero casi!

Divertida, pongo los ojos en blanco y voy hacia el sillón antes de quedarme quieta, sospechando un problema mucho mayor.

Desconfiada, me giro hacia Tucker.

—¿La más mínima arcada te causa ese efecto?

—¡Si te preguntas si pueden chupársela a Tucker, la respuesta es no! —me informa Justin.

—¡No es tan simple como eso! —responde el implicado.

Abro los ojos de par en par y todos se parten de risa, excepto Tucker, que parece realmente molesto por esa afirmación.

—¡Joder, tíos, hay que volver! —grita Set, que le echa un ojo a su móvil.

No hace falta que diga nada más, los Devil's Sons se aceleran. Se ponen sus chaquetas de cuero y cogen sus llaves, serios. Clarke se levanta instintivamente, pero le señalo con un dedo acusador.

—¡Tenemos un trato!

No disimula las ganas que tiene de matarme. Observa cómo sus amigos se preparan para salir, y después maldice y se vuelve a sentar en el sillón.

—Ava, cuento contigo para que se mantenga ocupado —me dice Set.

Me lanza un guiño lleno de insinuaciones y los Devil's Sons salen del apartamento, dejándolo rápidamente desierto y silencioso. Ni siquiera tengo tiempo de decirles que tengan cuidado.

—¿Qué ha pasado?

Clarke permanece tanto tiempo en silencio que dudo que me responda. Empieza a hablar con la apariencia grave y la mirada fija en el vacío.

—Una banda rival quiere apoderarse de nuestro territorio. Va a terminar mal. Carter no perdona este tipo de cosas.

—Clarke, no hablo vuestro idioma. ¿Qué quiere decir eso?

—Si deciden dejar la ciudad y Carter es compasivo, lo dejaremos así, pero si no se van…

No sigue. Trago saliva ruidosamente.

—¿Qué pasara si no se marchan?

Suspira y posa al fin sus ojos sobre mí.

—Nos han disparado, Avalone. Es la guerra. Tenemos que echarlos… Y si para hacerlo nos vemos obligados a matar hasta el último de ellos, lo haremos.

«¿Matar a una banda?».

Eso no solo serían un montón de muertes, ¿quién dice que los Devil's Sons no se dejarán la piel ahí?

Sacudo la cabeza.

—Puedo ayudaros —respondo, sin saber bien cómo—. Vosotros sabéis pelear, pero yo sé hablar y convencer. Podemos evitar esta guerra.

—¡Ni hablar!

—Clarke, yo…

—¡He dicho que no! —grita enfadado.

Se levanta y va hasta la encimera sobre la que coloca las manos, con los brazos extendidos. Su decisión es irrevocable, sin embargo, me parece importante recordarle los riesgos.

Me levanto y voy hacia él.

—Entonces, ¿la única solución posible para ti es la violencia? ¡Clarke, podéis *morir*! ¡Set podría morir! Sean, Justin, Jesse, Tucker…

—Conocen los riesgos —me corta.

Se gira hacia mí con la mirada seria.

¿Después de recibir un disparado para salvar a Set, se atreve a decirme eso? ¡Son sus amigos, su familia, su propia vida! ¿No tiene ningún instinto de supervivencia? ¿Es tan inviable que elija el diálogo a la barbarie? ¡Incluso Carter ha creado una alianza con otras bandas porque es consciente de que la violencia no es la respuesta para todo! Y ahora sé que es con él con quien tengo que hablar para evitar una guerra por el territorio.

—¿Dirías lo mismo si yo también estuviera en peligro?

Su rostro se desencaja durante medio segundo antes de volverse de pierda.

—No. Tú eres diferente. Tú no has *elegido* formar parte de nosotros.

—¿Y si lo hubiera decidido?

Comienza a decir algo, pero cambia de opinión. Me mira, confuso.

—Conoces la respuesta —acaba diciendo. Se acerca a mí con un paso lento y terriblemente peligroso para mi corazón—. Si hubieras elegido ser uno de los nuestros, ¿dejaría que corrieras peligro bajo el pretexto de que conocías los riesgos? Piénsalo.

Su cercanía, cuando se para a varios centímetros de mí, me impide pesar en cualquier cosa.

—No has elegido ser uno de nosotros, pero quieres negociar con una banda enemiga con pleno conocimiento de causa. Esta vez, es *tu* decisión. Y como te pondría en peligro, no estoy de acuerdo.

Mi corazón se acelera. Trago con dificultad cuando la mirada de Clarke cae sobre mis labios. Él humedece los suyos, haciendo que mi respiración se vuelva pesada. Y entonces alguien llama a la puerta, me sobresalto y el Devil's se gira para ir a abrirla.

Suelto un largo suspiro de frustración.

—¡Recoged vuestras cosas, os llevo a casa de Carter! Son órdenes.

Reconozco la voz de Ange y me pongo nerviosa.

Llego a la entrada a la carrera, preocupada ante la idea de que los dos hombres se enfrenten. Encuentro a un Clarke menos tenso de lo normal ante este tipo de situaciones. ¿Es posible que el disparo que ha recibido tenga algo que ver? Ha recuperado el color, pero sigue estando muy pálido.

Me centro en las palabras que acaba de decir Ange y frunzo el ceño.

—¿Qué? Pero ¿por qué?

—Si ellos se enteran de tu existencia, estarás en peligro —me explica el Demon's Dad—. Carter quiere que os quedéis en su casa algunos días. Y esta vez, no tienes elección, Avalone. Lo siento…

Por «ellos», Ange tiene que estar hablando de la banda rival que intenta apoderarse del territorio de los Devil's Sons. Puedo ser cabezota y odiar a Carter, pero yo *sí* tengo instinto de supervivencia. Confío en que las explicaciones del jefe me ayuden a decidir si me someto a sus exigencias o no. Mientras tanto, asiento con la cabeza. Una vez en su casa y al tanto de la situación, decidiré.

Clarke me mira fijamente, esperando a que proteste, pero me encojo de hombros. Gruñe molesto antes de desaparecer por el pasillo. Me pongo al día con Ange, y el Devil's vuelve varios minutos después con una mochila en la mano. Salimos del apartamento con un ambiente tenso. El Demon's Dad va hacia la puerta del conductor del Mercedes SUV de Carter, sin embargo, Clarke lo coge por el brazo.

—Conduzco yo.

Ange frunce el ceño.

—Mi jefe me ha encargado venir a buscaros y llevaros.

Los rasgos de Clarke se endurecen cuando se acerca a su enemigo.

—Ya no eres uno de los nuestros. No conducirás este coche mientras yo esté aquí.

—¡Estás herido!

—¡Diez puntos para Slytherin! —intervengo yo.

Sus miradas se giran hacia mí y, mientras que en los labios de Ange se extiende una sonrisa divertida, el Devil's me fulmina con la mirada. Sin embargo, él no puede ir al volante cuando le acaban de disparar.

—Puedo conducir yo, ¿lo sabíais? —propongo.

Los dos me miran de reojo con desconfianza y atacan mi orgullo.

—¡Dame las llaves! —le ordeno a Ange.

—¿No lo dirás en serio? Este pequeñín está modificado y tiene más de seiscientos caballos bajo el capó. ¿Tienes carnet al menos?

Le quito las llaves de las manos y me subo detrás del volante. Clarke da la vuelta al coche para sentarse a mi lado y Ange suspira, y después sube detrás.

Arranco el coche y quito el freno de mano, apretando el pedal antes de frenar en seco, evitando por poco el coche aparcado delante de nosotros.

—¡Vaya! Esa no era la marcha atrás…

Los dos me miran fijamente horrorizados, con las manos sobre las manillas de la puerta, listos para huir, y se me escapa una pequeña risa.

—¡Es broma!

Está claro que la broma no les ha gustado.

Pongo la marcha atrás y giro el volante para salir de la plaza de aparcamiento antes de coger la carretera a toda velocidad.

—¡Baja la velocidad! —maldice Ange.

—¡Pero qué aguafiestas!

—¡Baja la velocidad! —me ordena Clarke.

Acelero aún más y me río como una loca.

Tras varios minutos de camino en los que los chicos han pensado que iban a morir, llegamos a la mansión, y nos dirigimos al salón. El propietario del lugar está ahí, acompañado de una despampanante mujer de su edad con la que nunca me había encontrado. Largo cabello castaño, un vestido que ciñe sus formas y tacones altos, es preciosa. Se levanta cuando llegamos y Clarke le da un beso en la sien, lo que tiene un extraño efecto en mí. Ella le sonríe cariñosamente en respuesta, y después su curiosa mirada se dirige hacia mí. Carter la alcanza y pone su mano sobre su espalda baja.

—Avalone, te presento a mi esposa, Kate.

Me hubiera gustado ocultar mi sorpresa, pero es superior a mis fuerzas y eso parece divertir a Kate.

—Tóquese el párpado derecho si Carter la retiene contra su voluntad y la sacaré de aquí —le digo.

Cuando Ange se atraganta ruidosamente, la mujer empieza a reírse, mientras que Clarke y Carter ponen los ojos en blanco.

Clavo una mirada seria en la del jefe de los Devil's Sons y coloco mis manos sobre mis caderas con gravedad.

—¿Sabe quién es usted? ¿Le ha hablado de sus inclinaciones realmente dudosas?

—Sí.

—¿Está seguro? ¿Está al corriente de *todo*? —pregunto, escéptica.

—De todo.

No se ofende o se enfada lo más mínimo por mis insinuaciones. Al contrario, la situación lo divierte mucho.

—Asombroso…

—¿Eso es todo? ¿Has acabado?

—Sí, mejor dicho, no. Parece en su sano juicio, eso es lo asombroso. Aunque usted también parece sensato. Eso solo demuestra que las apariencias engañan. Le he diagnosticado una sociopatía en test-de-personalidad.com, debería pensar en ir a mirárselo.

Ange tiene una ataque de tos y Clarke, fiel a sí mismo, aprovecha para darle un golpe en la espalda que casi le saca los pulmones.

—No eres más que un grano en el culo —me dice Carter.

Imito una pequeña reverencia, y después le sonrío a Kate.

—Me alegro de conocerla.

—Yo también —dice riéndose—. ¡Tu presencia en esta casa va a ser muy estimulante!

Carter me hace una seña para que me siente en el sillón, y obedezco, como los demás.

El jefe alza una ceja para llamar la atención de Ange, que se ha sentado a mi lado.

—Tú vas a esperar tranquilamente fuera.

El Demon's Dad no lo cuestiona. Aunque Carter aún lo obligue a prestarle servicio para castigarlo, su traición le quita todo el derecho a participar en este tipo de conversaciones.

Ange pasa las puertas francesas y Carter se sienta frente a mí.

—Como te han debido de informar, los King of the Law buscan quitarnos nuestro territorio. Han disparado a Clarke. No puedo dejar pasar eso, así que hasta que se resuelva el asunto, te vas a quedar aquí. Si se enteran de tu existencia, irán a por ti para llegar hasta nosotros. No vamos a acabar en esa situación. Solo mi residencia es segura.

—Si ellos no me conocen, ¿por qué tendría que esconderme?

—Los rumores vuelan, Avalone. Tus amigos saben que formas parte de nuestra banda. Centenares de estudiantes han visto a los Devil's Sons defenderte y todo el campus te ha visto con ellos. Solo es cuestión de tiempo que los Kings of the Law sepan quién eres.

Trago con dificultad y me imagino a unos locos poniendo una trampa a los Devil's Sons usándome como cebo.

—¿Cuánto tiempo va a durar esta situación?

—Si no se rinden en cuarenta y ocho horas, nos veremos obligados a mostrar nuestras cartas. En un máximo de cuatro días, esta historia será agua pasada y tú podrás volver al campus.

Bueno, pasaré las próximas noches aquí, no porque Carter me lo ordene, sino porque no quiero dejar que los Kings of the Law lleguen a los Devil's Sons. Mi necesidad de protegerlos es mucho más fuerte de lo que había pensado. A pesar de todas las jugarretas que me han hecho, no puedo negar el cariño que siento por estos chicos. Es algo que escapa a mi control.

Lo que me dispongo a preguntar a Carter probablemente obtendrá a una negativa, pero quien no arriesga, no gana.

Alzo una mirada decidida hacia el jefe.

—Acepto, pero con una condición.

Carter me hace una seña para que continúe, mientras Clarke se endereza rápidamente y me mira con la esperanza de que sea incapaz de hacerlo. Aún no me conoce lo suficiente.

—El objetivo es que sus hombres sigan vivos mientras protegen su territorio, ¿no?

Carter asiente con la cabeza, con una mirada de sumo interés.

—Si quiere esas dos cosas, déjeme hablar con los Kings of the Law. —La cara de Clarke se ensombrece, pero la ignoro. Kate está más que sorprendida y Carter me observa detenidamente. Continúo—. No sola, claramente, eso sería un suicidio. Organice una negociación. Los Devil's estarán allí, a mi lado, en caso de que salga mal. Seré su portavoz. No sé utilizar una pistola ni sé pelear, pero poseo el don de la palabra. Sé convencer. Solo tiene que explicarme en detalle quiénes son, lo que quieren exactamente, sus puntos débiles y…

—¡Es absurdo! —me corta Clarke.

—Es factible —zanja Carter.

Me enderezo, con las cejas alzadas, y el Devil's Sons palidece.

—¿No me digas que vas en serio? —se enfada.

—*Voy* en serio.

Clarke se levanta bruscamente, ignora el dolor en su abdomen y tensa la mandíbula, y después camina hasta la ventana frente a la que se sitúa, con los músculos tensos. Hace caso omiso de Ange a varios metros de él y mira fijamente el horizonte.

—A partir de mañana, te informaré de todo lo que necesitas saber.

¡Por todos los dioses, Carter ha confiado en mí hasta el punto de dejar en mis manos su mansión y la seguridad de sus hombres!

Abro la boca, sorprendida, y una sonrisa se extiende por mis labios.

Estoy contenta de sentirme útil y, extrañamente, no tengo miedo. Estoy emocionada incluso.

—Bien. ¿Cuáles son sus condiciones para mudarme? No quiero caer en una trampa.

—Hasta que el asunto no se haya resuelto, dormirás aquí. Irás a clase flanqueada por uno de los chicos. Si no vuelves directamente después de la universidad, me avisarás y te escoltarán. Nada de escabullirse. Y no intentes escaparte de tu acompañante o te sacaré de la negociación.

—Entendido.

Carter sonríe, satisfecho. Es la primera vez que conseguimos ponernos de acuerdo. De repente, me parece mucho más simpático.

—Tengo que volver a mi habitación. No tengo nada de ropa.

El jefe le hace una seña a Ange para que entre. El Demon's Dad abre la puerta francesa y, en guardia, rodea a Clarke, en caso de que el segundo de Carter decida desahogarse con él.

—Lleva a Avalone al campus. Y Clarke, antes de que digas nada, te quedas aquí para descansar. No es negociable.

De cara al jardín, el implicado responde sin mover ni un músculo.

Ange y yo salimos de la mansión. Suspira aliviado cuando le doy las llaves del coche y salimos de la finca.

—Nunca hubiera pensado que Carter te daría su consentimiento —me confiesa—. Eres valiente.

—¿Cómo…?

—Sé leer los labios.

Eso lo explica todo.

—No es valentía. Quiero evitar que los Devil's Sons mueran. Espero que esto funcione.

—Carter es la persona más difícil de convencer. Si te ha escuchado y ha aceptado, es que debe de ver algo asombroso en ti. Solo esperemos que no desee soltar las llamas de tu mirada sobre los nueve mundos.

Me muero de risa mientras sacudo la cabeza.

—¿Es realmente eso lo que ves en mí?

Deja de prestar atención a la carretera para observarme con ese temor que parece invadirle cada vez que me mira a los ojos.

—Avalone, en tus iris... veo ondular las llamas de Ragnarök. ¡Estoy seguro!

—Mira que podéis ser supersticiosos los paganos...

Se queda en silencio, perdido en sus pensamientos, y yo me alejo en los míos.

—¿Por qué traicionaste a los Devil's Sons?

Mi pregunta lo devuelve a la realidad y lo pilla por sorpresa. Duda en responderme, sin saber cómo formular su razonamiento.

—He tomado muchas malas decisiones en mi vida. Estaba con los Devil's Sons, pero aún quería más. Sabía que con ellos, Clarke seguiría siendo el segundo de Carter. Y entonces, los Demon's Dads me propusieron algo mejor. Mucho más de lo que me podía ofrecer Carter. Así que acepté sin dudar. Esa noche traicioné a mis hermanos y dejé que dispararan a Clarke.

—¿Te arrepientes?

—Sí y no. Sí, porque me volví contra aquellos que me habían acogido y he perdido su amistad para siempre, y no, porque he conseguido lo que deseaba junto a los Demon's Dads: el poder de un segundo. Me siento como en casa con ellos. No tengo el mismo sentido de sacrificio y honor que tienen los Devil's Sons.

Asiento, reflexionando sobre la sinceridad de Ange. No es fácil confesar algo así.

Al llegar a la habitación del campus. Lola todavía no ha vuelto de su cita con Daniel. Saco el móvil, un poco inquieta, y descubro su mensaje.

Lola
No me esperes, duermo en la fraternidad.
Llámame si tienes cualquier problema. xoxo.

Dejo el móvil y preparo mis cosas. Guardo cualquier cosa antes de recordar que siempre podría volver mañana, después de las clases.

En el camino de vuelta hacia el coche, no nos cruzamos con nadie, lo que no es sorprendente, al ser tan tarde. Atribuyo mi falta de sueño a la adrenalina tras una noche llena de emociones.

—¿Es tu banda quien vende la Demonio?

Ange entrecierra los ojos, antes de fruncir el ceño y de sacudir la cabeza.

—¡Oh, no, no, no! ¡No sé a dónde quieres llegar, pero ya puedes seguir soñando!

No me da tiempo a responderle porque se lanza al interior del coche. Entro también, dejo la mochila a mis pies y me giro hacia él.

—Uno, si te doy lo que quieres, Clarke acabará conmigo —continúa—. Y después, Carter descuartizará mis restos con la ayuda de todos los Devil's Sons. Dos, tienes una cardiopatía y la Demonio es lo primero que deberías tomar si deseas palmarla. Tres, tienes que dirigir una negociación que se fastidiará por completo, porque vas a tener la cabeza en la luna. Y cuatro, ¡Clarke me va a matar!

Aprieto los labios para contener la risa.

—Nunca he dicho que quisiera probarla. Pero volveremos a hablar después de la negociación.

—¿Me tomas el pelo? ¿Has escuchado la uno, la dos y la cuatro?

—Sí. Por eso volveremos a hablar.

Tiene razón, y no voy a consumir la Demonio. Solo pienso que, si tengo una pastilla por ahí, en una situación extrema, podría salvarme la vida. Considerando el mundo en el que me muevo, no me hago ilusiones. Rodeada de los Devil's Sons me siento segura, pero al descubrir a Clarke herido, fui consciente de que no es invencible. Un día, la Demonio podría marcar la diferencia.

Tras agradecérselo a Ange, entro en la mansión, recibida por Carter. Aún va en traje a las tres de la mañana. Me pregunto si también duerme con él.

—Ven, te llevo a tu habitación.

Giramos a la derecha en el pasillo, enfrente de su despacho, y recorremos varios metros para llegar a una habitación de tono rosa topo. La última vez, no me había dado cuenta de la puerta que lleva al baño. Pero esta vez no lo dejo pasar. Es amplio y con una bañera esquinada y una ducha italiana. ¡Por todos los dioses!

No lo muestro, pero me muero de ganas de disfrutar de todo este lujo.

—Si necesitas cualquier cosa, Marie, la empleada, duerme en la habitación al lado de la cocina. Clarke duerme enfrente de la tuya, y yo al otro lado de la mansión. Siéntete como en tu casa.

Me sonríe educadamente y se va. Dejo la mochila en la cama y acabo en el baño disfrutando de la bañera con chorros de masaje. Una vez que tengo la piel de las manos arrugada, me ducho, me aclaro y me seco. Me pongo una camiseta de tirantes y un pantalón de seda como pijama, y después salgo de mi habitación. La mansión está en silencio, solo está encendida la luz de la cocina al otro lado del vestíbulo.

Llamo a la puerta de Clarke antes de entrar. Está acostado en su cama, con los ojos pegados a la pared, y las manos detrás de la cabeza, como si me esperara.

Intento no pensar en la fuerza de sus músculos, en las venas que recorren sus antebrazos, en sus labios carnosos y en su oscuro cabello desordenado sobre el que deseo deslizar mis dedos.

—¿Cómo te encuentras?

—No deberías haberle propuesto eso a Carter.

No se gira en mi dirección. Sigue mirando fijamente el techo. Me acerco a su cama y me siento a su lado esperando que no me rechace.

Por fin clava sus ojos en mí, y me pierdo en ellos varios segundos…

—Todo irá bien.

Se ríe con amargura cuando rompe nuestro contacto visual.

A pesar de eso, se mantiene bastante tranquilo.

Necesito su apoyo esta vez. Necesito que me entienda, que me ayude, que me aconseje y me tranquilice, porque sé que esto no está exento de riesgos. Pero no podría quedarme junto a ellos siendo consciente de que su vida no es más que sangre y muerte y que no hacen nada para remediarlo.

—No te das cuenta del peligro.

—Pues claro que sí —suspiro—. Pero me niego a veros morir uno a uno, así que, si creo que puedo evitar eso, intervendré.

Clarke se levanta, enfadado de nuevo. Su tranquilidad ha durado poco. Claramente ha olvidado que le han disparado mientras va de un lado a otro. Obsesionado por la ira, sin darse cuenta, sus hombros se tensan de dolor.

—Acuéstate, por favor.

Se gira hacia mí tan bruscamente que debería gritar por el tormento. Pero no. Su ira lo ahoga todo.

—Basta una fracción de segundo para que te maten. ¡Habrá una decena de tipos armados de la cabeza a los pies, y si respeto nuestro acuerdo, no estaré ahí para protegerte!

—Los chicos estarán ahí... Ange podría respaldarnos, también.

Suelta una nueva risa nerviosa mientras me levanto para hacerle frente.

—¡Sé que lo odias, pero sería un hombre extra de nuestro lado! Todo irá bien...

—¿Confías en él? ¡Te recuerdo que ya nos traicionó una vez!

No me atrevo a decirle que sí, que confío en Ange.

Sin embargo, lo entiende con mi silencio. Asombrado, no sabe qué decir. Creo que ante todo tiene que digerirlo.

Cierra los ojos y se pellizca el puente de la nariz.

—No deberías haber venido jamás a esta universidad. Deberías haberte quedado en tu casa.

Su tono es serio y sus palabras me hacen daño, pero no pestañeo y me trago el dolor.

—¿Es eso lo que piensas de verdad?

—¡Pues claro que sí! ¡Carter te ha metido en un mundo que no está hecho para ti! Tu bondad y tu ingenuidad serán tu perdición.

Reanuda sus idas y venidas en la habitación pasándose las manos nerviosamente por la cara, y después por el pelo.

—Escucha —me dice de nuevo, con voz tranquila pero cortante—. Te mereces algo más que preocuparte o ponerte en peligro por nosotros. Vuelve a tu casa y no vuelvas *nunca*, ¿me oyes?

Sus palabras resuenan en mi mente y me hacen todavía más daño, aunque sepa que lo dice por mi bien. A pesar de todo, no me iré. No los abandonaré nunca. ¿Carter quiso meterme en sus asuntos? Van a tener que lidiar con mi cabezonería y mi determinación.

Camino despacio hacia Clarke y me paro a varios metros de él.

—Me da igual que me rechaces una y otra vez, no huiré. Vas a tener que confiar en mí.

Me mira confuso, y después empieza a caminar peligrosamente en mi dirección, a grandes pasos, rompiendo la distancia de seguridad que había establecido entre nosotros. Retrocedo de forma instintiva, sin embargo, él sigue acercándose. Me encuentro rápidamente arrinconada contra la pared, pero no para hasta que coloca su mano derecha junto a mi cabeza.

El corazón me late increíblemente rápido. Esta cercanía me vuelve loca. Su cara está muy cerca de la mía y me pierdo en sus ojos. Lo deseo como nunca he deseado a ningún hombre, y eso me da miedo. Me aterroriza.

Me coloca un mechón del cabello detrás de la oreja y me provoca al mismo tiempo un escalofrío que no disimulo. Parece que se para el tiempo cuando su mirada cae sobre mis labios. Una mirada llena de deseo, pero también de prohibiciones que él mismo se impone.

—Deberías volver a tu habitación antes de que pierda el control —murmura.

Me gustaría que se dejara llevar, pero no así. No cuando duda y se contiene.

Me pongo de puntillas para darle un beso en la mejilla. Se estremece.

—Espero que un día consigas liberarte de todas las cadenas que te mantienen prisionero.

Su pecho deja de moverse cuando contiene la respiración. Pongo mis manos sobre él para hacerlo retroceder varios pasos y quedar libre. Sin mirar atrás, salgo de la habitación y cierro la puerta. Me encuentro sola en medio de ese enorme pasillo. Vuelvo a respirar y me apoyo contra la pared.

Clarke no debería gustarme. No hasta ese punto. Y sin embargo, así es. No sabría decir por qué. No es como si hubiéramos compartido momentos maravillosos. No hablamos durante horas sin que pase el tiempo, no tenemos ataques de risa a la mínima oportunidad. Por otro lado, me gusta su silencio, y aún más sus escasas sonrisas.

El cansancio cae rápidamente sobre mí, doy un gran bostezo, cruzo el pasillo para llegar a la cocina y me sorprende encontrar allí a una mujer vestida con un delantal. Es la misma que me abrió la puerta durante la fiesta de Carter con los miembros del tratado. Tiene que ser Marie.

—¿Necesitas algo, hija? ¿Una tisana?

—No quiero molestarla.

Ignora mis palabras con un gesto de la mano y me sugiere que me siente frente a la isla central —lo que acepto—, antes de ponerse a silbar. Está llena de arrugas, pero parece rebosar energía, incluso en medio de la noche.

Enciende la tetera, y saca la vajilla y el azúcar. Coloca todo delante de mí mientras se lo agradezco, y después vierte el agua caliente en la taza.

—¿Qué ocurre, hija?

—Mis sentimientos seguramente me estén conduciendo a un amor imposible —le respondo, perdida en mis pensamientos.

Marie se sienta a mi lado y coloca su mano sobre la mía como consuelo.

—«En el amor, no hay nada imposible. Sé paciente, a veces indiferente, y lo imposible se volverá posible». Es una frase que he leído en Internet, de un joven que se hace llamar Maxalexis.

La miro, con las cejas ligeramente fruncidas, y pienso en sus palabras.

—Tienes una belleza poco común y tu corazón es puro. Clarke no podrá luchar mucho tiempo contra eso.

Me quedo paralizada, sorprendida.

¿Cómo sabe lo de Clarke?

Se divierte con mi apariencia desconcertada.

—Las paredes tienen oídos.

Me río, con la boca cerrada.

Me llevo la taza a los labios y doy varios sorbos mientras Marie vuelve al trabajo. Su presencia es reconfortante en esta gran mansión sin vida a estas horas.

Cuando acabo mi tisana, lavo mis cubiertos y los coloco en el escurridor.

—Gracias por la tisana y por los consejos. ¡Buenas noches!

—Buenas noches a ti también, Avalone.

Le sonrío y me dirijo hacia la puerta, preguntándome qué ha podido llevar a esta mujer de edad avanzada a trabajar para el jefe de una banda.

Aún no la he cruzado cuando algo cae al suelo a mi espalda.

—¡Por Odín, la vejez no me sienta bien!

Me quedo paralizada y me giro despacio hacia Marie.

Es imposible… ¡A estas alturas, esto tiene que ser una conspiración!

—¿Cómo es posible que todas las personas que frecuentan a Carter crean en Odín? ¿Convierte a todos los que lo rodean o los selecciona según su religión?

Una sonrisa maliciosa se extiende por sus labios.

—Nadie sabe la respuesta, aparte de él.

Frunzo el ceño, asombrada.

—¿Nadie le ha preguntado?

—Bueno, tú tampoco lo has hecho… Me imagino que todos preferimos pensar que son los dioses los que nos han reunido por una buena razón. Es la magia de la ignorancia.

20

Marie me ha despertado esta mañana para desayunar en compañía de Kate, y Carter nos ha hecho una visita rápida. Ha sido una situación bastante extraña; dicho esto, aprecio realmente a esta mujer. Es muy dulce y tiene la sabiduría de una persona mayor. Lo que me ha sorprendido es su capacidad de ver el lado bueno de cada persona, incluso en la peor escoria. Es abogada especializada en derecho comercial y corporativo. Kate adora su profesión y está la mayor parte del tiempo de viaje por trabajo. Le hubiera gustado tener hijos, pero por desgracia su infertilidad ha dificultado sus planes. Por eso, cuando está aquí, cuida de los Devil's Sons.

Después Jesse vino a por mí para llevarme a la universidad. Él también ha asistido a mis clases, para alegría de gran parte de los estudiantes de primero. Yo que había pensado que no me gustaría tener un guardaespaldas, he pasado una mañana increíble riéndome.

Alabados sean los dioses, cuando los chicos volvieron a irse ayer por la tarde, no era más que una falsa alarma. Volvieron rápidamente a casa.

Jesse me ha dejado hace diez minutos, cuando Tucker y Sean han tomado el relevo. Me vigilan, a veinte metros de mí y de las chicas, alertas, observando los alrededores.

No he visto a Clarke desde ayer. Cuando me fui de la mansión esta mañana, Ethan llegaba para cambiar su apósito.

Pensándolo bien, saco el móvil para enviarle un mensaje al herido.

Avalone
¿Cómo ha ido tu visita médica privada?

Dejo el móvil, que vibra enseguida.
Una sonrisa se extiende por mis labios.

Clarke
Muy bien. Ethan me ha asegurado que ya puedo salir de la cama.

Avalone
Mentiroso.

Clarke
Hablando de eso, ha dejado una botella de alcohol para ti, por si acaso intento largarme de esta maldita casa.
P.D.: Acabo de terminarla.

Con los ojos como platos, tecleo mi respuesta.

Avalone
No son ni las doce de la mañana...

Clarke
No puedo permitir ese tipo de estrategias de presión.

Avalone
¡Oye! ¡Teníamos un trato!

Clarke
Gracias por recordarme mi mala suerte.

Contengo la risa y le envío una carita sonriente con corazones alrededor.

—¿Se puede saber quién te hace estar tan resplandeciente? —me pregunta Aurora.

Las chicas dejan su conversación y las tres me miran con curiosidad.

—Nadie me hace estar resplandeciente. Solo hablaba con Clarke. Tuvo un... *problema* anoche. Le estaba preguntando.

—¿Qué nos estás ocultando? —me pregunta Lola—. ¡Fui a la habitación antes de las clases y no estabas ahí!

—Un miembro de los Devil's ha estado en nuestra clase toda la mañana —añade Emily.

Mis tres amigas muestran sonrisas triunfantes, sabiendo muy bien que me han desenmascarado y estoy obligada a satisfacer su curiosidad.

—Muy bien... —suspiro—, ¡pero prometedme no contarlo! ¡A nadie! ¡Ni siquiera a Daniel y a Jackson!

—¡Prometido! —responden a coro.

Las miro fijamente varios segundos, dudando, y después selecciono en mi mente la información que les puedo revelar y la que tengo que mantener en secreto.

—Me quedaré en casa de Carter durante los próximos días. —Las chicas se quedan boquiabiertas, pero continúo—: Hay un pequeño problema con una banda, así que dormiré en la mansión por precaución.

Lola reduce nerviosa el plástico que envolvía su ensalada a una bola en sus manos.

—¡Ava, deberías dejar los Devil's Sons!

—No es tan simple...

—¡Oh, sí, vas a verlo!

Da un brinco y camina con paso determinado hacia Tucker y Sean. La alcanzo fácilmente.

—¡Lo, para!

Se gira hacia mí, enfadada con el mundo.

—Necesitan mi ayuda y tengo un plan.

Me mira fijamente y cruza los brazos sobre su pecho.

—¿Qué plan?

Hago una mueca. La respuesta no le va a gustar, sin embargo, confío en ella.

—Hay una guerra por el territorio. Le he propuesto a Carter ser su portavoz para negociar un tratado de paz con la banda enemiga.

Palidece, y después la rabia paraliza su hermoso rostro. Me coge por los hombros y me sacude en todos los sentidos.

—¡Por Yggdrasil! ¡Por los nueve mundos! ¡Por todos los dioses! ¡Por el puto Bifröst y la puta Hela!

La freno suavemente antes de coger su rostro entre mis manos para calmarla.

—Quiero evitar la violencia. No me pasará nada, los chicos estarán allí. Es posible que pueda parar todo esto, y al mismo tiempo, evitar que tu hermano salga herido.

Sé que la manipulo mencionando la seguridad de Set, pero esta negociación significa mucho para mí y no va a ser Lola quien me ponga trabas.

No dice nada y se conforma con observarme. Lee mi determinación y mi cabezonería en mis mirada, así que suspira, y después asiente con la cabeza.

—Muy bien.

Sonrío y la acompaño junto a las chicas para terminar de comer tranquilamente.

Cuando Emily y yo volvemos al anfiteatro para nuestra siguiente clase, el asistente de dirección nos informa que se ha anulado. La propuesta de Jackson de ir al lago Whitmore se va a pique cuando aparece Sean y me recuerda mis obligaciones: preparar la negociación. Rechazo el plan con mis amigos, y después el Devil's y yo salimos del campus para regresar a la finca.

Una vez aparcados delante de la mansión, entramos en la casa.

—No estás obligada, lo sabes…

Miro a Sean sin entender a dónde quiere llegar. Se para delante de mí con apariencia seria.

—A llevar la negociación. Aún puedes renunciar.

Le sonrío dulcemente y paso mi mano por su brazo en un gesto de cariño.

—Prefiero saber que estáis vivos.

—¡Lopez! ¿Sientes compasión por los Devil's Sons?

Me río ante la apariencia conmovida que intenta ocultar con bromas.

—Tengo que confesarlo, me caéis bien. Pero si se sabe, mi reputación recibirá un duro golpe, por tanto, guarda el secreto.

—Mmm… Oh, voy a llorar —dice una voz detrás de mí que reconocería entre un millón.

Me giro hacia Clarke y su sonrisa burlona. Lo examino para detectar cansancio o dolor, pero el segundo de Carter parece de nuevo invencible.

—Pues sí, Clarke, la gente tiene corazón. Puedo explicarte lo que significa tener uno, si quieres.

Se lleva las manos al pecho fingiendo estar herido y es el turno de Ethan de aparecer en la entrada, con una gran sonrisa en los labios.

—¿Te ha gustado mi sentido del humor? —me pregunta.

Vuelve a mi memoria la conversación que tuve con Clarke por mensaje.

—Si hablas de la botella que dejaste en mi habitación, ¡mucho!

—Es en momentos como estos en los que lamento ser gay. Te habría follado bien si fuera capaz de empalmarme delante de una chica.

Me atraganto de repente. No por enterarme de forma repentina de que Ethan es gay, sino por su confesión de que, si no lo fuera, me habría *follado* bien.

Ethan y Sean se burlan de mi cara. Clarke, no se ríe. Su cara es inexpresiva, como si soportara una conversación que no le interesa. Sin embargo, cuando lo conoces, sabes que se trata de otra cosa: se está conteniendo.

—¡Oh! Perdón, tío, ¿es que te la follas? —le pregunta el cirujano.

El motero lo fulmina con la mirada.

—¡Nadie me folla! —intervengo.

—¿Eres virgen? —me pregunta Ethan.

—¡Claro que no! Ninguno de vosotros hubiera tenido el honor de quitarme la virginidad. ¡O de venderla por unos cuantos miles de dólares!

Ante la mención de la insinuación de que serían capaces de vender mi castidad, Clarke me lanza una mirada incómoda.

—¿Cómo fue? —me pregunta Sean.

Mis ojos se salen de sus orbitas. No soy especialmente reservada, sin embargo, se trata de una pregunta personal. ¡Y bastante! Me pregunto si espera realmente una respuesta, pero su expresión me confirma que va en serio.

Por Freya…

—Digamos que no fue tan doloroso como pensaba, hasta que entendí que se había equivocado de agu…

Ethan y Sean se mueren de risa y maldigo por haber sido tan inocente.

—Me estás tomando el pelo, ¿verdad?

Sean asiente entre risas, mientras que Ethan está doblado en dos sin conseguir recuperar el aliento. Clarke desvía la mirada y presiona los labios para contener la risa, con los ojos todavía abiertos por la sorpresa.

—¿Cómo fue?

—¡Cállate! ¡No vas a pillarme otra vez!

Las risas aumentan y me quedo quieta, como una idiota, esperando a que acaben de asimilar que mi primera vez fue catastrófica.

La llegada de Carter, vestido con su eterno traje, es lo que pone fin a las mofas de los chicos. Cuando nos pregunta el motivo de tanta risa, todos respondemos a la vez.

—¡Nada!

Nos mira con desconfianza y yo bajo la cabeza, muerta de vergüenza.

—Bueno, vale, empecemos.

Aliviada, sigo a Carter al salón, donde me siento en el sillón con los chicos.

La diversión ha quedado atrás. Ahora empieza lo serio. El jefe se queda de pie frente a nosotros.

—Los Kings of the Law son de São Paulo, Brasil.

Me abstraigo de todo lo que me rodea y escucho atentamente.

—Su banda está compuesta por nueve miembros. Son superiores a nosotros en número, por eso Ethan, los Demon's Dads y los Dark Angels estarán contigo. Por lo tanto habrá veintiún chicos para protegerte, pero las dos bandas aliadas estarán posicionadas fuera y se les ordenará intervenir solo si uno de los Devil's pronuncia la palabra de seguridad. Para eso, tendréis auriculares. Si nuestros aliados aparecen, Avalone, saldrás cuanto antes, da igual lo que ocurra.

Entonces para eso sirven sus buenas relaciones. Los Devil's Sons son pocos en número, Carter no necesita más hombres para sus actividades. Pero cuando las cosas se complican, recurre a la Alianza.

—Volviendo con los Kings of the Law, codician nuestro territorio por una historia del pasado. Sus ancestros migraron aquí, pero tuvieron que huir de Michigan por motivos legales. Hoy en día, su jefe, Lucas, ha decido que era el momento de volver a Ann Arbor. A pesar de todo, aceptarán una reunión. Yo estableceré el lugar en el último minuto para que no tengan la oportunidad de organizar una emboscada. Se mueven en moto. Si llegan en coche, os largáis cuanto antes. Cuando te vean, no te tomarán en serio. Encuentra algo para imponerte y hacerles cambiar de parecer rápidamente. Su inglés no es perfecto, pero la barrera idiomática no debe ser un freno para la negociación. Tienes que emplear palabras sencillas y conseguir toda su atención, porque si pierden la paciencia, dispararán. Me he enterado de que su proveedor de armas era Mike Arinson. Podrías lazar un farol e inventarte que Mike está de nuestro lado y que sería una lástima que lo tuvieran de enemigo.

Su móvil lo interrumpe, maldice al ver quién lo llama.

—Ahora vuelvo.

Descuelga y sale del salón, mientras, suspiro y me tumbo contra el respaldo del sofá. Parece más complicado de lo que creía. No pensaba que fueran tan poco proclives a hablar. Por lo que se ve, no son una banda tan de mente abierta como la de Carter. Son… *primitivos*.

—Aún puedes cambiar de opinión —me dice Clarke.

Lo miro con una expresión seria.

—No, no puedo. Y no quiero.

—Todo saldrá bien, tío —lo tranquiliza Ethan.

Clarke no tiene tiempo de gritarle porque Carter vuelve a aparecer.

—Me tengo que ir. Lo retomaremos más tarde.

Coge la chaqueta de su traje del sillón negro y desaparece.

Sean e Ethan se levantan inmediatamente después y, tras desearnos una buena tarde, salen de la casa.

Ahora estoy sola con Clarke.

Sentado a un metro de mí, gira la cara en mi dirección.

—¿Nada te hará cambiar de opinión?

—Nada.

Se pasa las manos nerviosamente por el pelo, gesto que hace bastante cuando una situación no le gusta y no tienen ningún control sobre ella.

—Este asunto me va a volver loco.

Se levanta sin hacer gestos de dolor y sale al jardín por la puerta francesa del salón. Lo alcanzo, de pie frente a la piscina, con un cigarro en la boca.

—No vamos a tener la misma conversación que ayer, Clarke… —Me hubiera gustado que mi voz fuera tranquilizadora, pero delata mi irritación y mi poca paciencia.

Se gira hacia mí, enfadado.

—¡Sí! ¡Hasta que no dejes este agujero de mierda para la negociación, haré todo lo que esté en mi mano para hacerte cambiar de opinión!

—¡Es demasiado tarde, los demás cuentan conmigo!

—¡Pero no valoras los riesgos! ¡Al más mínimo error, estás muerta! ¡Son impredecibles!

—No cometeré errores.

El Devil's hierve de rabia y le da una gran calada a su cigarro. A pesar de todo, estoy decidida. No cambiaré de opinión, tendrá que hacerse a la idea.

—Iré en tu lugar.

—¿Qué? ¡No! ¡No, ni hablar! Soy el efecto sorpresa, Clarke, no esperarán enfrentarse a una mujer. ¡Voy a ir allí, y deberías tener un poco más de fe en mis habilidades!

Me mira tan enfadado que hace unos días hubiera retrocedido un paso. Ahora, le sostengo la mirada y le hago frente.

—No es en ti en quien no confío, es en ellos. ¡Eres una inconsciente!

—Si crees que no estoy muerta de miedo...

Mi voz se quiebra y su expresión se suaviza. Con las cejas ligeramente fruncidas y la boca entreabierta, Clarke se acerca a mí y, para mi sorpresa, me abraza.

Al instante, mis dudas desaparecen para dejar paso a una sensación de bienestar. Tiene un don increíble para ponerme de los nervios a la velocidad de la luz, pero también para tranquilizarme y hacerme sentir segura.

Contra su cálido cuerpo, mi corazón salta en mi pecho.

Me pregunto en este momento si siento algo por él. Tendría que alejarme inmediatamente de él para no caer un poco más bajo su hechizo destructor, pero eso es imposible. Me siento atraída por él como un imán, aunque sepa que será mi perdición.

Desliza sus dedos por mi pelo y estrecha su abrazo.

Cierro los ojos dejándome llevar por el consuelo de su cuerpo, pero me suelta de repente.

—¡Espérame aquí!

Entra en la mansión y desaparece, para volver varios segundos después con su pistola. Cuando me la enseña, retrocedo varios pasos, seguramente cada vez más pálida.

—¡Ah, no!

—Sí. Tienes que saber utilizarla, en caso de...

—Clarke, yo...

Me interrumpe poniendo la pistola en mis manos.

«¡Esta cosa pesa un montón!».

Sin dejarme tiempo para deshacerme de ella, Clarke se pone a mi espalda y extiende los brazos delante de mí. Aquí estoy, armada con una pistola, apuntando a nada en concreto. Sus manos sujetan las mías y dirigen el arma hacia un jarrón colocado sobre la mesa exterior. Sin embargo, no pienso en otra cosa que no sea su fuerte abdomen pegado a mí, en el calor que desprende su cuerpo y en su aliento contra la piel sensible de mi cuello.

—Retira el seguro —murmura en mi oreja.

No estoy tan concentrada como debería para este tipo de clases.

Lleva mi pulgar hacia un pestillo, que activo, y de repente, la idea de disparar mientras imagino a Clarke empujándome contra una pared y besándome de forma salvaje me parece muy indecente.

—Apunta... y dispara.

Presiona mi dedo índice, que se apoya inmediatamente sobre el gatillo, y una bala escapa en una detonación tan fuerte y ensordecedora que tengo la impresión de que mi cerebro estalla. En el mismo segundo, el jarrón colocado a unos veinte metros explota en mil pedazos y arroja esquirlas por todas partes.

El corazón me late violentamente en el pecho, mis manos comienzan a temblar, me pitan los oídos, y mi mirada se mantiene fija en el lugar donde hace unos segundos se encontraba el objeto de decoración.

Con movimientos tranquilos, Clarke recupera su pistola y mis brazos caen a mis costados. Soy incapaz de moverme, estoy conmocionada. No tengo ni una gota de adrenalina, estoy asustada por la potencia y la peligrosidad del arma de fuego.

—Odio esto —digo suspirando.

El Devil's coloca sus manos sobre mis caderas. Sus dedos se clavan en mi piel haciéndome volver poco a poco a la realidad. Vuelvo a ser consciente de su presencia a mi espalda. Cuando sus labios me rozan la oreja, inspiro rápidamente antes de contener la respiración. Una ola de calor me atraviesa el cuerpo, mi corazón late muy rápido y eso no tiene nada que ver con la pistola. Sus dientes me mordisquean el lóbulo, amenazando con acabar conmigo. Tengo la sensación de tener fiebre y mis piernas están demasiado débiles para sostenerme.

La respiración de Clarke se vuelve entrecortada. Intenta controlarse respirando profundamente en mi cuello, lo que no parece conseguir el efecto esperado. Sus dedos se clavan un poco más en mi piel y cuando sus labios comienzan a devorar mi garganta, ni cuerpo se enciende. Jadeo, arqueándome contra él.

—Joder, Avalone…

Un leve gemido se escapa de su boca, y después, con las manos en mis caderas, me gira para estar cara a cara. Su mirada ardiendo en deseo me deja sin aliento. Pero su sonrisa traviesa no me dice nada.

De repente, Clarke me empuja. Pierdo el equilibrio y me encuentro sumergida en el agua. La sorpresa y la temperatura fría de la piscina tienen al menos el mérito de hacerme entrar en razón.

Agito los pies para subir a la superficie y, cuando salgo, le lanzo una mirada fulminante a Clarke.

—¡Cabrón!

—Lo siento. Tenía que quitarte el calentón.

Elevo las cejas, indignada, mientras la diversión se extiende por mis labios.

—¿*Mi* calentón? ¡Eres tú el que tiene los vaqueros apretados, no yo!

Baja la mirada hacia su entrepierna y hace un gesto de molestia.

—Sí… bueno, vamos, sal del agua.

Me tiende la mano, que miro con desconfianza.

¿Me va a ayudar de verdad a subir o me va a soltar para que caiga al agua de nuevo?

—¿No confías en mí?

—No es cuestión de confianza. Me pregunto simplemente si has saciado tu deseo de molestarme o todavía no.

Su apariencia alegre se desvanece para dejar paso a una gran seriedad.

—Si te tiendo la mano, créeme, no es para soltarte.

No sé si es su intensa mirada o sus palabras, pero el corazón se me acelera. Sin dudarlo más tiempo, acepto su mano y Clarke me saca de la piscina.

Sin embargo, no olvido que si estoy empapada de la cabeza a los pies, es por su culpa. Si no tuviera puntos de sutura, lo habría empujado a la piscina.

—Me vengaré.

—¡Estoy impaciente por verlo!

Su sonrisa arrogante da ganas de hacer que se trague sus palabras de muchas maneras, pero su móvil suena, terminando con mis fantasías. Descuelga sin quitarme los ojos de encima mientras yo maldigo mis zapatos llenos de agua.

—¿Qué?

Hace una pausa y su diversión se evapora. Se tensa de repente. No vuelvo a pensar en mi ropa mojada ni en la caricia de sus labios sobre mi cuello. Algo no va bien, y teniendo en cuenta la situación, ya me espero lo peor.

—Voy enseguida. —Nervioso, cuelga antes de decirme—: Set tiene problemas.

Rápidamente, da media vuelta sin darme ninguna otra explicación. Pero tiene que ser algo urgente para que los Devil's Sons lo llamen cuando está herido. La idea de que estén en una mala situación, o incluso en peligro de muerte, hace que se me revuelva el estómago.

—¡Clarke!

—Ava, Set está…

—Lo sé. Vuelve con él. Vuelve con todos. Pero vuelve tú también. Y si es posible, sin sangrar.

Una sonrisa aparece en la comisura de su boca. Abre la boca para decir algo antes de cambiar de opinión. En su lugar, me lanza un guiño y desaparece de la mansión.

Muy nerviosa, le pido a Thor, el más poderoso de los dioses guerreros, que los traiga sanos y salvos. Tras esto, Carter exigirá la negociación, y no me sentiré tan impotente.

Doy un largo suspiro, y mis piernas me conducen hacia las esquirlas de cristal y bronce, los últimos restos del jarrón. Me agacho para recoger el fragmento más grande, y acabo cortándome el dedo.

—¡Mierda! —maldigo.

Aprieto la herida para frenar el sangrado y vuelvo a la mansión dejando a mi paso gotas de sangre. Me dispongo a quitarme los zapatos empapados cuando Marie aparece por el arco de la pared cargada con bolsas de la compra.

—¡Por la barba de Odín! Avalone, ¿estás bien?

Sus ojos se posan sobre mi dedo ensangrentado, mientras sus compras caen y se esparcen por el suelo. Cruza el salón a la carrera para llegar a mí, con una arruga de preocupación en la frente.

—No te preocupes, solo es un pequeño corte.

Coge mi mano sin miedo a mancharse y examina mi herida.

—¡Necesitas puntos de sutura!

—¡No! De verdad, estoy bien.

—¡Entra!

Me coge suavemente del brazo y me empuja al interior de la casa sin preocuparse por el rastro de agua que dejo tras de mí. Me lleva hasta la cocina y hace que me siente sobre una de las sillas altas delante de la isla central. Envuelve mi dedo en un paño limpio y sale de la cocina. Cuando vuelve un momento después, pone sobre el mármol apósitos, esparadrapo y desinfectante, y después me cubre los hombros con una manta.

—¿Qué ha pasado?

Quita suavemente el paño de mi herida para examinarla.

—He roto el jarrón de fuera.

—*Las tres gracias* de Baccarat.

Me quedo congelada y trago con dificultad. Si el jarrón tenía un nombre, era porque se merecía el nombre.

Y no es una buena noticia para mí…

—Costaba mucho, ¿verdad?

Marie bromea limpiando mi dedo.

—Mucho más de lo que te imaginas. Algunos anticuarios querrían acabar contigo si se enteraran. Sin embargo, Carter no te lo reprochará. Para él solo es decoración. Y hay alguien que estará contento: a Clarke le parecía horrible.

«¡Menudo cabrón! ¡Me ha usado para hacer desaparecer una obra de arte que no le gustaba!».

—Le he enviado un mensaje a Ethan. No debería tardar mucho en llegar.

—Te aseguro que no necesito puntos de sutura.

—No digas tonterías, Avalone. Sabes que suelo ver las heridas de los chicos, y sé reconocer las que necesitan puntos.

Estoy convencida de lo contrario. Solo necesito un apósito, el pobre Ethan vendrá sin duda para nada… Sin embargo, Marie parece intransigente en este tipo de asuntos.

Me ofrece una sonrisa reconfortante mientras enrolla un apósito alrededor de mi dedo y lo fija con esparadrapo.

—Ve a ponerte ropa seca antes de que te constipes.

Pasa su mano por mi espalda para animarme a irme, lo que hago después de agradecérselo.

Llego a mi habitación, dejo la ropa en el suelo y me meto corriendo a la ducha, teniendo cuidado de no poner mi vendaje improvisado bajo el agua. Lavarme el pelo con una mano no es tarea fácil, pero veinte minutos después, estoy seca y vestida.

Mientras espero a Ethan, estoy sola con mis pensamientos y mis miedos. Compruebo viarias veces el móvil: ninguna noticia de Clarke o de ningún otro Devil's Sons. Estar en la ignorancia me vuelve loca. Doy vueltas por la habitación y ruego a las Nornas que los mantengan con vida.

—Pido en cuerpo y alma la benevolencia de las Nornas —susurro.

Ya hace cuarenta minutos que Clarke salió de la mansión y la pantalla de mi móvil sigue apagada. Doy media vuelta para seguir con mis idas y venidas en la habitación.

—Pido en cuerpo y alma la protección de Mjöllnir.

Mi móvil vibra sobre mi cama. Me lanzo encima tan precipitadamente que el dedo me tira cuando entra en contacto con el colchón. Y por encima, solo he recibido publicad por correo.

—¡Argh!

—¿Qué podría ponerte en ese estado?

Me giro hacia Ethan, apoyado en el marco de la puerta, con una sonrisa en los labios.

—¿Sabes si los chicos están bien?

—Están bien.

Suspiro de alivio y asiento con la cabeza, dejando escapar una risita.

Joder, ¿por qué me preocupo tanto? Por supuesto que los chicos están bien. ¡Una simple banda brasileña no va a acabar con los legendarios Devil's Sons!

—¿Has tenido noticias suyas?

—No, ninguna. Pero los conozco. Están bien.

Tengo el estómago revuelto.

¡Por todos los dioses, una banda brasileña puede acabar por completo con los legendarios Devil's Sons!

—Si te vieran en este estado, su ego se resentiría. Venga, ven, voy a examinarte el dedo, eso te distraerá.

—Has venido para nada, no necesito puntos de sutura. Marie ha exagerado.

Debe de ser habitual porque solo se encoge de hombros. Entra en mi habitación y se arrodilla delante de mí para quitarme las vendas.

—Efectivamente, es un corte desagradable —dice irónicamente.

Se pone una lámpara frontal y separa suavemente mi herida para comprobar que ningún trozo de cristal se ha quedado dentro. A continuación, abre su mochila y saca desinfectante para limpiar mi corte. Pone tanta atención como cuando extrajo la bala del abdomen de Clarke. Escuece, pero sobreviviré. Finalmente, desenrolla un apósito y pega un trozo sobre mi herida. En el momento en el que Ethan se prepara para cortarlo, las voces de los Devil's llegan a mis oídos. Me levanto rápidamente, pero un dolor en el dedo me hace gritar.

Bajo la mirada hacia el cirujano disgustado.

—¡Casi te amputo el dedo, estás loca!

La punta de las tijeras ha entrado en la herida, sin embargo, el alivio que siento es tan grande que no puedo evitar reírme. Me gustaría ir a ver si todo el mundo está bien, pero Ethan me lanza una mirada autoritaria. Me vuelvo a sentar y pataleo impaciente.

Limpia la sangre derramada, y después comienza a recortar el esparadrapo mientras yo solo pienso en mis amigos.

«¿Mis amigos? No, no lo son».

Los Devil's aparecen en la puerta de mi habitación, con Clarke en primera fila. Cuando ve a Ethan, sus ojos se abren como los de sus compañeros.

—¿Qué demonios estás haciendo?

—La herida se abrió. He tenido que coserla —miente.

Ethan cubre mi herida. Echo un vistazo a los Devil's Sons. Están todos ahí, sin ninguna herida visible. Un peso enorme desaparece de mi pecho, doy un largo suspiro de alivio que me hace estremecer. Estos tipos me han hecho pasarlo mal.

—¡Estás loco! —se molesta Clarke, que cree inmediatamente su mentira.

—Te recuerdo que no debo ejercer. No tengo acceso a anestesia, así que la he suturado sin nada.

—¡Deberías haberla llevado al hospital! —le reprocha Justin.

Ethan pone los ojos en blanco.

—¡Calmaos, era una broma! Avalone no ha necesitado puntos.

Los chicos expresan su alivio de diferentes maneras. Algunos estallan a reír, otros suspiran o cierran los ojos.

—¿Qué ha pasado? —pregunto sin poder contenerme más.

Clarke hunde nerviosamente las manos en su pelo despeinado.

—¡Esos putos Kings of the Law no nos dejaban!

—Nos han tendido una emboscada y han desaparecido tras varios disparos cuando Clarke ha llegado —me explica Set.

Más miedo que perjuicio. Sin embargo, es urgente acabar con las hostilidades antes de que se produzca una tragedia.

—¡Ya está! —me informa Ethan.

Me levanto agradeciéndoselo. Me guiña un ojo y guarda sus cosas.

—Tucker debería tomar ejemplo de ti —me dice el cirujano—. Aún me pitan los oídos por sus gritos de dolor de nuestro último encuentro.

Los chicos se mueren de risa al tomarle el pelo al aludido.

—¡Gritas como una chica! —le dice Set.

—¡Estaba borracho! ¡Es mil veces más doloroso que cuando estás sobrio! —se defiende Tucker.

Ethan muestra una sonrisa de oreja a oreja. Se lo pasa genial bromeando con él sobre el tema una vez terminado mi tratamiento.

—Le cosí a Clarke nueve puntos mientras estaba borracho. ¡Y nunca gritó!

—¡Clarke no cuenta! ¡Está anestesiado por la ira!

Los comentarios vuelan por todas partes, pero Tucker no se molesta. Es muy simpático y eso explica por qué los chicos se ensañan siempre con él.

—Hablando de Clarke —los corta Ethan—. Levántate la camiseta para que compruebe que no hay infección.

Todo el mundo se calma y espera pacientemente el veredicto del médico, que quita el apósito de la herida suturada. Mientras yo hago una mueca, los Devil's ni pestañean, pero permanecen atentos. Ethan palpa la piel alrededor de la herida, y después asiente, satisfecho, antes de poner un nuevo apósito.

Mis ojos aprovechan para recorrer los abdominales del motero y lo que veo está muy lejos de ser desagradable.

—Descansa un poco más, y todo irá bien.

El Devil's pone mala cara ante la palabra «descanso». El cirujano nos informa que mañana volverá. Lo acompañamos hasta la salida, y después de las despedidas y los agradecimientos, los chicos van al jardín.

Bloqueo el camino de Clarke.

Con las manos en la cintura, le lanzo una mirada seria mientras que la suya es cautelosa.

—El jarrón… *Las tres gracias.*

Presiona los labios para contener una carcajada, sin embargo fracasa estrepitosamente. Ante mi apariencia decepcionada, se muere de risa. Intento mantenerme seria, pero ese sonido podría eliminar la ira más poderosa de los nueve mundos.

—¿Cuánto cuesta?

—¿Quieres pagarlo?

—Sí puedo hacerlo, sí.

—Bueno, vas a tener que vender todos tus órganos en el mercado negro. La última vez que fue tasado, fue valorado en más de ciento diez mil dólares.

Mis manos caen a mis costados y palidezco.

—Cálmate, no era más que una vulgar baratija.

—¿Una *baratija*? ¡Clarke, vale más que tú y yo juntos!

—Eso es casi un insulto. Si supieras lo mucho que algunas personas están dispuestas a pagar por tenerme en su banda, te lo pensarías dos veces.

Pasa un brazo alrededor de mis hombros en un gesto natural y me conduce hasta el jardín.

Mientras Sean, Jesse y Tucker juegan al fútbol en el césped, y Set y Clarke charlan un poco más lejos con el abdomen desnudo y una cerveza en la mano, yo hablo con Justin en los sillones del jardín. Ya sabía que se había mudado con su madre a Ypsilanti y que su padre vivía en Pensilvania con su hermana pequeña. En el momento del divorcio, su madre recibió una oportunidad increíble en Ann Arbor y, como la universidad de Michigan formaba parte de los sueños de Justin, la siguió. Su padre y su hermanita vienen a verlo varias veces al año. Sus padres han mantenido una buena relación, así que son momentos que esperan con impaciencia. Ahora, su madre conoce sus actividades, sin embargo, el resto de su familia no sabe nada.

—¿Cómo reaccionó cuando se enteró?

Se acuerda del momento y sonríe.

—Perdió los estribos. Me lo prohibió, pero claramente no la obedecí. No era un chico fácil en esa época. Era joven y gilipollas. Llevé mal el divorcio de mis padres y la separación con mi padre y mi hermana. Cuando entendió que los Devil's me enseñaban a ser responsable y me permitían descargar mi ira, terminó por dejarme tranquilo. Por supuesto, siempre está preocupada, pero como ya no vivo con ella, no presencia mis salidas nocturnas y mis, a veces, sangrientos regresos.

Pienso en la reacción que mi propia madre podría tener si se enterara de mis actividades extraescolares. Al contrario que la de Justin, me prohibiría categóricamente volver a ver a los chicos. Poco importa el lado positivo de formar parte de los Devil's Sons.

—Me recuerdas mucho a mi hermana.

Justin lleva su cerveza a los labios y se hunde en el sofá.

Sus ojos de un marrón claro, casi amarillo, me miran con ternura.

—Al igual que tú, ella es decidida y sabe lo que quiere. No se anda con rodeos y va directa al grano. No se deja manejar y siempre está contenta. Estoy seguro de que te caería genial. Es increíble.

Me calienta el corazón escucharlo hablar de esa forma de su hermana. Sus ojos brillan y no puede evitar sonreír. Sin embargo, también siento su dolor. Estar separado de ella, no compartir su día a día, todavía le afecta.

Desde que tengo uso de razón, nunca he querido tener un hermano o una hermana a causa de mi enfermedad. He escuchado llorar demasiadas veces a mi madre a escondidas por las noches para considerar hacer pasar por lo mismo a otra persona. Un niño debe crecer con inocencia y creer que todo es posible. Conmigo como hermana, ese no habría sido el caso.

—¿Y tú? ¿De dónde vienes? Eres una chica muy reservada.

Set y Clarke vuelven con nosotros y se sientan en los sillones seguidos poco después de Sean, Tucker y Jesse.

—De Madison, Indiana.

Nadie habla, esperan pacientemente a que siga.

—Vivía con mi madre. Mi padre murió antes de que naciera.

—¿Entonces tu madre te ha criado sola? —me pregunta Set.

Asiento con la cabeza.

—¿Consiguió lidiar con todo? ¿Incluso con tus problemas cardíacos? —pregunta Tucker, sorprendido.

Una sonrisa orgullosa se extiende por mis labios cuando pienso en la fuerza de mi madre.

—Sí. Es increíble.

—¿Cómo pudiste nacer con esa enfermedad? ¿Es una malformación o algo así? —me pregunta Sean.

—Mi madre consumía drogas en su juventud. Paró cuando conoció a mi padre, pero, por desgraciada, cuando falleció tuvo una recaída que causó una malformación cardíaca sobre el feto. Me operaron varias semanas después de nacer para reparar mi corazón, y entonces, varios años más tarde, me detectaron una insuficiencia cardíaca.

La atmósfera se vuelve incómoda, todos están inmersos en sus pensamientos. La pierna de Justin empieza a temblar, poniéndome nerviosa. Al final es Set quien rompe el silencio.

—¿Culpas a tu madre?

—¡Claro que no! Tuvo una historia con las drogas, estaba embarazada, su marido falleció dejándola sola... Intentó refugiarse en lo que conocía. Sí, cometió un error, pero es humana. No la he culpado nunca por eso y jamás lo haré. —La atmósfera se desanima con estas revelaciones, por lo que continúo—: Por lo que he entendido, para ser un Devil's Sons es necesario tener una singularidad. Tucker tiene un ego demasiado grande, Sean es demasiado testarudo, Set es el mayor charlatán que Midgard haya visto, Jesse tiene el espíritu de «me la suda todo», Justin necesita ansiolíticos y Clarke es... *Clarke.* Hacía falta una enfermedad para estar a la altura.

El estallido de risas y de quejas se alza con tanta fuerza que no entiendo nada de lo que dicen, sin embargo, sus sonrisas merecen la pena. Solo Clarke está con su móvil y nos ignora.

Varios minutos más tarde, la conversación va en todas direcciones para desembocar en un tema peligroso.

—¡Él no se está follando a mi hermana, cabrón! —vocifera Set, con el ceño fruncido.

Es un terreno peligroso. Pero eso no dificulta los planes de los chicos. Disfrutan enfadando a Set hablando de la pareja de Lola.

—Oh, si, tío… ¡Se la está follando y a ella le encanta! —le lanza Sean.

—¡Cierra lo boca! —responde el hermano protector.

Gira la cabeza hacia mí y espera que apoye sus afirmaciones. Levanto las manos en un gesto de paz.

—No me pongas en esta situación.

—¡Eso lo dice todo! —grita Jesse, divertido.

No dejan a Set, que se vuelve loco, y es graciosísimo.

—¡Ese chico está muerto!

—¡Lola tiene veintiún años! —intervengo para calmarlo—. ¡La madurez sexual es a los dieciséis y la media en América de la primera relación sexual es a los diecisiete!

Me fulmina con la mirada antes de acabar su cerveza de un trago.

«Bueno, no debería haber dicho eso…».

—¡Daniel es un buen chico, son felices juntos! —Ante su expresión escéptica, continúo—: Entiendo que vosotros tenéis muchas conquistas con las que os acostáis, pero sé que también podéis entender que hay personas que quieren *más*.

Asiente con la cabeza, sin mucha certeza.

—Tranquilizadme, decidme que ya habéis tenido novia.

—Mejor después de la universidad —me confiesa Tucker—. Preferimos disfrutar. Sin compromiso.

—Te han roto el corazón.

Me mira de arriba abajo con una sonrisa seductora.

—Nadie le rompe el corazón a Tucker Ross, cariño. Se volvió demasiado serio para mi gusto, nada más.

—Se asustó y la engañó para después saltar sobre todo lo que se movía —me explica Justin, divertido.

Mi mano va directa a golpear la nuca de Tucker.

—¡Pedazo de imbécil!

Los chicos se ríen, excepto Clarke, que permanece impasible. No sé lo que le ocurre. Aunque por lo general es inexpresivo, nunca lo ha estado durante una conversación trivial con sus mejores amigos.

—Y tú, ¿qué? La mayoría de los tíos se fijan en ti, pero no les haces el menor caso —me lanza Justin.

Espera, ¿qué?

—Tonterías…

—¡Para nada! Estás aún más ciega que la abuela de Tucker.

—¡Deja a mi yaya fuera de esto!

Me muero de risa.

—Si eres lesbiana, nos da igual —interviene Sean—. Siempre he soñado con un trío con dos chicas.

—Eso ya lo hiciste la semana pasada —le susurra Jesse.

—Lo sé —responde el aludido, con una sonrisa pervertida en los labios.

Me muero de risa de verdad. Estos chicos son una causa perdida.

—No soy lesbiana. Mi último novio actuaba conmigo como si fuera de porcelana. Era un suplicio. Y encima me desmayé delante de él, y cuando vi el miedo en sus ojos al despertarme, me di cuenta de que no quería hacerle pasar por eso más tiempo. Desde entonces, no he vuelto a querer tener pareja.

—Esta vez, la idiota eres tú —me reprocha Set.

—Estoy mejor sola. —Me encojo de hombros, me levanto del sillón y recojo la mesita de centro, sin querer profundizar en el tema.

Entro a la casa y voy a la cocina para tirar las botellas vacías en la papelera de reciclaje.

—No es más que una excusa.

Me giro sobresaltada para ver a Clarke abrir la nevera y coger otra cerveza. Lo interrogo con la mirada.

Le quita el tapón antes de dignarse a prestarme atención.

—Tienes miedo de empezar una relación y no ser capaz de terminarla. Tu problema es que adoras el control. Pero no tienes ninguna influencia sobre tu corazón y eso te aterroriza. Preferiste romper con tu ex porque él te impedía vivir, pero no solo por eso. En realidad, lo que querías era terminarlo tú, no tu muerte. Todo para mantener el control.

Lo miro, atónita, y abro la boca para protestar, pero suena el timbre de la puerta de entrada y me toma la delantera.

—Es para mí.

Sale de la cocina sin dejarme decir ni una palabra, y me quedo allí plantada, aún sorprendida por sus palabras.

«¿Cómo se atreve a afirmar que sabe lo que yo...? ¿Y si tuviera razón?».

Un ruido sordo llama mi atención y me dirijo al pasillo. Lo que encuentro me impide respirar.

Una *Barbie* acaba de empujar a Clarke contra la pared y le devora el cuello gimiendo.

El dolor se apodera de mi pecho tan fuerte que siento que me han dado un puñetazo en el corazón. Los ojos de Clarke, clavados en los míos, me obligan a quedarme impasible y esto no ayuda a mi estado emocional. Mientras me clava una intensa mirada, su cuerpo comienza poco a poco a responder al deseo de la chica. Su respiración se vuelve acelerada, su mirada ardiente, y cuando coge el cabello de su compañera para llevar su boca a la de ella, rompe nuestro contacto visual. Un segundo más tarde, desparecen en su habitación. La puerta se cierra al mismo tiempo que yo recupero el aliento.

Al dolor se unen la rabia y los celos en una mezcla explosiva. El hombre que me besaba el cuello en cuerpo y alma hace unas horas mientras se prohibía ir más lejos...

¡Todo esto no tiene ningún sentido!

¿Y por qué estoy tan afectada, joder?

«Perseverancia, indiferencia y lo imposible se vuelve posible». La voz de Marie me llega desde quién sabe dónde.

Me rio sin ganas. Ni siquiera yo sé lo que espero de Clarke. Es atractivo, es verdad, y tenemos una química que no se puede negar, pero más allá de lo físico, ¿me gusta su forma de ser? Ahora mismo por supuesto que no. No después de lo que acabo de ver.

Espero encontrar a Marie escondida en un rincón de la habitación, así que giro sobre mí misma. Ningún rastro de ella.

¡Me estoy volviendo loca entonces!

Sacudo la cabeza, respiro hondo y después salgo de la cocina para unirme a los chicos. Tengo ganas de refugiarme en mi cama, pero no voy a escuchar a Clarke y a su conquista divirtiéndose.

Cruzo la terraza de madera, llego a los sillones del jardín y me siento entre Justin y Sean.

—¿Dónde está Clarke?

—En su habitación con una morena —respondo, impasible.

El silencio cae sobre nosotros, todas las miradas se centran en mí, como si todos supieran lo que siento en el fondo de mi corazón.

—¡Qué cabrón! —maldice su mejor amigo.

Justin pasa su brazo alrededor de mis hombros y me atrae hacia él.

Perdida en mis pensamientos, no reacciono ni al comentario de Set ni al consuelo de Justin.

Puede ser que, después de todo, Clarke no desee de mí más que un polvo, pero el hecho de que se lo prohíba porque ahora formo parte de los suyos y no quiere complicar las cosas… Eso me pone más triste.

21

Dejar la mansión a pie no ha sido una buena idea. No hemos pensado en la vuelta. Sé que los chicos deberían haber vuelto a sus casas hace mucho, pero está claro que saben que Clarke no me es indiferente, por lo que me sugirieron pasar el resto de la tarde lejos de la finca, lo que ha sido un éxito. No he pensado en Clarke hasta ahora, mientras volvemos a subir este interminable sendero.

Las piernas de los Devil's les deben de doler a rabiar y ahora todos me odian por haber sugerido dejar las motos. En mi defensa, ellos tampoco tuvieron en cuenta la vuelta.

—¿Estoy soñando o pesas veinte kilos más que hace cinco minutos? —me pica Sean.

—Por décima vez, ¡bájame!

—¿La película de miedo te ha fundido las neuronas lo suficiente para olvidarte de tu enfermedad y el esfuerzo que requiere esta subida exageradamente larga?

No digo nada, consciente de que tiene razón. Me muevo para colocarme mejor sobre su espalda. Hace unos quince minutos que subimos sin parar, y me sorprende no verlo desmoronarse debajo de mí. Ni siquiera tiembla y parece que todavía puede llevarme durante horas.

Me giro hacia los chicos detrás de nosotros mostrando una gran sonrisa. Les tiendo la mano. No lo pillan enseguida, pero terminan por hacer muecas o maldecir rápidamente.

—¡Pues sí, he ganado! ¡Sacad los billetes!

Uno, dos, tres... Cuatro billetes de cincuenta dólares cubren la palma de mi mano. Victoriosa, les lanzo un guiño con la intención de burlarme de ellos antes de concentrar mi atención en Sean.

—Elimino tu deuda porque me llevas.

—En todo caso debería ser yo el que te pida un dólar por cada kilo que pesas... ¡Sería rico!

A penas ha terminado la frase cuando me inclino para enterrar mi mano en el bolsillo de sus vaqueros y le robo un billete de cincuenta dólares.

—¡Listo!

—Eres dura en los negocios, Lopez.

Le muestro una gran sonrisa, y después le doy un beso en la mejilla.

—No volváis a dejar que V apueste con nosotros.

—Si me hubieras escuchado —le digo a Jesse—, ¡no habría apostado! Te dije que Justin era el que más gritaba, pero todos habéis apostado por Tucker. ¡No podía dejar pasar una oportunidad así!

Con la sonrisa que me lanza, comprendo que sabía muy bien quién soportaba menos la tensión. Solo quería que apostara con ellos. Le saco la lengua y Sean me deja delante de la piscina.

—¡Oh! ¿Ya? ¡Qué rápido!

Cinco pares de ojos molestos se centran en mi dirección y de repente los Devil's Sons se lanzan sobre mí para hacer que me arrepienta de mis palabras. Me defiendo todo lo bien que puedo, y como resultado de correr, mi pelo debe ser un manojo de nudos y me cuesta recuperar el aliento.

Me siento de lado en el sofá y estiro las piernas sobre Tucker que se divierte masajeando mi tobillo mientras participa activamente en la conversación.

—¿Perdón? —pregunto a Jesse, completamente atónita—. ¿Dejaste a tu novia el día del baile de graduación porque no sabías bailar canciones lentas?

Asiente con una expresión avergonzada, mientras me muero de risa con los chicos.

Salto sobre mis pies, me pongo delante de él y le tiendo una mano, que mira con horror, como si perteneciera a un Jötunn.

—V, soy un motero, yo... no soy un bailarín.

—¡Jesse, coge mi mano, no tienes opción!

Aún no ha hecho el más mínimo amago de moverse cuando una suave música sale de un móvil. Lucho contra las risas y animo a Jesse, que termina suspirando y obedeciendo.

—Si alguien le habla de esto a cualquiera, ¡lo mato! —nos amenaza.

Tiro de él varios metros para aprovechar el espacio que tenemos delante. Me mira, con los brazos caídos, sin saber qué hacer, lo que acentúa las risas de los chicos. Ante su apariencia desconfiada e incómoda, me apresuro a colocar sus manos sobre mi cintura antes de que cambie de opinión, y después pongo las mías alrededor de su cuello.

—Y ahora, ¿qué hay que hacer?

—¿Te hago sentir incómodo, Jesse Mason? —me burlo.

—¡Cállate y respóndeme!

—¡Eres un mierda, tío!

Jesse fulmina a Tucker con la mirada mientras que las burlas continúan sin parar. Es como estar en medio de un patio de recreo.

—Tenemos que movernos hacia delante y hacia atrás al ritmo de la música, mientras giramos despacio sobre nosotros mismos.

Sigue mis instrucciones, lo guío con indulgencia y ahí estamos, bailando una canción lenta, o más bien algo que debería serlo, pero que no se parece en absolutamente nada. La risa de los Devil's Sons es tan contagiosa que soy incapaz de mantener mi seriedad más tiempo, y Jesse pierde la paciencia. Coge mi mano y me hace girar sobre mí misma. Me tropiezo contra su pie mal colocado y me tambaleo. Gracias a sus buenos reflejos, me coge y me empuja contra su pecho, sin embargo, la caída es inevitable.

Se deja caer hacia atrás para recibir el golpe y protegerme del impacto.

—Hice bien al dejarla antes del baile de graduación, ¡no puedes decir que no!

En sus brazos levanto la cabeza para encontrar su sonrisa burlona. El estallido de nuestras seis risas en el aire es tan fuerte que despertaría a todo el vecindario si no estuviéramos en lo alto de una colina.

—Os lo estáis pasando muy bien.

Nuestra alegría se desvanece. Me giro hacia Clarke, apoyado contra la barandilla de madera, con los brazos cruzados sobre el pecho.

Su mirada molesta pasa de Jesse a mí. No le gusta verme en los brazos de su amigo, lo que es el colmo del descaro.

Concentro mi atención en mi salvador, que pone los ojos en blanco con cierto desprecio.

Me empiezo a reír y le doy un beso en la mejilla, después me levanto y le tiendo una mano para ayudarle a hacer lo mismo.

—¿Dónde está tu chica? —le pregunta fríamente Jesse a Clarke.

Su cabello está mojado; la imagen de él y su compañera bajo la ducha aparece en mi mente. El corazón se me contrae en el pecho y desvío la mirada.

—Se acaba de ir.

El ambiente es tenso, los chicos están realmente enfadados con su segundo.

El silencio es rápidamente remplazado por el sonido de los teléfonos sonando.

Esperaba descubrir un mensaje de Carter, pero el remitente es Tucker. Nos ha compartido el vídeo de mi baile con Jesse y de nuestra caída.

—¿No te habrás atrevido? —pregunta Jesse.

—¡Sí! Es la mejor manera de chantaje.

El Devil's de la cabeza rapada avanza hacia el del ego demasiado grande. Empiezan a pelearse y la mesita de centro casi se vuelca. Alabados sean los dioses, ellos se alejan entre el barullo. Se insultan, riendo. Los golpes que intercambian me ponen nerviosa, mientras que ellos ni siquiera parecen sentir dolor. En su idiotez, van directos hacia la piscina sin darse cuenta. Los observamos con la esperanza de verlos caer al agua, pero la llegada de Carter al jardín pone fin a su jueguecito.

—¿Le digo a Marie que cuente con vosotros para la cena?

—No, tenemos que volver —rechaza Set.

Los chicos se levantan y me abrazan cariñosamente o me besan en la frente.

—No dudes en llamar si necesitas tomar el aire —me dice Set con un guiño.

Se lo agradezco con una sonrisa y los Devil's desaparecen tan rápido, con Clarke pisándoles los talones, que la tranquilidad me parece extraña.

—¿Cómo va tu dedo? —me pregunta Carter.

¿Cómo lo hace para estar al tanto de todo? ¡Es aterrador!

—Mucho mejor que su jarrón. —Hago una mueca—. Lo siento.

—No era más que una baratija.

—Si usted lo dice…

Llegamos al salón y nos encontramos con una escena sorprendente. En la entrada, Jesse se libera del agarre de Clarke, pero este último lo coge por el cuello de su camiseta y lo empuja contra la pared. No escuchamos qué se dicen. Jesse ya no tiene esa apariencia de «me la suda todo», responde con ira igual a la de Clarke y lo frena murmurándole algo que parece dar en el blanco. Le pone un dedo acusador sobre el pecho al segundo de Carter, le escupe unas palabras y después lo rodea para llegar a la salida.

Clarke cierra los puños nerviosamente antes de congelarse cuando nos ve de lejos. Mientras el jefe de la banda enarca una ceja como pregunta dirigida a su hombre, una sonrisa provocadora se extiende por mis labios.

¿Estará celoso el motero por lo que ha visto en el jardín?

—¡A cenar! —llama Marie.

Pasa delante de él y pone un plato en la mesa, seguida de cerca por Kate, que me saluda cariñosamente.

Y aquí estoy, sentada frente al Devil's, con Carter y su mujer a ambos lados de la larga mesa de mármol. La atmósfera ha cambiado completamente. Lo más sorprendente es que yo soy la única que se siente incómoda y se retuerce en la silla, mientras Marie nos sirve ternera y verduras.

—¿Qué te has hecho en el dedo? —se preocupa Kate.

—No es nada, Ethan me ha puesto un apósito.

—¿Te duele?

—Confieso que me arrepiento de no haber ido al hospital a por un poco de anestesia local —digo irónicamente.

Divertida, coge los cubiertos para cortar la carne.

—Me gustaría tener tu valentía...

Al ver su seriedad frunzo el ceño. Me pregunto si ha entendido que bromeaba.

—Para la negociación —aclara.

Oh. Casi lo había olvidado; eso...

—No es nada valiente, solo es cabezonería.

—Puede ser. Pero tu obstinación te empuja a proteger a los que te importan. Te vuelve valiente y fuerte.

Me ofrece una sonrisa bondadosa, y después se traga un bocado.

—No es más que una estupidez —interviene Clarke, con el codo apoyado en la mesa mirando fijamente su plato.

Su tono me eriza la piel.

Kate se inclina hacia delante, con los ojos entrecerrados.

—Avalone es la única persona que conozco tan cabezota como tú. Si consideras que es estúpida, entonces tú también lo eres. Para mí, el término «estupidez» no es apropiado para describiros, aunque algunas veces vuestro comportamiento pueda resultar peligroso. Sois fieles a vosotros mismos y nadie cambiará vuestros principios y valores. Eso es lo que hace que seáis seres íntegros, fuertes y seguros. Personas con las que siempre podremos contar.

Con la cara inexpresiva, Clarke no reacciona.

Carter hace girar el vino tinto en su vaso, pensativo.

—Para mí —comienza él—, la cabezonería es algo bueno, siempre que no te ciegue ante el problema ni te impida pensar.

—Cuando la cabezonería te vuelve ciego, es para protegerte de una verdad demasiado difícil de confesar —replica su hombre de confianza.

Carter piensa en las palabras de Clarke, aunque nada de esto tiene sentido para mí.

—La verdad saldrá a la luz, pase lo que pase. Es solo cuestión de tiempo. Y cuanto más se ignore, más daños causará.

Echo un vistazo a Kate que se encoge de hombros, tan perdida como yo.

—Al final, no es más que mi opinión —continúa el jefe—. Avalone, mañana por la mañana te daré un dosier sobre los Kings of the Law. Tendrás todo el día para estudiarlo y pasarás el día siguiente conmigo. La negociación tendrá lugar en tres días.

Asiento, y me doy cuenta de que la mirada de Clarke se ensombrece con esas palabras.

22

Al levantarme esta mañana, pensaba ir a la universidad, sin embargo, cuando Carter me dio el dosier de los Kings of the Law, comprendí que la negociación tendría lugar pasado mañana. Así que le he pedido a Set que me traiga a su apartamento para tener tranquilidad todo el día y poder leer los documentos. Me ha dejado aquí hace cinco minutos, antes de volver a irse a clase, y ahora me encuentro en el sofá, con la carpeta abierta delante de mí. Contiene una foto de cada miembro de los Kings of the Law, acompañada de sus antecedentes penales, así como información sobre ellos: origen, familia, los hechos que han marcado su pasado y las actividades que marcan su presente. Me pregunto cómo Carter ha podido tener acceso a todos estos datos personales. De nuevo, una pregunta para la que no tengo respuesta. Mis pensamientos divagan hacia las palabras de Marie sobre el tema de la religión de cada Devil's Sons: la magia de la ignorancia nos permite mantener la esperanza de que sea un truco de los dioses. Sacudo la cabeza para ahuyentar esos pensamientos y concentrarme en mi tarea.

Lucas, el jefe. Elias, el segundo. Adrián, criado por un padre criminal. Cayton, huérfano, al igual que Gabriel. Samuel, que perdió a sus padres en un intervalo de días: su padre falleció de cáncer y su madre se suicidó poco después. Thiago, también huérfano. Henzo, cuyo padre le dio una paliza a su madre hasta matarla. E Isaq, que viene de una familia burguesa excéntrica. Todo esto parece interesante.

Me pongo con la página que concierne a Lucas y la leo una docena de veces repitiendo en voz alta la información más relevante para memorizarla. Este hombre ha conocido sin duda uno de los peores sufrimientos que pueden existir: el parto de su mujer fue mal y tuvo que elegir entre salvar a su bebé o a su alma gemela. Debería avergonzarme por sentir compasión por él, pero la sentiría por cualquiera que pasara por este tipo de sufrimiento.

En ese momento, nadie podría romper mi concentración, ni siquiera Clarke. He sido absorbida por esos documentos y las historias que reconstruyen, como si devorara una novela de las más adictivas.

—¡Joder, la dejé así esta mañana, no se ha movido ni un centímetro!

Me sobresalto cuando Set, Sean, Tucker, Justin y Jesse se burlan de mí. Doy un gran suspiro e intento calmar los latidos de mi corazón. Estaba tan concentrada que no los he escuchado entrar.

Le lanzo un cojín a Set, que lo recibe directo en la cara. A cambio, me hace una peineta.

—¿Qué hora es?

—Las dos de la tarde.

Oh…

No me he movido del sofá desde hace seis horas, ni siquiera para estirar las piernas. Y ahora que no estoy centrada en los documentos, siento dolor en el culo y en la zona baja de la espada.

Me levanto y estiro las extremidades de mi cuerpo.

Tucker me tiende una limonada.

—Haz una pausa, te va a explotar el cerebro.

Tiene razón, realmente necesito tomarme un descanso.

Abro la lata y bebo varios tragos, sin embargo, no puedo evitar pensar en los Kings of the Law.

Hay algo que no encaja; algo que se nos escapa. ¿Por qué querrían dejar São Paulo por una simple historia del pasado cuando todos sus familiares viven allí? Y además, Estados Unidos es mucho más minucioso con el crimen organizado que Brasil. No tiene ningún sentido.

—Ava, ¿me oyes?

Hago un gesto de disculpa hacia Justin.

—Deja de pensar en ello por diez minutos, ¡te vas a volver loca!

Me siento a su lado en la barra y coloco la cara entre mis manos.

—Hay algo que no entiendo. Lucas tiene a su hija y a sus padres en Brasil, así como la tumba del amor de su vida. Elias tiene a su mujer embarazada y a su familia. ¿Todos tienen familiares que dejarían atrás por un territorio que sus ancestros ocuparon cuando ellos aún no habían nacido?

—¿Quién te dice que no han venido a vivir el sueño americano con su árbol genealógico?

—Según la información de Carter, tenían los medios justos para mudarse los nueve a un único apartamento a las afueras de la ciudad. Es imposible que se hayan traído a sus familias. ¡No tiene ningún sentido malgastar su dinero en pagar un alquiler en Estados Unidos en lugar de ahorrar para los tratamientos de sus familiares enfermos o para el parto de su mujer!

—No es que dude de tu buen juicio, pero solo quedan horas para la negociación. Deberías concentrarte en las órdenes de Carter —me aconseja Sean.

Lo miro fijamente un segundo sin decir nada, pero acabo suspirando, resignada. Tiene razón. Hay demasiadas cosas en juego para que me divierta dirigiendo mi pequeña investigación que no me conducirá a nada.

Sean pasa su mano por mi brazo y se pone a cocinar. Rechaza mi propuesta de ayudarlo y me ordena respirar.

—Clarke amenaza con quemar la mansión si tiene que estar más tiempo allí encerrado —nos informa Justin, concentrado en su móvil.

Pongo los ojos en blanco, irritada por la mención del Devil's Sons.

Lo he evitado esta mañana, demasiado afectada por lo que hizo ayer en mis narices.

—En serio tendría que ir a terapia para el control de la ira —refunfuño.

Set me sonríe, compasivo, pero antes de que tome la palabra, sé que va a defender a su mejor amigo.

—Tiene sus razones para estar resentido con el mundo entero.

—Estoy al tanto —suspiro.

—También sabes que es imprevisible. Clarke actúa sin que nadie entienda sus razones. Nosotros tampoco, no siempre lo entendemos.

—¿No os cansa?

Una persona como él tiene que ser complicada de seguir y de apoyar. No saber nunca qué esperar de alguien ni entender cada una de sus reacciones es agotador.

—Todos tenemos nuestro lado oscuro —dice Jesse—. Pero tengo claro que Clarke es completamente leal.

—Le han disparado por mí —afirma Set.

—Por mí también —interviene Justin.

—Y dos puñaladas por mí —añade Tucker.

—Un puñetazo con un puño americano de mi parte —se ríe Sean—. ¡Ese chico es fantástico!

Todos sonríen, rememorando sus recuerdos, y aunque todo esto me aterroriza, mis labios se extiendan en una sonrisa. Clarke tiene muchos defectos —incluso diría que demasiados—, pero tengo que confesar que también tiene cualidades excepcionales.

Tras una buena comida en un ambiente increíble, los Devil's dejan el apartamento para volver a la universidad. Me sorprendió enterarme por un comentario de un Tucker enfurruñado que los chicos no conocen el pasado de Jesse ni las razones por las que no tiene ningún contacto con su familia. Incluso Sean, que estaba en la banda durante la incorporación del Devil's de la cabeza rapada, no sabe nada. A este último parece divertirle el misterio que emana.

Con la mente despejada, me tomo mis medicamentos y paso las páginas del dosier para volver a sumergirme en ellas.

Dejo de caminar dando vueltas cuando, horas más tarde, la puerta de entrada se abre y entra Jesse, que viene para acompañarme a la mansión.

—¡Tenía razón! ¡El territorio de Ann Arbor no les interesa! —Le cojo de la mano y lo llevo a la carrera hacia el ordenador en la barra, donde le señalo las cifras con el dedo—. ¡Brasil está en plena crisis económica!

Concentrado en lo que aparece en la pantalla, Jesse entrecierra los ojos.

—Los King of the Law negocian con otros países, lo que hunde sus negocios debido al desplome económico de Brasil. ¡No solo el real brasileño ha perdido el 40 % de su valor en un mes, sino que hay que añadir los tipos de intereses de cambio que están aumentando de forma sorprendente! Pongamos un ejemplo: ellos compran sus armas en Canadá a nuestro querido Mike Arinson. ¿Una pistola cuánto vale? ¿Mil dólares de media? Para los Kings of the Law eso son más de siete mil ochocientos reales brasileños, sin contar los intereses de la moneda de cambio. ¡Pierden una suma considerable viviendo en Brasil al comerciar en el extranjero!

Con las cejas ligeramente fruncidas, Jesse considera mis palabras antes de palidecer. Mis indagaciones tienen sentido.

—No abandonan a sus familias por una historia del pasado… —jadea—. ¡Vienen a establecerse aquí para poder sobrevivir!

Asiento.

—¡Hay que hablar con Carter!

—¡Ni se te ocurra! —exclamo, angustiada—. Si tengo razón, no volverán a Brasil y Carter les declarará la guerra. En cambio, puedo encontrarles otro territorio que responda a sus esperanzas.

Esperaba que Jesse se negara a guardar silencio, pero la ausencia de respuesta es mi oportunidad. Sin pasarla por alto, me siento en la silla y abro Google Maps para ver los diferentes países de América.

—Adquieren sus armas de Mike y comercian principalmente con los americanos, así que… Hay que encontrarles un territorio en un país en el que la moneda sea el dólar.

—Darles un suelo cerca de Michigan podría causarnos problemas en el futuro, y si tienen a sus familias en Brasil, no deberían estar demasiado lejos de ellas.

—Por eso he pensado en Panamá, en América Central. Usan el dólar y...

Jesse empieza a dar vueltas, dudando de nuestro plan, mientras el estrés aumenta por segundos convirtiéndose en un nudo en mi garganta. Si solo fuera una simple cuestión de territorio, esto hubiera sido más fácil. La verdad complica bastante la situación.

—Esto no funciona así, Avalone. Han venido hasta aquí, no se irán nunca por voluntad propia solo porque les hables de Panamá como si fuese El Dorado, que, dicho sea de paso, ¡está lleno de bandas! ¿Por qué doblegarse ante nosotros cuando tendrán que luchar para establecerse allí también?

Me levanto, a punto de estallar. No nos queda demasiado tiempo antes de la negociación y nunca he participado en actividades tan estresantes en mi vida.

—¿Entonces qué? ¿Los asesinamos? O mejor, ¿dejamos que se adueñen de vuestra ciudad? ¡No tenemos elección! Y es precisamente por eso por lo que hay portavoces. Puedo encontrar las palabras, ¡*voy* a encontrar las palabras!

Jesse gruñe y se pasa las manos por el rostro, tan nervioso como yo.

—Si tienes una solución mejor, soy toda oídos.

—¡Hay que hablar con Carter!

—Sabes perfectamente que escogerá matarlos.

—Puede que esa sea nuestra única salida, Avalone.

Cruzo los brazos sobre el pecho en un gesto de negativa.

No aceptaré este planteamiento radical, que desde luego no es una resolución.

—Voy a encontrar una *verdadera* solución.

Jesse deja de pasear para mirarme fijamente varios segundos. Debe de estar evaluando mis habilidades y la confianza que puede depositar en mí. Verlo así de implicado, tan expresivo, es sorprendente. Todo esto reduce la rudeza de su cuerpo.

—De acuerdo. Pero no puedes fallar, V. Si no consigues nada, informaremos a Carter.

Asiento, decidida.

—Lo voy a conseguir, te lo prometo.

No me conviene fastidiar mi jugada, lo sé. Pero ahora estoy segura de mí misma. La verdad puede que complique la situación, sin embargo, hace a los Kings of the Law humanos. No pueden mantener a sus familias. Así que les voy a ayudar a hacerlo sin que ninguno de ellos pierda la vida en una lucha inútil.

Al mismo tiempo, Jesse y yo nos dejamos caer en el sofá, cansados de toda esta historia.

—¿Te puedo preguntar algo? —le digo, dudosa.

El Devil's asiente con la cabeza.

—¿Por qué ninguno de los chicos conoce tu pasado?

Su sonrisa me deslumbra. Entiendo por su expresión que si su pasado es un misterio, no es porque sea demasiado doloroso para él hablar de ello, sino porque simplemente le divierte guardar el secreto. Me atrae contra él para acogerme en sus brazos y posa el mentón en lo alto de mi cabeza.

—Si te lo cuento, prométeme por el Draupnir que les tomarás el pelo a los chicos sin revelarles nada.

Me río a carcajadas y accedo a su petición.

Entonces pone los pies sobre la mesita de centro y comparte su historia.

—Antes de que entrara en los Devil's Sons, era un camello de cannabis sin importancia. Una tarde, la pasma me perseguía. Ya me habían encerrado muchas veces y Jenna había amenazado con matarme si se repetía…

De vuelta en la mansión, me dejo caer en mi cama, molida. Lo que he aprendido hoy no me ha dejado indiferente. Entre el verdadero motivo de la presencia de los Kings of the Law en Ann Arbor y el pasado de Jesse, estoy conmocionada. Todavía puedo ver la lágrima solitaria recorriendo su mejilla. No era una lágrima de tristeza, era de felicidad. Recordó por lo que había pasado y en lo que se convirtió gracias a Carter. Le estará eternamente agradecido, lo que lo convierte en el Devil's Sons más leal.

Ahora entiendo mejor el comportamiento de Carter, o al menos, sé un poco más sobre su forma de reclutamiento. Les ha dado mucho a sus hombres: a Jesse, un futuro; a Clarke, una nueva familia; a Justin, una forma de gestionar su ira…

«A mí, una vida».

Al final, no soy muy diferente de ellos. Necesitaba la magia de los Devil's Sons para ser yo misma.

Clarke aparece en el marco de la puerta y se apoya ahí, con los brazos cruzados contra el pecho.

—¿Ahora haces novillos?

Me enderezo y lo evalúo con suspicacia.

¿Cómo lo sabe?

Tomé esa decisión cuando ya estaba de camino a la universidad con Set.

—Lola estaba asustada, no respondiste al teléfono.

¡Maldita sea!

Me he olvidado por completo de avisarle de que no iría al campus, y estaba tan concentrada que no he mirado mi móvil en todo el día.

—Estaba…

—En el apartamento, lo sé. Llamé a Set.

—Tenía que prepararme para la negociación —me justifico.

—¿Por qué no lo has hecho aquí?

Enarco una ceja.

«¿De verdad me lo está preguntado?».

—No conozco tus planes, Clarke. El otro día pasaste la tarde follándote a una tía, no quería arriesgarme a desconcentrarme por los gemidos.

La mansión es enorme, podría haber encontrado una habitación lo suficientemente alejada de la suya para que no me molestara, pero no son los gemidos en sí lo que me habría molestado. Saber que Clarke está con otra... Eso es lo que desearía evitar a cualquier precio.

El motero asiente. Indiferente, no dice nada. En cambio, se queda donde está. Nos miramos hasta que toma la palabra.

—La reunión tendrá lugar en un almacén abandonado a las afueras de la ciudad. Pasado mañana, a las dos de la tarde.

—He descubierto algo sobre los Kings of the Law —le confieso cuando está a punto de irse.

Se para en seco y se gira hacia mí, con el ceño fruncido.

Entra en mi habitación, inquisidor.

—No les interesa vuestro territorio, estoy convencida. Quieren abandonar su país porque el real brasileño no vale nada, y como ellos comercian con el extranjero...

Con el rostro serio, Clarke hace un gesto para que continúe.

—Nadie más sabe sobre esto, aparte de Jesse. Me dijo que hablará con Carter, pero si se entera de esto, pensará que la única forma de deshacerse de ellos es matándolos... Así que he pensado que podrían establecerse en Panamá. El dólar se utiliza allí, y no está muy lejos de sus familias. Jesse cree que lo rechazarán y... no se equivoca. No estoy en condiciones de encontrarles un territorio libre. Me he pasado horas realizando búsquedas, pero por desgracia este tipo de información no se difunde así como así en Internet.

De pie, inmóvil a un metro de mí, parece sopesar los pros y los contras. ¿Tiene que informar al jefe? Clarke analiza nuestras posibilidades de éxito sin llegar a una masacre.

—Carter y tú estáis en el mismo equipo, Avalone —acaba diciendo—. Vas a informarle de esto inmediatamente, porque él sí es capaz de encontrar ese *tipo de información*. Y para el día D, si quieres que los Kings of the Law te escuchen, no hace falta que les hables de Panamá. Al menos no como tema principal. Hazles entender que no son bienvenidos aquí, que lucharemos y que algunos de ellos, sino *todos*, morirán.

Y entonces, ninguno podrá mantener a su familia. Una vez que lo hayan entendido, ofréceles Panamá como una salida de emergencia. Si se lo presentas en ese orden, comerán de tu mano.

Parpadeo varias veces, sorprendida por esa observación tan buena. Tiene razón, y acaba de darme la pauta a seguir en bandeja de plata. Solo tengo que exponer las cosas en el orden adecuado.

—Gracias —jadeo, impresionada.

Estaba tan estresada que no había pensado de forma eficiente como él, con naturalidad. En lo que concierne a Carter, creo que no tengo más opción. Le informaré a primera hora de la mañana, o por la tarde, si se deja ver.

Clarke me guiña un ojo y esta vez se va de mi habitación.

De forma precipitada, saco los documentos de mi mochila y vuelvo al trabajo, planeando qué información utilizar. Marie pone a mi disposición la impresora para que pueda armar un dosier sólido de los Kings of the Law, y también me trae una bandeja con comida.

No tengo la menor idea de la hora que es cuando el jefe llama a mi puerta. En cambio, presiento que mi cerebro está a punto de explotar.

—¿Cómo te encuentras?

Su voz es suave y su mirada bondadosa.

Después de la historia que me ha contado Jesse, mi visión de Carter ha cambiado, al menos, un poco. Él lo salvó. Le dio una nueva vida, un nuevo comienzo, y le ha dejado descubrir quién era realmente, sin la sombra de Jenna y de la pobreza.

—Nerviosa.

Me sonríe dulcemente.

—Es normal. Pero debes confiar en ti misma y en mí. Nunca te hubiera dejado llevar esta negociación si no estuviera seguro de nosotros dos.

—¿Qué le hace pensar que soy capaz de hacerlo?

Se sienta en la cama a mi lado.

—Te conozco mejor de lo que crees, Avalone. Esa energía que vibra en ti la tenía yo a tu edad. Ese destello que brilla en tu mirada es la prueba de tu determinación de mover montañas por aquellos que te importan. Esas llamas... —Sacude la cabeza—. Por desgracia, yo he perdido ese brillo, pero en ti es intenso. Nunca dejes que se apague. Es el que hará que consigas grandes cosas. Aún no lo sabes, pero cautivas a aquellos que se cruzan en tu camino.

Se levanta y se va hacia la puerta, justo cuando recuerdo mis responsabilidades.

—¡Espere!

Se gira hacia mi dirección, con una ceja enarcada.

Decido depositar mi confianza en este hombre y seguir los consejos de Clarke. Le cuento todo lo que he descubierto sobre la crisis económica de Brasil. Carter me escucha atentamente, y asiente con la cabeza a ratos.

Cuando acabo con mis conclusiones, una ligera sonrisa bordea sus labios.

—¿Eso es todo?

Frunzo el ceño, desconcertada.

—¿Cómo que *eso es todo*?

—Me has expuesto un problema y su causa. ¿Dónde está la solución?

Rechinó los dientes, frustrada por no haberla encontrado.

—Dígamela usted. ¡Usted es el genio, el maestro de las estrategias!

Hunde las manos en los bolsillos y me mira con condescendencia.

—¿Cuál es tu solución, Avalone?

La idea de decepcionarlo después de su discurso me revuelve el estómago.

—Solo he encontrado el comienzo de la solución.

—Te escucho.

Nerviosa, dudo. No conozco nada de su mundo, solo puede reírse de mí y de mi razonamiento. Sin embargo, el asentimiento que me ofrece como gesto de apoyo me anima a lanzarme.

—Panamá. Tras demostrarles que nunca ganarán la guerra, les podemos proponer Panamá como una salida de emergencia.

—¿En qué te basas?

—En su forma de vida. ¿Pasar de las favelas a Ann Arbor? No durarían ni cuarenta y ocho horas aquí sin que les pillara la policía. En cambio, las reglas con las que han crecido son las mismas en Panamá. El índice de delincuencia es inferior al de sus vecinos del sur, lo que podría ser el desarrollo al que aspiran. Si se las apañan bien, en unos meses sus familias podrían unirse a ellos para llevar una vida menos temerosa y, de esa forma, creer en el futuro. Panamá es una especie de punto intermedio.

Me inclino sobre la mesita de noche, cojo el dosier que he preparado y se lo tiendo a Carter. Lo coge, y ojea las cifras y las diferentes características de las ciudades que he resaltado.

Me retuerzo nerviosamente los dedos con la desagradable sensación de estar delante de un jurado al que hay que convencer de que estoy a la altura. Pienso en los puntos que habría podido desarrollar y en que el diseño de página se merecía un poco más de atención.

Carter alza la mirada, indiferente, y se coloca el dosier debajo del brazo. Al fin, la satisfacción ilumina sus ojos.

—Colón. Ya tengo anotados dos territorios libres. Tendrán que asentar su autoridad ante sus congéneres. Sin embargo, si les ofrecemos algunas decenas de miles de dólares, no debería ser difícil.

Entrecierro los ojos y lo miro.

—Usted estaba al tanto. Y *ya* había elegido Panamá.

—Así es.

—¿Por qué no dijo nada? —grité, de sopetón.

—Quería que llegaras a esa conclusión por ti misma. Tengo la esperanza de que mis hombres puedan contar siempre conmigo. Pero no me hago ilusiones. No sabemos qué ocurrirá mañana. Nunca dejes de investigar, Avalone. Si intuyes algo, llega hasta el final. Y si encuentras dificultades, pide ayuda.

Asiento, pensativa. Carter tiene la culpa de muchas cosas, pero no está ahí para tratar de ahogarnos, sino todo lo contrario. Nos empuja a dar lo mejor de nosotros mismos.

—¿Está dispuesto a darles dinero a los King of the Law?

—La vida de mis hombres no tiene precio. Ganaremos la guerra si tiene que haber una, pero no estoy dispuesto a sacrificar a uno de los míos. —Muestra una apariencia decidida—. Voy a añadir a tu dosier los datos que he recopilado por mi parte. Has hecho un muy buen trabajo, Avalone. Ahora, descansa. Mañana nos espera un largo día. ¡Y deja de una vez por todas de tomarme por un monstruo! Si no has venido a verme para mostrarme tu hallazgo, es porque piensas que habría exterminado hasta el último de ellos.

Muestro una sonrisa culpable.

—«Te saca un cuchillo, tú le sacas un revólver. Te manda uno de los tuyos al hospital, tú le mandas uno de los suyos a la morgue». Después de todo, *Los intocables* es una película de su época. Me daba miedo que hubiera hecho de las palabras de Malone su mantra.

—No me des ideas, jovencita…

El jefe de la banda me guiña un ojo y, con una sonrisa en los labios, sale de mi habitación.

23

Jesse, 17 años

Como he callejeado a menudo por esta zona, la conozco como la palma de mi mano, incluso de noche, y sin duda mucho mejor que el poli que me persigue.

«Y pensar que está echando a perder mi noche, mi único momento de descanso…».

Lo que no ha cambiado es la luna y las estrellas que me acompañan.

Giro hacia un callejón, trepo una reja con agilidad y aterrizo en el barrio de los ricos. Odio este lugar, a esta gente ciega que vive con anteojeras y que nunca mira a las pequeñas y deterioradas casas a dos calles de sus fabulosas mansiones.

Cuando me doy cuenta de que he dejado atrás a mi perseguidor, dejo de correr y sonrío, victorioso, sin aliento. Esta noche no voy a recibir una paliza, gracias a los dioses.

Mi sonrisa se desvanece cuando un coche patrulla sale de la nada y frena bruscamente delante de mí.

¡Mierda!

Giro y reanudo mi frenética carrera en dirección contraria. Clavo violentamente los talones en el suelo y me detengo a varios pasos de dos nuevos polis.

Estoy rodeado.

Maldigo por dentro, dispuesto incluso a suplicar, hasta que descubro una salida: un imponente portón negro y dorado a mi izquierda. Corro el riesgo de ensartarme, pero no tengo elección. Es mejor eso que enfrentarme a Jenna. La pasma nunca se atreverá a entrar en una propiedad privada.

Corro y escalo el portón. Finalmente, aterrizo al otro lado sin problemas.

Me enfrento a los cuatro polis y les hago dos peinetas acompañadas de una sonrisa desafiante.

—¡Ahora vamos a ver quién tiene más paciencia! —les desafío—. Mientras tanto, voy a dar una vuelta y, quién sabe, quizá encuentre otra salida.

Me dispongo a dar media vuelta cuando el ruido característico de una puerta que se abre resuena en algún lugar elevado. Sorprendido, inspecciono los árboles con la mirada y descubro una especie de torre de control con los cristales tintados. Un hombre armado hasta los dientes se agarra a una barandilla y me saluda con un movimiento de cabeza.

«Dioses todopoderosos, ¿dónde me he metido?».

La pasma se disculpa, pidiéndole que les abra para arrestarme, pero el tipo no reacciona, como si fueran invisibles.

Como guinda del pastel, un Maserati se acerca por la calle y se para justo delante de las rejas, obligando a la policía a apartarse.

Mi cuerpo vuelve a estar en alerta. No tengo la menor oportunidad. El dueño va a abrir el portón y voy a acabar en comisaría.

Uno de los polis se acerca a la ventanilla bajada del conductor.

—Discúlpenos, señor Brown. Este joven ha trepado su portón mientras lo perseguíamos. Vamos a sacarlo de su residencia.

«¿Brown? ¿Como Carter Brown? ¿El tipo más poderoso de la ciudad y el jefe de los Devil's Sons? ¡Me cago en la puta! ¡Me va a pegar un tiro en la cabeza!».

Fijo los pies al suelo, listo para coger impulso para largarme de aquí bien rápido.

—No es necesario —responde el millonario—. Jesse Mason tiene una cita conmigo. Le he pedido que escalara el portón si me retrasaba.

Sorprendido, se me olvida correr.

¿Cómo sabe mi nombre y por qué me cubre?

—Lo lamento, señor Brown, tenemos que arrestarlo.

—Os he dicho que no. Este chico está bajo mi protección.

La autoridad que emana este hombre es famosa, y real. No me gustaría tenerlo como enemigo.

El portón se abre, el policía murmura algo entre dientes, enfadado, y el jefe de los Devil's Sons adelanta el Maserati hasta mí.

—¡Sube!

No me hago de rogar. Les guiño un ojo a los polis, sonriente, y luego me lanzo al lujoso coche. El conductor arranca y subimos un sendero interminable, sin decir nada.

¿Qué cojones está pasando? No me quejo de que me haya salvado el culo, pero ¿por qué?

Entramos en un garaje lleno de coches, cada uno más caro que el anterior. Estoy asombrado y asqueado a partes iguales. Los ricos nunca están satisfechos.

Bajamos del coche, subimos tres escalones y el señor Brown abre una puerta que lleva hacia el pasillo de una maravillosa mansión.

«¡No me jodas! El gilipollas no se priva».

Entramos en su despacho, y después de sentarse en su sillón, me hace un gesto para que tome asiento frente a él. Obedezco y me contengo de pasear la mirada por los objetos que podría hacer desaparecer sin que se diera cuenta.

Me observa durante un rato mientras lo miro. Soy yo quien rompe el silencio.

—¿Cómo me conoce?

—Hace varias semanas que te investigo.

Palidezco, sorprendido.

—¿Me *investiga*?

Para respaldar sus palabras, el señor Brown saca de su cajón un portafolios con mi nombre. Lo coloca delante de mí, abierto, y allí encuentro mi partida de nacimiento, mi expediente médico, mis notas escolares —del colegio al instituto—, mis antecedentes penales y un aterrador informe con diversos datos sobre mí.

Me levanto tan bruscamente que tiro la silla.

—¡Lo que hace es ilegal!

El jefe de los Devil's Sons permanece indiferente.

—Entrar en una propiedad privada a la que no has sido invitado también lo es.

—¡Solo para salvar mi pellejo! Usted… ¡Usted reúne información sobre mí como un puto psicópata!

Una sonrisa aparece en la cara del millonario. Parece tan cómodo, tan seguro, que estoy desconcertado. Este hombre es muy inquietante.

—Buscas trabajo, Jesse.

No es una pregunta, sin embargo, niego con la cabeza.

—No, señor Brown.

—Llámame Carter. Y *sé* que buscas trabajo. Pero no quieres mi ayuda porque soy rico y, por tanto, según tu opinión no soy digno de interés.

—Exacto.

Sostengo la mirada del hombre que parece burlarse completamente de lo que pienso. Es el tipo de persona que habla y se hace escuchar, no al revés.

—Has escuchado hablar de los Devil's Sons.

No respondo, tampoco es una pregunta.

—Te propongo formar parte de ellos a cambio de un sueldo.

Comienzo a reírme y sacudo la cabeza. Esta situación es impensable.

—¿Qué le hace pensar que estaré a la altura?

—Chico, ibas a cazar con tu padre y sabes usar una pistola. Tus capacidades físicas son muy buenas y estás lejos de ser un imbécil, aunque te comportes como uno. Tienes una vida de mierda, pero conoces el respeto y la lealtad.

—¿Y qué le hace pensar que voy a aceptar?

—Tendrás una Harley-Davidson, la posibilidad de vivir en un apartamento de lujo con tres de tus compañeros y un sueldo de treinta mil dólares al mes. Los estudios serán obligatorios y estarán a mi cargo, pero eso no tendría que ser un problema para ti, dado que nunca has querido ser un simple camello. Por tanto irás a clase como el resto de los estudiantes y a la par trabajarás para mí.

No respondo, aturdido.

No me ofrece solo dinero, me ofrece una posibilidad. Retomar mis estudios... Ni siquiera me lo había planteado. Y vivir lejos de Jenna no había sido más que un sueño. Un sueño que ahora está al alcance de mi mano.

Por fin, vuelvo a la realidad. Intento ocultar más mal que bien mi decepción sacudiendo la cabeza.

—No puedo entrar a la universidad de Michigan por culpa de mis antecedentes penales...

—Que serán eliminados inmediatamente en el momento en el que te vayas de esta ciudad.

Abro los ojos de par en par, atónito.

Pensaría que es una estafa si nunca hubiera escuchado hablar de este hombre. Pero está claro que los Devil's Sons tienen todo lo que desean.

«Pero ¿quiero entrar en una banda? ¿Trabajar en equipo? ¿Arriesgar mi vida?».

—Solo si acepto ser uno de los vuestros —replico, sin ser ingenuo.

—No hace falta un *sí.* Aceptes o no mi propuesta, tu antecedentes penales desaparecerán y tus estudios correrán de mi cuenta.

Frunzo el ceño, sin entender nada.

Eso no tiene ningún sentido...

—¿Por qué haría eso?

—La falta de dinero no debería impedirte alcanzar tus sueños. Vales más que para vender mierda bajo los puentes todo el día. No digo que a lo que te llevo sea más correcto moralmente, pero con lo que te propongo a cambio podrías volver a estudiar y alejarte de Jenna. Lo que te ofrezco es una nueva vida, Jesse. Un nuevo comienzo. Para hacerlo mejor. Para que seas feliz.

Esas palabras hacen que mi corazón lata de una forma muy diferente a la de estos últimos años.

Miro fijamente el brillo en su mirada. Este hombre, al que no había visto nunca, aparece como Robin Hood y me ofrece en bandeja de plata la oportunidad de mi vida.

—¿Dónde está la trampa?

—No hay. Pero tienes que saber que los Devil's Sons no son una organización. Si te comprometes, tendrás responsabilidades de las que no podrás huir. Sin embargo, si después de haber crecido a nuestro lado decides que es el momento de parar, de avanzar en otra dirección, no te retendré.

—¿Intenta decirme que firmo por un tiempo indeterminado sin poder renunciar antes de que pasen varios años?

Carter asiente y cruza los dedos sobre su escritorio.

—Por ahora, solo te conozco a través de lo que hay escrito en los documentos. Incorporarte a los Devil's Sons supone compartir información estrictamente confidencial. Entenderás que no puedo arriesgarme a meter a alguien en mi banda, informarle sobre nuestras actividades y dejar que se vaya en seguida, cuando podría ir directamente a la policía.

Sí, me parece lógico. Carter es cuidadoso.

—Permito que un miembro se vaya solo si confío en él —continúa—. Y la confianza se gana con el tiempo, las vivencias y las adversidades.

—¿Y si me doy cuenta de que no estoy hecho para esto?

—De todos los hombres que he elegido, ninguno ha querido dejar nunca los Devil's Sons durante muchos, muchos años. Si se han ido, ha sido porque era el momento de que retomasen su camino con una nueva visión de ellos mismos y del mundo. Nunca me he equivocado con las personas que he reclutado. Y no me equivocaré contigo, Jesse.

—Acepto. —Las palabras salen solas de mi boca, pero no me arrepiento.

Sin dar crédito a lo que oigo, suelto una carcajada y me echo en el sillón. Ya me imagino cómo podría ser mi nueva vida.

Con mucha tranquilidad, Carter asiente con la cabeza.

—Entonces, hijo, ¿estás preparado para conocer tu nuevo hogar?

—Siempre lo he estado.

Con una sonrisa satisfecha, Carter abre un cajón y coge un papel que mete en el bolsillo interior de su traje.

La determinación resuena en cada uno de nuestros pasos cuando llegamos al garaje.

Carter para el coche delante de mi casa. La ansiedad me golpea violentamente, hasta dejarme sin aliento. Estaba demasiado ocupado soñando despierto para darme cuenta de que estábamos en mi despreciable barrio.

—¡Pensaba que íbamos al apartamento! —grito, presa del pánico.

—Tienes que recoger tus cosas.

Sale del coche, pero yo no me muevo, estoy paralizado. Sé lo que me espera dentro, y creí que no lo reviviría nunca más cuando acepté la oferta de Carter.

El jefe de los Devil's Sons rodea el coche y me abre la puerta. Estoy convencido de ver molestia en su mirada. Después de todo, un rico no abre la puerta a un delincuente de mi clase. Sin embargo, allí veo respeto y una determinación inquebrantable que me da la fuerza necesaria para afrontar lo que va a pasar.

Salgo del Maserati respirando el aire nauseabundo del callejón.

—Jenna no aceptará que me vaya de casa.

—No le pediremos permiso.

Da media vuelta y va hacia la puerta de entrada. Lo sigo, con un nudo en la garganta.

No solo tengo miedo de enfrentarme a aquella que me atormenta en mis pesadillas, sino también a que Carter se eche atrás cuando descubra que, frente a ella, no soy más que un cobarde. A eso se le añade la vergüenza de mostrarle lo que llamo casa. Yo y mi «familia» formamos parte de la población más pobre del Estado.

Con la mano temblorosa, hundo la llave en la cerradura y abro la puerta. No he puesto un pie dentro cuando tiran de mí hacia delante y me empujan contra la pared, la cara de Jenna a varios centímetros de la mía, desfigurada por la ira.

—¡Pedazo de imbécil! ¡Debería haberte matado en el momento en el que te vi! ¡La policía sigue buscándote! ¡¿Nunca me dejarás tranquila?!

Como siempre, estoy paralizado. Bloqueado, no forcejeo, no respondo.

Mi padre, con la mirada llena de tristeza, aparece en mi campo de visión. Él nunca me ha levantado la mano, sin embargo, nunca interviene cuando *ella* lo hace.

El puñetazo que recibo en el estómago me deja sin respiración, aunque mi cuerpo se haya insensibilizado. Cuando Jenna se prepara para golpearme de nuevo, el cañón de una pistola aterriza en su sien. Se queda quieta, aterrorizada. Su cara palidece, su ira desaparece. Pierde su confianza, su superioridad, que estaba basada en su reino del terror.

—Buenas noches —dice Carter.

Jenna levanta las manos en un gesto inocente y todas sus extremidades empiezan a temblar. Ni siquiera se atreve a girarse hacia el dueño del arma y siento una vil satisfacción por ello. Me gustaría ver cómo se mea encima, como lo he hecho yo demasiadas veces.

—Su miedo es comprensible —continúa Carter—. Aléjese de su hijo y yo guardaré mi nueve milímetros.

Obedece y retrocede un paso, y después otro.

Carter baja su arma, como prometió, solo entonces Jenna se atreve a girarse hacia él.

—¿Señor Brown? —pregunta atropelladamente—. Si mi hijo le ha causado problemas, el responsable es *él*. No yo. Ni mi marido.

Carter atraviesa el deteriorado marco de la puerta. La forma en que mira a mi madre es increíblemente seria. Mi madre traga saliva con dificultad y baja la mirada.

—Su hijo no me ha causado ningún problema, al contrario. Trabaja para mí desde ahora y, por tanto, se va a mudar a uno de mis apartamentos.

Jenna estalla en una risa nerviosa. Retrocedo de forma instintiva.

—¡Por supuesto que no! Jesse no dejará esta casa.

Carter saca su móvil del bolsillo de su traje y teclea en busca de algo. Gira la pantalla hacia mi progenitora y muestra fotos de ella a punto de pegarme de forma violenta. Jenna abre los ojos de par en par, como mi padre y yo.

«¿Cómo las ha conseguido?».

—Si no obedece, los servicios sociales estarán aquí mañana a primera hora, junto con la policía. Perderá la custodia de su hijo e ira a la cárcel. A menos que… —El jefe de los Devil's Sons saca el papel que había cogido en el cajón de su escritorio—, firme este documento de emancipación que determina que yo seré el único responsable legal de Jesse hasta que cumpla los dieciocho años.

Mis ojos se abren por la sorpresa. No me lo puedo creer. Mis padres tampoco.

Carter no solo está dispuesto a convertirse en mi tutor durante los siguientes tres meses, sino que además de eso, ¡el hijo de puta tiene clase!

—Recoge tus cosas —me ordena.

No contesto y me pongo manos a la obra. Corro hasta mi lamentable y mohosa habitación de cinco metros cuadrados, abro mis dos mochilas de deporte y ahí meto los pocas cosas que me pertenecen.

Cuando salgo de nuevo, Carter no está. Jenna y mi padre están sentados en el sofá. Mi progenitora me lanza una mirada llena de rencor.

—¿Estás contento? ¿Has conseguido lo que querías?

A pesar de todo lo que me ha hecho, me hace sentir culpable. Como siempre, me está manipulando. Esta vez, no me dejaré engañar de nuevo. Se acabó el miedo.

—¡Joder, sí!

Tras esto, salgo de mi casa sin mirar hacia atrás y me encuentro a Carter en el coche.

Me quedo quieto unos segundos, respirando por última vez este horrible olor a suciedad y a orina, y después una sonrisa sincera se extiende por mis labios y Carter Brown se convierte en mi salvador.

Me meto en el coche y tiro mis mochilas en los asientos de atrás.

—¿Jenna ha firmado?

—No tenía otra opción. Espero que no te importe que haya sido tan drástico.

Sacudo la cabeza, demasiado feliz para guardar rencor a nadie.

—Muchas gracias, Carter.

Me sonríe, también con sinceridad, y después arranca. Dejamos atrás esta pobreza que siempre he odiado, mucho más que a los ricos. Abro la ventana disfrutando del aire en mi pelo y doy un grito de felicidad que resuena en la noche.

Un pensamiento trivial pasa por mi mente, pero refuerza esta idea de cambio que hace latir mi corazón de una forma diferente: voy a raparme la cabeza.

Carter aparca en un barrio elegante, delante de un edificio recién reformado de una belleza deleznable. Bajamos del coche, con mis mochilas en mano, y entramos en el vestíbulo.

Mi nuevo jefe llama a una puerta que Sean abre unos segundos más tarde. Lo conozco, me lo he cruzado más de una vez.

Y pensar que lo menospreciaba…

Una gran sonrisa aparece en sus labios cuando su mirada se posa en la mía.

—¿Carter ha conseguido ponerte las manos encima? ¡Bienvenido a la banda, tío!

Me da un golpe en la espalda de forma cariñosa.

No digo nada, pero es el mejor día de mi vida.

Como ha dicho el jefe: es un nuevo comienzo para mí.

Sean coge mis mochilas y me hace un gesto para que entre.

—Vas a adorar a los gemelos. Al menos mientras no te encuentres en medio de sus continuos ajustes de cuentas…

Desaparece por el pasillo, pero no lo sigo. En lugar de eso, me giro hacia Carter.

—Le juro por el Draupnir que no se arrepentirá de haberme contratado. Seré su hombre hasta mi muerte.

—Poco importa lo que ocurra, nunca lo lamentaré. Te vas a convertir en alguien, Jesse Mason.

24

Carter me ha dedicado un día entero. Doce horas intensivas. Creía que iba a ser más suave. Gran error. Fue más autoritario que nunca. No se me permitió el más mínimo error.

La primera fase consistió en soltar toda la información concerniente a los Kings of the Law que había aprendido el día anterior. Si no hubiera memorizado hasta la última coma de sus antecedentes penales, Carter me habría obligado a volver a leerlo. El origen de cada uno, las características de sus familias, los aspectos relevantes de su presente y de su pasado… Ya no hay secretos para mí. Ni de Colón. Carter me ha enseñado todo lo que necesitaba saber sobre esta ciudad, así como las fuerzas y debilidades de las bandas de alrededor.

Después vino la segunda fase: llamar la atención del público sin perderla nunca. ¿Quién hubiera pensado que Carter fuera un profesor de oratoria tan talentoso y minucioso? Hicimos una lista de palabras clave para usar durante la negociación. Corrigió el timbre de mi voz para conseguir un tono que despierte curiosidad. También examinó mi postura cuidadosamente: tengo que emanar confianza y serenidad solo con mis hombros. Trabajamos en mi mirada para desarrollar su magnetismo. Carter me aseguró que, siguiendo sus consejos, los Kings of the Law se acordarían del color de mis iris hasta el fin de sus vidas. Para terminar esta segunda lección, vigilamos la apariencia de mis ojos para que no juegue en nuestra contra, porque es un arma de doble filo. Puede desalentar a los Kings of the Law o despertar su curiosidad.

Tercera fase, y la más arriesgada: clase de tiro. Intenté escabullirme, pero Carter ha sido categórico. Si no consigo utilizar una pistola antes de la negociación, no participaré en ella. Aún me pitan los oídos, y solo he tocado mi blanco cuatro veces... ¡tras unos cien intentos! El jefe ha finalizado esta sesión con una cita: «Nunca se sabe, en un malentendido podría funcionar»; que yo refuté con una reformulada de *Uno de los nuestros*: «Desde que tengo memoria, nunca quise ser un gánster». Bueno, tengo que admitir que no me esforcé mucho. Sostener un arma no me gusta.

Este día ha sido enriquecedor. Carter es el tipo de hombre de quien se aprende mucho. Su mente contiene gran cantidad de conocimientos que está dispuesto a compartir si su interlocutor es propenso a aceptarlos. Su forma de pensar rompe los esquemas, tiene una perspectiva de la vida y la sociedad que puede resultar irritante o, por el contrario, impactante. Por sorprendente que parezca, me lo pasé muy bien y espero en secreto volver a hacerlo.

Despertarme ha sido difícil, no he dormido demasiado. Preferí volver a leer por enésima vez las fichas que hice, y después me costó conciliar el sueño. Tampoco he conseguido comer nada desde ayer al mediodía, a pesar de la insistencia de Marie y de Carter. Estoy demasiado nerviosa y me pregunto sin parar en qué me he metido. En serio, ¿quién se habría ofrecido para llevar a cabo una negociación con criminales? Por extraño que parezca, no temo por mi vida. Temo más por las de los Devil's Sons. Si fracaso y les ocurre algo malo, no me lo perdonaré nunca.

Un Jesse aterrorizado entra en mi habitación. Me coge por los hombros y clava su mirada en la mía.

—¡Dime que has encontrado una solución!

Le sonrío para calmarlo.

—Carter está...

—En realidad, da igual. ¡Le voy a contar todo para que estés a salvo en la mansión!

Él no teme por ellos, sino por mí.

Da media vuelta para ir a reunirse con el jefe, pero le agarro por la muñeca.

—¡Un momento!

Su rostro está tenso y sus puños se abren y se cierran.

—Clarke me ha...

—¿Desde cuándo Clarke es la personificación de la lucidez? —me corta él.

—No lo es, excepto en lo que a mi seguridad se refiere, pero esa no es la cuestión...

Hace un gesto dubitativo, sin embargo, sabe que tengo razón.

—Por Odín, ¿en qué te hemos metido? —se pregunta.

Coge mi cara en sus manos y me da un beso en la frente, como si fuera la última vez, antes de darse la vuelta.

—¡Jesse! Me vas a dejar intentarlo, ¿verdad?

Se gira hacia mí, y por fin puedo decírselo.

—Carter lo sabe. Les ha encontrado un territorio en Panamá.

La incredulidad lo paraliza, y después el orgullo se extiende sus labios. Se abalanza sobre mí, me separa del suelo y me hace girar por los aires en sus brazos. Al final, me abraza hasta casi romperme los huesos.

—¡Eres un genio!

—¡No me corresponde el mérito, pero acepto el cumplido!

Al mediodía, la sala de reuniones está llena de Devil's Sons, Demon's Dads y Dark Angels, con nuestras respectivas chaquetas de cuero en la espalda. Ethan también participa en la reunión.

Carter ha sido muy claro. Las dos bandas aliadas solo actuarán si se dicen las palabras mágicas: «¡Ya es suficiente!». Se mantendrán escondidos detrás del almacén, armados hasta los dientes de metralletas y granadas. Si las cosas se complican y entran en escena, los Kings of the Law no tendrán la más mínima oportunidad. No sobrevivirá ninguno de ellos.

Los Devil's Sons e Ethan solo tienen derecho a dos pistolas y tres recargas por hombre.

Me siento como si estuviera en una película y la trama avanzara sin mí. Sacudo la cabeza para espabilarme, y luego me centro en las palabras de Carter.

—Si alguien dispara, da igual de qué parte, no habrá cuartel. Matadlos a todos. ¡Ahora, equipaos!

Las tres bandas se levantan a la vez y van hacia la mesa donde descansa una gran cantidad de armas, cada una más peligrosa que la anterior.

Me quedo de pie, sin moverme, y espero las siguientes instrucciones, cuando mi móvil vibra anunciando una llamada de Lola. Descuelgo.

—No tengo tiempo para hablar —la prevengo.

—Carter —dice de forma precipitada—. ¡No te imaginas lo que he podido encontrar!

Con esas simples palabras, entiendo que ha llevado a cabo la investigación que le había pedido. Y la información que ha recopilado parece interesante.

—Te escucho.

—Fue adoptado tras la muerte de sus padres por la familia Arinson. ¡Mike Arinson, el proveedor de armas de los Devil's Sons, es el hermano adoptivo de Carter! Y eso no es lo más increíble. Juntos fundaron Arinson Arms, y luego Carter dejó de repente el negocio sin razón aparente.

Mi mirada se fija de repente sobre el implicado, que da las últimas órdenes.

—¿Estás segura?

—¡Al dos mil por cien!

—Gracias, Lola. Te llamo más tarde.

Cuelgo y guardo el móvil en mi bolsillo sin desviar los ojos de Carter, desconfiada.

Este vínculo de parentesco, aunque no sea biológico, explicaría por qué Carter le habló a Mike de mí antes de llegar a Leamington. ¿Pero por qué ocultarlo cuando esta información podría influir en la balanza en la negociación con los Kings of the Law? ¿Y por qué mencionar un farol usando como pretexto que Mike está de nuestro lado si no lo es?

Todas mis preguntas desaparecen cuando Clarke se dirige hacia mí. Me rodea y tira de la parte de atrás de mis vaqueros para deslizar allí una pistola.

—Por si acaso —me dice.

—¡Id, ahora! —nos ordena Carter.

Los hombres asienten y salen de la sala de reuniones.

—Ava, montas conmigo —me ordena Set.

—No te preocupes, la llevo yo —replica Clarke.

Su mejor amigo asiente y sale de la casa acompañado por los demás. Miro al herido duramente, con las manos en las caderas.

—¡No vienes, todavía no estás recuperado!

Con un gesto inesperadamente dulce y que me hace temblar, Clarke me coloca un mechón de pelo detrás de la oreja.

—No es negociable, Avalone. De ninguna manera voy a sentarme aquí a esperar sin saber si aún respiras. No me impediste salir cuando Set estaba en un estado de mierda, y ahora es tu vida la que está en juego. ¡Nada en el mundo me hará cambiar de opinión, ni siquiera los dioses!

Ya siento las mariposas volando en mi estómago, sin embargo, no es el momento. Su presencia me tranquiliza más de lo que me gustaría admitir, así que acepto, al igual que Carter, que le ha permitido acompañarnos.

Clarke se pone su chaqueta de cuero antes de apoderarse de dos armas colocadas en la mesa y que solo le esperaban a él. Desliza su mano en la mía y entrelaza nuestros dedos.

—No olvides lo que te dije ayer —me dice Carter—. Puedes hacerlo, estás preparada. Nadie más puede asumir este papel, Avalone. Y... estoy orgulloso de ti.

Sus palabras me producen un efecto indescriptible que brota bajo mi piel. Siempre es agradable escuchar este tipo de halagos reconfortantes y, cuando vienen del jefe de una banda respetada con quien tuviste unas cuantas confrontaciones no hace mucho, es un honor.

Asiento en un gesto de agradecimiento, y después Clarke y yo salimos de la sala de reuniones y de la mansión. Los chicos ya bajan el sendero en sus motos y desaparecen rápidamente entre los árboles.

Clarke está a punto de bajar los escalones, pero me detengo en seco y le retengo con nuestras manos entrelazadas. Se gira hacia mí, confuso.

—¿Qué ocurre?

Evito su mirada, incapaz de hacerle frente. Pero sus dedos se posan bajo mi mentón obligándome a mirarlo. Su rostro es suave, expresivo.

—Tengo miedo —confieso.

Una sonrisa se extiende por sus labios y reconforta mi corazón.

—Eso me tranquiliza. Empezaba a preguntarme si estabas completamente loca. No vas a morir, te lo prometo.

Sacudo la cabeza.

—Prométeme que *tú* no vas a morir.

Levanta las cejas por la sorpresa y sus ojos se vuelven abrasadores cuando me mira fijamente como si viera a través de mi piel, de mis músculos y de mis huesos, como si viera mi alma. Sus dedos se hunden en mi pelo y sus labios me dejan sin respiración. Mi corazón salta en mi pecho, mis piernas no son capaces de sostenerme. Gracias a los dioses, el brazo de Clarke alrededor de mi cintura hace el trabajo perfectamente.

Respondo a su beso con una suave caricia de mi lengua sobre la suya y Clarke gruñe complacido. Nos lanzamos en una danza sensual, nuestras manos explorándonos mutuamente, de forma lenta, deliciosa. Y después, nos separamos casi sin aliento, sin alejarnos el uno del otro.

—¿Por qué has hecho eso?

Clarke me pasa el pulgar por el labio inferior y clava una mirada preocupada en la mía.

—Durante unos segundos, he conseguido liberarme de las cadenas que me mantienen prisionero.

Me suelta, baja los escalones y monta a horcajadas en su moto.

Que recuerde mis palabras y esa sonrisa seductora hacen que me derrita. Sin embargo, me niego a dejarme engañar. Setenta y dos horas antes, se estaba acostando con otra chica.

—O puede que no tuvieras a mano a nadie más a quien besar —me burlo.

—¿Celosa, preciosa?

Si su seductora sonrisa hace que me derrita, ¿qué pasa con su guiño provocador?

—¡Solo me preocupo por coger mononucleosis, imbécil!

Pone los ojos en blanco y me uno a él, tranquila por tenerlo cerca de mí.

Pasamos unos treinta minutos en la carretera antes de llegar a un gran almacén en medio de otros abandonados. Un verdadero cementerio lúgubre y sombrío, sin vida.

Como nos hemos adelantado de forma intencionada, los Kings of the Law aún no están aquí. Todos bajamos con pocos segundos de diferencia y avanzo en silencio hasta la puerta metálica que Clarke abre con un chirrido muy desagradable. Me coge de la mano con firmeza y tira de mí.

La tensión está en su punto álgido. No puedo evitar preguntarme si todos saldremos vivos de aquí.

En medio de la gran sala, solo hay una mesa redonda y cuatro sillas. Yo estaré sentada en una de ellas, frente a Lucas y Elias, su segundo.

Las tres bandas comprueban sus armas y hablan entre ellos sin mezclarse mientras Clarke aparta un mechón de mi rostro para colocarme un auricular en la oreja. Lo disimula cubriéndolo con mi cabello, y Ange se une a nosotros con el suyo en su sitio.

—¿Funcionan? —le pregunto.

Debe escuchar mi voz y el eco en su oído, ya que asiente.

Set y Sean se acercan con sonrisas reconfortantes.

—¿Todo bien?

Asiento con la cabeza, sin embargo, me sudan las manos, tengo un nudo en el estómago, el corazón me late desbocado en el pecho y se me entrecorta la respiración. Tengo que calmarme para no marearme a causa de mi enfermedad y el estrés.

—Me quedaré detrás de ti todo el tiempo, y Sean estará sentado a tu lado —me tranquiliza Clarke.

A las 13:55 h, los Demon's Dads y los Dark Angels salen por la puerta de atrás con sus metralletas en mano. Justin alcanza la pequeña ventana que da al exterior mientras yo me coloco la camiseta negra y mi chaqueta de cuero.

—Estás perfecta —me asegura Set—. Si no están preparados para inclinarse ante tu elocuencia, lo haré yo por una razón completamente diferente.

Mueve las cejas y suelto una carcajada que me relaja.

—Lo último que necesito es hacerme pis encima… Eso estropearía las seis horas que he estado escuchando las lecciones de Carter sobre el carisma.

Aprieta los labios, divertido, y me da un abrazo para tranquilizarme. Me deja disfrutar todo lo posible de ese abrazo, pero desde lejos se escuchan los ruidos de motores.

Los Devil's Sons se colocan enseguida a la defensiva.

Si mi corazón pudiera saltar fuera de mi pecho, en este momento lo haría. En lugar de eso, se salta uno o dos latidos antes de volver a latir frenéticamente.

Justin, todavía delante de la ventana, nos informa que efectivamente vienen en moto. Ningún coche en el horizonte.

Es la hora.

Empieza lo bueno.

Me separo de Set mientras Clarke me pregunta con la mirada. Espera mi señal.

Inspiro profundamente y cierro los ojos. Cuando espiro, mis manos ya no tiemblan. Me abstraigo de cada ruido que me rodea para concentrarme en mi objetivo.

Puedo hacerlo, *tengo* que hacerlo, *voy* a hacerlo.

Inspiro profundamente y, cuando espiro, la adrenalina comienza a correr por mis venas, remplazando lentamente el miedo y las dudas por el valor y una determinación inquebrantable.

Nadie más puede asumir este papel, Avalone. Estoy orgulloso de ti.

Inspiro profundamente una última vez y, cuando espiro, me siento tan confiada que no tengo el más mínimo peso sobre los hombros.

Transformada, abro los ojos y me giro hacia Clarke. Con una sonrisa calculadora, le hago entender que estoy más lista que nunca y voy hacia la mesa. Me siento según lo previsto, al lado de Sean, en la silla frente a la puerta. Los Devil's Sons e Ethan se colocan detrás de nosotros, imponentes y tensos, con sus armas a mano.

El ruido de los motores cesa y los segundos que siguen refuerzan mi determinación. Me enderezo, cuadro los hombros y levanto la barbilla.

Regla número uno de Carter: postura bien recta, cabeza alta.

Cuando la puerta se abre con el mismo chirrido desagradable, estoy completamente relajada, como si hubiera hecho esto toda mi vida.

Lucas entra el primero, seguido de Elias y de Henzo, y después los otros. Tensos, examinan el lugar, permitiéndonos observarlos. Llevan chaquetas con el símbolo de su banda y emanan arrogancia. El ambiente no les impresiona; parecen confiados en cualquier circunstancia. Están en su mejor momento, fuertes y disciplinados. Varían entre los veintitrés años de Cayton e Isaq, hasta los veintinueve de Lucas.

La mirada del jefe cae por fin sobre mí. Deja de sonreír orgulloso. Toda la ira de los nueve mundos se concentra en sus ojos. Sin embargo, no es machismo. Son sus valores los que hablan. Los Kings of the Law no matan a mujeres ni a niños. Mi presencia altera su plan de emergencia: eliminar a los Devil's Sons. Y de repente, entiendo por qué, a pesar de mi falta de experiencia, Carter ha confiado en mí. Soy una ventaja. Su as bajo la manga. Su seguro de vida.

—¿Qué cojones es esto?

Sus ojos oscilan entre mis compañeros y yo. No entiende el motivo de mi presencia allí, al igual que sus hombres, algunos de los cuales escupen al suelo, molestos.

Nadie dice nada. Dejo pasar varios segundos antes de enderezarme.

—Lucas. —Llamo su atención, pero ya estoy hablando a su segundo—. Elias.

Tengo en cuenta a sus miembros, saludándolos uno a uno por su nombre. Sé perfectamente quiénes son mientras que ellos no conocen ni siquiera nuestra identidad. De inmediato estoy en posición de poder, y por la mirada que me lanza Lucas, es consciente de ello. Cuando esperan que les presente a los míos, no lo hago. Me guardaré esa ventaja.

—Joder, ¿dónde está vuestro jefe? —grita.

Miran a los chicos sin prestarme ninguna atención, solo que soy yo quien lleva la voz cantante hoy.

—¿Carter? Está ocupado —le respondo—. No tiene tiempo para este tipo de asuntos.

Las miradas de frustración y de impaciencia se clavan sobre mi rostro, que no expresa ni miedo ni inferioridad.

—¡Quiero verlo! —grita Lucas, golpeando el puño sobre la mesa.

Me limpio las uñas con dejadez.

—Si viene hasta aquí, no será para hablar. Tendrán que conformarse conmigo, *caballeros.*

Henzo hace un ademán con la mano para coger su pistola, pero antes de que la alcance, le lanzo una advertencia.

—Te recomendaría que la dejaras donde está. Hay catorce hombres apostados detrás del edificio, listos para actuar al más mínimo problema. Así que sí, seguramente conseguiríais matar a algunos de los nuestros, pero ninguno de vosotros saldría vivo de aquí. Es vuestra elección.

Lo miro fijamente y entrecierro los ojos de forma monótona. Mantener los ojos abiertos de par en par delataría mi desconfianza. Eso revelaría que estoy alerta, en guardia, y eso iría en contra a la regla número dos: mantener un contacto visual seguro.

Los Kings of the Law se convierten en perros rabiosos y Lucas le hace un gesto a su hombre para que no saque su arma.

—¡Creía que estábamos aquí para negociar! —se queja el jefe con una mirada asesina.

Regla número tres: establecer el ritmo de la conversación.

Dejo pasar varios segundos antes de reaccionar.

—Así es. No estamos aquí para mataros. Pero tomamos precauciones, e hicimos bien. —Le lanzo una mirada llena de significado a Henzo, y después señalo la silla frente a Lucas—. Si quieres, siéntate.

Tira de ella con una calma simulada y toma asiento. Su rostro es inexpresivo, su mandíbula está contraída. Soy yo quien reparte las cartas y no le gusta.

—Nos habéis causado algunas pequeñas molestias desde vuestra llegada. Os damos una última oportunidad para dejar la ciudad antes de responder. No querrás que Lyla se quede huérfana a los siete años. —Un destello de intensa rabia atraviesa sus ojos. Continúo sin prestarle más atención y miro fijamente a su segundo, Elias—. O que tu mujer embarazada, Catherine, crie al pequeño sola. —Clavo mi mirada en la de Samuel—. O que tu abuela no tenga a nadie que la mantenga. Perder a su hijo, a su nuera y después a su nieto… ¡Qué tragedia!

Regla número cuatro: incluir a todos los miembros de la banda en la conversación, a riesgo de que algunos se sientan excluidos. En otras palabras, el maltrato psicológico no tiene que discriminar a nadie.

El puño de Lucas se precipita sobre la mesa.

—¡¿Piensas que estás en una posición de poder?! —grita él.

—¡¡*Estoy* en posición de poder!! —grito yo a mi vez, levantándome.

Y por respaldar un poco más esta verdad, me inclino hacia él mientras se hunde en su silla.

Ya no se escucha ni un ruido, la sangre late en mis venas.

En ese preciso momento, acabo de ocupar mi lugar en este mundo de violencia y rivalidades. No me siento como una intrusa o una chiquilla a la que proteger.

—Estamos en nuestro territorio, donde hemos hecho una alianza con al menos otras siete bandas que se unirán a nuestras filas con tan solo pedírselo. Tenemos a los policías de esta ciudad en el bolsillo y los medios financieros que vosotros jamás tendréis, ni siquiera en vuestros mejores sueños. Nuestro jefe, Carter Brown, alias Carter

Arinson, es el hermano de Mike Arinson, nuestro proveedor de armas, *vuestro* proveedor de armas, que ganará esta guerra a nuestro lado.

Lucas se endereza al instante, y siento a los Devil's Sons tensarse detrás de mí.

Entonces estaban al corriente del parentesco entre Carter y Mike.

—¿Cuántos hombres trabajan para él? —pregunto.

—Alrededor de trescientos —me responde Clarke.

Miro a Lucas intensamente. No me burlo ni canto victoria, solo soy realista y quiero hacerle entrar la razón.

—¿Quieres ver a los tuyos morir en una guerra donde no tenéis la más mínima posibilidad?

Sus hombres me miran con rabia. Lucas permanece en silencio.

Sabe que ha perdido, pero no quiere rendirse tan fácilmente. Entonces me vuelvo a sentar en la silla y giro la cara hacia Jesse, que saca el dosier que Carter ha perfeccionado y que, hasta ese momento estaba disimulado bajo su chaqueta de cuero. Me lo tiende y yo lo se lo deslizo en las narices al jefe de los Kings of the Law, quien a pesar del odio evidente que siente hacia a mí, tiene curiosidad.

—Sé por qué estáis aquí. El valor de vuestra moneda ha caído drásticamente, el tipo de cambio aumenta de forma exponencial y vuestras arcas no se vuelven a llenar. No tiene nada que ver con esa historia del antiguo territorio.

Si los Devil's Sons —a excepción de Clarke y Jesse— están sorprendidos por esta revelación, no lo dejan ver.

Lucas coge el dosier y pasa las páginas despacio tomando nota de la información facilitada sobre la ciudad de Colón y sus ventajas. Hay una treintena de hojas que solo pueden darle el empujón para aceptar este acuerdo.

Alza la mirada hacia mí y después se inclina sobre la mesa.

—¡Tienes talento!

—Venimos de dos mundos completamente opuestos. Tú conoces las favelas donde gobiernan infinidad de bandas. El estado brasileño ha sido excluido y los muertos son una moneda de cambio. Los traficantes de drogas comercian durante el día y la policía no es eficiente. Ha perdido toda la autoridad. Aquí, las reglas son diferentes. Ante la primera prueba incriminatoria, si no tienes una agenda de contactos en las altas esferas, la policía te enviará entre rejas y la cárcel se convertirá en tu nuevo hogar. Como en cualquier otro lugar del mundo, el dinero es poder. La pregunta es: ¿cuánto podrás pagar para comprar la primera pistola que te apunte, si es que se deja sobornar? Si no lo sabías, varios miles de dólares no serán suficientes. Cada mes, hay que ofrecer una generosa suma *a cada* institución que cierra los ojos ante nuestras actividades. Os puedo asegurar que no pasaréis aquí más de quince días antes de ver cómo la policía de Ann Arbor llama a vuestra puerta. Mientras que en Panamá, las reglas son las mismas que ya conoces, pero con más ventajas: el dólar como moneda, un índice de criminalidad inferior al veintitrés por ciento, acceso directo al Canal de Panamá y a las mercancías ilegales... —Le doy tiempo para asimilar esta información, y después me inclino en su dirección—. ¿Y si salimos a tomar el aire unos minutos?

Necesita saber quién soy realmente, pero no puedo permitirme exponerme delante de sus hombres. Necesita sinceridad, algo que solo podré darle cara a cara.

Lucas tiende la mano hacia la puerta como señal para que dirija el camino. Me levanto, pero Clarke me coge con fuerza del brazo. El motero clava una mirada severa en la mía, disuadiéndome de continuar.

—¡Si no estoy de vuelta en cinco minutos matadlos a todos! —le ordeno a los Devil's Sons, en cambio—. Pero no me enterréis con ellos, ¿eh?

Regla número cinco: saber intercalar entre seriedad y humor.

Me libero del agarre de Clarke y avanzo hacia la salida seguida de Lucas. Este último se para en el umbral y lanza una mira autoritaria a sus hombres.

—Nada de gilipolleces, ¿entendido?

Asienten y salimos. Damos varios pasos sobre el camino de tierra, y me giro hacia el jefe de los Kings of the Law.

Es un momento crucial. Así que, hago lo que mejor sé hacer: ser humana. Clavo mí mirada en la suya para que pueda leer mis intenciones, me acerco lo suficiente a él para que se sienta superior por su altura y fuerza. El discurso que he mantenido en el almacén ha atacado su ego de jefe de banda, pero tiene que entender que no estoy aquí para humillarlo.

—Si no hubiera sido por mi insistencia ante Carter, ya estaríais enterrados a seis metros bajo tierra. He vislumbrado la humanidad detrás de tu desprecio, y yo no soy la única que la ve. Nosotros no queremos ni masacres ni pérdidas humanas, ya sea en nuestro bando o en el vuestro. Nadie tiene que morir cuando hay tantas soluciones a nuestro alcance. Podemos vivir *todos*, Lucas. Derramar sangre no traerá ni territorios ni solución a vuestro problema.

Con las manos dentro de los bolsillos, levanta la vista hacia el sol.

—Un buen jefe no huye del problema.

—Pero un buen jefe sabe tomar buenas decisiones para permitir que sus hombres sigan vivos. No te pido que huyas, te pido que vivas.

Regla número seis: no mostrarse amable antes de haber conseguido el respeto del otro.

La mirada que pone sobre mí no puede ser más humana.

—Seguir vivos, pero volver a Brasilia sin conseguir alimentar a nuestras familias no es una buena decisión.

—Estoy de acuerdo contigo. Por eso investigué sobre Panamá, y Carter os ha encontrado un territorio en Colón. Está dispuesto a ofreceros ciento cincuenta mil dólares para asentar vuestra autoridad, desarrollar nuevas actividades, que vuestras familias vuelvan con vosotros y pagar sus cuidados médicos. Os ofrece los recursos para crear un futuro, Lucas.

Sus ojos están entrecerrados y llenos de preguntas.

—¿Por qué voy a confiar en ti?

—Porque estoy aquí hablando contigo cuando podría estar a salvo en la mansión. Porque no soy más que una cría de diecinueve años que apenas acaba de salir del nido, que ha descubierto el mundo de las bandas, pero que odia la violencia y que cree que cada vida cuenta. Porque me he arriesgado a morir por los míos, los tuyos y mi conciencia. Te toca a ti arriesgarte a confiar en mí, por los tuyos y por tu conciencia.

Me mira intensamente, buscando en mi rostro la más mínima expresión que me traicione. Pero no encontrará nada, porque soy honesta y transparente.

—Entonces, ¿tenemos un acuerdo?

Me mira un segundo más, y después termina por asentir.

Toda la presión desaparece de mis hombros y no puedo disimular mi alegría. La máscara de superioridad y de confianza que había confeccionado con Carter ha desaparecido por completo. Ahora debo tener la apariencia de una niña que acaba de terminar de colorear sin salirse.

Mi alegría parece contagiosa porque Lucas me tiende la mano con una sonrisa sincera. Intercambiamos un apretón de manos amistoso en el que resulta obvio el respeto mutuo.

Saco del bolsillo interior de mi chaqueta de cuero el sobre de billetes más grande que he visto y se lo tiendo a Lucas.

—Hay setecientos cincuenta billetes de cien dólares, setenta y cinco mil dólares. Encontrarás la otra mitad mañana por la mañana en la frontera. Os pararemos para un control y regresaréis con un segundo sobre.

Revisa el contenido antes de soltar una risilla escéptica.

Él tampoco ha tenido nunca tanto dinero entre sus manos.

—Hay que reconocer que tienes agallas. Me caes bien.

Le guiño un ojo y volvemos al almacén.

Durante una fracción de segundo reconozco que ha sido demasiado fácil y que puede ser una trampa para que baje la guardia. Pero quiero confiar en la humanidad, así que rechazo esos pensamientos negativos.

De vuelta junto a los suyos, Lucas coge el dosier de la mesa.

—¡Vámonos de aquí!

Sus hombres fruncen el ceño, algunos sorprendidos, otros enfadados, sin embargo, la mirada autoritaria de su jefe les hace obedecer.

Lucas los deja pasar delante de él, como si esperara resistencia por su parte, y una vez que todos han salido dócilmente, se gira hacia mí.

—Gracias… —empieza.

—Avalone.

Asiente con una sonrisa de oreja a oreja, y después lanza una mirada arrogante a los Devil's, como el jefe de banda que es. Sale del almacén, y la puerta se cierra detrás de él.

Cada segundo que pasa está marcado por un latido de mi corazón en un silencio sepulcral.

—Por el ojo de Odín, ¿qué le has dicho? —me pregunta Set, impresionado.

Me giro hacia él y las miradas llenas de orgullo de mis amigos me permiten darme cuenta de lo que acabo de hacer.

El chute de adrenalina me deja agotada, como si hubiera corrido una maratón.

—Le hice entender que la ayuda mutua le beneficiaría mucho más.

—Ava, sobre Carter y Mike… —empieza Sean.

—No te molestes —lo corto—. Estoy acostumbrada a las mentiras con vosotros, así que los secretitos no pueden ser peor…

Ni siquiera estoy enfadada. Estoy aliviada de que todo esto haya quedado atrás. Ahora solo deseo una cosa: volver al campus y quedarme en mi cama durante días.

Voy hacia la puerta y salgo del almacén.

Tengo que esperar varios segundos para que mi vista se adapte a la diferencia de claridad para divisar a los Kings of the Law a treinta metros, cerca de sus motos, pero los gritos de Lucas me llegan mucho antes.

Se está peleando con Henzo, en español. Las clases que tuve en el instituto me permiten entender a grandes rasgos el discurso del jefe.

«Estábamos desesperados. Nos hemos precipitado sin saber a dónde ir». A menos que sea: «sin saber dónde nos metíamos. He tomado una decisión. Vas a respetarla. Sube a tu puta moto, ¡nos vamos de esta ciudad!».

Con los puños apretados y la cara deformada por el odio, Henzo sube a su moto y arranca. Cuando tengo la impresión de que va a ocurrir algo malo, la adrenalina recorre mi cuerpo a toda velocidad.

—¡Idos sin mí! —les grita Henzo.

Acelera y revela una mirada llena de desprecio hacia mí.

Saca su arma.

Apunta.

Pulsa el gatillo.

De repente, nace en mi abdomen un intenso dolor que me deja sin aliento.

Me tambaleo hacia atrás, con la mente nublada por un dolor punzante que me hace perder el sentido. Mis temblorosas manos se dirigen automáticamente a la zona del impacto, y después mis ojos se fijan en la sangre.

Demasiada sangre.

Henzo huye en moto.

Escucho gritos.

Los Kings of the Law corren en mi dirección mientas me tambaleo.

Mis piernas ceden, y Clarke me sostiene. Sus labios se mueven, pero ya no escucho nada. Su rostro está blanco como la muerte, y el verde de sus ojos ha desaparecido dejando solo oscuridad.

Mi vista se vuelve borrosa.

—¡Metedla dentro! —Las palabras de Ethan atraviesan la niebla de mis oídos.

Clarke me levanta y me lleva al almacén. Les ordena a los Dark Angels que persigan a Henzo, y después me tienden en el suelo, y el cirujano aparece encima de mí. La ola de frío que se propaga por mis extremidades me hace temblar.

—¡Traedme mi maletín!

Está aterrorizado, pero no puedo tranquilizarlo. Soy incapaz de hablar, es superior a mis fuerzas. Cada respiración es una tortura; cada segundo que pasa, una agonía.

—¡Pierde demasiada sangre, tiene una hemorragia!

Ethan rompe mi camiseta y la coloca sobre mi herida. Si pudiera, gritaría hasta vaciar mis pulmones. Intento apartarme de él, de lo intenso que es el dolor, pero ni siquiera consigo moverme.

—¡Quédate con nosotros, y ante todo, no te duermas!

Todo en su tono y en sus facciones delata la urgencia de la situación. Tucker se arrodilla y sujeta el punto de compresión mientras Ethan busca en su maletín apresuradamente.

Ange se deja caer a mi lado, blanco como el papel.

—Estás muerto. —La voz seria de Clarke llama mi atención hacia él.

Se acerca de forma peligrosa a Lucas y a su banda que se mantienen alejados en el cobertizo. No han huido, se han quedado. Pero Clarke desprende deseos de muerte. Saca su pistola. De inmediato, los Kings of the Law desenfundan, pero Lucas les grita que bajen las armas. Eso sin contar la reacción de los Devil's y de los Demon's Dads.

Si alguien dispara, habrá unos quince muertos, si no más.

No puedo dejar que echen a perder lo que acabo de hacer.

—Clarke… —No sé si susurro o grito. Lo que sí sé es que el dolor es punzante.

El segundo de Carter se gira hacia mí de repente, con la mirada llena de emociones, donde predominan el odio y el miedo.

—¡Bajad todos las putas armas! —grita Ange.

Los Demon's Dads obedecen a su segundo. Solo los Kings of the Law y los Devil's Sons permanecen apuntándose.

—Es por todos vosotros por lo que Avalone ha corrido este riesgo hoy, ¡por lo que se ha puesto en peligro! ¿Y vosotros queréis escupir sobre lo que acaba de conseguir? ¿Os queréis matar entre vosotros mientras ella se desvanece?

Lucas ordena por segunda vez a sus hombres que bajen las armas. Los Devil's Sons no tardan hacer lo mismo.

El puño de Sean se hunde en la pared, Set tiene la cara oculta entre sus manos y Justin se deja caer en una silla, con los ojos clavados en las manos de Ethan que están manchadas de mi sangre. Tucker y Jesse están a mi lado, con el rostro deformado por un miedo abrumador, como si un miembro de su familia hubiera muerto.

«¿Es eso lo que soy? ¿Un miembro de su familia?».

Siento cómo me resbala una lágrima por la mejilla. Cada vez es más difícil que el aire llegue a mis pulmones.

—Lo he... conseguido —balbuceo a Jesse—. Os he... salvado la vida, me debéis... una. Así que... portaos... bien.

El Devil's de la cabeza rapada se ríe con una expresión abatida y Sean se acerca a nosotros, con los ojos tan brillantes que puede llorar de un momento a otro.

—¡Quítale esa puta bala! —le grita Clarke a Ethan.

—¡No puedo! ¡Hay que llevarla al hospital!

La oración que Tucker murmura a los dioses me calma, y después me estremezco cuando Justin vuelca la mesa que se hace pedazos contra la pared.

Como si mi alma dejara mi cuerpo, el dolor se difumina poco a poco para dejar paso a un sentimiento de bienestar y de plenitud. Mi visión se nubla y mis ojos se cierran sin que pueda luchar por más tiempo.

El último contacto que siento son las manos de Jesse sacudiendo suavemente mi rostro.

—V, quédate con nosotros, y ante todo no te duermas, tienes que mantenerte...

—¡Avalone!

—¡Eh! Preciosa, despierta, por favor...

—¡¡No, no, no!!

No he luchado con armas, sino con palabras. ¿Eso hace de mí una guerrera? ¿Enviará Odín a sus Valkirias para llevarme a las puertas del Valhalla? Como alguien que estaba destinada a morir de un paro cardíaco, bien podría hacer un esfuerzo por este gran cambio de los acontecimientos.

25

Apunta.

Dispara.

Sangre.

Demasiada sangre.

Y un dolor insoportable.

Me enderezo de repente, con náuseas, y el dolor de mis sueños se vuelve realidad. Doy un pequeño grito desesperado. Siento que todos mis órganos han cambiado de lugar y no debería estar viva.

Dolorida, me estiro y hago una mueca. Mi mirada cae en la venda que rodea mi abdomen.

«Por los dioses todopoderosos… ¡Henzo quiso matarme!».

Es evidente que ha fracasado.

Con una mano temblorosa palpo la piel alrededor de mi herida y contengo un gemido. Silbo apretando los dientes y entrecierro los ojos para tragarme las lágrimas.

Mi cerebro está envuelto en una neblina de la que me cuesta salir. Estoy adormecida y me resulta difícil conectar con la realidad.

Mis ojos siguen los cables conectados a mi cuerpo hasta el equipo médico que registra mis frecuencias cardíacas, y después observo mi entorno. No estoy en el hospital. Estoy en mi habitación en la casa de Carter, y Sean y Justin están dormidos en los sillones frente a mi cama. Su presencia me tranquiliza y me arranca una tierna sonrisa. Pobres, debe de dolerles todo… Su postura no es nada agradable.

Con la lengua pastosa, me quito el tubo de oxígeno de la nariz y los diferentes cables que registran mis constantes. Me quito el apósito que cubre el catéter de mi gotero y me saco la aguja de la vena. Cuando me libero dolorosamente de las sábanas, me paro un momento al descubrir que estoy vestida con un conjunto holgado e informal y huelo a gel de ducha.

«Por todos los dioses, ¡si se han atrevido a desnudarme y a lavarme, los mato!».

Apenas pongo los pies en el suelo cuando la cabeza empieza a darme vueltas. Los recuerdos me invaden y me siento completamente abrumada.

Henzo me disparó, y por las palabras que dijo Ethan, tendría que haber muerto, una vez más.

«A saber por qué los dioses se esfuerzan en darme una segunda oportunidad».

Sintiéndome muy débil, me quedo sentada varios segundos para reunir la poca fuerza que me queda.

Inspiro hondo y me levanto maldiciendo de dolor.

Con la mano en la cómoda para mantener el equilibrio, voy hacia la puerta sin hacer ruido para evitar despertar a los chicos. Giro en el pasillo y me apoyo en la pared. Por primera vez, maldigo que esta mansión sea tan grande.

Tardo una eternidad en llegar a la cocina sin cruzarme con nadie. Al final, dejo de intentar coger un vaso del armario. En su lugar, lavo una taza del fregadero y la lleno de agua. Sedienta, la vacío de un trago y la lleno de nuevo.

Me quedo paralizada cuando me doy cuenta de que no tengo la menor idea de lo que ocurrió una vez que me desmayé. ¿Explotó Clarke y la tomó con los Kings of the Law? ¿Se atacaron los unos a los otros?

—¿Ava?

Me giro con rapidez ignorando el dolor en mi abdomen y me encuentro a un Set sorprendido de verme aquí. Una gran sonrisa ilumina su cara, sin embargo, no tengo tiempo para arrebatos emocionales.

—¿Los chicos están bien? ¡Dime que todos están vivos!

—¿Cómo te encuentras? ¿Qué haces levantada? ¡Tienes que descansar!

Agarro su camiseta con los puños y lo zarandeo, al límite de mi paciencia.

—Set, ¿están bien?

Divertido, me coge por los hombros para que me quede quieta.

—Sí. Nadie más fue herido.

Dejo escapar un profundo suspiro y el resto de la tropa aparece en la entrada de la cocina. Contentos, aliviados, incluso preocupados, ninguno de ellos sabe qué emoción enfatizar más.

—¿Pero qué haces de pie? —grita Clarke, hecho un basilisco.

Sus ojos se abren cuando me mira el dorso de la mano que, dicho sea de paso, gotea sangre.

—¡Te has quitado el gotero!

Preocupación.

Todos acaban eligiendo la preocupación y ahora me miran severamente.

—Tenía sed. Mucha, mucha sed.

La risa nerviosa de Ethan hace que le lancen miradas de desaprobación, y cuando se vuelve incontrolable, todo el mundo se une para liberar la tensión. Salvo Clarke.

—¡Nos has dado un susto tremendo, joder!

—Incluso recién levantada y con un agujero en el estómago, sigues siendo una de las chicas más *sexys*.

Divertida, imito una reverencia algo cuestionable.

—Encantada de ser un regalo para tu vista, Collins.

Ethan viene y se encarga de limpiar y desinfectar mi mano.

—¿Qué cojones ocurre? ¿Porque la habitación de Avalone está vacía? —grita Carter *Arinson* desde el pasillo.

Entra en la cocina y para en seco cuando me ve. Como hicieron los Devil's Sons previamente, me mira, pero un destello de alivio brilla en su mirada.

—Tenía sed.

Alza las cejas.

—¿Por qué no se la has pedido a los chicos?

—Parecían bastante cómodos en los sillones.

Sean y Justin se masajean la nuca y hacen una mueca, mientras una sonrisa aparece en los labios del jefe.

—Me alegro de que estés entre nosotros.

—¿Cuánto tiempo he dormido?

—Es mejor que no lo sepas —me responde Tucker—. Hemos sido generosos con la morfina.

Mierda…

Ya me imagino abrumada bajo la tonelada de trabajos con los que tendré que ponerme al día, pero Clarke parece leer mis pensamientos, ya que pone los ojos en blanco.

—Avalone, ¿puedo hablar contigo en mi despacho? —me pregunta Carter.

Asiento. Ya tengo una ligera idea sobre el tema que quiere abordar y, a decir verdad, no le culpo. Sus vínculos familiares solo le conciernen a él, aunque creo que era importante para la negociación que yo estuviera informada.

Ethan se acerca a mí para ayudarme, pero lo rechazo de forma instintiva. He adquirido el hábito de mostrarme fuerte en cualquier circunstancia. Sin embargo, al pensar de nuevo en el tiempo que me ha llevado llegar hasta aquí, cambio de opinión y acepto con mucho gusto su ayuda. Hay momentos en los que hay que saber ceder. Este es uno de ellos.

Los chicos se apartan de nuestro camino y seguimos a Carter hasta su despacho. Me siento en el sillón enfrente del suyo con la ayuda de Ethan, y después él se va.

Un destello de angustia brilla en la mirada del jefe de los Devil's Sons. En ese momento me acuerdo de las palabras que dijo la otra noche durante la cena.

«La verdad saldrá a la luz, pase lo que pase. Es solo cuestión de tiempo. Y cuanto más se ignore, más daños causará».

Durante un rato, Carter no dice nada, y casi acabo pensando que no abrirá la boca. Suspira.

—Me gustaría hablarte del vínculo que compartimos Mike y yo.

Asiento con la cabeza.

A pesar de mi curiosidad, me siento como una intrusa en su pasado. Si no hubiera descubierto la verdad por mis propios medios, nunca me lo hubiera dicho.

—Hemos sido inseparables desde nuestra más tierna infancia. Nuestras familias se conocían y éramos como una sola. Tenía nueve años cuando mis padres fallecieron en un accidente de coche. Fue en ese momento cuando los padres de Mike me adoptaron. Más adelante, Mike y yo levantamos juntos Arinson Arms. Al cabo de varios años, nuestra visión sobre el futuro de la empresa fue diferente. Fui cómplice y testigo de las discusiones que se repetían entre nosotros. Preferí dejar el negocio para conservar nuestra relación, y creé los Devil's Sons.

La elección de Carter fue humilde, lo cual es respetable. Pero esa información no es más que una puesta en escena, un inicio. Lo más importante viene ahora.

—¿Por qué me lo ocultó? ¿Por qué ocultárselo a las otras bandas cuando le pondría en una posición de poder?

Estoy sorprendida por la tristeza que transmite su mirada. No sabía que un hombre como Carter pudiera mostrarse así de vulnerable, a tal punto que me arrepiento de preguntar.

Una tristeza tan grande lleva inevitablemente a una historia terrible que no estoy segura de querer escuchar.

—La esposa de Mike estaba embarazada. Pero en aquel entonces, cometió un terrible error: estafó a los BloodBro, la banda más poderosa y sanguinaria de América. Para vengarse, decidieron asesinar a su hijo que aún no había nacido. Habíamos conseguido huir los tres, pero... un accidente de coche le costó la vida a su mujer, matando al bebé al mismo tiempo.

Contengo la respiración y lucho para no imaginarme esa escena.

—Intentamos salvarlos...

Su voz tiembla tanto que extraño al Carter Brown inexpresivo. Nunca le desearía una tragedia así a nadie, ni siquiera a mi peor enemigo.

Las manos de Carter se aferran a su escritorio, deja escapar un profundo suspiro y recupera la calma.

—Los BloodBro podrían haberse conformado con la desgracia de Mike, eso sin contar su sed de sangre. Pero dijeron orgullosos que, de ahora en adelante, cada recién nacido de la familia Arinson les pertenecería.

Un silencio sofocante se cierne sobre nosotros. Si no estuviera sorprendida por esta horrible historia, sacudiría la cabeza para expulsarla para siempre de mi mente.

—En esa época, deseaba tener hijos —continúa Carter—. Mike y yo decidimos que lo más sensato era alejarnos y esconder nuestro parentesco para proteger a mis futuros descendientes. Después conocí a Kate, que es estéril. Ese secreto llevaba tanto tiempo pesando sobre nuestros hombros que preferimos guardárnoslo.

La culpabilidad de haber confesado a los Kings of the Law que Carter era un Arinson tiene el mismo efecto de un puñetazo en el estómago.

Por todos los dioses…

—Yo lo… —balbuceo.

Carter sacude la cabeza con una débil sonrisa.

—No tienes que sentirlo, Avalone. Es culpa mía. Debería habértelo contado, al igual que hice con los Devil's Sons. Después de todo, has probado en múltiples ocasiones que eres digna de ser un verdadero miembro de mi banda.

Esas palabras me hubieran dado ganas de vomitar hace varias semanas, pero ahora estoy conmovida y orgullosa, lo que me asusta aún más. Porque algo me dice que los BloodBro no son parte del pasado. Huir no funcionará eternamente, un enfrentamiento —que no espero en lo más mínimo— tendrá lugar tarde o temprano.

—¿Puedo preguntarte cómo has conseguido esa información? —me dice, preocupado de que otros lo descubran.

—Se la pedí a Lola. Es el tipo de persona nacida para unirse al FBI. No tengo ni idea de cómo lo ha hecho. Sin embargo, puede confiar en ella. Guardará el secreto.

—Lo sé. Ahora, ve a descansar.

Asiento y me levanto despacio. Antes de que cruce la puerta, Carter me llama.

—Te dije que, tras la negociación, podrías volver al campus... Sin embargo, con Henzo libre, no es sensato, ¿lo entiendes?

Asiento, de acuerdo con él. He visto la muerte demasiado cerca para rechazar su protección, y su presencia ya no me es tan insoportable, ni tampoco desagradable.

—No va a molestar a Lola, ¿verdad?

La diversión extiende sus labios.

—Aún me tomas por un monstruo, ¿eh?

Enarco una ceja.

—En el fondo no es malo, señor *Arinson*. Retiro la sociopatía de su diagnóstico. Pero aun así es un monstruo.

Se lleva las manos al pecho y finge estar dolido, consiguiendo que me ría a carcajadas. Mueve la cabeza alegremente, satisfecho de que nuestra relación se haya calmado.

—Has hecho un muy buen trabajo, Avalone. Has salvado muchas vidas, puedes estar orgullosa. Pero la próxima, vez intenta que no te disparen.

Me echa cuando le sugiero seriamente que pida cita para ver a un psiquiatra.

Ethan viene enseguida a mi encuentro para ayudarme a llegar a mi habitación.

Tengo una sonrisa tonta en la cara cuando nos alejamos por el pasillo. Pelearme sin cesar con Carter es agotador. Y tener una buena relación con él no es tan complicado, por lo menos cuando no compite con Clarke por el trono del rey de los desgraciados.

—Sabía que era cuestión de tiempo que Carter consiguiera mostrarte el ser humano respetable que descansa dentro de él.

—La vida es muy perra y cambia a las personas; las fortalece para protegerlas, ocultando sus virtudes. Carter es un ejemplo de ello.

Ethan asiente y llegamos a mi habitación.

—A partir de ahora, voy a venir a examinarte dos veces al día. Casi mueres, ¡has tenido suerte!

—Te lo debo a ti. Gracias.

—No realmente. La bala tocó la aorta, te estabas desangrando. Paré la hemorragia, pero tuvimos que llevarte a una clínica privada. Uno de los médicos me debía un favor, y no avisó a la policía. Es él quien te ha salvado.

Estar inconsciente siempre me ha dado escalofríos. Estamos en un sitio conocido con gente que queremos, y un instante después nuestro cuerpo se transporta y experimenta cosas de las que no nos acordamos.

—Es lo que yo decía. Sin ti, ahora estaría muerta. Gracias infinitas.

Rechaza mis agradecimientos con una mirada seria.

—No lo entiendes, Avalone. Con tu estado de salud, no te puedes permitir tener un cirujano con temblores en la mano y que no tiene acceso a tecnología médica. Ya me resulta bastante difícil curar adecuadamente a los chicos cuando están malheridos. Así que tú eres una misión imposible. Con un corazón como el tuyo, hay que esterilizar, ser rápido, preciso, tener el material y los tratamientos. No te puedo ofrecer nada de eso... Si te hubiese tratado yo cuando estabas en estado crítico, te habría matado, Avalone.

Coloco mis manos en sus hombros y le sonrío dulcemente.

—Gracias.

—Joder, ¿entiendes lo que te digo?

—Te agradezco que seas un cirujano tan bueno, consciente de tus debilidades, que es capaz de adaptarse y encontrar soluciones. Supiste enseguida que no podías curarme, te escuché. Y encontraste a alguien que sí podía. Sin ti, ya no estaría aquí, Ethan. Así que, *gracias infinitas.*

—Oh...

Lo estrecho entre mis brazos y encuentro consuelo en ese abrazo. Siempre he creído que moriría por mi insuficiencia cardíaca y pasé mucho tiempo preparándome para ello. Henzo ha sido un imprevisto insoportable. No he pasado más de diez años de mi vida aceptando que mi enfermedad acabaría conmigo para que sea otro el que se encargue de ello.

Ethan debe sentir mi dolor porque su abrazo va más allá de la simple cortesía.

—¿Qué les ha ocurrido a Lucas y a su banda? —pregunto separándome de él.

—Creía que Clarke iba a matarlos. Los Devil's Sons empezaron a volverse locos ante la gran cantidad de sangre que perdías; no te cuento la carnicería. Después tuvieron que elegir: vengarte o salvarte. La decisión se tomó rápido. Lucas insistió en esperar hasta el final de tu operación antes de salir del país. Me dio sus más sinceras disculpas y su agradecimiento por tu bondad.

A esta hora deberían estar ya en Panamá.

Una gran sonrisa se extiende por mis labios. A pesar de lo que ha pasado, estoy contenta de que todo haya acabo bien. Lucas no dudó mucho antes de elegir la no violencia. Se merece la felicidad y la tranquilidad de los suyos.

—Clarke puede estar distante.

Frunzo el ceño y ladeo la cabeza animando a Ethan a que continúe.

—Se culpa a sí mismo y sabes cómo reacciona ante su dolor.

Se aleja.

Me río con una risa que no es nada alegre. Expresa la decepción, el desaliento. Ya nos tenemos que ocupar de Henzo, no tengo fuerzas para enfrentarme a un Clarke preso de sus emociones.

—Ya me voy. Llámame si tienes cualquier problema.

Ethan agradece a las Nornas que me hayan mantenido viva, me besa la frente, y después se va.

Estoy pensando en la comodidad de mi cama para esta noche cuando empiezo a marearme. Me toco la frente y me doy cuenta de la presencia de Clarke. Avanza hacia mí, con la mirada seria, mientras mi visión se nubla. Mis piernas ceden de repente bajo mi peso, pero sus brazos me cogen. Clarke me sostiene contra su pecho y me mira preocupado.

—Parece que es tu turno de quedarte en la cama, belleza.

Le sonrío, medio inconsciente, y todo desaparece a mi alrededor.

Me despierto muerta de hambre. Antes de poder incorporarme tengo que volver a quitarme los cables y el tubo de oxígeno. No sé quién me los ha vuelto a colocar, pero es sin duda el instrumental médico que más odio en el mundo.

Cojo mi móvil de la mesita de noche y veo las llamadas perdidas, al igual que los mensajes recibidos después de la negociación. Lola es la remitente principal. Me informa que está al corriente de mi estado y que va a matar a los Devil's Sons. Mis amigos también están al tanto gracias a mi compañera de habitación, que provocó un escándalo cuando Set la informó de la situación. Les respondo a todos que aún no he estirado la pata y les aseguro que me encuentro bien.

Me levanto y hago una mueca de dolor, aunque no es tan agudo como la última vez que estuve consciente. No sé con seguridad cuántos días han pasado desde la negociación y prefiero seguir sin saberlo.

Salgo de la cama y dejo mi habitación en la oscuridad de la noche para robar comida. La mansión está muy tranquila. Entro en la cocina y busco cualquiera cosa que pueda ser comestible.

Los ruidos de pasos me avisan de que viene alguien.

—¿Cómo te encuentras?

Saco la cabeza de la nevera para ver a Clarke apoyado contra el marco de la puerta. Lucho con todas mis fuerzas para que mis ojos no se desvíen por su torso desnudo, y menos aún sobre el pantalón de chándal gris que lleva a la altura de las caderas, pero su simple presencia hace que de repente tenga calor.

«¡Por todos los dioses! Un tío así no debería existir, ¡es una crueldad!».

—Podría correr un maratón —respondo—. Lo que me viene de maravilla porque, tras la insignia de negociación que he conseguido, aspiro a la de deportista.

Una sonrisa sarcástica aparece en su rostro. Mi corazón se pone nervioso cuando avanza hacia mí. Retrocedo un paso, pidiéndole de forma silenciosa que no se acerque.

Estoy demasiado débil física y mentalmente para actuar de forma adecuada y no sé lo que haría si estuviera demasiado cerca de mí.

Pero a Clarke Taylor no podría importarle menos lo que yo quiero.

Sigue cubriendo la distancia que nos separa, y me veo obligada a poner mi mano sobre su torso desnudo para pararlo. El calor que desprende su piel me calienta la palma, el brazo y todo el cuerpo. No puedo mantenerle la mirada sin desearlo, así que mantengo los ojos fijos en mi mano, que todavía no se ha movido de su pecho.

—Clarke, yo…

Incapaz de formular una frase, pongo fin al contacto y le rodeo para volver a la nevera. Cojo los ingredientes para hacer un sándwich y los pongo sobre la isla central, en el extremo opuesto a Clarke, que me mira sin decir nada. Cuando acabo de colocar todo en su sitio, me sobresalta su voz.

—No volverá a pasar.

Me atrevo a mirar en su dirección y descubro su rostro serio.

—¿El qué?

—Que vuelvas a ponerte en peligro por nosotros. Se acabó.

Sus preciosos ojos verdes están apagados, rezuma la culpabilidad por cada poro de su cuerpo y añade una grieta a su alma. Se culpa a sí mismo mucho más de lo que podía imaginar, mucho más de lo que Ethan me dijo.

—No es tu culpa —murmuro.

—Sí que lo es. Te prometí que no te pasaría nada. —Su tono es firme y serio.

Estoy harta de ese muro que levanta sin parar entre nosotros. Cubro el espacio que nos separa y pongo mis manos sobre sus mejillas para atraer su mirada, pero cierra los ojos ante mi contacto, respirando con dificultad.

—Me prometiste que no moriría. Has mantenido tu palabra.

Sus dedos rodean mis muñecas y me aparta.

—Créeme, esa promesa valía mucho más que cualquier cosa que haya podido decirte en voz alta.

—No puedes salvar a todo el mundo, todo el tiempo… —jadeo.

—¡Le dice la sartén al cazo! —bromea, nervioso, y retrocede un paso, frustrado consigo mismo—. Aunque debería haberte salvado a *ti*. Ver cómo te desangrabas…

Contrae la mandíbula con fuerza y se pasa las manos por el pelo, con los ojos clavados en mí. Me pregunto si su reacción se debe a la muerte de sus padres. Ellos también se desangraron delante de él…

—Clarke, yo…

Da media vuelta y sale de la cocina golpeando el bote de cubiertos que se hace añicos contra la pared.

26

A las once en punto, Ethan pasa por la puerta de mi habitación para cambiarme el apósito. Tras un exhaustivo examen de mi sutura, me dice que me voy a recuperar de esto.

—En una semana, más o menos, te quitaré los puntos. Has escapado de los días más dolorosos gracias a la morfina —bromea.

Hago una mueca, indecisa. Sin embargo, es verdad que alternar entre un profundo sueño y un estado de desorientación es preferible al dolor. Se lo tengo que agradecer a Tucker, que se peleó con Ethan para sedarme durante días para evitarme la agonía.

—Clarke se alegrará, también le quito los suyos hoy.

Me maldigo por pensar con desilusión en su marcha de la mansión y no en su recuperación.

Ethan me pega un nuevo apósito, y después me mira con una sonrisa cómplice.

—Según tengo entendido, todavía pasará el día y la noche aquí. Los otros están dando una vuelta por la ciudad buscando a Henzo.

Me da un beso en la frente, me manda descansar y sale de la habitación para reunirse con el Devil's. Me acuesto en mi cama y miro fijamente al techo. ¡Esta casa me va a volver loca! A pesar de mi estado de semiinconsciencia estos últimos días y el tiempo que no vi pasar. Necesito tomar el aire, y rápido.

Veinte minutos más tarde, cuando Ethan abandona la residencia, me visto y voy directa a la habitación de Clarke. Entro sin llamar y me encuentro al motero saliendo del baño. Me examina con una ceja enarcada, seguramente buscando una señal de dolor.

—No quiero estar más en esta mansión, necesito salir a dar una vuelta.

Eleva la otra ceja.

—Por favor…

—Tienes que descansar.

—No voy a decir en alto cuántos días he estado sedada por la morfina, es indignante. ¡Pero tú sabes tan bien como yo que la negociación fue hace siglos! ¡No me sorprendería encontrarme con naves espaciales fuera!

Pone los ojos en blanco e intenta disimular su diversión ante mi evidente exageración, pero, aun así, ya me lo he tomado con demasiada calma, y por si fuera poco, ¡contra mi voluntad!

Sin decir palabra, va hacia su cómoda y se pone una camiseta. Una gran sonrisa se extiende por mis labios cuando se abriga con un jersey, dejando la chaqueta de cuero atrás para evitar llamar la atención de Henzo. Coge su arma de la mesita de noche, comprueba que está cargada y se la guarda en la parte de atrás de sus vaqueros.

Al llegar donde estoy, enlaza nuestras manos y salimos de la mansión, para mi gran felicidad. Me ayuda a subirme en su moto y se sienta en ella. Enrollo mis brazos alrededor de su cintura sin pegarme demasiado a él para no hacerme daño. Nunca he estado tan contenta de escuchar rugir un motor.

Dejamos la residencia, y después la ciudad. No sé a dónde vamos, pero eso me da igual. Soy libre y estoy viva, es todo lo que importa.

Llegamos a la autopista. Clarke conduce rápido, pero no tengo miedo. No con él. No puedo evitar sonreír. Me siento tan bien que él lo siente y me guiña un ojo a través del espejo retrovisor, y después acelera aún más y adelanta a los coches que nos pitan.

Cuando el viento se vuelve demasiado fuerte, pongo mi mejilla contra su omoplato y observo el paisaje pasar. Es sencillo, y además, increíble. Veo a lo lejos un jabalí en la linde de la vegetación y suelto un pequeño grito de admiración.

Una hora más tarde, el Devil's sale de la autopista para repostar en una gasolinera. Después de bajarse él, me ayuda y me pregunta cómo me encuentro.

Coge el surtidor y lo mete en el depósito de su moto.

—Llénalo. Ahora vengo.

Me da un beso en los labios y se va hacia la tienda.

Con la boca abierta, veo cómo se aleja. Creo que ha colapsado hasta mi cerebro.

Cuando se da cuenta de su comportamiento, se detiene en seco y se queda quieto unos segundos, seguramente aún más sorprendido que yo. Acaba girándose despacio en mi dirección y me mira, con el ceño fruncido, como si fuera yo quien le hubiera robado un beso. Después me regala una sonrisa sarcástica digna de su encanto seductor y sigue su camino, como si nada.

—¡Este tío es más caradura que el hombre que escribió un libro sobre el placer sexual de la mujer!

No creo haberlo dicho lo suficientemente alto para que me escuche, pero su risa resuena por todo el *parking*.

Me llevo los dedos a los labios, sintiendo todavía el calor de los suyos, y no puedo evitar sonreír.

Contenta, presiono el pestillo del surtidor para que salga la gasolina, pero parece bloqueado. Lo intento con las dos manos, sin embargo, no hace nada, el pestillo no se mueve ni un centímetro.

Forcejeo con el dispensador y me pongo a insultar como una loca.

Me giro hacia Clarke, divertido con mi intenso combate, mientras vuelve con chuches.

—¡Está roto!

Pone su mano debajo de la mía y añade su fuerza. El surtidor se pone en marcha y el carburante llena el depósito.

Abro los ojos de par en par mientras que los suyos tienen una expresión burlona.

—No te lleves todo el mérito. Yo he hecho lo más difícil —me justifico.

Una hora y media más tarde, aparcamos en el *parking* del bosque Huron-Manistee. No me doy cuenta de que Clarke baja de la Harley, ni de que me coge por las caderas para ponerme en el suelo. Estoy demasiado maravillada por la belleza de la naturaleza. La vegetación se extiende delante de nosotros, densa y majestuosa. Infinita. Me siento ridículamente pequeña e indefensa frente a ella. Insignificante.

Clarke enlaza nuestros dedos, como si ese gesto tan simple fuera normal entre nosotros, y corremos casi hasta la linde del bosque. Ralentízanos el paso para no engancharnos los pies con una raíz más gruesa que mi brazo. Cuanto más avanzamos entre los árboles, más desaparece el rastro del hombre, y más sorprendente es el paisaje.

Hay plantas hasta donde alcanza la vista, altas secuoyas y rocas recubiertas de musgo. El canto de los pájaros y el sonido de un riachuelo. No sé hacia dónde ir. Miro en todas las direcciones y sonrío como una niña la primera noche de Yule. El sol atraviesa la barrera del follaje en ciertas zonas e ilumina las sombras. Y como si fuera poco, una brisa nos acaricia la cara en un gesto de bienvenida. No tengo palabras para describir lo que veo. Estoy enamorada.

Clarke y yo avanzamos por el bosque. A varios metros de nosotros, cerca de un tronco, aparece un conejo leonado de borgoña. Cojo el brazo del Devil's para detenerlo. Sigue con la mirada el dedo con el que apunto hacia el animal, y después deja escapar una risilla burlona que provoca la huida del animal.

«¡Muy inteligente!».

Como castigo, le hundo el codo en las costillas. Esta vez, le puedo atacar sin temer una respuesta y no dejo de meterme con él. Estar herida no es tan malo.

—Es el sitio más hermoso que he visto nunca. ¿Cómo lo descubriste?

—Venía aquí con mis padres cuando era un crío. No ha cambiado nada.

Estoy sorprendida. Nunca pensé que me revelaría esa información, y aún menos que me traería a un lugar tan importante para él.

—Entiendo que no quieras hablar de su muerte, ni de lo que sientes respecto a su pérdida, pero si un día te apetece contarme alguna anécdota de tu infancia, estaría encantada de escucharte.

—Siempre he pensado que compartir mis recuerdos equivaldría a hacerlos desaparecer y olvidarlos.

Su respuesta me deja sin aliento. Sin embargo, puedo imaginarme cómo se siente. Conservar esas anécdotas a través de las cuales todavía ve el rostro de sus padres equivale a mantenerlos prisioneros dentro de él. Teme que en el momento en el que abra la boca, se escapen para no volver jamás.

—O a lo mejor, al compartir los recuerdos, se los confías a otras personas para protegerlos.

La sonrisa que ilumina su rostro casi me hace tropezar. Nunca había visto una dentadura tan perfecta, unos labios tan seductores y un hoyuelo tan irresistible.

Me atrae contra él, pasa su brazo por encima de mis hombros y juega con un mechón de mi cabello.

—Háblame de ti —le pido.

—Bueno, me llamo Clarke.

—Mierda, creía que te llamabas Taylor...

Pone los ojos en blanco, sereno como nunca lo había visto, y sonrío, contenta de que esté tranquilo.

Este lugar le sienta bien. Esta versión de Clarke me hace sentir muy bien.

—Nací en Chelsea, Michigan. Viví allí hasta los catorce años. Tras la muerte de mis padres, me mudé a casa de mi tía en Ann Arbor. Cuando empecé la universidad cogí una habitación en el campus, y un buen día, dos imbéciles me molestaron. Nos peleamos hasta quedar desfigurados, y después un viejo gilipollas con traje nos separó. Me presentó a sus dos hombres, Sean y Jesse, mientras otros cuatro me agarraban.

Abro los ojos de par en par, aunque no me sorprende lo más mínimo. Todos se han incorporado a los Devil's Sons de forma cómica.

—Carter me propuso formar parte de la banda. Lo rechacé y me largué insultándolos. No tuve en cuenta su empeño. No me dejaron en paz. Tuvimos que pelearnos unas diez u once veces más antes de que aceptara. —Ante mi asombro, especifica—: Tener amigos no entraba en mis planes desde que perdí a mis padres. Así que, cuando me vendían los Devil's Sons como una familia, me peleaba.

Deja escapar una risilla que reconforta mi corazón y mi alma.

—Esos gilipollas no entendían por qué les pegaba cada vez que escuchaba esa palabra salir de su boca. Me tomaban por un demente y le guardaban rencor a Carter por ordenarles que no se rindieran. La peor frase que Sean me ha podido decir por desesperación es: «Eres pagano, tío. ¡No nos digas que tienes miedo del peligro! Odín no deja que los nuestros mueran por una bala». Palabras que no solo eran completamente estúpidas, sino…

No continúa, no hace falta. Lo entiendo perfectamente. Sus padres eran paganos y fueron asesinados de un balazo en la cabeza.

—En esa época —continúa Clarke—, había unos gemelos y otros dos chicos que formaban parte de la banda. Estaban en el último curso, por lo que solo me junté con ellos un año. Después apareció Set y me ayudó durante una pelea. Lo odié, pero Carter quiso conocerlo. Al año siguiente, fue el turno de Tucker y de Justin de unirse a la banda. El idiota de Tucker provocó a un grupo de boxeadores profesionales. Lo peor es que estaba convencido de que podía ganar. Justin intentó hacerle entrar en razón, pero no lo logró. Estalló. Carter ya nos había avisado, a Set y a mí, y aprovechamos la ocasión para observar sus habilidades. A pesar de todo, se las apañaron bien. Juntos ya formaban un buen equipo…

Cuando Clarke se interrumpe, sigo su mirada y me olvido de todo, incluso de respirar.

El lago Michigan se extiende delante de nuestros ojos. Ninguna onda perturba su superficie.

Sin previo aviso, corro hacia la orilla animando al Devil's a seguirme. No me paro hasta que nuestros zapatos están empapados. Suelto su mano para saltar en el agua helada, como cuando era una cría. A falta de un corazón sano, nunca he podido nadar a mi antojo, pero mi imaginación lo compensaba. Creo que sé lo que se siente al bucear.

El dolor de mi abdomen me recuerda mi herida. Dejo de moverme hacia todos lados, pero no dejo que se note. Levanto la mirada hacia Clarke, que me observa con una pequeña sonrisa en los labios.

Me uno a él y volvemos a tierra firme. Nos sentamos en el suelo y cierro los ojos para disfrutar de los rayos del sol sobre mi cara.

—¿Qué te gustaría hacer después? —le pregunto.

—Nunca ha encontrado algo que me gustara, aparte de los Devil's Sons.

Lo miro. Sus mechones negros se levantan bajo la brisa, y la luz le da a sus ojos verdes una luminosidad irresistible, de una forma peligrosa.

—¿Y tú?

Sonrío mirando fijamente el horizonte.

—Hay muchas cosas que me gustaría hacer.

«Si tan solo tuviera toda la vida por delante…».

—¿Como qué?

—Siendo honesta, no lo sé. Me gusta aprender. ¿Ser devoradora de libros es una profesión?

—Nunca te he visto con un libro en la mano.

Aparento haber sido acusada falsamente.

—¡Puede ser porque vuestra organización criminal me quita mi tiempo libre, señor Taylor!

Por primera vez, tengo la sensación de estar frente al *verdadero* Clarke, aquel que no tiene ninguna cadena. Su sonrisa es enorme y sincera, su mirada no tiene ni velo ni oscuridad. El Clarke del bosque Huron-Manistee no es el segundo de los Devil's Sons.

—Bueno, si aceptaras nuestro dinero sucio, podrías comprarte muchos libros. ¿Alguna vez lees novelas?

—Pocas veces, pero no es inusual.

—Déjame adivinar…

Curiosa, lo observo pensar.

—No te gusta la violencia, sin embargo, los *thrillers* te pueden proporcionar argumentos interesantes. No eres del tipo que devora fantasía o ciencia ficción. Eres demasiado realista para permitirte soñar. Lo mismo con el romance. A menos que… —Chasquea la lengua y me mira—. Seguramente has leído los clásicos de toda la vida. Lo que nos lleva a Shakespeare y… a Jane Austen.

Si tuviera un diario, le acusaría de haberlo leído en varias ocasiones. Es aterrador y tranquilizador a partes iguales no tener que hablar para que te entiendan.

—¡*Orgullo y Prejuicio*, un imprescindible!

Se siente victorioso cuando me ve impresionada.

—Dime por qué no te gusta.

—¿Qué te hace pensar que no me gusta?

—¡Lo veo en tu mirada, Clarke, así que desembucha!

Me mira los labios y se humedece los suyos. El aire se vuelve pesado. Un momento de tensión crepita entre nosotros antes de que Clarke se recupere.

—No hay suspense, tiene una trama aburrida, demasiado clásica y completamente previsible. Una chica más inteligente que las demás y con una lengua muy afilada encuentra a un tío *sexy* justo antes de constatar que es un cabrón mal follado. Giro de ciento ochenta grados: es el hombre perfecto, se van a casar. Fin de la historia.

Lo miro fijamente, sorprendida.

—¡Acabas de arruinar una obra maestra de la literatura en cinco míseros segundos! Eres un narrador lamentable, espero que lo sepas.

Con una sonrisa sarcástica, me da un pequeño golpe en el hombro. Me tumbo de espaldas. A través de mis párpados cerrados, siento que algo obstaculiza los rayos del sol, y después un cuerpo se tumba encima de mí.

«Ese cuerpo que se ajusta perfectamente al mío, ese olor que despierta todos mis sentidos…».

Abro los ojos para ver a Clarke.

Su nariz casi roza la mía y su aliento acaricia mis labios y hace que los latidos de mi corazón parezcan ridículamente aleatorios. Trago con dificultad, tentada de buscar una razón que le lleve a comportarse de esa forma, pero no encuentro respuesta.

—La historia está muy bien escrita —murmuro—. Los personajes son originales y tienen su propio carácter.

Mi respiración se vuelve entrecortada. Todo mi ser me grita que lo toque, que le bese, que le quiera. Me gusta, él y su lado bueno, él y su lado oscuro. Me gusta el Clarke Taylor del bosque Huron-Manistee, con sus estallidos de risa y su insensatez, pero también el Clarke Taylor de los Devil's Sons, con su rostro impasible y su mirada fulminante.

—Elizabeth rechaza los códigos. Se burla de la limitada sociedad y de las convenciones sociales de su época. No se abstiene de juzgar a todo el mundo con seguridad. Es muy entrañable.

Su mirada arde con un deseo apasionado que apenas controla hasta llegar a mi boca. Definitivamente ya no entra aire en mis pulmones, y mi corazón deja de latir cuando su lengua sigue el contorno de mi labio inferior. Me tengo que obligar a contener un suspiro de placer, pero se me acaban las fuerzas. Su lengua es remplazada por sus carnosos labios a lo largo de mi mandíbula. Dejo escapar un gemido, y los músculos de Clarke se tensan en respuesta. Sus dientes rozan mi oreja y me arqueo contra él.

—Set tenía razón. Eres la chica *más sexy*, así que intenta no soltar un sonido tan adorable si quieres conservar la ropa.

Hace amago de levantarse, pero lo retengo. Su mirada angustiada se fija en la mía. A través de esa mirada comparte conmigo su frustración y su contención.

—Avalone, yo…

—Solo te pido que me beses.

Algo cede en él. Se funde con mi boca para darme el tipo de beso del que solo él tiene el secreto. Mi mente y mi cuerpo son un caos. En este momento, nada más tiene sentido, solo nosotros. Me deleito y me empapo de él. Tomo todo lo que me ofrece y me sacio hasta la próxima vez.

Al fin nos separamos, sin aliento, y Clarke se levanta enseguida para recuperar el control. Ya siento la ausencia de su calor, sin embargo, sonrío, incapaz de hacer otra cosa. De pie delante de mí, hunde los dedos en el pelo.

—No me pones las cosas nada fáciles…

—Has empezado tú.

Me tiende una mano para ayudarme a levantarme, que acepto intentando recuperar la respiración y mantener mi ritmo cardíaco normal.

Este hombre va a ser mi perdición.

Recuperamos el sentido común en un cómodo silencio, y volvemos al bosque. Como yo, Clarke tiene una evidente falta de contacto físico. Juega con mis dedos, me roza la clavícula para colocarme enseguida un mechón detrás de la oreja, y después me pasa el brazo alrededor de los hombros y me atrae hacia él.

—¿Lees a menudo?

—Nunca.

—Entonces, por qué *Orgullo y Prejuicio.*

—Era el libro favorito de mi madre. No lo he leído, pero me obligó a ver la película con ella.

Termina de explicármelo justo cuando suena su móvil.

—¿Cómo está mi Marie favorita?

Adora a Marie, lo sé, sin embargo, nunca le he escuchado dirigirse a ella de esta forma. Este momento, lejos de la mansión y de la presión que encierra en sí misma, es muy beneficioso tanto para él como para mí.

—Síp, hemos salido a despejarnos. ¿Nos cubres si lo necesitamos?

Hace una pausa para escuchar su respuesta.

—Vale, perfecto. Estaremos allí a las siete y media. Si vuelve antes, cuento contigo para cubrirnos.

Cuelga y volvemos a caminar de la mano.

—¿Cómo eran tus padres? —me arriesgo a preguntar.

Clarke me lanza una mirada cómplice.

—¿Una segunda mente para protegerlos, verdad?

Aparento falsa inocencia, lo que le saca una sonrisa. Inspira y mira a lo lejos. Su boca se abre y luego se cierra. Al final, se lanza.

—Mi madre tenía una larga melena oscura y grandes ojos verdes. Las pecas salpicaban toda su cara. Era esbelta y delgada. Era una mujer dinámica. También era dulce, comprensiva y nunca se enfadaba. Mi padre era todo lo opuesto. Rubio de ojos marrones, y se irritaba fácilmente, pero ella tenía un don increíble para calmarlo. Estaban muy enamorados. Eran unos padres amorosos.

Su sonrisa desaparece; su rostro pasa a estar muy serio. Se detiene y observa el paisaje con cierta aflicción.

—Mentí. Este lugar ha cambiado. Todo está más...

—¿Pequeño?

Con las manos en los bolsillos, y la mandíbula contraída, me mira.

—Sí. Es como si los recuerdos de eso días fueran falsos, erróneos.

La ira vibra bajo la superficie. Por lo que se ve, esa idea se asemeja a la tortura para él.

—Cierra los ojos y arrodíllate —le ordeno.

Me mira con desconfianza.

—¿Es este el momento para aclarar que el BDSM no me gusta?

Me río a carcajadas y sacudo la cabeza para recuperar la seriedad.

—Confía en mí.

Suspira y obedece. Con los ojos cerrados, pone una rodilla en el suelo y después la otra. Me siento delante de él y le susurro que abra los ojos. Obedece y vuelve a encontrar el lugar de su infancia desde el mismo ángulo que cuando era un niño. Observa los alrededores, familiarizándose con su pasado. La admiración resplandece detrás de la máscara de estoicismo.

—Eres tú el que ha cambiado, Clarke, no este lugar. El tiempo no te ha perdonado, has crecido. Sin embargo, algunas cosas permanecen intactas, como el amor que sientes por tus padres. Y si un día este bosque desapareciera, eso no borraría su recuerdo. Nada pondrá en entredicho el hecho de que ellos estuvieron aquí hace unos años, contigo. Eres la prueba de su existencia. De su amor.

Me mira con una gran intensidad, como si, sin siquiera saberlo, acabáramos de pasar página.

—¿Cómo te encuentras? —me pregunta.

—Muy bien. Esta excursión era exactamente lo que necesitaba.

Por primera vez, hablamos. Hablamos de *verdad*. Revelamos nuestros sueños de infancia y esperanzas frustradas. Le cuento cómo me rompí el brazo con nueve años, él enumera los accidentes que le han abierto la ceja. Me río hasta que me duele la tripa y las mejillas. Clarke sonríe todo el tiempo. No una sonrisa sarcástica, no. Una verdadera sonrisa que deja ver sus dientes.

Caminamos una hora más, y después volvemos sobre nuestros pasos para llegar a la Harley. El sol ya está muy alto en el cielo, el tiempo ha pasado a una velocidad increíble. Hemos recorrido kilómetros sin ni siquiera notarlo, hablando de todo y de nada como viejos amigos. Amigos de toda la vida que se desean más de lo normal.

He pasado un día increíble. No tengo ganas de volver, pero todo lo bueno se acaba. Solo estoy preocupada de que, cuando lleguemos a la mansión, Clarke se aleje y vuelva a ponerse su coraza. Empiezo a conocerlo, sé que cuando estemos rodeados habrá un abismo entre él y yo, como si esta mañana nunca hubiera existido. Sin embargo, soy incapaz de fingir que no he visto esta faceta suya.

Con la moto aparcada delante de la fuente de Odín, Clarke coge mi mano y corremos hacia la entrada. Escuchamos el coche de Carter subir por el sendero, pero si se entera de que hemos salido sin permiso, podríamos recibir una gran reprimenda.

Marie abre la puerta, asustada.

—¡Rápido, entrad!

Entramos en la mansión y corremos hasta la cocina, donde nos sentamos en las sillas altas delante de la isla central. Una cerveza y una limonada nos esperan.

Marie se une a nosotros, con la mirada seria. No podemos evitar reírnos.

—¿Qué es tan gracioso?

La voz de Carter llega hasta nosotros, y Marie se gira rápidamente hacia la nevera para mirar dentro.

El jefe aparece en la cocina, de buen humor.

—Les contaba una historia sobre mi madre —miento.

Clarke bebe un trago de su cerveza y me guiña un ojo discretamente.

—¿Has podido descansar? —me pregunta el jefe de los Devil's Sons.

—Sí, todavía lo necesitaba.

—Perfecto.

Nos sonríe, satisfecho, y después sale de la cocina.

Marie cierra de un portazo la nevera y nos apunta amenazante con un dedo.

—¡Si volvéis a hacerme algo así, os mato! Pero si alguien tiene que cubriros de nuevo, no lo dudéis.

Clarke y yo intercambiamos una mirada cómplice. Esta mujer es extraordinaria.

—Espero que os lo hayáis pasado bien, al menos.

—Mucho —respondemos Clarke y yo a la vez.

Marie está tan alegre como si acabara de sorprender a dos adolescentes besándose, pero su sonrisa se congela cuando mira a Clarke. Alertada, me centro en el aludido que ha perdido su alegría y el verde de sus ojos. Mira mi jersey de forma distraída y contrae la mandíbula con fuerza.

Bajo la mirada hacia mi ropa.

Sangre.

Me levanto rápidamente de la silla y me tambaleo.

—Ahora vengo.

Salgo precipitadamente de la cocina y llego a la habitación.

Entro en el baño y me quito la ropa, que tiro al suelo hecha una bola. Mi apósito ya no está blanco, lo que ha despertado la culpabilidad de Clarke.

Lo despego con rabia. La sangre brota de la herida: ha saltado un punto.

Me sobresalto al ver el reflejo de Clarke en el espejo. Su expresión inexpresiva me sienta como un puñetazo en el estómago.

—No es nada, solo es un poco de sangre.

—Ethan está de camino.

El tono de su voz acaba de rematarme.

Con las manos temblando, seco el líquido rojo con compresas, pero sigue brotando.

—No es necesario, no es nada.

—¡Puedes ver que sí lo es! —escupe.

Cojo una toalla, que pongo contra mi herida, y me giro hacia él, suplicante.

—No debería haber aceptado sacarte —continúa.

—Yo no me arrepiento. He pasado un día increíble, y si tuviera repetirlo, no lo dudaría ni un segundo.

—Yo *sí* me arrepiento.

Tras esto, sale de la habitación.

El Clarke del bosque Huron-Manistee, sin lugar a dudas, ha desaparecido. Contengo las lágrimas y alzo la cabeza, como si aún tuviera la corona de mi infancia sobre ella.

Salgo del baño y me siento en mi cama a esperar a Ethan, que llega quince minutos más tarde, con una mirada seria.

—¡Te mandé reposo! ¡Tienes suerte de que estaba por el barrio!

No estoy segura de poder soportar un sermón después de volver bruscamente a la realidad. Gracias a los dioses, Ethan parece darse cuenta de mi estado emocional porque para ahí. Tira su mochila a mis pies y se arrodilla. Quita la toalla de mi abdomen, y frunce el ceño al examinarme la herida.

—Ha saltado un punto, tengo que volver a suturarte. Nada alarmante, no tienes infección. Si tenemos cuidado, el hospital no debería hacer demasiadas preguntas.

Niego con la cabeza.

—Hazlo tú mismo, acabemos con esto.

—No tengo nada para adormecer la zona, pequeña guerrera.

—Eso no es problema.

Alza la mirada hacia mí, desconcertado.

—No tengo anestesia —repite para asegurarse de que hablo de lo mismo que él.

—Lo he pillado.

Piensa que he perdido la cabeza. Pero de ninguna manera voy a ir al hospital. Cada vez que entro allí, no sé si volveré a salir. Mis citas semanales ya son bastante agotadoras, es mejor no darle a mi médico la mejor oportunidad para retenerme.

—Lo vas a sentir todo. Voy a limpiar la herida con una crema con base de alcohol, y para el…

—Lo sé, Ethan —lo corto—. Haz lo que tengas que hacer.

Me mira fijamente durante un rato para darme tiempo a recuperar el sentido común, pero mi decisión está tomada. Resignado, asiente con la cabeza.

Saca de su mochila los instrumentos médicos que necesita y los esteriliza.

Me lanza una última mirada para asegurarse de mi consentimiento, y me tumbo en respuesta.

A regañadientes, se pone los guantes de látex y empieza a trabajar.

Desinfecta la zona con un producto que debe tener los mismos principios activos que el ácido por como escuece. Silbo entre dientes.

—Reclamo con todo mi ser la fuerza de Megingjord —susurro.

Desvío la mirada, insegura de poder soportar el dolor y la visión de la sangre a la vez.

Siento absolutamente todo y se asemeja a la tortura.

«¿Cómo pudo soportar Clarke la extracción de una bala?».

Tengo la sensación de que la aguja sube hasta mi alma para dañarla. Sin embargo, no muevo un pelo, no gimo, permanezco quieta. Porque el más mínimo jadeo que se escape de mis labios podría desencadenar una marea de palabrotas.

Siento cómo una gota de sudor resbala por mi columna. Con los ojos cerrados, aprieto los dientes hasta casi romperlos. Cuando la aguja sale de nuevo, inspiro de repente una bocanada de aire, aliviada.

—¿Estás bien? —me pregunta Ethan, afligido.

Asiento, con los labios apretados, y continúa. Pone la aguja de nuevo en mi piel, arrancándome un gemido de dolor, y tira del hilo.

Con un movimiento preciso, el cirujano hace un nudo. Repite el gesto y, por fin, el punto de sutura está hecho.

Desinfecta, seca mi piel y pega un nuevo apósito.

Aunque la herida me palpite y tenga la piel tirante, estoy aliviada de que la intervención haya terminado. Fue corto, pero intenso. La capa de sudor de mi piel puede dar fe. Es todo lo que puedo soportar hoy.

—¡Esta vez, descansa! —me ordena Ethan guardando sus cosas—. Sé que es duro, pero cuanto antes escuches, antes te recuperarás.

Suspiro, con la moral por los suelos.

Ethan se endereza y me lanza una mirada cariñosa.

—Llámame y te sacaré aquí, pero solo para tomarte algo en la terraza.

Le sonrío, agradecida, y me da un beso en la frente.

—Gracias.

—Un placer, princesa. Vuelvo mañana por la mañana.

Sale de mi habitación y cierra tras él. Me estiro en la cama mirando al techo. Nunca hubiera imaginado que mi primer año de universidad de esta forma, y aunque no me arrepiento de nada, es duro…

27

Salgo del baño, duchada y un poco más relajada. Me siento en mi cama, contengo una mueca de dolor y pongo mi portátil sobre la mesita de noche para consultar mi correo. Un puñado de publicad, los nuevos horarios de las clases de la próxima semana, varios enlaces que me ha enviado Lola…

Con curiosidad, pulso sobre el primero. Me redirige a una página de Internet. Recorro con la mirada las líneas que se suceden hasta que encuentro un nombre demasiado familiar.

«Carter Brown Arinson nació el 1 de noviembre de 1969 en Midland, Michigan. En 1993, creó en colaboración con Mike Arinson la empresa Arinson Arms, a quien le vendió su parte en 2007. Poco después puso en marcha su negocio de obras de arte y de piedras preciosas, que le lanzó en 2011 al puesto de la mayor fortuna del estado».

Pulso sobre el segundo enlace que me lleva a información sobre su hermano.

«Mike Arinson nació el 12 de diciembre de 1969 en Midland, Michigan. Creó su empresa de armas en 1993 en colaboración con…».

Me salto los siguientes párrafos y me paro sobre la historia de su pareja.

«Se casó en 1998 con Claire Torrens, que dio a luz a su primer hijo en el 2000. El 7 de septiembre del mismo año, varios meses después del nacimiento del bebé, la mujer de Mike Arinson y su hija murieron en un accidente de coche».

Frunzo el ceño, sorprendida. Carter me había dicho que su hermano adoptivo esperaba un niño que nunca llegó al mundo.

¿Por qué esta página web afirma lo contrario?

Me reclino en los cojines y paso los ojos por la pantalla, concentrada. Hay montones y montones de información, lo que me hace pensar que Mike no tiene ningún tipo de privacidad. Sus contratos más importantes, la dirección de su residencia principal, su destino favorito, sus antecedentes penales…

Por todos los dioses, ¿dónde ha podido descubrir Lola todo esto?

Me detengo sobre una imagen que me llama la atención. Está ahí, ante mis ojos, y sin embargo, no consigo verla. Es como si la viera sin procesar la información, como si…

Mi cerebro se activa de nuevo, mi corazón se para un instante. Y siento que un autobús me pasa por encima. Hacia delante. Y luego marcha atrás.

Mike está en la foto, con un bebé en los brazos, al lado de Carter, que sonríe orgulloso a la cámara.

Levanto los ojos de la pantalla, con la respiración entrecortada.

«Se casó en 1998 con Claire Torrens, que dio a luz a una niña en el 2000».

Esa información suena en bucle en mi mente. Acelera los latidos de mi corazón y me hunde en un intenso malestar.

«No puede ser… Yo… ¡No!».

Bruscamente, me pongo de pie de nuevo con las mejillas llenas de lágrimas. Todo mi cuerpo tiembla. Me pongo una mano en el pecho, que está tan oprimido que siento que me falta el aire.

Trastornada, cojo mi ordenador y abro la puerta de mi habitación sin pensármelo dos veces.

Estoy aturdida cuando atravieso el pasillo, rozando peligrosamente las paredes por momentos. Me pesan las piernas y mi corazón me grita que dé marcha atrás, pero ya no tengo el control de mi cuerpo. Llego a la entrada y paro bajo el arco desde donde veo a todos los Devil's, junto a Ethan y Carter en el salón.

Las miradas se centran en mi dirección. Solo les hace falta un segundo para darse cuenta de las lágrimas en mis mejillas.

Como uno solo, todos se lanzan sobre mí, pero los paro extendiendo la palma de mi mano entre nosotros.

Mi respiración es frenética, el pecho me duele. Me siento horriblemente mal, y eso no tiene nada que ver con mi enfermedad.

—¿Va todo bien? —me pregunta Carter, con el ceño fruncido por la preocupación.

Ethan, Justin y Sean se preparan para acercarse, sin embargo, la risa que se escapa de mi boca los disuade de nuevo.

Una risa perversa que no reconozco ni yo misma. Todos me miran, pero yo solo me centro en Carter, que a pesar de estar preocupado por mi estado, mantiene una distancia de seguridad.

«Todo lo que siempre he creído... Todo lo que me han contado... Todo lo que pensé que era verdad, sin ponerlo nunca en duda...».

El odio de los nueve mundos entra con fuerza por todos mis poros y se agita furiosamente en mis venas, acabando con el poco sentido común que me quedada.

—¡¿Alguien puede explicarme por qué, yo, de bebé, estoy en los brazos de Mike a tu lado?!

Giro la pantalla de mi portátil para mostrarles la foto. Una foto donde yo me reconozco gracias a los álbumes de mi madre. Una foto donde mi mantita de recién nacida me envuelve y estoy en los brazos de Mike Arinson.

Siento el corazón tan oprimido en el pecho que tengo ganas de vomitar. Un montón de pensamientos confunden mi mente y llenan mi visión de lágrimas, que enjugo con rabia esperando una respuesta.

Carter está pálido, blanco como la muerte. Tan solo brillan sus ojos. Como parece haber perdido la voz, aprovecho para descubrir hasta qué punto me han manipulado los Devil's Sons. Por primera vez, Clarke no me mantiene la mirada, la desvía y cierra los ojos varios segundos. Tucker se pasa las manos por su cara tensa y Set por su cabello. Justin se deja caer en el sofá, mientras que Sean me da la espalda, incapaz de enfrentarme, y Jesse e Ethan me miran fijamente con la palabra «culpable» escrita en su frente. Carter entreabre la boca, pero se echa atrás enseguida.

Nadie me responde, el ambiente se vuelve asfixiante.

Cada segundo me ahogo un poco más.

—¿Por qué salgo en esta foto? —pregunto una segunda vez, con voz glacial.

En ese momento, Carter Brown Arinson ya no es el millonario imponente y respetable, es solo un hombre vulnerable que parece estar a punto de romperse tan fácilmente como la porcelana.

—Avalone, lo siento...

Me mira con una tristeza infinita, aunque no soporto el simple hecho de estar en la misma habitación que él.

La palabras que pronuncia por fin me matan.

—Mike es tu padre. Y yo soy tu padrino.

Abro la boca de par en par. El dolor en el pecho es un suplicio, mi mente es un caos.

—¡¡Mi padre está muerto!!

Cuando Carter intenta dar un paso en mi dirección, le grito que no se acerque.

—Para protegeros de los BloodBro, tuvimos que haceros pasar por muertas, a tu madre y a ti. ¡No tuvimos elección!

Cada palabra que dice me lleva a mi perdición. Sacudo la cabeza para eliminarlas de mi mente, pero resuenan en mi interior como un puñetero eco sin fin.

Mike es tu padre. Yo soy tu padrino.

Mike es tu padre. Yo soy tu padrino.

Mike es tu padre. Yo soy tu padrino.

Nada silencia su voz.

El portátil se me escapa de las manos y se rompe contra el suelo.

Estafó a los BloodBro, la banda más poderosa y sanguinaria de América. Y ellos dijeron orgullosos que, de ahora en adelante, cada recién nacido de la familia Arinson les pertenecería.

Llevo mi mano a mi herida, convencida de que he perdido demasiada sangre como para sentir tanto malestar. Pero no. Ethan me ha curado. Solo hay lágrimas para dar fe de mi dolor.

—Mi madre... Ella... ¿Ella pensaba que Mike estaba muerto?

Carter parece tener diez años más cuando responde de forma negativa.

—Estaba al corriente de nuestro plan desde el primer día.

El cuchillo imaginario que se hunde en mi pecho me corta la respiración.

No puede ser... Ella no... No podría haberme hecho eso, nunca. La he escuchado hablarme de mi difundo padre, la vi llorar su muerte las noches que pensó que dormía. Le suplicaba a Frigga que apagase el amor que sentía por su marido y así sobrellevar mejor su ausencia.

¿Tan ingenua fui?

Un sollozo se escapa de mis labios. Me agarro el vientre, lista para vomitar de un momento a otro. Pero el odio se apodera de mí y se vuelve devastador.

Me enderezo para mirar a los Devil's Sons.

—¿Y vosotros? Estabais al corriente desde el principio, ¿verdad?

—Sí —me responde Clarke, impasible.

Me posee una nueva risa y acentúa mi tristeza.

Son cómplices de Carter. Y acaban de romperme el corazón.

Lo sabía. Sabía que no podía confiar en ellos. Me lo han demostrado en múltiples ocasiones y esta vez, me han asestado el golpe de gracia.

—Fueron órdenes de Carter, ¿no es así? No tuvisteis elección.

Me río como una loca, soltando en estos ataques incontrolables todas las emociones devastadoras que me superan.

—Sois unos actores excepcionales. ¡De verdad! Merecéis un Oscar. Muy inteligente hacerme creer que entré a los Devil's Sons porque me encontraba en el lugar indicado en el momento indicado. Pero ese imagino que era tu plan —le digo a Carter.

Y después me golpea la dimensión de sus artimañas. La realidad tira por la borda la última esperanza de control que creía tener en mi vida.

—Los polis… Los polis no se desplazan por una simple fiesta universitaria. Al menos, no tantos. Bill quiere atraparos a cualquier precio, pero te conoce. Debía saber que no encontraría nada comprometedor en esa fiesta a la que Clarke me llevó. A menos que… —Cuanto más se apoderan las palabras de mi boca, más alzo la voz—. No te aprovechaste de la presión que me metía Bill para atraerme hacia ti, ¡*tú* creaste esa presión! ¡Enviaste a la poli a la fraternidad para que Clarke me acompañara delante de Bill y así vincularme con vosotros!

Grito desesperada; un reflejo perfecto de mi alma.

—Nada de esto fue real. No tuve ningún control sobre mi vida desde que entré a la universidad. Todo estaba planeado; yo era el objetivo de un plan mayor: llevar a la princesa Arinson a casa, cueste lo que cueste.

Carter, con el rostro deformado por el dolor, da un paso hacia mí. El jarrón que tiro al suelo lo disuade de moverse un centímetro más. Entonces, levanta la mano y me habla con calma.

—Siempre has tenido elección, Avalone. Mantuviste el control.

—¿Elección? —Mi voz se quiebra más que el jarrón a nuestros pies—. ¿Salvar al hermano de Lola y a los otros al hacer una denuncia falsa o volver a mi día a día y dejar que los polis los metieran entre rejas, perdiendo a mi amiga y arruinando al mismo tiempo mi mundo?

Las lágrimas aumentan; sollozo.

—¡¡Me has manipulado, una y otra vez!! ¡Me enviaste a Canadá a conocer a mi puto padre, Carter!

El grito que se escapa de mi boca está lleno de dolor, mi corazón está roto y si no fuera porque quiero conservar algo de dignidad, estaría desmoronada en el suelo. Pero esa maldita corona invisible no abandona mi cabeza.

—Él también me hizo creer que la frontera era peligrosa para nosotros… Él también me puso a prueba y participó en tus estratagemas.

Pienso de nuevo en todo lo que hemos vivido durante mi infancia. En mi madre, que afrontaba sola mi enfermedad y se mataba para pagar mis cuidados médicos. Las noches en vela que encadenaba a causa de sus cuatro trabajos para darme tres comidas al día. A los hombres que nunca dejó entrar en su corazón y en todo el amor que me daba para compensar el de un padre difunto. Puede que mi padre no esté muerto y que tenga un padrino. Pero los Arinson nos abandonaros poco después de mi nacimiento. Volver a mi vida a través de la manipulación y las mentiras es lo peor que podían haber hecho, con BloodBro o sin ellos.

Sin decir nada, doy media vuelta y corro hasta mi habitación. Me lanzo enseguida sobre mis cosas, que meto hechas una bola en mi mochila de deporte. Quiero huir de esta propiedad lo más rápido posible. Con el móvil en la oreja, pido un taxi mientras recojo mis productos del baño. Sin controlar mis movimientos y con un nivel muy bajo de lucidez, el espejo se rompe en el suelo cuando lo arranco de la pared.

Con mi mochila a la espalda, salgo de la habitación y casi choco con Clarke. Tengo que cerrar los puños hasta hacerme sangre en las palmas para no perder el control.

—¡Eres la última persona a la que quiero ver! —le suelto.

—Quédate.

Echo la cabeza hacia atrás y suelto una amarga risa.

—¡Disfruta del espectáculo! ¡Has conseguido lo que deseabas!

Frunce el ceño, sin entender nada.

Intento rodearlo, pero me bloquea el paso.

Mis lágrimas se vuelven más intensas y los temblores de mi cuerpo, insoportables.

—Nunca he querido que lloraras…

—¿Ah, no? «Tarde o temprano, acabarás llorando a mares y yo lo disfrutaré», dicho por Clarke Taylor.

Todo su cuerpo se congela y la culpa invade de sus ojos.

Pero ya da igual todo. Mis ojos descubren la pistola que me dio antes de la negociación, que se ha quedado sabiamente colocada en mi cómoda. Me apodero de ella y le quito el seguro. Apunto hacia Clarke, que no pestañea. Pero yo tampoco. Mi mano está cerrada sobre el arma, no tiembla.

—Me vas a dejar pasar. No tengo paciencia.

—No nos correspondía a nosotros revelarte tu identidad.

—¡No quiero saber nada, no tienes ninguna puta excusa!

La tristeza ha sido remplazada por un odio que me consume. En este estado, no sé de lo que soy capaz.

—Carter te ha ordenado que no me dejes ir, ¿verdad? ¿Todavía soy y seguiré siendo *la* misión?

—Es verdad. Al principio no eras más que una misión —confiesa sin la más mínima emoción en la voz.

Demasiadas palabras. Pongo el cañón de la pistola sobre su pecho para hacerle retroceder. No hay nada en él que muestre el menor atisbo de miedo. Sabe que no le dispararé, sin embargo, obedece para darme el control que necesito para no volverme loca, si aún no ha ocurrido.

Llegamos a la entrada, sin dejar de mirarnos.

—Joder, Ava, una pistola te vuelve realmente *sexy*, pero es peligr…

No dejo que Set acabe la frase. Apuntó hacia la pared y pulso el gatillo. Por alguna fuerza latente dentro de mí, no retrocedo ante la potencia del disparo, cuando las láminas de pizarra estallan en mil pedazos.

Giro la cara hacia Carter y le doy una sonrisa digna de un psicópata.

—Una Arinson de corazón, ¿has visto?

La puerta de entrada se abre y Marie que suelta un grito agudo ante el arma que apuntar a Carter esta vez.

—Dime, Marie. Tú estabas ahí para cambiarme los pañales, ¿no es así?

Ante sus ojos llenos de lágrimas entiendo que he dado en el clavo. Todas las personas que he frecuentado estos últimos meses me han mentido. Nadie ha sido sincero conmigo. Pensaba que tenía el corazón hecho pedazos, pero al parecer quedaba uno que acaba de reunirse con los demás.

La humillación se apodera de mí. Me he juntado con personas que quería de verdad mientras que ellas… Ellas no veían en mí más que una misión que cumplir. Y eso es lo peor de todo.

Mantengo la cabeza alta a pesar de la humillación que siento. Mi brazo baja con el arma, que coloco en la cómoda de la entrada.

—Le diréis a mi *querido* padre que siempre ha estado muerto para mí y que lo seguirá estando. En cuanto a mi madre, ya no existe más para mí.

Voy hacia la puerta hasta que Carter, desesperado, toma la palabra.

—Ninguno de nosotros quiso esto, pero… —Su voz se quiebra, y nuevas lágrimas se derraman por mis mejillas—. Estabas aquí, en mi ciudad… No tenía la más mínima idea de cómo…

—En el momento en el que me hablaste de los BloodBro supe que esa historia no pertenecía al pasado y que un día Mike y tú tendríais que hacerles frente. Tú eres la prueba de que los monstruos no se rinden nunca. Vendrán a por el primogénito de los Arinson. Vendrán a por mí. Y ese será vuestro pescado. Ya me habéis matado.

Tras eso, salgo por la puerta, y cuanto más bajo los escalones, más dejo de ver y más lágrimas me nublan la vista.

Mi cuerpo encierra un océano de emociones incontrolables que se empujan y se enfrentan para dominar a las otras.

Los chicos gritan y me llaman. Escucho un alboroto procedente de la entrada, como si se pelearan contra alguien para retenerme, así que corro aún más rápido. Bajo el sendero interminable y rezo para que nadie me alcance. Mi respiración entrecortada y mi corazón desbocado en el pecho me obligan a disminuir el paso. Me paro para recuperar el aliento.

—V…

Me giro sobresaltada hacia Jesse.

Su rostro esta desgarrado por el dolor y la culpabilidad, pero me niego a creer esa falsa sinceridad. No después de lo que me han hecho.

—Déjame. ¡Déjame tranquila de una vez por todas! No estás obligado a hacer como si…

—Sé lo que crees —me corta él—. Y no te lo puedo reprochar. Pero te quiero. Todos te queremos, de verdad. ¿Cómo podría ser de otro modo?

Sacudo la cabeza, negándome a dejarme convencer, porque si lo escucho, acabaré creyéndomelo.

Nadie más me romperá el corazón.

Con el dorso de la mano enjugo mis lágrimas e intento controlar el temblor de mi voz.

—Nunca podremos ser amigos, da igual vuestra sinceridad. Estáis sometidos a Carter, y sobre todo tú. Te ha salvado la vida, te ha dado una nueva oportunidad y tú te sientes demasiado en deuda para poder crear una relación sana juntos. Porque eso es lo que siempre será Carter para ti. Te dará órdenes y tú obedecerás sin siquiera preguntarte si eso podría hacerme daño, como lo has hecho hasta ahora.

Juraría que veo en el fondo de sus ojos cómo se rompe su corazón, lo que acentúa mi malestar y mi miedo a seguir creyendo en ellos.

Me doy la vuelta y huyo, dejándolo allí.

—¡¡Avalone!!

Echo un vistazo por encima de mi hombro. Justin, Tucker y Set vienen corriendo, pero Jesse los retiene.

—Henzo está libre… —me suplica Tucker.

Escucho a alguien forcejear a mi espalda.

—Necesita tiempo —les dice Set.

—¡Es Ava, joder! ¡No podemos abandonarla!

Ando más deprisa. Los odio mucho más por seguir con su jueguecito perverso, y solo cuando entro al taxi respiro un poco mejor.

Esta ciudad me da ganas de vomitar. Me asfixia. No la puedo ver más.

—A la estación de autobuses, por favor.

Toda mi vida no es más que una mentira. Todos aquellos en los que confiaba, en los que estaba segura de poder confiar ciegamente, solo me han mentido… Mi madre, Clarke, los Devil's Sons, Ethan, Marie… Ni uno solo ha decidido ser sincero.

Soy la hija de Mike Arinson. Lo he conocido y me ha caído bien.

¡Por todos los dioses, me ha caído bien!

¿Cómo pudo mentirme mi madre a la cara durante tantos años? Si Mike nos abandonó realmente para protegernos, puede que mi madre nunca se drogara. ¿De dónde viene mi enfermedad cardíaca, entonces?

Desconfío de todo ahora. Mi madre ha hecho de mi vida una mentira en la que todos han formado parte, y eso no tiene solución, ya que la banda más poderosa de América disfrutará matándome si descubren que aún sigo viva.

Ya no tengo a nadie en quien confiar. Tampoco sé quién soy. Y cuando creía que la fe en los dioses era mi legado, me golpea la realidad. Mi progenitora siempre me dijo que su fe en Yggdrasil venía de la familia de mi padre. Y yo creí con fuerza en Odín para homenajear a ese hombre que partió demasiado pronto…

Quince minutos más tarde, el conductor me deja en la estación de autobuses. Le doy un billete y salgo del coche sintiéndome vacía. Las lágrimas han parado por fin.

Estoy lista para huir de Ann Arbor y de sus *peligrosas relaciones.*

Es de noche desde hace varias horas, no tengo la menor idea de la hora que es. He perdido la noción del tiempo.

Voy hacia la taquilla con paso lento.

—¿Destino? —me pregunta la taquillera.

—El bus que salga más pronto.

—Alabama. Veintisiete dólares.

Con gestos automáticos, le doy el dinero a cambio del billete. La mujer me mira y duda si preguntarme si estoy bien, pero no lo hace.

—Sale en diez minutos.

Asiento y doy la vuela para llegar al autobús. Las puertas ya están abiertas. Entro. Avanzo aturdida entre las filas, sin prestar atención a los pasajeros sentados. Me siento en un asiento libre, lejos de todos, con el deseo de aislarme en el silencio. Lanzo mi mochila a la silla de al lado para asegurarme estar sola y saco mis medicamentos. Tras tomarlos, los guardo y me pongo los cascos. Cuando coloco la cabeza en el cristal del bus, *Feel* de Robbie Williams es la primera canción que me calma.

El autobús cierra sus puertas y arranca, dejando mi corazón en el arcén de la carretera.

La única lágrima que cae por mi mejilla es lo último que siento antes de caer dormida.

CONTINUARÁ…

AGRADECIMIENTOS

El primer libro no se acaba con el último capítulo. Se acaba con los agradecimientos, porque hay muchas personas sin las cuales no estaría aquí, escribiendo esta página.

El sueño de una niña hecho realidad. Un sueño que creía inalcanzable. Un sueño que se ha cumplido gracias a muchas personas increíbles a las que estaré eternamente agradecida.

Se lo agradezco de todo corazón a mi editora, Caroline, que me ha dado una nueva casa. Su paciencia, su escucha y sus conocimientos han hecho el trabajo editorial muy agradable y enriquecedor. Todavía la escucho susurrar *anáfora*. O preguntarme durante nuestra primera llamada: «¿Te gusta la pizza con piña?». Y a pesar de mi respuesta negativa a esa pregunta fundamental, ¡me aceptó en su familia! Y eso es lo que es Plume du Web. Una familia.

También tengo que agradecérselo a Geny por su increíble trabajo. Gracias a ella, mi escritura ha mejorado considerablemente y los participios y los adverbios se han convertido en mis enemigos.

Sigamos con Jenn, que apareció en mis mensajes privados un buen día para darme una noticia increíble: Plumes du Web quería contactar conmigo. Después, conocí a Océane. Ambas me acogieron con un cariño que me calienta el corazón, aún hoy. Me sentí incluida y reconocida. A su lado me sentí como en casa. Gracias por todo, chicas. No podría haber deseado nada mejor.

Gracias a Sam, que supo identificar mi comunidad e incluirla en cada uno de sus posts. Después de todo «nadie pone a Baby en una esquina» (*Dirty Dancing*).

Me gustaría hacerle una ovación a Anaïs, mi mejor amiga desde siempre, que me hizo descubrir la plataforma de Wattpad hace unos años. Sin ella, no existiríamos. Y sí, puedes llevarte algunos créditos, querida.

Un enorme gracias a mi papá por haber seguido día tras día mis cifras de Wattpad en rápido crecimiento. Gracias por tu implicación y tu apoyo. Gracias por todo, te quiero.

Un montón de besos a mis increíbles compañeras Laïla, Marie y Lizzie, que me han apoyado y han creído en mí. Gracias por ser vosotras.

Y finalmente, una gran parte de mi agradecimiento va directo a mi comunidad de Wattpad que ha sabido querer a los Devil's Sons y a mí. Vuestro lugar en mi corazón es inexpugnable, uno nunca olvida de donde viene. Esos recuerdos los atesoro, al igual que esta familia que hemos creado. Gracias por todo lo que me habéis dado: amor, risas, apoyo, amistad, lágrimas de felicidad y reconocimiento. Y no lo olvidéis, da igual el tiempo que pasemos lejos de Carter y los Devil's Sons, su puerta siempre estará abierta para nosotros. Seremos una familia para siempre.

Desde siempre…